國家社會科學基金重大項目（18ZDA248）
「十四五」國家重點圖書出版規劃項目
國家出版基金資助項目

国家出版基金项目
NATIONAL PUBLICATION FOUNDATION

查清華　主編

東亞唐詩選本叢刊

第一輯　八

中原出版傳媒集團
中原傳媒股份公司
大象出版社
·鄭州·

圖書在版編目(CIP)數據

東亞唐詩選本叢刊. 第一輯. 八 / 查清華主編. —
鄭州 : 大象出版社, 2023. 8
ISBN 978-7-5711-1813-6

Ⅰ. ①東… Ⅱ. ①查… Ⅲ. ①唐詩-詩歌研究-叢刊
Ⅳ. ①I207. 227. 42-55

中國國家版本館 CIP 數據核字(2023)第 085557 號

東亞唐詩選本叢刊 第一輯 八

出版人 汪林中
項目策劃 張前進 郭一凡
項目統籌 李建平 王軍敏
責任編輯 石更新
責任校對 牛志遠 張紹納 萬冬輝 安德華
裝幀設計 王莉娟
出版發行 大象出版社
鄭州市鄭東新區祥盛街27號 郵編450016
印刷 北京匯林印務有限公司
版次 2023年8月第1版第1次印刷
開本 720mm×1020mm 1/16 37印張
字數 400千字
定價 148.00元

前言

《東亞唐詩選本叢刊》（第一輯）十册，選入日本江户、明治時代學者注解評釋的唐詩選本十二種：《三體詩備考大成》《唐詩集注》《唐詩解頤》《唐詩選夷考》《唐詩兒訓》《唐詩絶句解》《唐詩通解》《通俗唐詩解》《唐詩句解》《唐詩選講釋》《三體詩評釋》《唐詩正聲箋注》。

這些選本具有一定的代表性。南宋周弼選編的《三體唐詩》不僅流行於元明時期，成書不久亦即傳入日本，因便於讀者學習漢詩創作法則而深受歡迎，遂産生多種新的注解評釋本。熊谷立閑（？—1695）《三體詩備考大成》、野口寧齋（1867—1905）《三體詩評釋》均在此基礎上集注增評。明初，高棅編《唐詩正聲》，在明代影響深遠，《明史·文苑傳》稱：「其所選《唐詩品彙》《唐詩正聲》，終明之世，館閣宗之。」東夢亭（1796—1849）撰《唐詩正聲箋注》，菅晋帥《序》曰：「夫詩規於唐，而此則其正統宗派，足以救時體之冗雜。」明後期，李攀龍編《古今詩删》，並作《唐詩選序》，自豪地宣稱「唐詩盡于此」。該書一度成爲明代格調詩派的範型選本，傳入日本後，受到古文辭學派推崇，服元喬於享保九年（1724）校訂《唐詩選》，即係從該書截取而單行的唐詩部分，此舉居功至偉，以至「海内户誦家傳，以爲模範準繩」。宇士新（1698—1745）、竺顯常（1719—1801）《唐詩集注》，竺顯常《唐詩解頤》，千葉玄之（1727—1792）《唐詩選講釋》，新井白蛾（1725—1792）《唐詩兒訓》《唐詩絶句解》，入江南溟（1682—1769）《唐詩句解》，莫不以服元喬所訂《唐詩選》爲宗，對其進行注解講釋。至明末清初，著名文學批評家金聖歎作

《貫華堂選批唐才子詩》《唱經堂杜詩解》，葛西因是（1764—1823）《通俗唐詩解》所選詩目即多與此二書相重合，其解説也多襲用金氏評語。各選本之間淵源有自，顯示了清晰的理論脉絡和學術統緒，便於我們把握古代日本詩學觀念與學術思潮的變遷。尤其像熊谷立閑《三體詩備考大成》這樣集大成式的選注本，簡册浩瀚，材料富贍，引用了不少國内已佚或罕見之古籍，具有較高的文獻價值。

上述諸書編撰者均爲日本精研漢學的著名儒學家和詩人，編撰《唐詩通解》的皆川淇園（1734—1807）、編撰《唐詩選夷考》的平賀晋民（1721—1792）亦然。他們不僅學殖深厚、創作經驗豐富，還持有異域文化視野，使得這些選本具有獨特的詩學批評和文學理論價值，從而拓展了唐詩的美學蕴涵和文化意義。諸人廣參中國自唐至清各代學者對唐詩的選編、注解和評釋，立足於自己的價值取向、美學宗趣，博觀約取，集注彙評，考辨糾謬，發明新意。附著於選本的序跋、凡例、小引及評解，集中體現出接受者對詩作的審美體驗與理性解讀，注重發掘每首詩潛藏的生命意趣、文化信息、風格特徵及典型法則。

這些選本不僅具有較高的學術價值和文化意義，還因其具有蒙學、普及等性質，大都在日本傳播廣泛，影響深遠，極大促進了唐詩在日本的傳播，推進了東亞文明的建設。諸編撰者爲擴大讀者群體，在詩歌選擇、編排體例、語言形式等方面做了大量努力。首先，詩歌選擇名篇佳作。其次，編排格式上，正文、夾注、眉批、尾注、分隔符、字號等的使用錯落有致，標示分明。再次，或在漢文旁添加和訓，方便不諳漢語的日本讀者誦習；或如《唐詩兒訓》《唐詩絶句解》《通俗唐詩解》《唐詩選講釋》《三體詩評釋》等五種選本，除原詩爲漢文外，注解、評釋多用江户時期和文；或如《三體詩評釋》，適時引用日本古代俳句、短歌來與所點評的唐詩相互印證；或如《唐詩選講釋》，在講解官職、計量單位、風俗、名物等語詞時，常以日本相近物事類比。諸如此類的努力直接促成了唐詩的普及，也推進了社會文明的建設，恰如《唐詩兒訓序》所稱：「今爲此訓之易解，户讀家誦，天下從此言詩者益多，更添昭代文明之和氣焉。」

叢刊在整理時，主要做了斷句標點、校勘、和文漢譯的工作，體例上儘量沿用原書格式，保留舊貌，並在每種選本前撰有《整理説明》一篇，簡要介紹編撰者生平著述、時代背景、書名、卷數、編排體例、基本内容、主要特點、學術價值及版本情況等。

本項目的整理研究對象，固爲東亞各國友好交流的歷史文化資源。歷史川流不息，東亞各國人民之間的友誼亦綿延不絶。本輯的編撰，得到日本學界諸多學者的大力支持，也得到日本國立國會圖書館、公文書館、御茶水女子大學、京都大學圖書館、早稻田大學圖書館等機構的無私幫助，讓我們真正領悟到「山川異域，風月同天」的文化意味，在此謹致謝忱。

《東亞唐詩選本叢刊》（第一輯）是國家社科基金重大項目「東亞唐詩學文獻整理與研究」之子項目階段性成果，又幸獲「十四五」國家重點圖書出版規劃項目、國家出版基金資助項目支持，感謝諸位專家的信任和鼓勵，感謝大象出版社各位編輯的艱辛付出。

本團隊各位同人不辭辛勞，通力合作，除書中所列編委及整理者，尚有郁婷婷、徐梅、張波協助校對。克服資料獲取的不便及古日文解讀的困難，歷數年終得第一輯付梓，斷不敢以「校書如掃塵」自寬，但因筆者水平所限，疏誤自然難免，祈請讀者諸君不吝賜教，以便日後修訂再版。

查清華

二〇二三年五月於上海師範大學唐詩學研究中心

目録

❋

唐詩選講釋

〔明〕李攀龍　編選
〔日〕千葉玄之　口述

〔明〕李攀龍 編選
〔日〕千葉玄之 口述

唐詩選講釋

崔紅花 譯
黃鴻秋
但白瑾 整理

整理説明

千葉玄之（1727—1792），字子玄，通稱茂右衛門，號芸閣。生於江户，古河藩儒，致仕後以講學為業。詩文鳴於當世，師承秋山玉山，崇奉徂徠學説。曾整理《韋注國語》《郭注莊子》，著有《詩學小成》《四聲韻選》《唐詩選講釋》《唐詩選掌故》《頓悟詩傳》《標箋孔子家語》《標箋荀子全書》《芸閣文集》等。

《唐詩選講釋》原刊於寬政二年（1790），文化十年（1813）孟春又經日本嵩山房根據千葉玄之口述並參考中日諸家注解整理編集而成。依服部南郭《唐詩選》校本，注解名物典故，講釋詩文意涵，間或考異補遺。全書共七册，按體分列。扉頁中行題寫書名《唐詩選講釋》，右題「明濟南李于鱗先生編選、日本芸閣千葉子玄先生口述」，左上題「纂輯南郭玉山築波三子及諸老講説以為初學之一助」，下題「嵩山房藏」。單魚尾，正文部分半葉十一行，原詩文大字單行，講釋隨後，為小字雙行；注於頁眉，小字單行。李攀龍原序、服元喬《附言》和唐詩為漢文，小林高英序和注解、講釋部分為和文。

書前嵩山房小林高英序稱：此為編者據芸閣先生之口述，熟誦唐仲言《解》、蔣仲舒《注》、吴吴山《附注》、王翼雲《合解》、吴韋庵《直解》、鍾伯敬《合選》、黄道周《詳解》、葉儀汐《平》等諸注，且參考南郭、玉山、築波三位先生之講義種種，摘録最合乎詩意之解釋。

序中還指出，該書在文化十年整理之前，便已以《唐詩選講釋》為題刊行，但因為注解與正文分離，對初學者造成不便，故在該次整理中「將注解悉數移至其正文下方，且改正難以解喻之注釋以使易解」，使該書成為正文與注解合一的《唐詩選》注釋本。

該書以平易的和文口語注釋，以利於日本普通愛好者閱讀。為便於本國人理解，該書講解官職、風俗、名物、計量單位等語詞時，常以日本相近物事類比。如「一斗，相當於日本九合九尺」「李白官位相當於日本之『大學頭』」「時手持君王之小旗指揮，此小旗與日本軍配團扇相似」「異國不同於日本，不將遺體葬於寺廟」，為了解古代中日兩國文化差異提供了重要材料。此外，因採用和文口語講釋，表述曉暢，議論直切，情感色彩濃厚。如：「噫！人間世界厭倦至極，真令人可歎矣！」「楚地自古以來就有如以屈原、宋玉爲首之諸多詞客輩出，今有善作詩文之人乎？」「我過於思念，面朝東方懷念貴君，將愁心寄與明月。故君見明月而生悲哀，便是收到我之心意。亦請貴君將思我之情寄與明月。」諸如此類，體現作者釋解時能身臨其境，以心會心。此外，注者對詩中警句有較好鑒別能力，對詩中重要或精彩部分，常在注文中以「須注意」「須留心」「須格外用心」等提示讀者；注者對律詩體式有較深入了解，如在律詩中發現重字等詩病時，即在注文中予以説明。這些都體現出注者較好的漢學積累和唐詩品鑒能力。

本次翻譯整理，以文化十年嵩山房刊本為底本，參以其他相關文獻進行校勘。

需稍作説明者有三：一、原書為頁眉注，其注中時有「下段詳述」等語，所謂「下段」，指位於頁眉注下方的正文中的講釋；正文詩題下又時有「上段已述」等語，所謂「上段」，指位於詩題上方的頁眉注。本次整理，統一將頁眉注改為尾注，故所謂「下段」，亦徑例改為「講釋中」，「上段」，例改為「注釋中」，不復一一説明。二、原書中的講釋文字，或一句而分落於所釋詩句前後兩處，如卷二杜甫《韋諷録事宅觀曹將軍畫馬圖引》，「國初以來畫鞍馬」句下講釋：「國初，謂唐初以來。畫鞍馬」，「神妙獨數江都王。將軍得名三十載」句下講釋：「可稱之為神妙者，數來數去獨有江都王……」。「畫鞍馬」三字不成句，顯是直接下句講釋而言，故亦例移至下句，不復説明。三、原書扉頁題寫書名為「唐詩選講釋」，正文每卷之上則題為「唐詩選師傳講釋」，蓋詳、簡之別也。本次整理，為保持套書體例統一，删去了正文每卷之上的「唐詩選師傳講釋」，特此説明。

目録

卷之三　五言律

卷之四　五言排律

卷之五　七言律……二八八

卷之六　五言絶句

卷之七　七言絶句

序

此書為編者據芸閣先生之口述，熟誦唐仲言《解》、蔣仲舒《注》、吴吴山《附注》、王翼雲《合解》、吴韋庵《直解》、鍾伯敬《合選》、黄道周《詳解》、葉儀汐《平》等諸注，且參考南郭、玉山、築波三位先生講義種種，摘録最合乎詩意解釋而成，前刻以「唐詩選講釋」為題出版發行。然因注解與正文相離，初學之人縱然讀得注解，亦不易分辨其正文。故吾曾告知先生此事，先生云：「亦然，但板刻已全終，至今耗經時月，復改刻亦難，待日後再刻，爾等應多加斟酌。」巧遇今癸酉年，終於以至再刻，欲將注解悉數移至其正文下方，且改難以解喻之注釋以使易解，再行增減，惟願盡微薄之力，忠於先生之意，為初學之一助。其所以稱此《唐詩選》為優秀範本，南郭先生已於附言中詳盡，唐三百年間，諸家詩衆多，經滄溟先生過刻嚴選，僅選出四百六十五首，以此為後學之助，故唐詩莫善於滄溟選又莫精於滄溟選。然當今各立其門户，以己願摘抄唐宋諸家成書發行，於初學無辨輩亦難為格式準繩，如南郭先生於附言中所述之「盲人摸象」。故欲學詩，初學之人，除熟讀滄溟嚴選之此《唐詩選》外，別無善法。

文化十年孟春

嵩山房小林高英

唐詩選序(一)

唐詩選，乃自唐三百年間詩人所作中，選取心感別有風趣之善詩也。

唐無五言古詩(二)，書物必有序。《爾雅》或《公羊傳》有注。注釋中詳述。凡唐代詩人所作五言古詩，句法甚難，有好死摳理之嫌，故不若《文選》中漢魏六朝詩句優美，且違背其意。故於于鱗等擅作詩之人眼中，唐代無人善作五言古詩，故稱「唐無五言古詩」。**而有其古詩。陳子昂以其古詩為古詩，弗取也**。而初唐陳子昂自誇其所作五言古詩可媲美漢魏六朝，于鱗認為，其雖有風趣，但不至於自滿，終未取之。**七言古詩**(三)，**惟子美不失初唐氣格，而縱橫有之**。七言古詩，僅子美一人不失初唐之淳朴、性情與高格調，其作詩風格自如瀟灑，好似自由奔放於縱橫交錯之十字路口。**太白縱橫，往往強弩之末**(四)，**間雜長語**(五)，**英雄欺人耳**(六)。李白縱橫自如，好作七言古詩，其人雖性豪，然處處可見其詩句之乏力。好似於原野上無的放矢，始以飛箭彈出，終因前無目標，勢頭減弱，而輕輕落地。前一、二、三句因趣思而得佳句，然中句及終句並無奇妙之處，故往往將無用剩餘句交叉參挾。盛唐之人，白有名家之譽，故其自以作詩無人不奉，終難免其失。如有豪傑之譽者，易欺人。**至如五七言絶句**(七)，**實唐三百年一**

人(八)**，蓋以不用意得之，即太白亦不自知其所至而工者，顧失焉。**此處與前文不可切斷。何則？論李白七言古詩之語終於此，續評其絶句。五、七言絶於初、中、晚唐延三百年，李白為其間衆詩人之第一。蓋因其奇句非冥想苦思而得之，而任其隨心所生也。假使試問白何以作如此奇句，白或亦不知何所致，若其慎思而欲作妙句，左顧右慮，則易有所失。**五言律排律**(九)**，諸家概多佳句。**或言五言律排律，唐諸家長篇間，有其二、四句可稱佳作，然無一首通篇為妙者。**七言律體，諸家所難。王維、李頎頗臻其妙，即子美篇什**(一〇)**雖衆，憒焉自放矣。**為七言律，諸家皆難。唯王維、李頎二人至絶妙之境。所謂「頗」，即相當，謂非至美也。於王維、李頎用其名，於李太白、杜子美僅用其字，即見以李杜為大家。于鱗亦處養尊處優之位，非輕易撰文。初學之人，須關注領會其深意，銘記於心。子美詩作雖多，然無核心特色，如扇無要目而無正形，隨感為詩，故而任性。**作者自苦，亦惟天實生才不盡。後之君子，乃兹集以盡唐詩，而唐詩盡於此**(一一)。作詩之人，自有苦惱，天賜才華，與生俱之，無一全備。若獸有角無齒，有齒無角；鳥有羽翅翔於空，而無需添四足；而四足全且足以用者，則無需添羽翅，是為天實。故五七言古、五七言律、五七言絶，無一人皆擅。如擅古詩者不擅絶句，可謂不盡如人意。今後作詩之君子，欲學盡唐詩之精華，以此《唐詩選》足矣，唐詩只限此詩集，他之唐詩類集，無益。

濟南李攀龍撰(一二)

李曰姓，攀龍曰名，字于鱗，山東歷城人。因居齊國濟水之南，故稱「濟南」；又因處海邊，故號「滄溟」。學問精湛，善作古文辭，時人皆服。其作詩為免平仄對仗之誤，仔細斟酌，效王維、李頎之風。其七言律中好詩，不亞於唐；五七言絶中，間有難解之句。故初學詩之人，於于鱗處，但習其平仄對仗而已。嘉靖間，任監察，調京畿順德府奉行，後任陝西學問所佐役。隆慶間，隱居一時，忽出任浙江副役，後調任左參政，旋任河南按察使。以母喪哀痛過甚而卒，終年五十七歲。明前七才子之一。

【注釋】

（一）序，《爾雅》曰：「序，緒也。舉其綱要，如繭之抽緒也。」所有書物均將作品要旨写在書頭，如同線頭。又《公羊傳疏》曰：「序者，舒也。舒己作注之意，故謂之『序』」。

（二）五言古詩，始於前漢李陵。時蘇武、李陵在匈奴，值蘇武歸漢時，李陵作五言離別詩送蘇武。

（三）七言古詩，始於漢武帝築柏梁臺時，武帝作詩以七言為一句，二十六人共作二十六句。見《藝文類聚》。

（四）强弩之末，《史記・韓長孺傳》：「强弩之極，矢不能穿魯縞。」

（五）長，去声，冗長之長，指無用剩餘之物。

（六）「英雄忌人」，此字句在《世説・夙惠》篇中可見。似將「忌」字换成「欺」字。

（七）絶句，將律詩之八句斷為四句而得名。

（八）唐始高祖武德元年，止昭宣帝天祐二年，凡二百八十九年。序所以云三百年，乃舉其大數。

（九）律乃法律之「律」，因定某處須為平字、某處須為仄字而得名。始於唐沈佺期、宋之問。排律之「排」乃「排行」之意，猶如達人顯貴者為免亂行列，以二句為單位整齊對句，因無論多少句都能整齊不亂而得名。又一説為「排闥」之「排」，猶如於寬敞大廳，開一唐紙扇門，其前便次第出現大廳，因讀完二句復見二奇句而得名。此以「排行」之「排」其説為信。

（一〇）篇什，《詩經》中大雅、小雅、頌等以十首（篇）詩為一组曰「什」，猶軍法以十人為什。言子美之著作多也。

（一一）此序由徂徠物先生分六段而寫。又曰末尾用三盡字，被稱為特別結法。見於《四家雋》。

（一二）撰，即製造、寫作之意。

附言

滄溟於序後附言。《唐詩訓解》由明山仕餘献可印諸其所，於盛名滄溟《唐詩選》增減詩句、冒充其選。南郭先生為釋其書用意、明于鱗平生之願，並以作詩人之感為解。

近體詩盡於唐，盡也者，盡善之謂（一），所謂近體，即律、排律、絶句，始自唐沈佺期、宋之問。詩始自孔子選《詩經》三百上篇，已歷三千年。至唐，始定平仄之正位，以平仄對仗之規為詩，可謂盡善盡美也。**而莫善於滄溟選**。選詩者衆多，而眼力善者唯李滄溟所選，他選莫善於滄溟。**蓋後世祖述**（二），**唐人者家選户論**。蓋以後世宋元計，作詩之人，喜唐詩且以昔日唐人為榜，敬如堯舜，家户自選自評，而無善者。**大抵宋人好自用其調**，所謂無善者，詩人以風雅之道，寄心花雪楓月，雖與《詩經》體有不同，而未失温厚風雅之道。宋人之學，專指道理，如山谷開闢己見，詩必己作而不借他人之思。宋人贊作詩合己之心，故隨心所欲，自用其調，未采唐風。**絶響大雅，即所選若論漆桶**（三）、**掃帚，亦惟摸索而已**（四）。咏詩須絶異響之大雅，即所選評，如盲人摸象，觸足者曰似漆桶，握尾者曰似掃帚，亦惟摸索，無人見全象。詩亦如此，若不見其本，皆推論耳。

及南宋，嚴滄浪(五)**豁然眼目，全象始見**。至南宋，嚴滄浪始以初盛唐之詩為最善，後豁然而曉詩之善，如健目者始見全象。**雖有來者，不能間然**(六)。元明之世，特擅論詩，多毀謗宋人，縱如此，亦無人敢非難滄浪。**然止論之，未遑選詩**。然滄浪止著《滄浪詩話》論詩，未遑選詩而終。**明興，高廷禮《品彙》《正聲》出**(七)，至明興之初，高廷禮選出一書，名曰《品彙》，後仍覺此書選詩不精，又著《正聲》。**而唐人諸家，玄黄不蔽**(八)，而於唐代作詩諸家之擅五言、七言者，區分明白。玄黄，即黑白、善惡，以馬匹之毛色為喻，無法遮蔽。**詩亦簡拔神駿，冀北遂空**(九)。高廷禮所選詩，為唐詩中神駿。神駿，即精力充沛之駿馬。選拔出最好之詩，餘詩皆同空無。如「伯樂一過冀北之野，而馬群遂空」。故《品彙》《正聲》所選之外，餘無好詩，同前。**滄溟繼興**，至明嘉隆間，李滄溟繼續發揚光大。**蓋猶以廷禮爲旁通多可**(一〇)，**芟柞益嚴**(一一)。蓋因于鱗以高廷禮所選旁通多可，非乾净利落。柞，密林中木，因過於茂盛而不得成岑天之木，亦謂當害之物。今除惡詩、選善詩益嚴，若以鎌釜斫無取之惡草惡木。**掄選數百首，唐詩之粹森如**。廷禮選無味且多。選詩同擇木，於唐三百年間掄選四百六十五首，實為不易，唐詩之粹森如。掄，選備材木。**後有唐仲言《解》及《十集》，要其所出入，亦惟首鼠高李間**(一二)，**不足列之選者**。其後唐仲言有《唐詩解》及《唐詩十集》，細察此詩集中詩之出入，亦惟將高廷禮《品彙》《正聲》及于鱗《唐詩選》彙集成書，故將唐仲言列入選者行列有所不足。首鼠故事，注釋中有述，鼠懼人，於穴中憂懼逃往何處，唐仲言選詩於高廷禮並李于鱗間徘徊，若穴中之鼠惶惶不可終日。**他若鍾氏《詩歸》，以沙投金，非**

再經淘汰，無見其真。他若鍾伯敬編《唐詩歸》者，若沙中投金，善惡之詩混同，故欲得正金，非再經淘汰，否則無見其真。**故唐詩莫善於滄溟選，又莫精於滄溟選。**故論唐詩未有如滄溟選之準嚴精細者。

一人或謂滄溟選過刻，人或謂滄溟選過刻，另有好詩未入。過刻，即過於苛刻。今亦有人如是認為，唐仲言亦同此。**然予則謂後世諸家紛然邪路，旁徑往往蓁塞。**然予則謂末世作詩諸派，紛然行《三體詩》《唐詩歸》等邪路旁徑之類，猶如亂麻。故詩風受阻，如本道雜草叢生，往往蓁塞。蓁塞，即通途雜草叢生。**初學進步一左**（一三）**，蹶然陷大澤。**故初學作詩之人，若學無眼力家所選書物，以惡詩為善者，一旦學錯，乃入歧途，終陷大草澤中。故知善詩，遠惡詩，其為重也。高祖與項羽戰，羽迷路，問田夫而得錯路，入大澤。此喻之。**故取路之法，明為之標，而後不容田夫欺。**學詩者同理，立傍示杌，以明道法，後無人再入迷途，以為田夫所欺而入邪路行難。標，指示之物。于鱗使後人能明詩之本道，持嚴選，乃至自亦以為苛刻。初學詩之輩，當以此選為法則，初發之先，當以於狹小域内學精為善。**又譬諸人崑岡采玉**（一四）**，玉石磊砢**（一五）**，愚者奚別，非棄廡下**（一六）**，或襲燕石，**玉石磊砢，外觀無異，故縱使入豐産玉石如崑岡之山中，若無眼力，則無法辨別。昔愚者拾玉持宿，鄰人見之，欺曰妖物。至夜，玉燭家中，拾玉之人益驚，棄名玉於廡下。或燕国嘗現一石似玉，人或以為寶，重重包置，小心所持。襲，乃重重包置之意。恰似愚者視名玉為妖物，又尊惡詩如燕石，須知《唐詩選》為夜光連城璧，而非棄於廡下之類，莫將《唐詩歸》《十集訓解》等假玉作燕石愛護包置。**必遇卞和氏**（一七）**，而後天下知連城**（一八）**。**古時有人，名曰卞和，自楚山得玉。世人玉石難辨，而卞和知璧之貴，後此璧為趙国寶玉。因秦欲以十五城易其璧，故後稱以「連城璧」，世人乃知璧之貴。詩亦如此，天下人皆知于鱗深具眼力，《唐詩選》為于鱗精選，其詩皆善。**故學詩，先擇其善者而從之，**學詩不同於他學，欲熟其意者，勿縱亂學，須先擇其善者為範而從之作習。**不必取其億，**不必以自身喜好取惡詩，縱不合心意，亦須以善詩為法學詩。**準繩一立，離明輸工，無施不可**（一九）。故以于鱗選《唐詩選》為準的，只須胸中準繩一立，便如離婁明辨物、公輸長細工，得自然妙處，閑談睡夢，皆得善詩。**滄溟之刻，安知非嚴師友哉**？：衆人謂滄溟選過刻之言，或有其合理處。然既為嚴師，又為善友，於學詩豈非善法，須知過刻至極為善哉。

初學熟滄溟選，諸初學詩之人，多熟見滄溟精選之此《唐詩選》，**乃後稍稍就諸家讀焉，則左右取之，無不逢其原。**乃後稍稍就諸家所撰之書物習讀，則左右取之自在，因元熟滄溟選之善，故無不逢其原詩之風趣要妙。**諸家則《滄浪詩話》《品彙》《正聲》、弇州《卮言》、元瑞《詩藪》，此其傑然者，亦不可不讀焉，**諸家，即此處云者，此家家所撰書之優善者，學詩者不可不讀。**蔣氏所註二三評語，諸家已具，讀之可，不讀亦可。**此謂蔣仲舒於于鱗所選加注二三評語，皆為諸家所云之《詩話》《卮言》《詩藪》，不過抽出加以注釋而已，故讀或不讀亦可。**仲言解，備之掌故**（二〇），**則往往便於質訪，**唐仲言解，欲尋故事備之，其掌故則往往便於四處質訪。掌故，乃漢朝官職名，即編輯典故之官吏。**至其解詩，意謬妄居半，不必取也。且詩貴興象，秖謂攪心**（二一），**胡用喋喋解之爲**（二二）？：雖如此，其解詩則謬妄居半，故不必取之。且於詩中月雪花楓，貴興致、情性，胡用喋喋解之，秖謂擾亂詩心。**若夫誦《三百篇》**（二三）**、讀《騷》**（二四）**、讀《選》**（二五）**，旁及歷代諸家，人人知之，不待具論。**若夫誦《詩經》三百篇，萬物之間均有間物，天地之間物為人，禽獸之間有魚，草木之間有竹。如此，詩、賦之間為騷。騷即屈原所創之楚辭，文押韻，有趣，故多為詩句引。若讀《文選》之古詩，而後旁及《史記》《漢書》，此外讀歷代諸名家書物，人人皆知詩之道，不待具論。**博文約禮**（二六）**，雖小伎**（二七）**，亦然。**學問之博，止於知禮事。「博文約禮」，出《論語》。杜子美雖云「文章一小伎」，然其先博覽群書，而後作詩方自然合拍，無放埒之事，雖人人知其為小伎，亦然。

世有《唐詩訓解》，其書剽襲《唐詩選》及仲舒注、仲言解等。世有一書曰《唐詩訓解》，稍作吟味，便後覺此書以《唐詩選》、蔣仲舒《注》、唐仲言《解》剽竊蹈襲彙成。**僞選，列《藝文》**，謊稱于鱗選、袁仲郎序，其僞作列入《藝文》。藝文，乃一書物。**而詩全用于鱗選，出入一二。**其詩全用于鱗選，僅出入一二首詩。**其所題目，既是不知滄溟者所為。**其所題目，既是不知滄溟學問淵博者所為。滄溟絕非如《唐詩訓解》所述，胡亂選詩而為人嘲笑者。**序則文理不屬，始無意義。**序多詳言書物總體之義則。然此書序，則無詳釋此意如此、彼意如彼等撰文緣由道理，此即為贋物之據。文理，乃撰文之緣由道理。**中間引道子數語，出中郎他文。**序中引唐吴道子喻畫之語，乃引自袁仲郎他文中一二三語，以此冒充仲郎序。**且中郎於滄溟，不啻仇視，則亦不知中郎者所為。**中郎，明萬曆年間人，人言其為于鱗之至惡仇敵，袁仲郎甚或咒于鱗中毒而死。二人如此交惡，故即便《訓解》載入滄溟選，其序亦絶非仲郎所為。故此亦為不知中郎者所為。**總評中，竽濫太甚**（二八），**評註取蔣、唐，頗為删補**。《訓解》卷首總評中，有諸多蒙蔽混淆之處，可謂濫竽充數。其評注之體，多取蔣仲舒《注》、唐仲言《解》，於詩删補秛插種種。濫竽，注釋中有述。**唯是拙工代斵，不救傷指**（二九），**其他謬妄，不可勝計**。斵，乃削之意。唯如若拙工削木，不知傷指。不分辨詩之善惡者，不顧損壞詩而胡亂删減，隨意蒙混之，其他謬妄，不可勝數。**要之，于鱗嘉隆之間為一代文宗**（三〇）。細察之，于鱗生於嘉靖，歿於隆慶，以文為一代之宗。文宗，乃精通文章之宗匠。**中郎雖後，亦别為一家，風靡晚學**（三一）。袁仲郎雖較七才子于鱗等出世晚，而繼于鱗之尊，亦别為一家，晚學之輩，如草木風靡般，自由發揮其風格。時于鱗、仲郎二人已成名。**於是或書賈閭師，資二家聲譽**（三二），因二人名聲在外，近來居鄉儒者、山仕、書屋等，合衆齊聲，喝彩于鱗、仲郎二家聲譽，為賣書特造聲勢，稱此書為于鱗選仲郎序云云，多為賣書推波助瀾。**為譸張之具**（三三），為令世人購《訓解》而用于鱗、仲郎之名，偽造販書行騙。**並署篇端**。書物一角，並署二家名：「李攀龍選，袁宏道校」。然若委託才學之佳者偽造則已。**所倩村學究，不辨菽麥**（三四），**迺急求錢，致此鹵莽已**（三五）。竟雇認字不多田村學究者，如不辨菽麥圓細然。菽麥，出《左傳》。偽書《訓解》，迺急求錢，致考慮不周，犯魯莽舛錯。**于鱗選貴精嚴，毫釐出入**（三六），**或謬千里**。于鱗選唐詩，貴求精益嚴謹，故為精髓。毫釐，即為一毛髮，微不足道之意。或認為《訓解》之誤僅為一二首之出入，然以此為習學範本，將接連誤用，終或致謬千里。**故今所考訂，不得不為于鱗雪冤，略贅數語**(三七)**，以發其贋。**故今所考訂《訓解》非于鱗選，不得不為其雪冤，故以贅長數語發《訓解》之贋。**若夫寒鄉乏挾書，《訓解》亦非無一助，**寒鄉，即貧寒之鄉間。若夫貧寒匱乏之所，如能懷挾書物，《訓解》亦非無一助。**要辨其真，不眩其偽，則不必瑕殄**(三八)**。**如能辨別于鱗精選之真善，不眩於其偽選之惡詩，則不必因《訓解》有瑕而棄置之。**《唐詩選》原本以蔣注行，其辨既具於前。**原所流行蔣仲舒注《唐詩選》，其注本惡，其辨既具於前。**方于鱗選時，豈必期後有蔣注？**于鱗選唐詩時，豈料若無注則無以解詩意？詩本以各自見識鑒賞，若無以透解，則無以領會其深意。故非于鱗之先選置，必期後如蔣仲舒之注而未注。**今所考訂，要在見真面目，何憂無注？**今所考訂之要，乃在見于鱗選本真之面目，故特用無注之本，何必憂其無注？**初學或昧典故，諸書既自巋然**(三九)**，各就考之可。**初學作詩之人，或昧典故而左右為難，則近諸類書物各考就之可。既有諸書如《史記》《漢書》之史類，《老子》《莊子》之子類。巋，謂世上書物堆積如山。**寒陋之士，往往責備一書，蔣《注》、《訓解》豈備哉？**寒陋，謂貧窮。又常見初學之士，往往貧寒書生，以為一書足以備典及其餘，而一書終不够也。詩之一類，亦不能以此一書通達，蔣仲舒注亦不及也，《訓解》因其集惡而不可信也。故必集置諸書以廣閱博覽，方通曉典故。

原本諸刊頗多，或有增二三者，今不取也。原唐本有諸刊頗多，其中亦有增詩二三首者，因增惡詩，故今不取。**如字有異，多從原本尤善者。**不同版本，其字略異，多從無注原本中字尤善者。**兩可**

難裁(四〇)**，則就《品彙》《詩刪》《詩解》《十集》考之，從其多且正者**(四一)。如七言古之一語，《訓解》中為「遊蜂戲蝶」，《唐詩選》中為「啼花戲蝶」等。又如蔣仲舒《注》善，《唐詩選》亦善，兩本均可，難以裁決等。諸如此類，則與《品彙》《詩刪》《十集》等類對照考之，從其多且確者板刻。

服元喬(四二)

【注釋】

(一)盡善，見《論語》。

(二)祖述，見《中庸》。

(三)漆桶，喻盲象，見《涅槃經》及《六度集經》。

(四)摸索，見《世說》。

(五)南宋，高宗建炎元年，都於杭州，稱諸南宋。滄浪，姓嚴，名羽，字儀卿，著有《滄浪詩話》。

(六)間然，見《論語》。

(七)高為氏，廷禮為字，洪武年中之人。

(八)玄黃，謂馬之毛色。見《列子》。

(九)冀北，《左傳》曰：「冀之北土，馬之所生。」

（一〇）旁通多可，見《文選・絶交之書》。

（一一）芟柞，見《詩經》。

（一二）首鼠，《漢書・灌夫傳》中有載。指惡意對照事物。

（一三）進步一左，見《史記・項羽本紀》。

（一四）崑岡山，見《書經》。

（一五）磊砢，字見《世説》。

（一六）廡下，乃拾田夫之玉之意，見《尹文子》。

（一七）卞和，很善辨别玉石之人，見《韓非子》。

（一八）連城，《史記・藺相如傳》中有載。

（一九）準繩、離明，其原均見《孟子》。

（二〇）掌故，《漢書・儒林傳》中有載。

（二一）擾心，字見《詩經》。

（二二）喋喋，見《史記・張釋之傳》。

（二三）《三百篇》，指《詩經》。

（二四）《騷》，指《楚辭》。凡事物均有間物。如詩、賦並列之，二者間有騷，下有詳釋。《史記・屈原傳》曰「憂愁幽思而作《離騷》。離騷者，猶離憂也」，離，乃遭受之意。屈原因令尹子蘭、上官大夫之讒言，流放汨羅。因離時感憂而作此文。因是名文，故多為詩句所采用。

（二五）《選》，乃梁昭明太子所選之《文選》，為必讀書物。

（二六）約禮，見《論語・顏淵》篇。

（二七）小伎，杜子美詩：「文章一小伎，於道未為尊。」

（二八）濫竽，見《韓非子》。齊宣王好竽，必三百人以吹竽。南郭先生，不竽者，而於三百人之中，以竽食祿。齊宣王薨，後王曰：「寡人好竽，欲一一吹之。」南郭乃逃。

（二九）傷指，見《老子》。

（三〇）嘉隆，嘉靖，明十一世世宗年號；隆慶，明十二世穆宗年號。

（三一）風靡，即迎風招展，見《史記・張釋之傳》。

（三二）二家，指李于鱗、袁仲郎。仲郎雖為明神宗萬曆年間人，出生晚於七才子，然繼于鱗而受尊敬。

（三三）「譸張」之字，見于《尚書・無逸》篇。

（三四）菽麥，見《左傳・成公十八年》。

（三五）鹵莽，見《莊子・則陽》篇。《音義》曰：「鹵莽，猶麤粗也。」

（三六）毫氂，見《禮記・經解》篇。

（三七）贅，《莊子・駢姆》篇中有載。瘤子長在人身上，但無用，此以喻添加無益之辭。

（三八）瑕殄，見《尚書・康誥》篇。

（三九）巋然，即高大之形，《文選·魯靈光殿賦》中有載。

（四〇）兩可，謂兩者皆佳。例如《唐詩選·七言律·古意》中「盧家少婦鬱金堂」，《訓解》中為「鬱金香」，諸如此類。

（四一）附言曰，南郭先生所出初板，其詩中文字惡處，皆與原本善者對照從正。然猶令人生惑。七言古如「如今七貴方自專」中「專」字是否應为「尊」字？「門」、「論」二字為元韻，不然出韻。又五言律「劍門橫雲峻」之「門」字應為閣字，不然平仄不協；又七言絕句「湖上林風相與清」之「湖上」應為「湖月」之誤，不然與「相與清」不稱；又七言絶句之《四時怨詩·瘢寒》應以寒韻結句，「山」字為刪韻，故而失韻。此等如何謂之細斟酌糾正，而仍入其選？南郭雖精，然校對仍多遺漏。此類亦並先道之，以使初學者留心。

（四二）服元喬，氏服部，名元喬，字子遷，京師之人，徂徠先生門人。少奉郡山柳澤矦，旋辭禄，流浪四方，以教授為業，擅詩文，流傳於世。寓居江户城南芝赤羽橋邊，故號稱南郭。玄之年二三十時相見，懂事跡，故稱小傳。寶曆九年己卯六月廿二日終，享年七十七。有詩文集流傳於世。

卷之一　五言古

五言古詩，始於前漢李陵、蘇武送別詩，至漢魏已成主流。此選唐五言古詩中最近漢魏古詩者。

魏徵　**述懷**

此題不計善惡，述所思之。唐高祖末，不讓天下於長子建成，而讓其弟太宗，故遵從建成者謀反起亂。武德八年，命魏徵出使山東平治，徵心其懷務，設法平治山東而盡忠，故述此詩。

中原還逐鹿(一)，中原衆英雄豪傑並起，争奪天下，如衆多獵師圍追一鹿，彼此争奪。**投筆事戎軒**(二)。魏徵雖為文官，此時效後漢班超，投筆從戎，參加征伐。**縱横計不就**(三)，**慷慨志猶存**(四)。雖不能如蘇秦、張儀施縱横之計，然慷慨盡忠之志，猶深存不忘。**仗策謁天子**，如後漢鄧禹獻策光武以表明心意，余亦向太宗表明志向。**驅馬出關門**(五)。驅馬過函谷關。**請纓繫南粤**(六)，**憑軾下東藩**(七)。前漢終軍得武帝冠之長纓，以此捆東南越，取得成功。又前漢酈食其近軾而使齊国降服。余亦慕先賢之功業。齊位於東方，故曰東藩。如此只講典故，詩句則易生硬無聊。**鬱紆陟高岫**（八），**出沒望平原**。故詩句中交叉講述中途險境。鬱紆，謂樹木繁茂、崎嶇不平之山路。越鬱紆之途，陟登高山以望，因樹木繁茂遮眼，有所不見，又間有所見，時隱時現，時出時沒。放眼原野，途中所見。**古木鳴寒鳥，空山啼夜猿**。繁茂古木林中寒鳥悲鳴，空山半夜傳來猿啼，倍覺凄涼。**既傷千里目**，從軍者死生攸關，故鄉早已在千里之外，遠望心感悲傷。**還驚九折魂**（九）。更越九折坂之險境，心魂皆驚，寒毛凜凜。此「驚」字及上之「陟」字上應再添「心」。**豈不憚艱險，深懷國士恩**（一〇）。既決一心以盡忠義，如何再憚艱險？此為對以国士之禮相待深懷感恩之緣故。**季布無二諾**（一一），漢季布受人一諾決不改變，余亦不變與太宗平治山東之意。**侯嬴重一言**（一二）。侯嬴雖監門小吏、隱逸之人，受魏公子無忌之托，重其一言而自殺。余亦重太宗一言，永志不忘。**人生感意氣，功名誰復論**。人生於世，感乎意氣，余亦欲功成名就，代傳之事，後自復論。即言唯願一心盡忠以報皇恩。

【注釋】

（一）中原，即中國所有禮義之邦，此處専指京都。「逐鹿」之「鹿」，与「禄」字相通，此喻帝位，《漢書·蒯通傳》載，天下亂時，處處出英雄，彼此爭天下，猶如衆多獵師圍追一鹿。

（二）「投筆」之「投」，為丢棄意。後漢班超家貧，嘗為官傭書以供養，久勞苦。嘗止業投筆嘆曰：「大丈夫無他志略，猶當效傅介子、張騫立功異域，以取封侯，安能久事筆硯哉？」後果封定遠侯。

（三）「縱横」一詞，由横竪經緯轉成，亦言各色各樣之計謀。戰國時，關係淡薄，蘇秦合縱齊、楚、燕、趙、韓、魏六國，做到不出使他國。張儀連横秦及其他國，以團結盟國繼續鬥争。

（四）後漢鄧禹追劉秀於鄴下曰：「願明公威德加於四海，禹得效其尺寸，垂功名於竹帛耳。」

（五）關門，為長安東函谷關所。

（六）古「粤」與「越」同字。

（七）東藩，即齊國。帝都在中央，如屋宅；侯國在四邊，如藩籬繞屋宅，故云。

（八）「鬱紆」之字，見於《文選》。

（九）九折坂，位於蜀地，為險峻山坂。前漢王尊為蜀地刺史，經此地時，或言王陽曾在此曰：「奉先人遺體，奈何數乘此險！」故將車折回。我等既事忠義，故必越此險峻。

（一〇）國士豫讓視趙襄子為主人智伯之仇敵，與其對抗。襄子曰：「子不嘗事范、中行乎？智伯盡滅之，而子不為報仇，而反委質臣於智伯。智伯亦已死矣，而子獨何以為之報仇之深也？」豫讓曰：「臣事范、中行，范、中行皆衆人遇我，我故衆人報之。至於智伯，國士遇我，我故國士報之。」見《史記》。

（一一）前漢季布，凡受人重托，不計艱險，其心不變，故云無二諾。諾，承諾首肯之意。見《史記》。

（一二）魏國有隱士名侯嬴，為大梁夷門監者，七十餘歲，度日艱難。時趙求援於魏，大將晉鄙者雖出援兵，又畏秦國趁虚而入，不肯救趙。公子無忌為可信之人，救趙心切而無計可施，知此監門者侯嬴為賢者，有意降為賤民，以求侯嬴。侯嬴於無忌之志有感，竊得晉鄙軍兵符與之。公子大喜，囑勿泄露他人。侯嬴亦剛毅可信之人，因重公子之托而自剄。見《史記》。

張九齡

感遇（一）

感遇之遇，同寓。心有所感，無論鳥類野獸及草木，借物寓意。張九齡時任類似若年寄（日本江户時期官職名——校者注）官職，遭玄宗中意近臣李林甫、牛仙客之讒言，被迫退役，故心有所感，借鳥寓意。張九齡，南海生人，故自比為孤鴻。

孤鴻海上來，有大鳥名孤鴻，自無邊無際廣闊海上飛來。**池潢不敢顧**。不顧戀池潢等小地。吾乃大鳥，故不顧三公之位。**側見雙翠鳥**（二），孤鴻隱約側見兩雙小鳥，過分展示與其身份不相應之麗翅，築巢於不應築巢之地。**巢在三珠樹**（三）。**矯矯珍木顛**，如棲息於三珠樹，與其身份不符，易為人所發現。**得無金丸懼**。居如此高麗之樹梢，必遭金丸射殺般恐怖事。李林甫等身居高位亦如此，終自招大禍。**美服患人指**，無德之人，若身着華服，必為人指責嘲笑誹謗。**高明逼神惡**（四）。故無德之人，若身居高明之位，縱世人可恕，天地亦相憎逼，隨之諸事皆變乎惡。**今我遊冥冥，弋者何所慕**（五）。我今離絶塵世，行諸远地，藏人所不見，豈李林甫、牛仙客諸獵師輩猶張弓射天以仇我乎？

【注釋】

（一）所謂感遇，即無論快事、喜事、趣事或有生氣、怨氣，凡心有所感，借月雪花楓、鳥鳴獸馳寓意。「遇」與「寓」相通。

（二）翠鳥，南越産小鳥，形如燕，羽毛美。見《漢書》。

（三）三珠樹，生赤水邊，一年開花兩三次，樹葉如柏，皆為珠。見《山海經》《淮南子》等。

（四）高明，即高位。若分不相應之人身居高位，鬼神厭惡。見《莊子》。

（五）弋，讀「イグルミ」，矢前端繫繩，以此繩纏鳥，日本無。見楊子《法言》：「鴻飛冥冥，弋者何慕焉？」

陳子昂　**薊丘覽古**（一）

薊丘，戰国時，燕昭王帶領天下諸侯所建都城之地。游覽古迹之意，簡稱覽古。見其古跡，心念天下全盛無望，遂作此詩。

南登碣石館，遥望黃金臺（二）。南方為燕昭王曾居碣石館，館邸早已毀壞，登其殘存礎石，遠遠遥望，唯見昔日昭王招賢納士之黃金臺古跡。**丘陵盡喬木，昭王安在哉**。雖見燕王之丘陵一面已成參天樹林，然昭王之盛大已難覓踪影，不知今何在。實乃人世無常。**霸圖悵已矣**(三)，曾經天下諸侯之首，曾經霸業，皆已平息。今臨此，見人間殘酷，忽感悲涼，又覚諸行無常，心生恐懼。**驅馬復歸來**。如此感傷亂後之地，恐不宜久留。又傷昔日昭王之繁盛，與人間之興衰，故依凄寂之路騎馬復歸。

【注釋】

(一)薊丘古跡及燕昭王，見於《史記》，講釋中詳述。

(二)黃金臺，位於易州易水之南。鮑照《樂府注》曰：「昭王置千金黃金臺上，以延天下之士。」

(三)霸，為伯之意，即成為天下諸侯之首，協諸侯共敬天子以發揮威光。圖即圖謀、謀求之意。

伯也，曰長。為諸侯盟主共尊崇天子，曰霸王。圖，謀略也。

李白　**子夜吴歌**(一)

晋有一舞妓，名子夜。東晋時，建都於吴，故其歌名曰吴歌。此征夫之妻在京都哀嘆遠征之夫過年不歸所作樂府題。所謂樂府，即漢武帝集昔日歌謡於樂府，選其合調善者。以下無數，從此習之。

長安一片月(二)，長安乃京都，房屋鱗次櫛比，見月光照此方，即思與夫君共賞，如今獨自咏歌，心中苦痛難耐。**萬户擣衣聲**。京都已漸覺寒氣逼人，因千户萬户備衣越冬，傳來擣衣之聲。京都尚是如此，想夫君所赴之地，必益早寒，且無人備綿衣與夫君着，定是困難至極，長夜更加難耐。**秋風吹不盡**，秋風終夜不盡，令人過分孤獨，唯得思念夫君，朝朝暮暮。**總是玉關情**[三]。**何日平胡虜**，「總」字帶「心」，因其無論望明月、聽擣衣、聞秋風，皆思玉門關外之夫君。平定兇殘胡虜談何容易？此女子盼夫君早日歸來胡亂說出，雜亂無章之淺見。**良人罷遠征**[四]。思念丈夫，欲丈夫罷遠征而常居家中。此為女子真切幼稚之想，故更生趣味。

【注釋】

(一)子夜吴歌，講釋中詳述。

(二)長安，唐亦建都長安，同秦漢。

(三)玉門關，距長安三千六百里，位於沙州龍勒山界。

(四)良人，即丈夫。見《詩經·綢繆》篇及《孟子》。

經下邳圯橋懷張子房[一]

楚國有一地，名曰下邳，有一河，河上圯橋，即前漢張良與老者黃石公相遇得兵法書之地。此即見此古迹所作。

子房未虎嘯(二)，張子房曾為韓國相，韓為秦始皇所滅，遂逃亡。未虎嘯，即尚未成為漢高祖臣下時。虎嘯，即虎咆哮，因其威勢，天降大風。此處喻有良臣方有仁君。**破產不為家**(三)。其家世代為韓相，有金銀家產。然其不顧家業，不正血統，縱四處流浪，亦日夜思報韓國旧君之仇，心中只有忠勤。**滄海得壯士，椎秦博浪沙**。當此時，於下邳滄海一帶得一隱姓埋名年輕力士，名曰滄海君。會秦始皇行幸博浪沙，以一百二十斤重鉄椎擊之，雖誤中副車以敗，然敢以一己之力，擊以聲氣並吞六國之秦始皇者，其氣量之大何如？**報韓雖不成，天地皆震動**。報韓國旧君之仇雖不成，然而天地皆震動。誇其膽量過人。**潛匿遊下邳，豈曰非智勇**。悄悄潛匿於下邳，穩步不動聲色以備。「遊」字含此意。若無智無勇，無以做到如右所述之事，可謂智勇雙全。**我來圯橋上，懷古欽英風**(四)。**唯見碧水流**，下述李白慕張子房之意。我來圯橋邊，思古人豪俠氣概如此，更慕子房智勇雄姿。今獨自來此，唯見古跡碧水流淌。**曾無黃石公**。曾經黃石公，今已不在，令人嘆息。**嘆息此人去，蕭條徐泗空**(五)。自子房離去，此地變得凄清，徐泗水邊，亦蕭條空乏。子房以為不會再出英雄豪杰，然事實並非如此。可見尾二句含李白自贊。此何故？乃因句中含「此人離去後，徐泗川似無英杰，而繼張子房之後者為我」意。有訓解將「此人」解作黃石公，此解不善，應視作張子房為善。全篇有主客之別，此以黃石公為客，子房為主，故若將「此人」視作黃石公，子房則另有此人，與題不符。

【注釋】

（一）下邳圯橋，《史記索隱》按：地東海。《附注》曰：「按，《說文》：『東楚謂「橋」為「圯」。』」《淮邳郡志》皆稱「圯橋」，《訓解》以「圯」「橋」二字複用而誥白，非。

（二）張良字子房，為韓國相，韓為秦始皇所滅。秦始皇經博浪沙時，良托滄海君以千斤鐵鎚狙擊之，中其副車而敗，後隱姓埋名。過下邳土橋時，遇老者名曰黄石公，為其修繕步履，獲其信任。老者笑曰，十五日夜，務必來此地。於是十五日半夜，授一卷書，開視之，乃《太公兵法》。此後為漢高祖之臣，獻取天下之策。虎嘯，為出《易》中字，意為猶風從虎、雲從龍，臣須從君。此謂尚未成漢高祖臣下之前事。

（三）産，即産業，每日生計之意。

（四）欽，即欽慕，敬慕敬仰之意。

（五）徐泗，泗水出山東泗水縣，西南過徐州，又東南過邳州入淮。

杜甫　　**後出塞**（一）

杜子美本集中，有《前出塞》九首，《後出塞》五首。後出塞，即後作出塞詩。注釋中有詳述。

朝進東門營（二），**暮上河陽橋**（三）。天子授我將軍位，得令討伐國賊安禄山，於是離開京都。將軍朝自洛陽東門軍營發，營即軍營意，暮登洛陽之大橋上，此時向下看去。**落日照大旗，馬鳴風蕭蕭**（四）。大將營帳立起軍旗，落日西照，馬長鳴，朔風蕭蕭，倍顯淒涼。蕭蕭，即風聲共馬嘶交鳴。**平沙列萬幕，部伍各見招**（五）。於平坦寬廣沙地上，設成千上萬營帳。大將分招組頭及五人小組頭，令其向各組下達指令。**中天懸明月**，威光照耀四方，如皓月當空。假夜景以寫。**令嚴夜寂寥**。因軍令森嚴，營中謹言慎行，無一人高聲語。夜中寂静，恍無人駐。**悲笳數聲動**（六），當此之時，數聲笳聲作響，人懷愴然。笳，笛之一種。何以謂「動」？因聞回響數聲。**壯士慘不驕**。**借問大將誰**（七），年輕將士高傲，以為將軍治軍方式惡。驕，即驕傲意。從軍壯士自知身處死生之境，故神情肅然奔赴戰場，不驕。此處用「慘」字。乃問如此精通軍術之大將為誰？**恐是霍嫖姚**（八）。恐，即大概意。蓋不亞於西漢嫖姚將軍霍去病矣。

【注釋】

（一）後出塞，乾元間，杜子美在秦州，追思天寶十四年安禄山陷洛陽時戰事而作。關於《後出塞》之「後」字，講釋中有述。

（二）東門，洛陽東都門。

（三）河陽橋，乃位於洛陽北之大橋。

（四）馬鳴，此句將《詩經・小雅》中「蕭蕭馬鳴」一句活用取之。

（五）部，為組人；伍，為五人小頭目。

（六）悲笳，《說文》曰：「胡人捲蘆葉吹之作樂也。」聽此声不由悲傷。

（七）借問之「借」，無意。唯「問」字入用。

（八）霍嫖姚，乃大將軍衛青外甥霍去病。擅長騎射，封嫖姚校尉。元狩二年春為驃騎將軍。嫖姚，勁疾貌。

玉華宮（一）

玉華宮，乃唐太宗所建離宮，位於玉華山中。杜子美之前，已經五代過百餘年，故已近古跡。

溪回松風長，玉華宮如今何在？為探尋宮址，來去溪邊以尋訪，步行漸遠，耳畔時聞松籟陣陣長響。昔日此地人來人往，如今却無比凄涼。**蒼鼠竄古瓦**。有鼠晝中吵鬧，知人來抓，即次第藏於古老檐中。蒼，青白之意，言鼠之毛色。**不知何王殿**，此乃當今當朝先君太宗所修建宮殿，故不可指名道姓直言，故有意曰「不知何王殿」，此即詩作妙處所在。**遺構絕壁下**。磐石之下，尚存雄偉宮殿建構遺迹，如見高墻。**陰房鬼火青**（二），於御殿深處陰氣聚集之地，似有青色鬼火燃燒。雖未必有此事，然思及玉華宮已恐怖如斯。**壞道哀湍瀉**。昔鼎盛之時君王臨幸之道，今已荒蕪。道邊溪水泛濫，道路毀壞，何其凄慘！**萬籟真**

笙竽(三)，萬，言所有一切；籟，即鳴音。昔太宗鼎盛時，雖有樂器以供娛樂，猶覺各類風聲、巖間水流擊石聲方為真笙竽之音。**秋色正瀟灑**。秋日晴空萬里之景正可謂之瀟灑。瀟灑，言似經水清洗過一般。**美人為黄土，況乃粉黛假**。昔日因服侍君王而備受恩寵之美人，皆已死去，終成黄土，何況粉面黛眉之假美人更是無常。縱如此，好色仍被嫌惡。**當時侍金輿**(四)，**故物獨石馬**(五)。此句於當代之事迂迴諫諍。昔以黄金飾輿，今獨剩石馬。**憂來藉草坐**(六)，**浩歌淚盈把**。人世無常如此！憂愁忽涌心中，於茂盛之地藉草而坐，細思往事，益發傷感。欲除憂愁而浩歌，情猶不暢，多流空淚，以至兩手難接。**冉冉征途間**(七)，**誰是長年者**。冉冉，即時光漸漸流逝意。平生似穿梭於征途，盡日羈旅，片無所歇。無一人不老不死，無長生不老者。縱美人、石馬，亦不得萬年永存。言當代帝王，以其不能直説，故借美人、石馬等喻言，婉刺天子。此詩人微妙所在。

【注釋】

(一)玉華宫建於唐貞觀年間，後來荒廢，為玉華寺。

(二)鬼火，《淮南子注》，許慎曰：「兵死之血為鬼火。」

(三)萬籟，風吹入有所開孔處曰籟。笙竽，《説文》云：「笙，十三簧，象鳳之身也。」「竽，管三十六簧也。」

（四）金輿，即以黄金飾車。見《史記・禮書》。

（五）石馬，見《西京雜記》：「張丞相墓前有石馬。」

（六）憂來之「來」字為助字。

（七）冉冉，謂時光漸漸流逝，見《楚辭》。

送別

王維

作此詩以送行即將放棄俗世繁華而歸隱者。

下馬飲君酒，為送行將歸山中之隱者，騎馬至京城盡頭馬所，下馬，共飲酒道別。此為送別規矩。君，今行者。勸飲，謂送行者勸今行者飲酒。**問君何所之**。於是問足下因何厭世，去向何處？**君言不得意**（一），**歸臥南山陲**。君，謂隱者。君言其年少之時，尚自以有出人頭地之望，而今無此心氣矣。與世事相糾纏，誠受其擾，不得意，故有深居南山傍之念。歸臥，即隱退、深居之意。**但去莫復問**，故王維言，此意高明，既已如此，但憑君去，莫復問蹉跎之過往。令人生羨。**白雲無盡時**（二）。山中常見奇形怪狀白雲，忽晴忽昙，變化無窮。於隱者，賞玩奇形怪狀之白雲外，無他事勝之。極言厭棄塵世之交往。「白雲」二字，為隱居者用。

【注釋】

（一）不得意，即不悅、不稱心如意。見《史記·虞卿傳》。

（二）白雲，自梁陶弘景詩句中取用。

常建　西山（一）

西山，即西方之山。自東起航，應是當天到達目的地。

一身為輕舟，「一身為輕舟」之「為」字，用之大膽巧妙。無論將身化作舟，或舟載身而行，皆若身著羽翼而翔，甚為有趣。**落日西山際**。落日時分，乘小輕舟於西山下湖中，展眼以望。**常隨去帆影**，載我前行之小舟，始終隨眼前所見漸逝之帆影。「常」字，終始之意。**遠接長天勢**。**物象歸餘清**，似與遠方浩大長天之氣勢相接。目所見之物象，含山水林野之類。餘清，即黃昏之涼氣。歸，即閉户不出。各景中滲有黃昏之涼氣。**林巒分夕麗**。夕陽映照山林高處，故下昏暗、上亮麗。**亭亭碧流暗**，**日入孤霞繼**。亭亭，筆直修長貌。對面碧水直流，湖中日影低垂，隨日之將落，對面漸顯高暗。夕陽西下，一道孤霞長懸於空中。孤霞，即夕陽之映影。**洲渚遠陰映**（二），**湖雲尚明霽**。沙洲小嶼於昏暗遠處隱現映出。湖上片雲尚明，又似晴空萬里。**林昏楚色來**，其時而來，乃因時為楚國傍晚時分，展望則山林昏暗，將遠處楚國暮色連為一片，似暮色來於楚國一方，故用「來」字。**岸遠荊門閉**(三)。岸遠，而其邊荊門至日暮而亦不見。以「閉」字使與「門」相應。**至夜轉清迥，蕭蕭北風厲**。至夜，蕭蕭鳴聲愈烈，强烈北風刮起。**沙邊雁鷺泊，宿處蒹葭蔽**。沙邊非唯我舟中泊宿，鴈鷺亦栖止於此。鳥栖止處，葭蘆繁茂，難以遠視，故云「蔽」。**圓月逗前浦**(四)，眺望湖東，圓月初現時，緩緩爬至前浦十間高許有餘，過此，則若居於此地久而不動。有一説，「逗」即灑、漏意。然此説不確。**孤琴又搖曳**。見此月別有風致，日暮頻彈孤琴，自彈自樂。搖曳，撥弄琴貌。過於沈醉彈琴其中，不知不覺已過時辰。**冷然夜遂深，白露沾人袂**。天漸冷，夜遂深。此節白露降，沾人衣袂瀌瀌。

【注釋】

(一)《一統志》：「西山在楚地。」

(二)《詩經》毛萇傳：「水中可居者曰洲。」「渚，小洲也，水岐成渚。」

(三)荊門山，位於楚，似上合下開狀門。

(四)逗，止也，住也。

高適　**宋中**（一）

曾修築前漢梁孝王宮殿樓臺之地。

梁王昔全盛，梁孝王特重招待賢士，昔日全盛之時，無人可仿效。亦格外珍重學者。**賓客復多才**（二）。因好學問，故招待賓客。廣招如司馬相如之學者衆多，與衆多賓客相會。**悠悠一千年，陳迹惟高臺**（三）。悠悠，即經過漫長時間。漫長千年之後，見此陳迹，惟有召集文人學士之高臺基石殘存，殘存處亦悄然，四圍萬籟俱寂。**寂寞向秋草，悲風千里來**。秋草寂寞枯萎時，悲風自遠方吹來。千里，即遥遠之地。此詩雖云古跡，然旨在頌孝王尊重學者，嘆息今非昔時。

【注釋】

（一）宋中，講釋中有述。

（二）賓客，招司馬相如、鄒陽、枚乘、莊忌之輩至平臺，求作詩文。

（三）陳迹，字見《莊子》。

與高適薛據同登慈恩寺浮圖(一)

岑參

唐人作詩,帶有寺院風格者,通常用佛書中文字,亦不計其本意,但用親近佛教之語。浮圖,塔之意。

塔勢如湧出,孤高聳天宮(二)。此寶塔氣勢崇高,宛如自大地根底金輪際湧出,故無與倫比。似孤高聳入兜率天、帝釋天、三十三天之宮殿。**登臨出世界**,登塔瞭望,仿佛走出人間世界。**磴道盤虛空**。磴,乃石坡道,此處謂常梯。塔高而不能架直梯,故只得左右相繞段段蹬踏旋梯,好似盤虛空。**突兀壓神州**,突兀聳立,鎮壓神州,難能可貴,值得慶幸。由此俯瞰眼下京城,故用「壓」字。**崢嶸如鬼工**。**四角礙白日**,如此崢嶸高峻,絶非人之精雕細琢所及,必定是衆鬼斧神工之傑作,似能阻擋白日照射四方角落。**七層摩蒼穹**(三)。**下窺指高鳥**,七層頂像,似與蒼穹緊密相連。於是下窺平地,見有人指點友人曰,鳥應飛高空,然非也,正如此所見於半空飛翔。**俯聽聞驚風**。聽,即傾聽意。聞,即傳至耳邊所聽到意。俯身傾聽,聞天上驚風怒吼。因過高,放眼望去眼花目眩。故用「驚風」一語。**連山若波濤**(四),**奔走似朝東**。遠望長山相連,如大海波濤起伏,洶涌澎湃,奔赴東海。此二句為一意。**青松夾馳道**(五),**宮觀何玲瓏**。左右兩側,青松夾天子馳道。平地上難以見到天子宮殿,而由此地如何能看得如此通透玲瓏?**秋色從西來,蒼然滿關中**(六)。秋色已至西方,故秋色從西來,蒼茫彌漫關中。**五陵北原上**(七),**萬古青濛**

濛。前漢五代天子之陵位於京城北部盡頭。萬古，謂年代久遠。古跡已經千餘年，因而雜草叢生，一派青濛濛。曾經强盛天子今亦如此，何況世間？此包含世事無常之嘆。**净理了可悟**（八），**勝因夙所宗**。由此生厭世之心，而終於領悟佛法清净之理。此殊勝善緣，素來為人信從所宗之心境。**誓將掛冠去**（九），**覺道資無窮**（一〇）。欲拜佛立誓，將壓頭桂冠掛於天子城門，辭官而去，欲入覺佛道為未來資（得救——譯者注）。「無窮」，即對未來所言。

【注釋】

（一）慈恩寺，貞觀中高宗為母文德皇后而建，沙門玄奘建浮圖於寺西院，六級，高三百尺許。浮圖，天竺語，塔之意。

（二）湧出、天官二詞見於《法華經》。

（三）蒼穹之「穹」，指弓字形，指天。

（四）《文選・海賦》：「波如連山。」

（五）馳道，幸行之道，見於《漢書》。

（六）關中，指京都，東為函谷，南為嶢，西為散，北為蕭。

（七）五陵，乃前漢高、惠、景、武、昭五帝陵，位于長安北。

（八）《瓔珞經》：「清净妙理。」
（九）後漢逢萌躲避王莽，將冠掛東都城門而去。又梁陶弘景將冠掛於神武門辭去。
（一〇）覺道，乃佛道。

韋應物　**幽居**

謂辭官之後無事可做，隱姓埋名隱居於幽静處。

貴賤雖異等（一），**出門皆有營**。自尊貴天子、諸侯、士大夫至貧賤之百姓、商賈，貴賤雖異，然出門在外做事皆有所營。**獨無外物牽，遂此幽居情**。非獨我一人為世間外物所累，所以隱居於如此幽静處，乃我本對富貴官禄無所欲望，故遂願而平穩隱退。**微雨夜來過，不知春草生**。微雨二句為妙，含言外之意。何出此言？昨夜平心静卧時，細雨悄然而過。夜間之事，雖不知不覺，然想春草必於其滋潤下一夜萌生，其景亦更妙。凡世間俗人，夜眠而思種種欲心，然我遠離塵世而心潔，故常思春草生之景，可為善佳。春夜短，或思是否須翻身之功。**青山忽已曙，鳥雀繞舍鳴**。青山忽現曙光，各類鳥雀繞我草庵，喳喳歡鳴。故我亦起，出草庵以消除睡意。**時與道人偶，或隨樵者行**。然而，不可思議的是，與我同心同道之人，此時或結伴同行，或隨樵夫之迹而行。**自當安蹇劣，誰謂薄世榮**（二）。我亦有才學，因不受用而隱退深居。無論如何，無用之人自當安於蹇劣，誰復鄙薄塵世榮華如我？我心清白不染，世間無人可比。此見詩人心懷驕傲之情。

【注釋】

（一）貴賤，《禮記》載：「正君臣之位，貴賤之等焉。」

（二）《先賢行狀》曰，徐幹「不耽世榮」。

柳宗元　**南磵中題**（一）

此為柳宗元被貶至南磵附近，為慰藉自己而寫風景詩。

秋氣集南磵，獨遊亭午時（二）。秋色集聚於南磵之季，我被貶此地，獨遊至午時。正午時分竟如此孤寂，見其恐怖。**迴風一蕭瑟，林景久參差**。空中旋風迎面直擊樹林山谷，林中樹枝為狂風吹虐而斷，有長有短，參差不齊已久。**始至若有得，稍深遂忘疲**。始至此地覺別有一番景色，漸入深處遂忘記疲倦。**羈禽響幽谷**（三），**寒藻舞淪漪**（四）。候鳥啼鳴於深谷似飢餓難耐，澗中寒藻浮於旋轉漣漪之上，似與水共舞。**去國魂已遠**，得見此景，源於不幸。離別故鄉，身魂早至遠地。**懷人淚空垂**。**孤生易爲感**，懷念妻兒兄弟，流淚徒勞，無人傾述我心，唯哀嘆命運孤生傷感。易爲感，即變得多愁善感，容易流淚。**失路少所宜**。**索莫竟何事**，失路，即失敗、結果惡。少所宜，即一切都變得錯亂不堪。索莫，即伸手最終所觸之處。何事，即「今後將如何」意。**徘徊秖自知**。徘徊，即在附近彷徨閑蕩。無人知曉此身，猶如浮雲到處漂游，蕩陷窘困，唯有自知。**誰為後來者，當與此心期**。此地若有後來者，誰將與我感同身受，能知柳宗元被貶如此荒涼之地而作出此詩之悲？此詩實為詩人之嘆，悲嘆無人理解其心。

【注釋】

（一）南磵，山夾水也。

（二）《文選注》中，亭即至之意，午乃日中之意。

（三）羈，同羇，旅行之意，此處謂羈束失友。

（四）淪漪，毛萇《詩傳》云，小風，水成文，轉如輪也。又《廣雅》曰，漪，水文也。

崔署　**早發夾崖山還太室作**（一）

早發夾崖山還太室而作，崔署草堂在太室山中，夾崖山有其親友。故於夾崖山逗留數日後，告辭還太室。此詩寫繪返途中冬日蕭瑟之景。

東林氣微白，明朝將歸我太室山中，夜前開始準備，忽見東林氣色漸泛微白。**寒鳥忽高翔**。**吾亦自兹去，北山歸草堂**（二）。時至寒季，鳥忽高翔。天寒鳥飛去，吾亦與夾崖請辭，自兹去北山歸太室草堂。至太室山看似不遠。日本道，日行不宜過十里，入夜必歸宿，故而赶路。**杪冬正三五**（三），**日月遥相望**（四）。時節為十二月，正是十五日，恰日月相逢之日，故曰「日月遥相望」。此二句意同。**肅肅過潁上**，正值天寒地凍時節，令人寒毛凛凛。肅肅，打寒戰可憐貌。經潁川上游，已寒毛凛凛。**曨曨辨夕陽**。且曇天似催雪，遠近微明。步行多時仍不見日，但可辨已過七時（七時乃古代時刻名，如今午後約四時許——譯者注）。川冰生積雪，路艱難，川結冰，且因近常降雪而積，非但寸步難行，且無疑已日暮。**墅火出枯桑**（五）。墅，乃百姓家屋。百姓家中焚火煮物，四周植桑，桑樹枯萎，葉已散落，唯枝留。透過樹枝隱約可見屋内焚火閃現。又有書將「墅」寫成「野」。詩作中若見野火，可解為野山中樹木茂密，相互摩擦自然生火。無論何種均為旅途中凄慘經歷。**獨往路難盡**，旅途若有伴侣，長途中且聊且行，易忘卻旅途之孤寂，已行七八十里，亦覺方行五六十里。獨自旅行終是路難盡。**窮陰人易傷**。窮陰，極其寒冷之意。十二月前後寒氣難忍，旅客易傷身。**傷此無衣客，如何蒙雨霜**。無衣貧窮者更易傷身。學問勤無益，不然何以遭此雨露霜雪之窘困？此句詩人嘆已不幸不運而隱之身世。

【注釋】

（一）太室，《淮南子》：「少室、太室在冀州。」又《西征記》：「嵩山三十六峰，東為太室，西為小室，相去十七里，其下各為石室焉。」

（二）北山，太室山位於交崖以北，故云北山。又《北山移文》曰：「鍾山之英，草堂之靈。」

（三）《纂要》中，杪冬即十二月。

（四）相望，《正字通》曰：「望月與日遥相對也，謂十五日。」

（五）墅火，一本作「野火」。

卷之二　七言古（一）

七言古詩，無須平仄對仗，勿論二句抑或四句、六句、八句，可改韻字，甚至可作出幾十句。又始終一韻亦可，韻字可在平上去入中押任何一韻。作七言古以如流水般順暢、言語通順為善。

【注釋】

（一）七言古，于鱗序中有述。

王勃　**滕王閣**

此閣位於洪州南昌府。唐第一任天子高祖末子李元嬰受封滕王之後調任洪州時興建此閣。滕王薨逝後，咸亨年中，閻伯嶼任此地太守。九月九日，伯嶼令女婿作詩文，席上賓客皆無以應對。王勃雖年少，能寫文作詩。伯嶼大驚，誇其為天才。

滕王高閣臨江渚（一），**佩玉鳴鸞罷歌舞**（二）。滕王所建高閣可俯視江渚。昔時滕王盛世，衆多宮人摇響車鈴，盛裝打扮，身著玉佩來此設酒宴，載歌載舞，盡是歡樂。如今這些早已作罷，衹能回想往昔。全篇詩之典，注釋中有述。**畫棟朝飛南浦雲**（三），言棟之高。棟上有畫，雲與棟似同高，朝暮時分，時而飛過其上，時而繚繞於南浦驛。**朱簾暮捲西山雨**（四）。言閣樓之高。此「朱」並非謂紅色，乃言極爲漂亮。似將美麗珠簾捲入日暮，又對面南昌山如雨，則似要將雨水一並捲入。如此朝中含暮，暮中含朝，文字互通互用之作法見於《詩經》等，應多加注意斟酌。**閑雲潭影日悠悠**，此述滕王昔日全盛時樣貌。而滕王薨逝後則顯空寂凄凉，勿論於空中悠然飄蕩之雲，或水中漂浮之影，二者看似遥遥相望，卻綿延悠然。**物换星移幾度秋**。滕王歡樂過後，諸多事物更變，日月交替又幾度春秋。**閣中帝子今何在**（五），**檻外長江空自流**。閣中毫無歡樂，如今早已不知滕王何在。今昔如一，仍能見者，唯閣樓欄杆外自然孤寂流淌之長江。如此描寫空寂之景色。

【注釋】

（一）江渚，見於《詩經》。

（二）佩玉鳴鸞，見於《禮記·玉藻》篇。

（三）《大明一統志》中有載，南浦在南昌府，驛亭之地名。

（四）西山，位於城以西三十里之處，既稱作南昌山，又被稱爲厭原山，雖説三十里，實際相當於日本之五里。

（五）帝子，出《楚辭》，此謂滕王。

盧照鄰　長安古意

長安自秦至前漢為都，後經六朝，至唐又成爲首都。唐武皇后奢侈至極，盧照鄰對其痛恨而作《五悲文》，然以失敗告終。當世之事無法露骨表述，幸唐定都長安，遂托前漢之長安，詳述當時奢侈之惡，並予以諷刺。故以「前漢長安之古意」爲題。

長安大道連狹斜，青牛白馬七香車（一）。長安城下寬敞大道之上，大小王公貴族裝扮華麗前往別墅或遊樂場。狹斜小巷上有游玩享樂之好去處，極盡奢華者數不勝數。第一句中提及大道與狹斜小道，這些道逐漸變寬。此詩前八句用「麻」韻，而一般以四句為單位。隨韻字變，主旨亦稍有異，應留心閱讀。**玉輦縱橫過主第**（二），**金鞍絡繹向侯家**。公主們以青毛色牛引車，諸侯公子們騎上漂亮白馬。青牛引車中有七處掛香袋。承「青牛」二字，公主們讓青牛引玉飾華美輦車，隨從們縱橫過街，前往同格公主府玩耍。承「白馬」二字，公子們騎上金飾馬鞍白馬，身後跟有衆多隨從，趕往同席諸侯家。在此，承「金鞍」一句，騎在華貴馬鞍上前往。**龍銜寶蓋承朝日**（三），從後擺放龍飾，龍口銜華美絲綢飾物，此間種種於旭日晚霞映照下閃耀。**鳳吐流蘇帶晚霞**（四）。又承「玉輦」一句，公主們所乘玉輦上，擺放有口中銜五色流蘇之鳳凰。因帶此等裝飾，視之絢爛奪目，都城之人，不僅覺其華麗，見其周圍風景亦格外美麗。**百丈遊絲爭繞樹**，百丈，謂長長綿延，於風和日麗之春日閃爍眼前。游絲閃爍於空中，爭先恐後纏繞栽種之樹枝頭。**一群嬌鳥共啼花**。更有一群五六十隻嬌鳥似黄鶯，於花叢中共啼鳴。**啼花戲蝶千門側，碧樹銀臺萬種色**（五）。由此改韻字。花中並非只有鳥啼鳴，蝴蝶亦翩翩飛舞嬉戲，歡快同耍。這便是禁里大御門内景象。一眼了望，見栽種有緑樹之壯麗臺閣等形形色色各式各樣景觀。用「銀」字狀其精緻美麗。此句中「千」「萬」乃狀種類之多，超出意外。**複道交窗作合歡**（六），**雙闕連甍垂鳳翼**（七）。造閣道，二層通道上有亮窗，似男女合歡，將木頭拼接組裝而成雙闕，其内連甍無盡，其頂如鳳凰展翅般翹楞精美。**梁家畫閣天中起**（八），後漢梁冀等極盡奢侈，其家宅高聳入天，直至中天之正。「起」言同横卧之物站立，高高聳立貌。**漢帝金莖雲外直**（九）。**樓前相望不相知，陌上相逢詎相識**。漢武帝極其厭懼死亡，為煉長生藥，建一銅柱，頂上置仙人像，稱之爲「承露盤」。仙人手捧一鉢，收取從天而降露水。此柱稱為「金莖」。此柱聳入空中，摇曳雲端。毋庸置疑，凡此種種皆極盡奢華。京城人來人往絡繹不絕，交談甚是熱鬧。自二層樓眺望遠處，儘管有如此多人，相望而不相知，縱陌上相逢，亦不相識。**借問吹簫向紫煙，曾經學舞度芳年**（一〇）。借問迎面而來之美人，今時是否善彈三弦琴、善吹簫笛，常駐豪華宴席？自幼習舞度過芳年，今如此般集榮華富貴於一身。紫煙，謂豪華宴席。雖如此，女人仍欲擁有極可靠之丈夫。此句述女人內心所思。**得成比目何辭死**（一一），即便變成比目魚，衹要夫婦相守，至死不辭。**願作鴛鴦不羨仙**（一二）。**比目鴛鴦真可羨，雙去雙來君不見**。願如鴛鴦，雌雄雙鳥相隨左右，永不相離，縱有千萬年壽之仙人，我亦不慕。如比目魚、鴛鴦般嬉戲玩要方令人羡慕之深。我雖盡享榮華，卻無終身追隨、相伴左右可稱為「君」之丈夫，故外表看似神氣，內心則可憎。**生憎帳額綉孤鸞**（一三），內室帷帳上方有一處曰「額」，額上綉一孤鳥曰「鸞」，形似鳳凰。隻身孤影之態著實令人厭惡生憎。**好取門簾帖雙燕**（一四）。掀開簾，見一雌一雄一雙燕親密並肩於檐頭旁。另一種説法稱，將簾掀開掛鈎上時，其鈎狀似燕，帖於兩邊，宛如雌雄雙燕不分不離。雖為奇談，但因有趣而在此贅述。如此將無情之燕寫成有情，是爲引出下句。**雙燕雙飛繞畫梁，羅帷翠被鬱金香**（一五）。此一雌一雄一雙燕欣然比翼雙飛，邊飛邊作畫，於華房梁上繞來繞去巡游，著實令人羡慕。後接從「畫梁」字着手，於座席上方蓋上紋紗類羅帷，以翠鳥之青羽裝飾，內鈎上掛鬱金香，反復熏香。**片片行雲著蟬鬢**（一六），其女之態，頭戴花簪，片片搖擺，髮如雲，鬢如蟬翼。以雲喻髮之黑，見於《詩經》。**纖纖初月上鴉黃**（一七）。纖細初月，稱做鴉黃，看鴉黃爬上已塗之眉墨，故並非僅塗抹名曰「鴉黃」之眉墨。**鴉黃粉白車中出，含嬌含態情非一**〔二〕。以淡妝脂粉梳妝打扮之後乘車，與在日本乘車相同。在車裏表現出自信，且欲將自身形象炫耀示人，其舉止行為包含嬌媚眯眼、收攏嘴唇等被認為温柔可愛之動作。態，即整理衣領，包括將手從內袖抽出，重繫腰帶，令身形顯得纖細，冀得人愛慕，可謂風情萬種。非一，即各種各樣之意。**妖童寶馬鐵連錢**（一八），**娼婦盤龍金屈膝**（一九）。述盡宮中女人風雅奢華，非獨女人，時年輕男子亦興妖童妝扮。年輕男子將頭髮梳得漂亮，肌色稍黑者塗抹白粉，於是十八歲亦看似十四五歲，此謂妖童。妖童乘於美飾黑毛連錢馬上，非僅盛行於年輕男子。娼婦亦將金色盤龍從左右兩側插入髮中迷惑人心。至此告一段。**御史府中烏夜啼**（二〇），如前所述，時極盡奢華，縱御史府以法制止，亦無人聽從。故御史府變成烏栖之地，烏在御史府前柏樹茂密處築巢栖息，晝夜啼鳴。御史，即監察官職。**廷尉門前雀欲栖**（二一）。故廷尉督查放蕩行為，亦無人聽從。究其原，則乃上以奢華為榮，下亦學之習之，沈迷於享樂。此風氣蔓延於世，致無人畏懼官府，故無人出入，至門前可張網捕雀。**隱隱朱城臨玉道**（二二），京城繁華，隱隱仰視華美宮城，俯視乾净通路。**遥遥翠幰没金堤**（二三）。**挾彈飛鷹杜陵北**（二四），遥遥望見懸掛翠羽帷帳之車，在堤上漸行漸遠至逐漸消失。華麗裝束之衆男子將金彈珠裝於彈弓上獵鳥，將彈弓夾於腋下；又令獵鷹於遠離都城杜陵之北一片廣闊處原野翱翔，用以作樂。**探丸借客渭橋西**（二五）。狡詐之衆男人聚於一處共談，若小官吏來督查，便殺之。先製圓形鬮以分派角色，抽黑色標記者須去殺人，抽白色標記者須收拾屍體等等。且不論是誰，都有敵人，凡有人來相求，皆須答應，且拔刀相助。此外，若有人逃至此地，便將其圍住，客指對方，須拼盡全力幫助對方。渭橋以西繁華之地，上所述之人到處皆是，不勝枚舉。**俱邀俠客芙蓉劍**（二六），**共宿娼家桃李蹊**（二七）。其俱邀集合，如俠客般，腰上掛名曰「芙蓉」之劍，結伴出行，留宿於妓館娼家。彼遊女之美貌，宛若桃李花盛開一般，桃李之花美麗盛開，雖未求人來觀，衆人亦至樹下，便自然形成小路。遊女們亦完美契合於此，雖未求人識己，衆人自至妓館識之。**娼家日暮紫羅裙，清歌一轉口氳氳**（二八）。**北堂夜夜人如月，南陌朝朝騎似雲**。下述與遊女調戲享樂。日暮時，遊女展示印有紫色紋路等之薄裙，在華美房間唱出美妙歌聲。一轉，即一點。由高音漸漸轉為低音。氳氳，即輕微柔和，聲音從嘴裏發出，曲調柔美悦耳。北側里奥宴會廳内，夜夜盡興玩樂者之態，如月照四方般，處處皆甚熱鬧。朝朝騎馬返歸南陌之人，宛若雲群移動。**南陌北堂連北里**，自南陌直通至北堂，亦通北方之花柳街，輿輦南北相比、東西閉塞。**五劇三條控三市**（二九）。**弱柳青槐拂地垂，佳氣紅塵暗天起**。花柳街有五條窄路、三條寬路，皆通往三個市場。究其緣由，乃因所有好色享樂之徒，窮奢極侈，驕傲得意，故遊女們只需撒撒嬌説出想要物事，即立刻能得。如吴服、名酒、佳餚及諸道具，不論在哪一市場均可便宜購買，購買之後得意自滿。此處使用「控」字表示能控制市與町之意。在此花柳街，槐樹枝無力垂於地上，拂於地。佳氣，謂悠閑。而正當悠閑之時。「紅」字，言染色，染上塵土，灰塵四起以至天色變暗。**漢代金吾千騎來**（三〇），**翡翠屠蘇鸚鵡杯**（三一）。前漢時，一名曰金吾之官員，有權有勢，率領千騎，毫不在乎違犯上所禁令，往返於此。如此高官顯貴客人到來，在遊女家亦特為鄭重招待，先以似翠鳥羽色名「屠蘇」之酒，及名「鸚鵡」之杯，招待客人。**羅襦寶帶為君解**（三二），**燕歌趙舞為君開**（三三）。遊女為討客人歡心，則言「我貼身之紋紗衫甚熱」，「我裝金錢之衣帶可為君解」，「縱是燕國之藝、趙國之舞，亦可以為君演示」之類語。開，為演示之意。**別有豪華稱將相**（三四），**轉日回天不相讓**（三五）。**意氣由來排灌夫**（三六），此時，另有一豪富貴客欲與金吾針鋒相對，且傲慢道，我勢可抵將軍宰相，炫其富榮權勢云。日光與天，本是不能自由，然我之氣勢可將西落之日召回東邊，使天自由轉動。毫不服輸之氣勢。「不相讓」，謂不讓步。此乃權臣視君王為無物之意，其意氣剛强，自古以來，處處排擠權貴，昔時名曰灌夫之權貴亦當排擠。**專權判不容蕭相**（三七）。**專權意氣本豪雄，青虬紫燕坐生風**（三八）。**自言歌舞長千載**，論專權，我亦批判專權。宰相蕭何其有勢力之人，縱如此，專權者亦不容蕭相。掌握專權者本擁有大量金銀豪富，故邪氣熏天，以横行霸道為豪。其强勢似古時名馬曰青虬、紫燕，蹄下生風，馳騁千里一般。其人自謂，我金銀無窮無盡，緩歌也好，縵舞也罷，熱鬧非凡之事，可持續千載。**自謂驕奢凌五公**（三九）。又高傲自謂，我以奢華威風為驕，從家具、衣服到食物，應有盡有，前漢有威勢之五諸侯亦無法匹敵。到此告一段落。由此痛斥前述之事。**節物風光不相待，桑田碧海須臾改。昔時金階白玉堂，只今唯見青松在。**公子年少時光，並非永久，年紀漸長，便會後悔不已。節物，謂四季。春去夏來，春夏秋冬，四季交替之風光，片刻亦不相待。據傳一仙人名曰麻姑，曾親眼見過三次植桑之水旱田均變為碧海，大海填作平地。那么不久須臾即改。昔時盛世，某人以金飾階，又有如白玉般華美之白玉堂，只今唯見青松。**寂寂寥寥揚子居**（四〇），**年年歲歲一床書**。我願赫赫有名之大小諸侯節制奢華。然世上奢華傲慢盛行，我不為重用，我寂寂寥寥，宛若見揚子雲居處一般，年年歲歲伴我快樂者皆是床上書物，以此療慰心靈。**獨有南山桂花發，飛來飛去襲人裾。**外出獨步，恰好見南山下桂花開。似只有此花慕我，花朵紛紛飄落，飛來飛去，沾我裳裾。此句將無情之花寫作有情，實為盧照鄰借此哀嘆自身不受用之苦。

【注釋】

（一）《唐書》載：「公主出降，乘七香步輦，四面垂香囊，車貯辟邪香。」

（二）主，即公主；第，謂宅邸。

（三）據《宋書》載，桓玄以金龍口銜五色遮陽傘遮光。

（四）《西京雜記》有載，流蘇為五色毛飾馬配之。故於此可視為漂亮之紅色流蘇。

（五）碧樹，見於《淮南子》。

（六）複道，《漢書注》：「架木空中，以通往來者。」如淳曰：「上下有道，故謂之『複』。」

（七）雙闕，位於門之兩側，中間有道。指大門。

（八）梁冀乃後漢大將軍，极其奢侈，修建豪華別墅。

（九）金莖，《文選·西都賦》李善注曰：「武帝作承露盤柱，高二十丈。」講釋中有述。

（一〇）吹簫，《列仙傳》有載，秦穆公有一女名曰弄玉，其嫁仙人名曰簫史。故公主不可能學舞度過花樣年華。是說乃謂所慕之藝妓受寵於華屋中。習舞，言前漢趙飛燕由舞女受寵，後昇為漢成帝之皇后。為作趣詩以合二事為說。

（一一）比目魚，《爾雅》釋，此魚一目，雌雄成雙成對而得名，又名鰈。即日本之鰈類。

(一二)鴛鴦，《古今注》：「鴛鴦，水鳥，鳧類也。」為互不分離情深之鳥。

(一三)生憎，唐朝俗語。

(一四)好取，取「好」字之意，「取」為助字，亦為俗語。帖，《韻會》中有「帖」，謂以膠將物體固定在黏土上不能動。

(一五)翠被，出《左傳》，用翠鳥之羽織成，可如外褂披身。鬱金香，一種有香氣之草。遂將羅帷翠被染上香氣，如同以伽羅熏衣。

(一六)蟬鬢，在《古今注》中指女人兩鬢薄如蟬翼。

(一七)鴉黄，謂涂於女人額頭之妝，若日本眉棒類。西漢時期已有，其後周元帝亦喜之。

(一八)寶馬，見《史記·匈奴傳》。

(一九)盤龍，後漢梁冀之妻所製之釵。金屈膝，類似金色合葉或鉸鏈，能連接左右盤龍從頭髮兩側插入髮中。

(二〇)御史，即前漢朱博，其出任監察官職時，府前柏樹茂盛，早晚烏鴉落於其上。此外，庾開府一樂府詩詩題為《烏夜啼》。本詩是將二者交合而作。

(二一)廷尉，考量人之善惡主審大臣。西漢鄭當時任右內史，諸多官員拜訪，阿諛奉承，門庭若市。而辭退官職後，無人問津。故當時笑曰，今門可羅雀矣。由此可見變得冷清。

(二二)隱隱，高聳貌。朱城，「朱」為華麗物事，此處謂華麗宮城。玉道，「玉」為美好之物，此處「玉道」謂清潔乾净之道路。

(二三)金堤，言如金屬般堅固之堤堰。

(二四)挾彈，即《西京雜記》中韓嫣所好之物，其以金為丸製成彈珠，以此獵鳥，且金珠亦棄之，孩童遂隨其後拾之。杜陵，即漢宣帝之陵墓，屬京城荒涼之地。

(二五)探丸，出《漢書·尹賞傳》，不良游俠之手下衆行違法之事，詳見講釋。借客，出《史記·郭解傳》，詳見講釋。渭橋，似江户大阪之日本橋，位於城正中繁華之地。

(二六)芙蓉劍，可見《越絶書》，越王勾踐之寶劍，「手振拂揚其華，捽如芙蓉始生」。

(二七)桃李蹊，見《史記·李廣傳》，講釋中詳述。

(二八)氤氳，見《樂府雜録》，謂動聽之音，歌唱時自唇邊發出之聲，聲音輕微柔和。

(二九)五劇三條，將於下文詳述。三市，出《周禮》，有朝市、夕市、大市三類，為商人聚集繁華之地。

(三〇)金吾，據《漢書·百官表》註，天子出行，金吾為天子開道，為頗有威勢之護衛。千騎，為諸侯之隨從，見於《樂府》。

(三一)屠蘇，原為庵名，釀酒之所，後用作酒之名。鸚鵡杯，即海螺，《海槎録》：「産于文昌海面，頭淡青色，身白色，周遭間赤色數稜。」好此物者將之作為酒杯。

(三二)羅襦，見《史記·淳于髡傳》。

(三三)燕歌趙舞，見《古詩》。

（三四）將相，謂將軍及宰相。

（三五）轉日，《淮南子》：「魯陽公與韓構難，戰酣，日暮，援戈而撝之，日為之反三舍。」又「回天」見《唐書·張玄素傳》，魏徵歎曰：「張公論事，有回天之力。」

（三六）灌夫，漢景帝時將軍，氣勢强大，人人畏懼。

（三七）蕭何，漢高祖時宰相，被允許劍履上殿。

（三八）青虬，出《楚辭》；紫燕，出《尸子》。均為馬名。

（三九）五公，前漢元帝時，張湯、蕭望之、馮奉世、史丹、張安世同獲官位，勢力强大。桑田碧海，講釋中詳述。

（四〇）楊子，謂楊雄，漢哀帝時期之人。

【校勘記】

［一］態，原作「熊」，據《唐詩選》卷二、《全唐詩》卷四十一改。

劉庭芝

公子行（一）

乃樂府題，從始句至終皆描述赫赫有名諸侯公子沈迷美色之瑣事。行，謂詩歌，此處將詩歌比喻為行走時順暢輕快無停滯貌。詩中如實描述花花綠綠絢爛情景。之所以如此，乃告誡世人須謹慎行事，人皆覺受辱而難以欣然接受認可。然云聞見有人於不為人知處，沈迷美色做各種愚蠢事，將此一一說出，必讓人羞澀難當漲紅臉頰。此詩旨在告誡赫赫有名公子等以為他人不知而背地作惡者，終如鏡中照物般為世人知曉，故應謙恭本分，謹慎行事。全篇詩句，虽無誘導，然於詩歌創作中如同自遭惡人般感同身受。

天津橋下陽春水(二)**，天津橋上繁華子。馬聲迴合青雲外，人影搖動綠波裏。綠波清迴玉為砂，青雲離披錦作霞**(三)。洛陽天津橋下，陽春二三月，流水潺潺。橋上赫赫有名公子引容飾華麗之隨從衆人路過，此時橋之彼端傳來「嗨」「呵」之類招呼聲，於是此端亦作同樣回應。行合處在橋之高處，在此宛如望見青雲綿延，水面晃動衆多人影，映入綠波中。因綠波清澄，遂可見底，水底有沙似玉石。青雲四散時，與霞連成一片，似初織之錦緞。**可憐楊柳傷心樹，可憐桃李斷腸花**。下言柳樹纖細且鮮花爛漫，我心為春色撩動而興奮不已。可憐，為可愛之意，極為可愛之柳樹輕輕垂下柳枝之態，宛如看到女妓曼妙身姿，故此樹實讓人憐惜，無論怎麼看都很可愛。賞桃李花之美，似欣賞女人之美，要人肝腸寸斷。**此日遨遊邀美女**(四)**，此時歌舞入娼家**。因此日悠閑，故欲盡情玩樂，招迎美女唱歌跳舞興奮不已，來到娼家。**娼家美女鬱金香，飛去飛來公子傍**。其遊女身上留有香氣，撲來此處又撲到彼處，一會兒調戲一下就離開，在赫赫有名公子旁飛來飛去歡鬧。**的的朱簾白日映**(五)**，娥娥玉顏紅粉妝**(六)。的的，謂房間明亮華美，房間掛著美麗朱簾，柔和日光映於朱簾上閃耀。中有梳妝打扮精美如玉之人，於臉頰上塗抹胭脂白粉。**花際徘徊雙蛺蝶，池邊顧步兩鴛鴦**。公子們帶著嬌美之女到處走動，或評曰，宛如一對雙蝶無法分隔，又宛如雌雄鴛鴦無法分離。粘在一起不離左右，關係好得很。**傾國傾城漢武帝**(七)，**為雲為雨楚襄王**(八)。於是回想過往，非僅今時如此，昔時亦然。漢武帝鍾愛傾國傾城之李夫人，楚襄王愛戀成雲成雨且薄情之彼巫山神女。**古來容光人所羨，況復今日遥相見**。自古以來，容光煥發之人，人人所羡。況復今日宴席上，雖分開而坐，卻遥遥相望。此「遥」字用得有趣。之所以如此説，乃因於下句看到公子美女纏綿一起，恨不得二者共一身，而宴席上分開而坐離得遠，飲酒彈琴時，公子美女被隔開，故而稱之為遥遠。**願作輕羅著細腰**(九)，**願為明鏡分嬌面**。公子向美女發誓稱，願爲伊人之明鏡，分伊人之嬌面，朝暮望之。**與君相向轉相親，與君雙栖共一身**。**願作貞松千歲古，誰論芳槿一朝新**。再願作亘古不變色之松樹，千年之後依舊與君長相守。討厭被議論為如薄情芳槿花一朝新而早枯萎，冷酷無情。**百年同謝西山日，千秋萬古北邙塵**(一〇)(一一)。百年看似長久，卻如同日落西山，短暫而無情，千萬年葬於北邙山之墓地，即便化作塵埃，亦永不分離。受人譴責説，背地行如此風流韻事，自以為不爲人知。真令人作嘔，不勝凄慘。

【注釋】

（一）公子行，樂府題，具體講釋中詳述。

（二）天津橋，位於洛陽，乃繁華之地。

（三）離披，向四處分散貌。

（四）遨遊，見《詩經》。

（五）的的，謂明亮物事，見《淮南子》。

（六）娥娥，指美麗。

（七）傾國，漢武帝所愛之李夫人歌曰：「一顧傾人城，再顧傾人國。」

（八）《文選》載，宋玉於《高唐賦》中寫道，襄王於高唐之御殿小憩時，來一美女將其帶走，不久欲返，襄王依依不捨，勸其留，美女云，我乃巫山之神女，朝為行雲，暮為行雨，若見之，即可認作是我而望之。許下約定後消失不見。

（九）細腰，《墨子》及《韓非子》中謂纖細腰身。

（一〇）「千秋萬古」、「百年千歲」，乃古人用以表示永遠、長久、持續之意語。

【校勘記】

［一］萬古，原作「古萬」，據《唐詩選》卷二、《全唐詩》卷八十二改。

代悲白頭翁

作此詩代悲白頭翁。雖以如此命題，但歸根結底還是哀嘆人易老之命運。

洛陽城東桃李花，飛來飛去落誰家。都城東面桃李花盛開，過五六日，為早風吹得飛來飛去，不知落誰家。**洛陽女兒惜顏色，行逢落花長嘆息。**京城年輕女子見花衰落，不禁感歎自己年輕容顏亦與其無異。彼女子漫步於此，見落花衰敗而長嘆不已。**今年花落顏色改**（一），**明年花開復誰在。**隨今年花落，我顏亦衰老改變，到明年此時，想必此花依舊如今年這般盛開，但又有誰會以今年之容貌再去看花？**已見松柏摧為薪**（二），**更聞桑田變成海**（三）。松柏枯成薪，又聞桑田變成海。**古人無復洛城東，**況人易老，古人不知死去多少，今已不在。**今人還對落花風。**如今如此説之人，還對花風追逐，遂衰老而成古人。**年年歲歲花相似，歲歲年年人不同。**年年繁花依舊盛開，人卻年年衰變。**寄言全盛紅顏子**（四），見此寄言於年輕人。人自欺欺人，以爲可以永遠年輕，但人不能永遠年輕。**應憐半死白頭翁。此翁白頭真可憐，**盡情行樂之紅顏少年，應留心可憐如我般已半死之白頭翁。故應憐憫如我般年衰之人。**伊昔紅顏美少年。公子王孫芳樹下**（五），**清歌妙舞落花前。**我亦並非生來即老人，曾經我亦紅顏少年。當時我亦曾共公子王孫樹下賞花，盡情行樂。**光禄池臺開錦繡**（六），**將軍樓閣畫神仙。**「公子」「將軍」二句，皆美事。昔時，前漢王根，家中庭院景色極美，以錦綉飾池水樓臺，成帝亦曾悄悄臨遊此庭院；又後漢梁冀任大將軍，奢侈至極，效仿長生不死，於樓閣畫神仙。**一朝臥病無相識**，便是如此之人，亦一朝臥病，人之交往斷絕，身邊相識亦在不知不覺中斷盡來往。**三春行樂在誰邊**。昔日，三春時節還曾行樂，不知從何時已與我無關。**宛轉蛾眉能幾時，須臾鶴髮亂如絲**(七)。將眉毛修成婉轉美麗之二月柳，但不能長久持續，須臾之間衰老，白髮如鶴毛亂如絲。**但看古來歌舞地，唯有黄昏鳥雀悲**(八)[一]。但謂无論如何，非要看。自古以來，衆人行樂之歌舞地亦消失，細思量來，唯有日暮微暗時，自然響起之鳥雀悲鳴聲。見此番景象，桑田變碧海亦非虚言。

【注釋】

(一)顔色改，《漢書・杜欽傳》：「婦人四十，容貌改前。」

(二)《文選・古詩》：「松柏摧爲薪。」

(三)桑田，前有釋。

(四)寄言，云寄言於年輕人，注意其有迂闊處。

(五)公子王孫，《博物志》：「王孫公子，皆古人相推敬之詞。」

(六)光禄，指近侍，下面詳述。

（七）鶴髮，鶴為白色，故指白髮。

（八）黄昏，《淮南子》謂指日落之後。

【校勘記】

［一］雀，原作「省」，據《唐詩選》卷二、《全唐詩》卷八十二改。

宋之問　下山歌（一）

《下山》為宋之問與友人相伴登嵩山游玩，歸時戀戀不捨而作。

下嵩山兮多所思（二），**携佳人兮步遲遲**（三）。與如君般心意相合之人結伴登嵩山，下山時依依不捨，思緒萬千。之所以如此，乃因携如君般善人同行，實令人戀戀不捨，故為了與君遲些分手，而故意放緩脚步。**松間明月長如此，君再遊兮復何時**。此山松樹繁茂，松間懸明月之景，無論何時看，經常如此充滿趣意。由於難知何時再次與君一同游山，甚感不捨。

【注釋】

（一）下山歌，講釋中詳述。

（二）嵩山，名山，位於京城正中央。「兮」為助詞，出《楚辭》，吟詩時用於拖長音。

（三）攜，謂攜同行之意。佳人，美人，原指君子，此指友人。遲遲，見《詩經》。

至端州驛見杜五審言沈三佺期閻五朝隱王二無競題壁慨然成咏（一）

端州驛，謂嶺南之换馬驛站。中宗時，與武則天皇后私通之張易之被誅，其親友杜、沈、閻、王四人左遷至南嶺，將從端州驛各自前往不同左遷之地，遂於茶棚相見飲惜别酒，題詩於壁。宋之問因有不便，稍後至此，見墻上詩，覺豈有此理，憤而咏此詩。

逐臣北地承嚴譴（二），**調到南中每相見**。五人均被逐離京城，皆承嚴譴。調，即被分派。本以爲即便被分派至不同左遷之地，到南中後，因相隔不遠，能時常相見。**豈意南中岐路多**（三），**千山萬水分鄉縣**（四）。噫，實未想到南中歧路多，千山萬水分隔各自所在鄉縣。即謂左遷之地路途遥遠，需跨越千山萬水。**雲摇雨散各翻飛**（五），**海闊天長音信稀**。似雲摇遠去，雨四散落下般，各自踏上分别之路。相離甚遠，遥望海闊，仰望天長，音訊長稀。**處處山川同瘴癘**（六），**自憐能得幾人歸**。更厭所到之處皆為山川，均在南方，故同染未曾沾之熱毒，遂自憐。憐，即能有幾人幸存並得善歸？想必我之命運境遇亦將相同。

【注釋】

（一）端州驛之題注，在講釋中詳述。沈三等氏後有一、二、三等數字，因為父方從兄弟、再從兄弟至三從兄弟皆繼承同一血脉，故年長者加「大」以表示「第一」，其餘根據年輩排序二、三、四甚至更多。此僅唐代有，其它朝代無。《禮記・大傳》中有載，詳情可參東涯先生之《釋親考》。

（二）逐臣，可參李斯之《上書》。北地，謂長安，京城。嚴譴，謂受嚴懲。

（三）岐路，即岔路，可參《列子》。

（四）鄉縣，謂嶺南之村莊。

（五）「雲摇」一句，比喻顛沛流離。此處謂杜審言貶峰州，沈佺期貶驩州，閻朝隱貶崖州，王無競貶廣州，宋之問貶瀧州。

（六）瘴癘，《文選》李善注稱南方之熱毒爲「瘴癘」。

李白　　**烏夜啼**（一）

樂府題，宋臨川王義慶所作也。師曠《禽經》道：「烏之失雄雌，則夜啼。」女人亦是如此，若與夫君分離便相思，此為人之常情。此詩乃以夫君赴胡地征戰，長久不歸而婦人嘆惋之體，借樂府題所作之。

黃雲城邊烏欲栖，歸飛啞啞枝上啼(二)。黃昏時分，望向黃雲籠罩城邊，烏於城中樹木茂密處築巢，歸飛時啞啞啼鳴，或止於枝上啼鳴召集友烏。自那時便會思念丈夫。**機中織錦秦川女**(三)，**碧紗如煙隔窗語**。恍見前秦時長安京城竇滔之妻，織錦緞時將詩織入其中。秦川，即都城。由於女人不能拋頭露面，遂從張掛綠紗窗内往外看，故猶如煙霧彌漫而模糊不清，隔窗語數數怨言。**停梭悵然憶遠人**(四)，**獨宿空房淚如雨**。於是停止左右穿梭，憶及遠方丈夫，思其今夜亦復寂寞獨宿空房，便淚如雨下。

【注釋】

(一)烏夜啼，講釋中有述。

(二)啞啞，為烏之啼叫聲，見《世說》。

(三)織錦，《晉書·列女傳》記載，竇滔妻名蕙，善作詩文，夫君乃襄陽官吏，蓄妾後許久不訪妻，故妻作詩織錦贈夫君，丈夫深感有愧，遂迎妻。

(四)梭，即用以織布之織梭，左右來回操作，見《五車韻瑞》。

江上吟(一)

乃樂府題。「吟」與「歌」同義，見《樂府明辨》。此詩述一日泛舟行樂之狀。

木蘭之枻沙棠舟（二），**玉簫金管坐兩頭**。以木蘭樹作枻，以沙棠木作舟，二者皆爲浮水不沈之名木。泛舟於水上，令吹奏玉簫、金管者左右分坐兩頭，如日本當時彈三味綫之類。「玉」、「金」二字為修飾語，華美之意。乘上等船，若僅有音樂而無飲食，則無法盡興。**美酒樽中置千斛**，於是樽中儲存千斛美酒，盡情飲。**載妓隨波任去留**。**仙人有待乘黄鶴**（三），**海客無心隨白鷗**（四）。船佳，樂亦佳，更有諸多美酒。此外若有不足，便是無美女藝妓則無趣，於是船上又載美麗歌舞妓。但即便如此完備，極盡行樂，若有心事掛念，心情亦受阻礙。故今來此遊山玩水，欲將掛念心事完全抛諸腦後，任舟隨波漂去或留在岸邊。若僅論此舟上享受行樂，仙人亦自覺不如。因爲仙人欲飛虚空，還須待乘黄鶴。昔時，海邊客隨白鷗遊，無心捕捉，看似因無所事事而出來消遣，白鷗至小舟旁亦不驚。**屈平辭賦懸日月**（五），**楚王臺榭空山丘**（六）。楚國屈平作《楚辭》，《史記》中贊屈平之詞賦可與日月争光。縱如此，卻遭令尹子蘭、上官大夫之讒言，被放於汨羅，投江而死。如此看來，功名亦是無用之物。又，縱楚靈王築臺榭以為豪，然今亦消失無跡，彼處亦成山丘，故奢侈亦非長久之事。**興酣落筆摇五嶽**（七），**詩成笑傲凌滄洲**（八）。横掃末句之「功名富貴」。今我興酣於游船，落筆紙上，隨意作詩文，卻有足以摇撼五嶽大山般氣勢，而此信筆之詩，可嘲笑、傲慢甚至凌於仙人居住之滄洲。**功名富貴若長在**，**漢水亦應西北流**（九）。世人所好之功名富貴，若有長在之理，則東流之漢水應反流向西北，以此根據反駁。言外意即，此理終歸歪理，我等無心期望功名富貴。

【注釋】

（一）江上吟，講釋中詳述。

（二）任昉《述異記》曰：「魯班刻木蘭為舟。」又漢成帝曾以沙棠木作舟，携趙飛燕於太液池游玩。木蘭与沙棠均浮於水而不沉之木，故均適用於作舟。

（三）《列仙傳》載，竇子安、費文禕等仙人乘黃鶴於天上漫步。

（四）《列子》載，海上人以鷗為友玩耍，其父曰「吾聞漚鳥皆從汝遊，汝取來吾玩之」，於是起捕捉之心，而當其過去時，鷗盡飛去，不復與之為友。

（五）屈平，姓氏同楚國之君，詳見《史記》。

（六）楚靈王造章華臺並以之爲豪，見《左傳》。榭，謂周圍皆是繁茂樹木之家宅，見《爾雅》。

（七）五嶽，即東泰山，南衡山，西華山，北恒山，中嵩山。

（八）《杜陽雜編》記載，隋時一人名曰元藏幾，於滄洲見平生花木，似終年皆二三月，其地人長生不死，乃仙境也。

（九）漢水，源自隴西嶓冢山，東南流入江。

杜甫　**貧交行**（一）

此詩告誡世人，人若貧窮，則親戚亦疏遠；富貴榮華，則外人亦親近。古人之交可靠，而當代之人見外生分，不可信賴。

翻手作雲覆手雨（二），**紛紛輕薄何須數**。當代之人不可信賴。看似親切，卻言而無信，故不可靠。將之喻言，若手掌朝上便成雲，手掌朝下便成雨。如此亂絲紛紛，輕薄者何須數。**君不見管鮑貧時交**（三），**此道今人棄如土**。「君不見」泛指世人。昔時，齊國管仲貧時曾騙取鮑叔牙金銀，鮑叔牙毫不嫌棄，一生待其不薄，且推薦其至齊桓公作大夫。今人無如此高尚道義，衆於此道棄之如土，對於貧者白眼視之，避之不及，實在可悲可嘆。

【注釋】

（一）貧交行，講釋中詳述。

（二）翻，謂將手掌朝上。「雲」字下「覆」字，謂將手掌向下。於「雨」字之後字進行仔細斟酌方用此於句中。

（三）管仲、鮑叔牙為知己一事可參《史記》。管仲稱：「生我者父母，知我者鮑子也。」

短歌行贈王郎司直(一)

短歌行，《文選》中有長歌、短歌，皆視詩人心情而定長短，與詩句之長短無關。王為姓氏，宮中任職之人姓氏後加「郎」字。司直乃官職名，糾舉職事，無論善惡均向上稟報。此詩乃王郎欲舉薦杜子美，杜子美將王郎之言作成詩，再道謝意。終句為杜子美之回答，用「吾老，已無用武之地」謝絕王郎之美意。

王郎酒酣拔劍斫地歌莫哀(二)，此詩自「王郎」至「莫哀」十一字為一句，自「我能」至「奇才」亦十一字為一句。在中國，宴酒之時，好以木劍舞，故王郎先勸杜子美酒，酒酣時憤而生情，拔劍似斫地之勢，言於杜子美，君今雖流浪，吾將舉君而出，使君出人頭地，遂不必悲哀，舞歌莫哀。**我能拔爾抑塞磊落之奇才**。君重振之氣勢被壓抑，堵塞不順，我能拔君磊落之奇才。此處將磊落之奇才比作豫章之木、滄溟巨鯨。**豫章翻風白日動**(三)，**鯨魚跋浪滄溟開**(四)。名「豫章」之大樹於狂風中搖曳，於白日中擺動；鯨魚乘浪而行，似欲推開波濤洶湧之大海。**且脱劍佩休徘徊**，此句應單獨看。暫且脱下佩劍，原地不動。**西得諸侯棹錦水**(五)。**欲向何門趿珠履**(六)，若吾任西蜀節度使得諸侯地位，將於錦江水上撐篙前行，爾欲向何諸侯門趿珠履而受用之。此句含楚春申君邀天下三千俠義之士為客，使客皆趿珠履之典故。荊州劉表邀王仲宣為客，仲宣作《登樓賦》而名聲大噪。**仲宣樓頭春色深**（七）。**青眼高歌望吾子**（八），**眼中之人吾老矣**。若爾來，吾亦將格外珍視以待，如仲宣之於樓頭望春色之深。「春色深」三字乃適用於裝點詩句之文字。昔時，吾以笑臉青眼相待，高聲歌唱那首莫哀之歌，迫不及待將君推舉。至此為將王郎詩贊、安慰杜子美之言作成詩。「高歌」二字應第一句之「莫哀」，成完美呼應。終句僅爲杜子美表示禮儀之用。眼中之人，謂熟識密友。然彼熟識密友者吾亦老矣，已無用武之地。「矣」字為助字，以表結束。

【注釋】

（一）短歌行，講釋中詳述。

（二）拔劍，見《後漢書·張卬傳》。

（三）豫章，為天下名木，見陸賈《新語》。

（四）鯨魚，《爾雅翼》：「鯨，從京，大也。」

（五）「西得」一句，言司直將為蜀太守。

（六）珠履，謂春申君，見《史記》。

（七）仲宣，為三國魏時王粲之字，《登樓賦》見《文選》。

（八）青眼，謂愉悦眼神。晉時阮籍於所悦之人，以青眼視之；於不悦之人，以白眼怒目而視。吾子，見《儀禮注》，親切之稱。

高都護驄馬行（一）

開元末，高仙芝為安西副都護官，任安西郡撫慰胡國之副奉行，赴胡國，立大功，自胡國騎名馬而歸。然還京許久，玄宗卻不用之，故借驄馬以表惋惜。驄馬，青白毛色之馬。

安西都護胡青驄，聲價欻然來向東（二）。任安西郡都護之高仙芝，騎産於胡地青白毛色馬，聲價皆高，忽向東而來。**此馬臨陣久無敵**（三），**與人一心成大功**。此馬臨陣已久，所向無敵，然若笨拙之人騎上馬身，則馬亂蹦亂跳；如高都護之善騎者，騎手之心與馬心無隔成一心，遂能自由奔跑而成大功。**功成惠養隨所致**（四），**飄飄遠自流沙至**（五）。因此馬立戰功，遂予以惠養，無論睡或醒（時時刻刻），隨馬行所致，隨馬心所欲，因其足力强健，似於空中騰飛一般，自遥遠天竺流沙而至此。**雄姿未受伏櫪恩**（六），即便如此，以其雄姿尚在，不願同凡馬受伏櫪豢养之恩。**猛氣猶思戰場利**。一旦此馬隨主人高仙芝出戰，為使其取得功績，凡起兵争，便欲四處奔跑，此即為其猛氣。**踠促蹄高如踣鐵**（七），踠促，謂馬前蹄關節與爪之間短。蹄高，故越任何險阻亦如踏鐵般强勁。**交河幾蹴層冰裂**（八）。因此，據説曾幾次於嚴寒中蹴破層冰渡過駭人西域交河。**五花散作雲滿身**（九），**萬里方看汗流血**（一〇）。將此馬五處鬃毛打扮得似綻開花朵，其美麗之毛四散開來，好似滿身雲錦。萬里長距，方見費盡力氣，汗流如血。**長安壯兒不敢**

騎（一一），**走過掣電傾城知**。將其帶至長安，年輕壯士猶不敢騎，見快走如風馳电掣，城中人皆知。掣，為將長繩連接快速拉拽之意。**青絲絡頭為君老**（一二），**何由卻出横門道**（一三）。如此以青絲束頭為君老，則無價值。何由能使其再出横門之道復立戰功乎？如此借馬以喻，實則謂與其將高仙芝置於京，任以閑職，以其器量，倒不如讓其赴安西再立戰功。

【注釋】

（一）高都護，講釋中詳述。

（二）「聲價」之「聲」謂名譽，「價」謂身價高，見《文選》所録顔延之《馬賦》。欻，同「忽」。

（三）無敵，見《史記·項羽本紀》。

（四）惠養，見《文選·馬賦》。

（五）流沙，見《漢書》中載《天馬歌》。

（六）伏櫪，見魏武帝詩。

（七）《相馬經》：「馬踠欲促，促則健步蹄；蹄欲高，高則堪險峻。」

（八）交河，見《漢書·西域傳》，為結有厚冰危險之地。

（九）五花，杜子美之本集中有注，將馬之五處鬃毛飾如盛開之花。又，古稱守馬之神為王良星，此星之形如圖（圖見原文，此略），象天文星。見《星經》。

（一〇）汗血，《漢書・武帝紀》載，將軍李廣利自大宛國獲汗血馬而歸。又，《天馬歌》中載此馬流赤汗。

（一一）壯兒，《禮記・曲禮》中謂三十歲。

（一二）青絲，古樂府詩：「青絲繫馬尾。」此處言飾於馬頭。

（一三）横門，為京城之西北方向門，見《三輔黄圖》。

送孔巢父謝病歸遊江東兼呈李白（一）

送孔巢父因病難以任職而道謝歸家鄉江東養生。兼因李白居於其家鄉近處，遂亦呈之。日本人將「遊」字僅釋作「遊玩」，為不妥，此字原為「水中遊」之意，即從容悠緩貌。

巢父掉頭不肯住（二），**東將入海隨煙霧**。因年輕時被勸留京任官，將來定能出人頭地，然巢父卻搖頭不肯住京城。巢父答曰，吾將歸東，以海邊為居，欲隨煙霧飄至幽静處。**詩卷長留天地間，釣竿欲拂珊瑚樹**（三）。元來擅長作詩，故詩卷長留天地間，衆人紛紛贊賞，恐無盡頭。今後於海邊放竿垂釣，縱釣竿拂海底珊瑚樹，因心清無欲，亦無心採取珊瑚。吾實羨慕。**深山大澤龍蛇遠，春寒野陰風景暮**。海邊深山大澤遠離讓人厭惡之龍蛇等惡物，心安，甚好。今此別離之時，值春寒料峭，廣野陰沈，風光似日暮之景，甚爲凄涼。此句須留心「寒」「陰」「暮」三字，含自然與京城之衰敗意。**蓬萊織女回龍車**（四），**指點虛無引歸路**（五）。因居蓬萊之織女星乃屬君故鄉分野之星，遂前來迎接。回龍車，指點虛無之處，引歸路。**自是君身有仙骨**（六），**世人那得知其故**。**惜君只欲苦死留，富貴何如草頭露**。之所以言此乃因君身自是有仙人之骨。故而君曰，今時之富貴何如？脆弱尚不如草頭上之積露。至此述巢父之事。**蔡侯靜者意有餘**，於蔡侯之家斟酌別酒，此蔡侯亦為恬靜者，心胸寬大而有餘之人，與巢父同心，有風流雅名。**清夜置酒臨前除**。**罷琴惆悵月照席**（七），**幾歲寄我空中書**（八）。如此清靜之夜，置酒臨前除，鳴琴停罷，惆悵之月照坐席，天將破曉。別後幾歲寄我空中書？用「空中」代指遠方，亦與上句之「君身有仙骨」相稱。**南尋禹穴見李白**（九），**道甫問訊今何如**。回鄉向南尋得禹穴，若見李白，代我轉告，杜甫也問訊今時如何，心中深深掛念未忘。

【注釋】

（一）孔巢父，《南部新書》載，永王璘召巢父為部下。巢父見永王起謀反之心，便托病稱無法任職，隨即龜縮於故鄉江東。而李白則在永王手下效力，坐流放夜郎，故在終句言李白。呈，意為下級將我情闡明狀呈而上。

（二）掉頭，見《莊子》。

（三）釣竿，《樂府要解》中有《釣竿》之歌。珊瑚樹，《南州異物志》中載，大秦國之海底生物。

（四）蓬萊、方丈、瀛洲，此三島為仙人所居，見《史記》。織女，相對於牽牛星之吴越領域，為巢父家鄉吴國，故為此處所用。

（五）虛無，見《史記》。

（六）《神仙傳・嚴青》中有「仙骨」一詞。

（七）惆悵，原謂悲傷，此可視為不捨之情。

（八）吴山《附注》曰，按，「空中書」猶言「天邊之書」。因上句論月，並有「仙骨」二字，遂用「空中」與之對稱。

（九）禹穴，為《史記・太史公自序》中吴國一地名，為李白左遷之地，遂言之。

飲中八仙歌（一）

飲中，謂酒友，共八人。仙，因是不尋常之人，遂此處為稱贊。何爲稱贊豪飲？乃因世道昏暗，不提拔善用能人，是愚蠢之行，故作玩世不恭、心高氣傲之態，不阿諛富貴之作法稱之曰「仙」以贊之。此詩句句押韻，但「眠」字二用，「天」字二用，「前」字三用，與其他詩體不同。而於詩句之運用，對飲酒之人，或作二句，或作三句，抑或作四句，應用心揣摩杜子美之深刻用意。

知章騎馬似乘船，眼花落井水底眠(二)。賀知章乃越州人，故擅長海邊之事，慣乘船，不善騎馬。故醉酒後騎馬晃晃悠悠，感覺似乘船。眼花，為俗語，眼目昏花，見自己影子映落井中，於是説我好似在水底眠。此説乃南郭所言。此外，因醉意甚深，發困，恐不知何時落入井中，眠於水底，此形容醉意之深而非事實如此。此説為築波之言。兩者中可選取合乎心意者。**汝陽三斗始朝天**(三)，**道逢麯車口流涎，恨不移封向酒泉**(四)。所有人覲見天子前均忌所喜愛之酒不飲，然汝陽王卻飲三斗酒後，藉其酒勢進宮覲見，且道逢裝運造酒麯之車，便又欲飲酒，口中流涎，還言不得移封向酒泉郡乃為憾事。**左相日興費萬錢**(五)，**飲如長鯨吸百川**(六)，**銜杯樂聖稱避賢**。曾任左相之李適之，日日催興，花費萬錢，擺珍饈美味，其飲酒氣勢之甚，似巨鯨吞吸百川之水，因而遭讒言退官。此處為含沙射影，稱享樂聖潔，避污濁之賢。**宗之瀟灑美少年**(七)，**舉觴白眼望青天，皎如玉樹臨風前**(八)。崔宗之生來俊美，乃瀟灑美少年，手舉大盃露白眼曰，當今世上無人可為其對手，故望青天將其作下酒菜以飲酒。**蘇晉長齋繡佛前**(九)，**醉中往往愛逃禪**。蘇晉常年齋戒，將從天竺傳來之刺綉彌勒佛像掛起，曰其他佛皆戒飲酒，唯此佛好酒，故其可愛，於此佛前漸漸逃離世俗，熱愛禪道。此亦爲了不淪俗之手段。**李白一斗詩百篇，長安市上酒家眠。天子呼來不上船，自稱臣是酒中仙**(一〇)。李白若豪飲，則可作詩諸多，而醉酒後，世間諸事便拋諸腦後，無論何處均能寐。李白乃如此一人。某日，唐玄宗臨幸白蓮池，召見李白，其因醉酒不省人事，連游船都未登上，而醉倒在長安大街上一酒家，眠於斯。一斗，相當於日本九合九尺。「百篇」之「百」，數量多之意。李白官位相當於日本「大學頭」，然飲酒後卻隨性而不以爲失禮，强詞奪理，故自稱「臣是酒中仙」。**張旭三杯草聖傳**（一一），**脱帽露頂王公前，揮毫落紙如雲煙**。張旭飲三大杯酒後，借酒勁，所書草書甚佳而傳於世。且脱帽露頭頂，以墨汁浸髮蹭於墻，於王公面前毫無顧忌書寫。誠然揮毫落紙上即可成飛白，其勢如雲煙。**焦遂五斗方卓然**（一二），**高談雄辯驚四筵**。焦遂雖有口吃，若飲酒五斗，則高談闊論，其雄辯傳廣至四筵，在場之人紛紛驚歎。

【注釋】

（一）飲中八仙，講釋中詳述。

（二）眼花，見《五車韻瑞》。

（三）汝陽王，名璡。

（四）酒泉，為郡，位於肅州。漢時郭弘嗜酒，慾得封酒泉。

（五）左相，相當於日本左大臣。李適之，天寶年初，遭李林甫讒言所害失相位，《五言絶句》卷中有詩「避賢」「樂聖」（《罷相作》）。此外，魏太祖禁酒時，人偷偷飲酒，清酒稱聖人，濁酒稱賢人。日興，晉朝何曾日費一萬錢以食美味。

（六）《文選・海賦》：「横海之鯨，吹澇則百川倒流。」

（七）崔宗之，任監督官職，生來俊美。瀟灑，見《北山移文》，形容宗之少年之美。

（八）玉樹，形容人品出衆，見《世説》。

（九）天竺之人惠徵僧人帶來彌勒畫像，蘇晉曰：「是佛好飲米汁，正與吾性合。」於是掛於墻，作為酒友及下酒菜，對其飲酒。

（一〇）賀知章讚李白為天上謫仙人。

（一一）張旭大醉後頭髮上沾满墨汁，蹭墻寫字，見《新唐書》。草聖，為讚後漢張芝之稱謂。

（一二）焦遂，《唐書》中不得見，《唐史拾遺》中有載，其人口吃，然大醉後會變得能言善辯。

哀江頭（一）

前漢武帝曾到訪之古跡，位於長安南面，乃水曲景美之地。唐玄宗於此建有離宮，為出游之地。天寶年間，安禄山謀反叛亂，唐玄宗被迫逃亡蜀地，楊貴妃被絞死。曲江宮殿亦變得荒涼冷清，杜子美哀痛不已，以切身之情作此詩。

少陵野老吞聲哭（二），**春日潛行曲江曲**（三）。**江頭宮殿鎖千門，細柳新蒲為誰緑**。祖居於少陵之野老來此，見因安禄山之亂，此地變得荒涼如此。若出聲就將為敵人所獲，只得吞聲竊竊哭泣。於嫻静春天，悄悄步行至此。曲江彎彎曲曲，位於曲江之芙蓉苑内亦與去年不同。宮殿御門皆閉鎖而空，細細垂柳上新發芽之蒲又爲誰而緑？**憶昔霓旌下南苑**（四），**苑中萬物生顔色**。回首往昔，霓旌飄揚下南苑之時，苑中山水草木，萬物種種皆生顏色。**昭陽殿裏第一人**（五），**同輦隨君侍君側**。不遜於漢代昭陽殿第一美人趙飛燕之楊貴妃，與唐玄宗同乘一輦，散步時緊隨其後，坐時伴其左右，片刻不分離，深受寵愛。**輦前才人帶弓箭**（六），唐玄宗好事，當其來曲江游玩，車輦前會有被稱作才人之官位較高侍女，如年輕男兒一般束髮，身背弓箭。**白馬嚼嚙黃金勒**（七）。**翻身向天仰射雲，一箭正墜雙飛翼**。身騎於裝扮精美白馬之上。白馬十分强壯，所套黃金馬勒帶有叮噹作響之嚼子。嚙，同「齧」。侍女翻身一轉，擺姿向天，仰射雲中，一箭射落飛翔中有翼之鳥。雖爲侍女，但身手不凡。**明眸皓齒今何在**，其時所隨同明眸皓齒之楊貴妃，如今何在？**血污遊魂歸不得**（八）。因在馬嵬驛被縊殺，為血玷污之游魂，歸不得京城。**清渭東流劍閣深**（九），**去住彼此無消息**。如今衹有京城渭水東流，玄宗蒙塵之蜀地，劍閣山既遠且深，望不見。唐玄宗去蜀地，我住京城。彼此，指君臣。君臣別離，消息全無，竟何以如此？**人生有情淚沾臆**，人生有情之人，若逢此番悲慘境遇，早已因悲傷不已而淚沾臆。**江水江花豈終極**。**黃昏胡騎塵滿城**，**欲往城南忘城北**。無心之江水江花豈有終極？永遠可見。然見其後之事則有意外之違。我心神不安，胡思亂想，眺望遠方，直至黃昏日暮之時，安禄山之胡騎揚起塵土，飄滿京城，因不能為敵人所發現，欲往城南，卻忘記城北之路。此描寫因着急慌張而茫然失措貌。

【注釋】

（一）哀江頭，講釋中詳述。

(二)吞聲，見《文選・恨賦》。

(三)「曲江曲」之「曲」，似隈(岸邊)。

(四)霓旌，將鳥羽染成五色作飾，視之如彩虹，見《文選・西都賦》。

(五)昭陽殿，前漢趙飛燕之住所，因不能公然言當代之事，故以此作為楊貴妃之喻。

(六)唐代制度中，才人為正四品，為皇帝身邊侍女。

(七)《明皇雜録》載，賜黃金銜勒予楊貴妃姊妹。

(八)血污，唐玄宗逃亡蜀地之時，於馬嵬驛將楊貴妃絞死，時年三十八歲。遊魂，《易》中字，謂幽靈。

(九)渭水，長安之河。劍閣山，去往蜀地山道中最高險峻處。

韋諷録事宅觀曹將軍畫馬圖引(一)

本集注：韋，乃姓氏；諷，乃名；録事，乃官職名，專管記録之官職，於蜀地成都任職。

國初以來畫鞍馬，國初，謂唐初以來**神妙獨數江都王**(二)。**將軍得名三十載**，畫鞍馬可稱之為神妙者，數來數去獨有江都王。自後，曹將軍以畫馬名人得名，已有三十年。自將軍畫馬以來，**人間又見真乘黃**(三)。人間又見真名馬，名曰「乘黃」。**曾貌先帝照夜白**(四)，**龍池十日飛霹靂**(五)。曾臨摹先帝玄宗名馬照夜白，其不可思議者，不知是否為天所感知，玄宗作親王時所居舊宅曰「龍池」之地，十餘日霹靂雷鳴，響徹雲霄。此乃至極之實事。**内府殷紅瑪瑙盤**（六），**婕妤傳詔才人索**（七）。天子亦甚是叡感，將内府之殷紅瑪瑙盤作爲賞賜，命位重女官婕妤傳詔書。年輕女官才人索（接旨），並於衆人前念詔書。**盤賜將軍拜舞歸**，將軍受賜瑪瑙盤，以似日本小笠原流（小笠原流派禮法，為室町時代足利義滿之臣小笠原長秀所定之武士家族禮法，後來成為武士家族正式禮法。明治以後，被學校教育所採用。禮法非常嚴格。——譯者注）式之禮，展開左右衣袖成舞形叩拜而歸，足見感激之極。拜舞，謂感謝之意。**輕紈細綺相追飛**，此外，相繼追加若干輕紈細綺之賞賜。**貴戚權門得筆迹，始覺屏障生光輝**。貴戚家中皆請將軍作畫，故在皇后之後，接連有威勢權門亦得將軍之親筆畫作。得將軍之畫，始覺屏風掩障之類皆顯格外特别，熠熠生輝。**昔日太宗拳毛騧**（八），**近時郭家獅子花**（九）。**今之新圖有二馬，復令識者久歎嗟。此皆騎戰一敵萬**，言昔日，則太宗之拳毛騧；言近時，則郭子儀家中拜領之獅子花。今之新圖有此二馬，再令有識者久久觀之，皆歎其畫工栩栩如生，今後若騎出戰馬，能以一敵萬。**縞素漠漠開風沙**。將其畫於縞素之上，好似打開揚起猛烈風沙之漠漠沙場。**其餘七匹亦殊絶，迥若寒空動煙雪**。其餘七匹馬，亦優秀而矯健，好似迥然仰望飄雪之寒空，將其氣勢描繪得令人感到寒毛凜凜。是為表現馬之壯碩氣勢。**霜蹄蹴踏長楸間**（一〇），**馬官廝養森成列**（一一）。霜蹄駿馬蹴踏於長長楸樹道間，且非獨馬，馬官廝養亦肅立成列。以上共九匹馬。**可憐九馬争神駿**，惹人喜愛之九馬共争能奔馳千里之神氣駿姿，互不相讓，一決高下。**顧視清高氣深穩**。其顧視清高，氣象平静、深沈、安穩。**借問苦心愛者誰，後有韋諷前支遁**（一二）。借，助字，無意。借問苦心真愛者爲誰，後世今有韋諷，前世昔有支遁。嘗有人問支遁曰，馬與上人（日語中「上人」指身份地位尊貴之人、德智兼備之人——譯者注）不相稱，何爲愛馬？支遁答曰，雖於我無用，然我慕其能奔馳千里之神駿。至此述馬，由此聯想至玄宗西巡之事而續講。**憶昔巡幸新豐宫**（一三），**翠華拂天來向東**（一四）。憶昔玄宗巡幸新豐宫時，翠華葳蕤，錦旗拂天，向東而來。**騰驤磊落三萬匹**（一五），**皆與此圖筋骨同**。騰驤，《文選》注：「騰，飛」，「驤，舉也」。磊落，言所帶三萬匹强壯駿馬皆與此圖筋骨相同。此為包含詩人胸臆之句。先舉九馬稱贊之，後又言三萬匹馬與九馬筋骨相同，可見不可將此九馬僅視作寶物。玄宗曾是明君，後因迷戀楊貴妃，將政權交給楊國忠，終釀成安史之亂，豈不悲惜。憶昔西巡之時，朝中忠信者甚多，猶如率良馬三萬匹。肅宗、代宗二位天子懦弱至極，群臣奉承諂媚，無人報效國恩，且平日騷亂日益增多。然亂世之下非無有才智學問者，正如九匹名馬一般格外引人注目。雖如此，今已無玄宗得楊貴妃前盛世之貌。結句「龍媒去盡」，無非是詩人之寸心。**自從獻寶朝河宗**（一六），**無復射蛟江水中**（一七）。正如周穆王獻寶玉祭河宗，玄宗亦自獻寶玉祭河宗之後不久駕崩，故無復漢武帝巡獵時江水射蛟之歡樂景象。此句以喻玄宗，且暗示詩人之内心，即便如玄宗般氣象强大之天子，亦有力所不及之事。**君不見金粟堆前松柏裏**（一八），**龍媒去盡鳥呼風**（一九）。以「君不見」，將辭一改，身居葬有玄宗之金粟堆陵前，松柏茂盛其間，世人不可能皆不見。龍媒名馬亦去盡，僅有鳥向風啼嗚，荒涼之極，內心如何不悲哀？實則肅宗、代宗治理國家時無忠臣，行賄受賄公然為之，內心如何不痛苦？

【注釋】

（一）《名畫記》：「霸在開元中已得名，天寶末每詔寫御馬及功臣。」引，即歌，《樂府明辨》言：「述事本末，先後有序，以抽其臆者，曰引。」

（二）《明皇雜録》中將曹霸之畫贊爲「神妙」。《名畫記》載，江都王緒多才藝，畫鞍馬擅名。

（三）乘黄，《合解》稱舜帝時神馬。

（四）照夜白，為桃花馬，玄宗好此類馬。《唐會要》載，玄宗令曹霸畫照夜白。

（五）據傳，玄宗作親王時所居住舊宅邸之龍池，雷聲大作十日不斷，被認爲是照夜白之畫被上天所感知而成。

（六）「殷紅」之「殷」應讀作「アン（an——譯者注）」，謂暗紅色。《唐書》載，裴行儉曾得一瑪瑙盤。

（七）婕妤，為官女，官位相當於上卿。

（八）《金石録》載，太宗所好名馬六匹，其一曰拳毛騧。

（九）《杜陽雜編》載，代宗之御馬有名叫獅子花者。

（一〇）霜蹄，見《莊子》。長楸，《合解》稱：「養馬處插長楸以為蔭也。」

（一一）馬官，即管馬官吏。廝養，為喂馬草料官吏。

（一二）支遁愛馬一事可參《世說》。

（一三）「憶昔」，蔣注此下感玄宗幸西事。巡幸，巡，見《孟子》；幸，天子御車所至之處，衆人稱之為「幸」而歡喜，見於《舊唐書》中載。新豐，漢高祖故里曰「豐」，其為天子後，欲接父至長安，然其父仍欲居於豐，故高祖將都城内以豐之形修建，再將父接來，稱「新豐」。

（一四）翠華，即旗幟，見《文選·上林賦》。

（一五）騰驤，見《文選·魯靈光殿賦》。

（一六）河宗，見《穆天子傳》，天子沈璧，祭河宗。

（一七）射蛟，前漢武帝自潯陽浮江，親射蛟江中，獲之。

（一八）據《舊唐書》，金粟堆為玄宗陵墓，稱泰陵，位於蒲城東北之金粟山。

（一九）《漢書·禮樂志》録《天馬歌》曰：「天馬徠，龍之媒。」「徠」為「來」之古字。

丹青引贈曹將軍霸（一）

丹青，謂彩色畫。霸，為此人之名。今淪爲寒門，然曾是官人，故此以官位稱之曹將軍。為寬慰其如今辭官風流瀟灑度日，而作此詩。

將軍魏武之子孫(二)**，於今為庶為清門**(三)。**英雄割據雖已矣**(四)**，文采風流今尚存**。「將軍魏武之(助字)子孫，於(助字)今為庶為(助字)清門。英雄割據雖已矣(助字)」，玉山秋山子羽先生曰，此三句助字無中斷之用法，好似明月上綴點點浮雲，應用心閱讀。曹將軍乃魏武帝曹操之子孫，今虽潦倒，淪爲庶人寒門，然亦出身高貴清門。曹操被譽為英雄，三分天下，魏、吳、蜀各自占都為據點。曹操於魏國，其盛時磅礴氣勢雖已不在，但曹操在軍中所作詩文采風流，至今尚存。**學書初學衛夫人**(五)**，但恨無過王右軍**(六)。**丹青不知老將至，富貴於我如浮雲**。欲成能書之人而學書法。初，衛夫人雖為女子，然亦為聞名天下之能書者，仿佛其手帖以習之。但恨無以超過王右軍，故棄習字而改習丹青，未知年之已老。將全數精力投入作畫之中，世上富貴於我眼中如輕而即消之浮雲。因如此專心致志，方得獲功名。**開元之中嘗引見，承恩數上南薰殿**。**凌煙功臣少顏色，將軍下筆開生面**。**良相頭上進賢冠**(七)**，猛將腰間大羽箭**。**褒公鄂公毛髮動**(八)**，英姿颯爽來酣戰**(九)。曾被引見作畫，承恩數上南薰殿。當此，凌煙閣上所畫先祖太宗時文學武功之二十四人，其功臣畫像年久褪色，命將軍下筆重畫，將軍所作畫像別開生面，好似笑顏滿面。畫像如此，其能力頗得認可，以至後世皆不忘。自太宗至玄宗，已歷近百年，人像色彩，本已應褪去。自此乃古詩之體也，立即提及所畫人像以成詩句。凌煙閣中畫像之形，房玄齡、杜如晦、魏徵等文官良相頭上皆著進賢冠，神態安詳；武將褒公、鄂公乃著名猛將，腰間佩帶大羽箭，精神抖擻。褒公、鄂公之鬍鬚頭髮亦仿佛抖動，其英姿颯爽，好似從早至晚，無休酣戰，如今似歸來一般，視之威嚴可畏。因其畫甚好，看似十分逼真。至此，講完畫事。**先帝天馬玉花驄，畫工如山貌不同。是日牽來赤墀下**（一〇），**迥立閶闔生長風**（一一）。憶及玄宗皇帝駕崩一事，而從此句開始講玄宗。先帝玄宗時，大宛國進獻天馬，其中一匹曰玉花驄者。因喜愛至極，欲將此馬平時帶於身邊，然四足之物無法登上寶殿，故欲至少將此馬畫成掛畫時常望之，便命畫工據生馬作畫，得馬像多如山，而與生馬皆不同。是日，牽諸赤墀下，迥立於閶闔，宛若足下生長般氣勢十足。**詔謂將軍拂絹素，意匠慘淡經營中**（一二）。**斯須九重真龍出**（一三），詔書命將軍作畫，將軍拂拭絹素，一筆速畫此名馬。能畫之人皆下筆無滯，作畫之勢好似輕風拂過，故將輕鬆作畫以「拂」字表示。意匠，即心中計劃此處畫頭彼處畫腿；慘澹，謂一心一意專心致志於構思。斯須之間，九重寶殿上出現一匹宛若真龍之名馬。**一洗萬古凡馬空。玉花卻在御榻上**（一四），**榻上庭前屹相向**（一五）。**至尊含笑催賜金，圉人太僕皆惆悵**（一六）。將萬古凡馬一洗而空，而名馬玉花若立於御榻之上，榻上之馬恰似庭前而屹，好似以相嚮之勢言説「請上騎」。於是，至尊心情大悦，微微含笑，賞賜黃金，便促儘快備騎。蹲於赤墀下之圉人太僕皆為惆悵。**弟子韓幹早入室**（一七），**亦能畫馬窮殊相**。**幹惟畫肉不畫骨，忍使驊騮氣凋喪**（一八）。曹將軍之弟子韓幹，早年入室，亦擅長畫馬，且能畫各種殊相。然韓幹畫馬惟畫其肥壯有肉，而關鍵之骨骼强壯卻不畫。忍，即言虽有不足之處，不合將軍之意，然尚能容忍之意。既能容忍，而實不可及，使驊騮氣象凋喪。**將軍善畫蓋有神，必逢佳士亦寫真**。因將軍善畫，畫作蓋有神韻。若逢佳士，對方拜託作畫，必亦寫真。**即今漂泊干戈際，屢貌尋常行**

路人（一九）。**途窮反遭俗眼白**（二〇），**世上未有如公貧**。即今漂泊干戈之際，能畫之人與尋常行路人不得不屢受同等待遇。不幸身處窮途窘境，翻掌般反遭無知愚昧俗人白眼疏遠，今世間未有人如公貧。此句同情將軍，且覺僅言日常對不住將軍，故於後二句中又作安慰。**但看古來盛名下**（二一），**終日坎壈纏其身**（二二）。且看自古以來名人才子，自盛名之下，終日坎壈纏其身。終日，即「永遠」之意；纏，謂以細木纏繞不得解。

【注釋】

（一）丹青，彩色畫，見於《韻會小補》（原文為小補韻會——譯者校）。引，字義前已釋。

（二）魏武，即魏武帝曹操。

（三）於今為庶，見《左傳》。

（四）英雄，草之精秀者為英，獸之特群者為雄，謂文武雙全。世稱魏時曹操為亂世英雄。割，即三分之一；據，謂各自佔都為據點。魏國鄴由曹操佔據，吳國金陵由孫權佔據，蜀國成都由劉備佔據，由此三分天下，如三足鼎立。

（五）衛夫人，名鑠，晉時李矩之妻，將書法家王羲之收為弟子。

（六）王右軍，即晉時王羲之，字逸少，其手跡優美，古今無雙，曾任右軍將軍、會稽內史。

(七)《後漢書·輿服志》:「進賢冠,古緇布冠也,文儒者之服也。」

(八)《唐書》載,段志玄封褒國公,尉遲敬德封鄂國公。

(九)「酣戰」一詞,出《淮南子》。

(一〇)赤墀,臺階上,以丹漆塗之,見《字彙》。

(一一)閶闔,謂天子之門,見《淮南子》。

(一二)意匠,見陸機《文賦》。

(一三)《禮記》云,天子之門九重也。《留青日札》曰:「馬八尺以上為龍。」

(一四)榻,《釋名》中謂:「人所坐臥曰牀,長狹而卑曰榻。」

(一五)屹,《文選》李善注:「屹,舉頭也。」

(一六)圉人,見《周禮》,相當於日本掌管馬匹的官員。太僕,《漢書·百官表》載:「太僕,秦官掌輿馬。」

(一七)韓幹,大梁人,以畫鞍馬著稱,見於《太平廣記》。「入室」一詞,見《論語》。

(一八)凋,瘁也;喪,為亡而失。驊騮,見《荀子》。

(一九)尋常,見揚子《方言》。

(二〇)途窮,晉時阮籍乘車,至途窮之處,輒慟哭而反,哀嘆入困窘之境而進退兩難。俗眼白,晉時阮籍,若來不合心意之俗人,便以白眼視之,不予靠近。

（二一）盛名，見《唐書・房琯傳》。
（二二）坎壈，言心懷悔意而不幸，見於《楚辭》。

高適　**邯鄲少年行**（一）

此詩描寫少年秉性可靠剛强。高適認為，比起同當今世間客套無實人交往，還是與少年為友好得多，故憤然作此詩。

邯鄲城南遊俠子，自矜生長邯鄲裏。邯鄲城南有年少遊俠子，自矜生長於趙國繁華之邯鄲，故與他國鄉下之人不同，一切甚爲擅長。**千場縱博家仍富**（二），**幾處報讎身不死**（三）。「千」字用於表示數量之多，千場博弈任其爲之，仍有衆多黃金，不曾敗過。儘管如此，家中仍然富榮。為此地彼地之幾處人報讎，然其身無一寸傷，更不死。**宅中歌笑日紛紛，門外車馬如雲屯**（四）。且其宅中歌舞歡笑終日熱鬧紛紛，日日變樣，門外貴人乘坐車馬如雲聚般前來。如此廣結善交，亦無人可靠得住。**未知肝膽向誰是**（五），**令人卻憶平原君。**如今仍未知肝膽忠心該向誰訴説，令人憶昔日此國平原君。平原君嘗廣招天下學者三千人為門客，若有其人，則能肝膽相照。如平原君般秉性之人方可靠。趙平原君、魏信陵君、齊孟嘗君、楚春申君，此四人為大名鼎鼎男子漢大丈夫。**君不見今人交態薄，黃金用盡還疏索。**以「君不見」一改話鋒，泛指世人。今世之人十有九客套生分，富貴人家有黃金時，則討好奉承；一旦黃金用盡，立刻還疏，故而交情亦疏遠。**以茲感歎辭舊遊，更於時事無所求。且與少年飲美酒，往來射獵西山頭。**以茲感歎，辭卻舊遊，止出逢。從此與秉性仗義之少年共飲美酒，往來原野，携弓帶箭，射鳥捕獵，隨意漫步西山頭，忘記塵事，享受當下即好。

【注釋】

（一）邯鄲少年行，樂府題。《一統志》載，戰國時趙之邯鄲乃傲骨雄風之地，為熱鬧都城。少年，指年輕人。「行」之字義前已述。

（二）縱博，博弈也，屬圍棋、象棋、雙六一類。

（三）報讐，見《左傳·僖公十五年》。

（四）如雲屯，亦作「如屯雲」，此為善。「屯」為元韻，以文韻作句，句尾必須以「雲」字為韻。南郭服先生校對有所疏忽。

（五）肝，為魂所在之處；膽，為肝府，如同心中。據《史記》，平原君乃趙人，愛學者，為可靠之人。

人日寄杜二拾遺(一)

《世説注》曰，杜子美天寶年中獻《三大禮賦》，然逢安禄山謀反叛亂。玄宗逃往蜀地途中，杜甫步行至肅宗之行在覲見，獲封左拾遺。因直抒諫言，不合御意，又被免。肅宗乾元二年，杜甫前往蜀地，蜀奉行裴冕於浣花溪之地爲其修建一座草堂。彼時，高適亦遭惡人楊國忠陷害，被免去御史官位，赴外任蜀彭二州太守之時，將詩寄送杜甫。拾遺乃因其曾任此官職而寫，杜子美當時無官職。所有唐代人寄送詩時，有時用曾任官職名，有時用人名，雖也有用字之時，但取決於關係親疏。

人日題詩寄草堂，遥憐故人思故鄉。正月七日稱之曰人日。人日題詩寄送杜子美所居之草堂。隨日月變遷，越發思念京城。遥憐故人，想必君亦思念故鄉。**柳條弄色不忍見，梅花滿枝空斷腸**(二)。柳條亦仿佛玩弄緑色，不忍視，因會更加思念故鄉。見梅花滿枝綻放，雖虚空無用，卻好似寸斷肝腸般悲傷。**身在南蕃無所預**(三)，**心懷百憂復千慮**。我身在蜀地南蕃，無所干預朝廷要職交替等朝政，心懷百憂復千慮。**今年人日空相憶，明年人日知何處**。今年人日與君同在所，因無法尋逢而空相憶。明年人日不知有何調任，亦可能到任何地方。**一臥東山三十春**(四)，**豈知書劍老風塵**(五)。我亦曾一度隱居，如晉時謝安静心東山三十載，豈知辜負書劍二字，在嘗試為此為彼間不知不覺於風塵中老去。**龍鍾還忝**

二千石(六)，**愧爾東西南北人**(七)。已年邁衰老，卻才領區區兩千石俸祿，著實慚愧。亦愧對君之東南西北無論何處皆能自由而往，此即樂之所在。

【注釋】

(一)人日，東方朔《占書》云：「岁正月一日占鷄，二日占狗，三日占羊，四日占猪，五日占牛，六日占馬，七日占人，八日占穀。」

(二)《搜神記》云，臨川之人將猿子綁來，猿母追隨至，合掌哀求，然仍堅持殺猿子，猿母悲傷至極而死。切開其腹以見腸，已寸寸斷腸，自此將悲傷之事稱「斷腸」。

(三)南蕃，謂蜀。

(四)晉時謝安，曾為天子徵召，然辭官隱居東山。

(五)書劍，《史記》：「(項)籍少時學書，不成，去；學劍，又不成。」故在此南郭先生以「書劍」代做事情一時為此一時為彼。

(六)龍鍾，《瑯琊代醉》謂衰老，《埤倉》云無法前進貌。二千石，《史記》云，二千石為郡守之禄，月俸為百二十斛。

(七)《禮記》中孔子曰「丘也，東西南北人」，此處杜子美引用為「甫也，東西南北人」。

岑參　　登古鄴城

乃古時魏國曹操建都之處。

下馬登鄴城，城空復何見。下馬登上鄴城基石眺望，城池已空，復何所見？**東風吹野火，暮入飛雲殿**（一）。彼時所見之物惟東風吹野火，傍晚進入曹操曾居之飛雲殿遺跡。**城隅南對望陵臺**（二），**漳水東流不復回**（三）。城隅南面對望陵臺，此臺名為銅雀臺。曹操鼎盛時期，在此召集妓女享樂，並言死後不必祭吊，在此臺對面建陵，令妓人朝暮起舞，以示幽靈。因此遺言，遂命名為望陵臺，然如今已不見痕跡，寂寞荒涼，如同臺前漳水東流般不復回。**武帝宮中人去盡，年年春色為誰來**。曹操之謚名為武帝，曾經繁鬧宮中之人已去盡，春色無心，年年為誰而至，亦已無人欣賞。

【注釋】

（一）飛雲殿，原為漢宮之名，曹操仿照所建。

（二）望陵臺，講釋中詳述。

（三）漳水，流經鄴城之河。

韋員外家花樹歌（一）

韋員外家花樹歌，注釋中有述。歡聚韋氏家中，於鮮花盛開樹下飲酒助興作歌。**今年花似去年好，去年人到今年老。**今年開花之景象似去年好，並無變化，然去年賞花之人今已變老。**始知人老不如花，可惜落花君莫掃。**始悟得人老不如花，因不知來年再見花時能否活著，便覺花落可惜，故花落滿院亦莫掃。**君家兄弟不可當，列卿御史尚書郎**（二）。君家可喜，兄弟人人飛黃騰達不可當。此緣列卿、御史、尚書郎皆重要官職，又皆都喜好文雅之故。**朝回花底恒會客，花撲玉缸春酒香。**自朝來回旋於花底，多會賓客，飲酒作樂。一小花瓣飄落玉缸中，酒變更加醇香。因春時釀造之酒格外好，遂稱春酒。

【注釋】

（一）韋員外，韋，乃姓氏；員外，為從六品，見習官職，如負責監管官員有十人，伴隨其身邊者便是員外。

（二）列卿，與諸侯同等級，詳見《漢書》。御史，《唐類函》中載，御史大夫下有御史丞和御史中丞，為監察官職。尚書郎，《唐類函》中載，尚書郎為撰文之官吏。

胡笳歌送顏真卿使赴河隴（一）

顏，乃姓氏，名真卿，字清臣。河隴為西域地名。

君不聞胡笳聲最悲，紫髯綠眼胡人吹。 君去都且思，奔赴河隴，無論如何，亦當堅決完成御史之任歸來。然去往胡國，一聞胡笳聲，無論何人都會哭泣。為使君務必特別注意，未雨綢繆，故先做好準備而作此歌贈君，告知定是如此。君未必不嘗聞，各式吹樂中，胡笳聲最悲，而京城亦不常見黑紅鬍鬚之綠眼胡人。**吹之一曲猶未了，愁殺樓蘭征戍兒**（二）。吹胡笳，一曲未終，便已愁殺征戍樓蘭之年輕壯士，更是悲愁。**涼秋八月蕭關道**（三），**北風吹斷天山草。崑崙山南月欲斜，胡人向月吹胡笳。胡笳怨兮將送君，秦山遙望隴山雲**（四）。涼秋八月，蕭關沿途，北風似欲吹斷天山草。穿過此地，向崑崙山南面留宿時，從月欲西斜時開始，紫鬚綠眼胡人向月吹胡笳，聞此聲便悲不自勝。胡人不分晝夜，身居原野，述胡笳之怨。我將送君登上遠隔都城之秦山，遙望隴山之雲。**邊城夜夜多愁夢，向月胡笳誰喜聞。** 在彼處逗留城邊，君將多做還鄉愁夢，自彼時起向月吹胡笳，又復誰喜聞？

【注釋】

（一）胡笳歌，樂府題。顔真卿時以監察御史出使西域。

（二）愁殺，指悲傷，「殺」為助字，無意，為俗語。樓蘭，《漢書·西域傳》載，「樓蘭」距陽關六百里。

（三）漢文帝時，匈奴大入蕭關，距長安千餘里。

（四）秦山與隴山綿延相連，位於隴州西北，隴山東西長百八十里，其坂九回，邊疆守備人登此山時痛苦不堪。

李頎　**崔五丈圖屏風賦得烏孫佩刀**（一）

詩人聚集於崔五丈家宅，將各種物品擺設於房内，並以各個物品逐一作詩。李頎以有圖之屏風和烏孫王佩刀賦詩，自詩之旨趣以觀，刀與鞘似分別畫出。

烏孫腰間佩兩刀，刃可吹毛錦為帶（二）。西域烏孫國王腰間佩二名刀，如佩日本脅差刀一般。於其刀刃上置獸毛，一吹氣，獸毛便會切斷。此自古以來之傳説。又，南郭先生曾言於玉山先生曰，小説中可見，所有名劍兩邊若放獸皮，獸毛自然縮短。曾聞故事中講「吹毛」，即此事。其刀上以錦為帶，佩於腰間。

握中枕宿穹廬室（三），**馬上割飛蠮螉塞**（四）。握中，為握在掌中意。夜枕刀而宿，以穹廬室為臥室。穹，為如「ㄟ」一般拱起之意，可視為將房頂做成中間隆起之拱狀。白天於馬上割飛於蠮螉塞之地戰場。**執之魍魎誰能前**(五)，**氣凜清風沙漠邊**。執此刀，魍魎之類又如何能出現於前？氣勢凜然，讓人膽戰心驚，故即便到了清風亂吹沙漠戰場邊，亦覺舒爽。**磨用陰山一片玉**(六)，**洗將胡地獨流泉**(七)。磨此刀，當用陰山片玉作砥石，方可磨至鋒利。此刀若以温水洗，則即刻生鏽，故在沖洗時，以胡地一處謂「獨流泉」之地冷水來完成最後工序。**主人屏風寫奇狀，鐵鞘金環儼相向**(八)。主人崔五丈喜奇特之物，屏風上寫奇狀，鐵鞘與刀柄頭金環儼相向。**回頭瞪目時一看**(九)，**使予心在江湖上**。回頭瞪目一看，「看」字前之「一」僅為搭配所用。使予於江湖上奔走而內心堅强。江湖，雖指江西湖南，然此處應更廣闊視之，謂天下之大意，內心坦蕩瀟灑。

【注釋】

（一）崔五丈，崔，乃姓氏；丈，即年老者通名。烏孫國，《西域傳》載，位於大宛國東北兩千里左右。

（二）吹毛，韓退之詩中曰「吁無吹毛刃」，蔣之翹注引《吴越春秋》語，然今不見《吴越春秋》一書。名劍均言將獸毛放在刃上一吹即斷，此乃東涯先生之説。

（三）穹廬，《長楊賦》李善注中為「旃帳」，胡人無論衣服或氈帳都以毛織成。

（四）蠮螉，細腰蜂，塞上地形與此蜂身形相似。

（五）魍魎，《左傳》杜預注中指水神，《國語》韋昭注謂水石中鬼怪。

（六）陰山，位於韃靼國以東千里之地，詳見《一統志》。

（七）獨流泉，《一統志》中載，位於興濟縣以北。

（八）相向，為鞘與環相對。

（九）瞪，從正面一直凝視。

答張五弟（二）

王維（一）

張，乃姓氏。五弟，即張氏小輩中排行第五之男兒。此詩為王維於輞川小房中所作。

終南有茅屋，前對終南山。**終年無客長閉關，**終南山邊別墅，有一茅屋。其軒前不分日夜，對終南山以為友，因終年無客，故大門亦常關閉。**終日無心長自閑。**因終日無心營管世事，故總是悠閑自得。四「終」字用於句首。**不妨飲酒復垂釣，君但能來相往還。**賞玩世外之事，不妨飲酒，若嫌之，亦可往山谷溪川垂釣作樂，此樂不喜與俗人言之，唯願君能常於此往還，因我二人旨趣相投。

【注釋】

（一）王維，字摩詰，生平好佛，常對佛書進行詮釋，因此將天竺之「維摩詰」三字拆解，用於名字。作此詩時，王維隱居於終南山輞川別業，張五弟雖年少，但因志向相投，遂作詩如此贊之。

（二）張五弟，張，乃姓氏；五，為排行；弟，指年少之人。

崔顥　孟門行（一）

孟門山位於吉州，因格外險峻難登，故以此喻世道艱險、度日艱難。雖有人舉薦崔顥，然僅初始時可靠，後輕信讒言而棄之，遂憤然作此詩。此詩以「孟門行」為題，然詩中並無論山之句。詩首之五言四句以黃雀為喻；中六句述遭讒言之事，並借用古時之平原君；終四句以桃李為喻。

黃雀銜黃花（二），**翩翩傍簷隙**。後漢時，楊寶曾救黃雀，後得黃雀報恩。我將自身比作黃雀，口銜黃花翩翩傍簷隙。**本擬報君恩，如何反彈射**（三）。本擬報君恩，奈何反被彈射，陷困窘，遭危機。此後一改詩意。**金罍美酒滿座春，平原愛才多衆賓**（四）。**滿堂盡是忠義士，何意得有讒諛人**（五）。**諛言反復那可道，能令君心不自保**。飲金罍美酒，滿座賓客賞春色。趙國平原君愛有才之人，其門下三千食客，衆多賓客坐滿堂，本以為盡是忠義之士，然不料其中竟有讒毀諂諛之人，諛言反復那可道，故令君心無法自保。此後再改詩意。**北園新栽桃李枝**，以北園新栽桃李樹之好枝葉喻如我等之新招賓客。**根株未固何轉移**（六）。**成陰結實君自取**（七）［一］，**若問傍人那得知**。根株尚未固，為何轉移？此喻辭退之事。此樹成陰結果，君心自取，若問旁人，那從得知？莫請教外人，君應自用眼判斷。

【注釋】

（一）孟門行，講釋中詳述。

（二）《後漢書注》及《續齊諧記》載，楊寶於路上見黃雀為鳥啄擊、為蟻圍剿，將其救回家，百餘日喂其黃花，黃雀終痊癒飛走。當晚，身著黃衣童子到來，取出四枚白環贈之，並言，爾子孫四代可如此環般潔白，並可以官至三公，稱我乃黃雀，特登門致謝，隨即離開。

（三）射，音「石」。

（四）平原，之前已述。

（五）讒，即讒諂。

（六）根，入土；株，土上之根株。見《字彙》。

（七）成陰結實，見《韓詩外傳》。

【校勘記】

［一］成陰，原脱，據《唐詩選》卷二補。

張謂

贈喬林

此詩為喬林居京，行對策，考作詩，而喬林之詩未為接受，稱此為落第。彼時，張謂曾贈詩贊其即便落第仍無所謂之大器量。唐代科考召選博學之人，先令考生作詩，再行審查。所謂「策」，即皇帝出詩題，被考人隨之作詩上交，謂之「策」。

去年上策不見收，今年寄食仍淹留（一）。去年君所提交之上策，尚不見收，今年仍需寄食淹留。世人若落第便泄氣退縮。**羨君有酒能便醉，羨君無錢能不憂**。羨君對此無所謂，衹要有酒便能醉盡興；羨君無錢亦能不憂。**如今五侯不待客**（二），**羨君不入五侯宅**。**如今七貴方自專**（三）［一］，**羨君不過七貴門**。如，為助字。如今官員如前漢五侯般驕傲，一入學門，便不做事；如今官員如七貴般位高權重，妄自尊大。原版中皆為「方自專」，「專」爲先韻，應是「尊」字謄寫錯誤。專，謂自尊自大、驕傲自豪。南郭先生校對時遺漏，因此詩中亦拒絕將「專」字改爲「尊」字。世人紛紛欲尋門路入七貴之門，羨君不窺且不過七貴門之氣節。**丈夫會應有知己**（四），**世上悠悠安足論**。於此安慰其落榜一事。男子漢大丈夫會應有知心知己，静待時機，世間見外生分之人皆悠悠，安足論？

【注釋】

（一）「寄食」一詞，出自《戰國策》。

（二）五侯，漢成帝之舅王譚、王商、王立、王根、王逢五人，同被封為諸侯，甚為驕傲。

（三）七貴，《西征賦》李翰注：「呂、霍、上官、丁、趙、傅、王，並后族也，皆權重。」

（四）知己，《史記》：「士為知己者死。」指可靠親密之人。

【校勘記】

［一］專，《唐詩選》卷二、《全唐詩》卷五十六皆作「尊」。注文已説明此版本差異，故不改。

湖中對酒作

湖中，與湖上同義。據傳張謂性嗜酒，爲人清心寡欲，喜游山玩水。由此詩可知，張謂因不善交際，被貶潭州刺史時，因爲人簡單，常去一酒家飲酒。酒家主人分外崇敬張謂，對其照顧有加，常云，儘管飲酒，不必掛慮酒錢。遂以此題作詩致謝，贈予酒家主人。此詩共十二句，前六句向酒家主人致謝，後六句為酒家主人回答。將全詩分前後六句看，分外有趣。

夜坐不厭湖上月，晝行不厭湖上山。首聯贊美山水之景，坐至深夜，吟咏湖上月，飲酒盡興，遂不厭。白晝於湖中山漫步一日藉以解悶，又飲酒盡興，遂不厭。因湖上山色絶美而甚感輕鬆愉悦。**眼前一樽又長滿，心中萬事如等閑**（一）。雖如此，眼前一樽飲不盡，此一樽無論何時都是滿杯。因飲此酒賞山水，祓心中憂，忘萬事愁，如等閑。**主人有黍萬餘石，濁醪數斗應不惜。**如此言，因酒家主人備有釀酒所用被稱作「黍」之好米萬餘石，將此釀成濁醪，故飲數斗應不惜。遂向主人致謝言，我平生痛快豪飲，滿足不已。於是，酒家主人答曰。**即今相對不盡歡，别後相思復何益。**若與君即今相對尚不盡歡，如明日來旨被召回京城，君便立刻启程，彼時便如同永别，則將遺憾應飲更多酒，别後如前所述相思，復何益？**茱萸灣頭歸路賒**（二）**，願君且宿黄公家**（三）。再者，貴宅要穿過茱萸灣頭至，歸路尚賒，願君暫且留一宿。如君般豪飲之人，便當如晉時王戎稱常去酒家主人爲「黄公」般，稱我為「黄公」。既如此，君便大可將我家當作黄公家盡情飲酒。**風光若此人不醉，參差辜負東園花。**且春之風光如此大好，若欣賞此景之人不醉，便已出參差，東園之花這般盛開，賞花而不飲酒，花心亦將感被辜負。東，因是日照早遂，故稱東園。辜負，為俗語。

【注釋】

（一）等閑，俗語，「無心」之意，不應訓讀作「なをざり（na-o-za-ri——譯者注）」。

（二）《一統志·潭州》載，有一地名曰茱萸灣，灣即水流彎曲處。

（三）黃公，見《世説》，講釋中詳述。

王昌齡　城傍曲（一）

樂府題，來到城下盡頭原野狩獵，從旁看到歸途景色而作此詩。

秋風鳴桑條，草白狐兔驕。秋風瑟瑟，桑葉枯萎。桑條為風吹動而沙沙作響謂之「鳴」。因草亦枯白，奔跑無阻，狐兔驕傲到處狂奔。**邯鄲飲來酒未消，城北原平掣皂雕**（二）。**射殺空營兩騰虎**，自邯鄲城下飲酒歸來，酒未消時，又往城北原野平坦處，掣住皂雕。掣，謂將繩索像向左右拋甩一般，來回擺動自由控制。「殺」為去聲，助字。後於無人居住之空宅中，輕鬆射殺兩騰虎。此時日已暮。**回身卻月佩弓鞘**。山上卻月昇起時，佩帶弓鞘回身而歸。卻月，形似落月。山平，月牙正退卻，月昇起時所佩弓鞘，其形狀恰如卻月，遂將兩物配合在一起。

【注釋】

（一）城傍曲，講釋中詳述。

（二）皂鵰，《爾雅》云，黑色隼鷹，大鷹常捕捉狐、兔。

薛業

洪州客舍寄柳博士芳（一）

寄往洪州客舍。柳，乃姓氏；博士，為官職名。此人名芳，因兵亂而欲歸鄉，遂作此詩。

去年燕巢主人屋，今年花發路傍枝。天下兵亂，去年燕子築巢於主人屋簷下時，日月如梭，今年仍舊逗留，眺望見花開於路旁樹枝上。**年年為客不到舍，舊國存亡那得知**（二）。年年為客，不得回我舍。因毫無音信，舊國妻兒親戚存亡何從得知。**胡塵一起亂天下**（三），**何處春風無別離**。安禄山計劃謀反，召集胡人，動蕩騷亂一並起，身陷天下大亂之時，並非衹有我如此，無論何處皆同。春風吹過，與家人別離，因居住他鄉，無人能耐鄉思之情及此傷感。

【注釋】

（一）《事文類聚》載，通曉古今之人稱爲「博士」。

（二）「舊國」一詞，出《莊子》。

（三）胡塵，謂安禄山之亂。亂天下，出《莊子》。

張若虛　**春江花月夜**（一）

此詩秋山玉山子羽先生有評曰，正如市南宜僚將九個圓小布袋作玩物，自由自在拋之入空、接之入手以玩，將「春江花月夜」五字當作玩物，句句用之，遣詞造句極其優美。

春江潮水連海平，海上明月共潮生（二）。春天，江之潮水與海相連，似成一片。因月出與潮同時發生，海上明月遂與潮湧共生。**灩灩隨波千萬里**（三），**何處春江無月明**？月光灩灩，隨波照千里，如此説來，何處春江之景無月明？**江流宛轉繞芳甸**（四），**月照花林皆似霰**。江流宛轉，繞城下附近鮮花盛開田村地頭。月照鮮花盛開之花林，因林蔭茂密，光影星星點點，好似下霰一般。**空裏流霜不覺飛**（五），**汀上白沙看不見**（六）。空中流霜為月色之凜冽奪去其美，不知飛落何處。江上白沙也因凜冽月色融為一體，雖能看見，卻看不分明。**江天一色無纖塵，皎皎空中孤月輪**（七）。江與天連成一色，亦無纖塵，故天空正中，皎皎一輪孤月，格外明亮。**江畔何人初見月，江月何年初照人**。**人生代代無窮已，江月年年望相似**。於江畔，何人初見月，初見此景？江月亦從何年初照人，如此有趣？人代代相變，人世代相傳，無窮無盡。江上月景年年不變，永遠不變，望月時終覺相似。是昔今皆無變化之意。**不知江月照何人，但見長江送流水**。不知江月正照何人，先如此起句後，漸漸有感而發，但見長江將流水送往大海不得回。

可見此句中含有「正如此，我年歲已高，不得歸」之意。**白雲一片去悠悠，青楓浦上不勝愁**。白雲一片隱約可見，不知何時悠悠遠去，變成青楓浦上旅客，不得歸而不勝憂愁。**誰家今夜扁舟子**？**何處相思明月樓**？今夜乘扁舟之游子，不知從誰家出來，必會思念故鄉。不知在何處之妻兒，亦思念夫君，登樓咏明月，必生相思之情。樓，代指女性所居。緊接其後。**可憐樓上月徘徊，應照離人妝鏡臺**。承接上兩句，「可憐」，在此可看作悲慘、可憐之意。月光於樓上徘徊，正照與夫君離別之離人妝鏡臺，禁不住越發思念。**玉户簾中卷不去**，玉，意為華美。華美裝飾之房門上掛簾子，月光照射此簾中，每睹此景便思君不已，遂捲門簾而捲不走月光。**擣衣砧上拂還來**。夫君所在之地寒氣已早催，遂欲備棉服，月光照在擣衣砧上，思念之情更甚，欲以砧杵拂去月光，卻又照來。此二句描述婦人真情實意。**此時相望不相聞，願逐月華流照君**（八）。此時即便能相望夫君所在方向，卻亦無音信不能相聞，若可能，願追逐月光，與水共流淌，照耀君之所在。**鴻鴈長飛光不度，魚龍潛躍水成文**。鴻鴈飛至遠方卻仍清晰可見，究其原，乃因爲月光不移且皎潔。「魚龍」中「龍」字為搭配使用，魚等因初更之時，尚有人在，遂不浮出水面；夜深之後，則從深處浮出，水便泛起圈圈波紋。**昨夜閑潭夢落花，可憐春半不還家**。下寫及詩人自身境遇。昨夜夢見花落於潭水，可憐春已過半，卻仍不能還故鄉之家。**江水流春去欲盡**，江水流春，去往不知何處而欲盡。此句嘆時光流逝之快。**江潭落月復西斜**。看向江潭，月將落，而「西斜」謂時光易逝。**斜月沈沈藏海霧**，斜月漸漸下沈，看似藏於海上昇起之霧中。**碣石瀟湘無限路**。東北碣石與西南瀟湘相隔無限路，故對故鄉甚爲懷念。**不知乘月幾人歸**，不知乘此番月色又有幾人能歸家。**落月搖情滿江樹**。西望落月，悲情隨之搖動，而那份恨灑滿江邊樹。終句中妙用「落」「搖」「滿」三字，語盡而意未盡，應細品思之。

【注釋】

（一）春江花月夜，樂府題，陳後主召集宮女學士，令其作詩，贊美其中佳作時以「春江花月夜」作爲評價。胡元瑞《詩藪》：「張若虛《春江花月夜》，流暢宛轉，出劉希夷《白頭翁》之上。世代不可考詳，其體制初唐無疑。」又隨書開元年中，然為初唐無誤。

（二）共潮生，見《抱朴子》。

（三）灧灧，水波粼粼貌。

（四）芳甸，為京城邊，因有花開而用「芳」字。

（五）「流霜」之「流」，為飛逝之意，如水流逝而去一般，流鶯、流螢、流雪皆同。

（六）汀，為江畔有沙之處。

（七）皎皎，出《詩經》。

（八）月華，為月之光。

衛萬

吳宮怨(一)

吳王夫差之痕跡皆消失殆盡，故感悲哀，遂作此詩。

君不見吳王宮閣臨江起，不捲珠簾見江水。君不見世人之曾見，吳王宮閣臨江而起，不捲珠簾便能眺望江水之流，實乃高殿。**曉氣晴來雙闕間，**曉氣和煦漸晴，大門漸明，乃因宮高之緣故。**潮聲夜落千門裏。**夜聽潮聲，如落入千門裏。此乃過去豪氣住居。**勾踐城中非舊春**(二)**，**以抒發感慨。當年全盛之勾踐城中，早已無舊時春景。**姑蘇臺下起黃塵**(三)**。**何況吳王所建姑蘇臺更是連痕跡都消失殆盡，僅剩黃塵飛舞。**只今唯有西江月**(四)**，曾照吳王宮裏人。**只今唯有照耀西江之月未曾更變，想必曾亦照吳王宮殿成群美人以賞之，而今卻已無人可詢。

【注釋】

(一)吳宮怨，蔣仲舒注曰：「末二句李白以為絕句。」按，太白飄逸，截唐他人詩句自用為絕句，應無遲疑，如衛萬，豈夫然哉？

(二)葉儀汐《唐詩選平》曰：「勾踐，滅吳者也，今越事已非，則吳可知。」

（三）《越絶書》：「闔廬起姑蘇臺，三年聚材，五年乃成。」

（四）西江，不應視爲地名，僅指位於西邊之一江水。

駱賓王　　**帝京篇**（一）

此詩乃駱賓王屢屢諫武則天之豪奢卻不得用，加之官場不得志，僅任臨海遠方小官丞役，憤而作此詩。此詩與前《長安古意》意趣相同，然《長安古意》遣詞造句具六朝之秀美，而此《帝京篇》遣詞造句則為展示博學而用大量典故，有類似唐近體詩之處。欲諷刺當代之奢侈，又不能直述，遂借古喻今。

山河千里國（二），**城闕九重門**（三）。開篇五言四句，總括京城之繁盛，與題中「帝京」相照應。京城揔防禦要害，壯美山河環繞，城闕綿延不止千里，自外郭數到内郭共設有九重門。「城闕」二字指代皇宮。**不睹皇居壯，安知天子尊**（四）。以下二十八句描寫長安山河之秀麗及宮殿之華麗。**皇居帝里崤函谷**（五），**鶉野龍山侯甸服**（六）。皇居稱為「帝里」，要害防守堅固。東有函谷關，西北有崤山，二山並立守候，天文屬於鶉星之分野，龍山環繞京城，諸侯領地於甸外。甸，謂天子邦畿千里。服，意為治，指服從天子，故分甸服侯服，因為是詩，遂將二者合併稱之。**五緯連影集星躔**（七）〔一〕，**八水分流横地軸**（八）。此二句注釋中有述。**秦塞重關一百二**，**漢家離宫三十六**（九）。此二句亦為對句。秦塞有重重關卡，因地理要害防守堅固，縱然有百萬人進攻，京城只派二萬人應對即可。京內漢家巡遊之離宮有三十六處。此二句自成對句。後多有對句，須用心讀之。**桂殿陰岑對玉樓，椒房窈窕連金屋**(一〇)。以桂香木所打造之宮殿高聳陰岑，與玉樓相對。女官所居之椒房窈窕，似與皇帝居室之金屋相連。天子御城之東南西北，每一方向均有三門。**三條九陌麗城隈**，自御城正門，廣路分成三條，正門寬闊足以並排九輛車。九陌，謂九條不同路皆通往城隈。麗，指可貫穿至任何一處。**萬户千門平旦開**(一一)。此處彼處，千門萬户，黎明時分一齊開。**複道斜通鳷鵲觀**(一二)，**交衢直指鳳凰臺**(一三)。複道，為二層走廊，上為御用通道，下供萬人往來。此複道斜通，可至賞景殿，名曰鳷鵲觀。從城下交衢直指，便是鳳凰臺。**劍履南宮入**(一四)，**簪纓北闕來**(一五)。自此句又是五言。黎明時分，御門一開，宰相百官佩劍著履入南宮。亦有人換番，插簪、垂冠纓，從北闕歸來。劍履、簪纓均為互配之字。**聲名冠寰宇**(一六)，**文物象昭回**(一七)。車馬鑾駕、衣服佩玉之美妙聲名為寰宇之第一。所為「冠」，因「冠」於人頭上，遂為最高、第一之意。甚至如旌旗、車服、衣裳等類之紋樣，亦均有各自相應格式禮法裝飾，模倣日月星之昭回。**鈎陳肅蘭戺**(一八)，鈎陳隨處可見，以武士守候，由諸如蘭類之香木製成。戺前立有「肅」。**璧沼浮槐市**(一九)。掘開圓沼如璧，其周圍植槐木。諸國學者聚集於學校，諸生拿出各國名產及文雅道具，互換以為市，此番景象映入水中乃稱為「浮」。**銅羽應風回**(二〇)，宮內西御門有銅製鳳凰呈展翅狀，內有轉樞，故隨風旋轉，活靈活現，十分生動。**金莖承露起**(二一)。建銅柱高二十丈，命名為金莖。其上戴仙人像，稱之承露盤，使仙人持鉢接天露，以此煉長生不死藥，漢武帝執迷於此。此地似承天露而起。**校文天祿閣**（二二），**習戰昆明水**（二三）。前漢劉向精通經學，故奉命對天祿閣所藏御書之文進行校勘。漢武帝為征伐夷族昆吾，掘昆明池以習戰，訓練水軍。此二句描繪漢武帝文武兼備，嘆今世之儒弱。**朱邸抗平臺**（二四），**黄扉通戚里**（二五）。朱邸衆權貴，為不輸親王家宅平臺，而將自家宅打造得甚為華美氣派。因天子取中央土德，遂仿其將門塗以黄色，並修建門扉以使皇宮與戚里相通。此句後為七言。**平臺戚里帶崇墉，炊金饌玉待鳴鐘**。以下十四句描繪長安宅邸之華貴及奢侈。親王之平臺與皇后戚里，均帶有崇墉，此高牆如帶一般環繞一週。其宅中炊金饌玉，待鐘鳴便聚集開宴。**小堂綺帳三千户**（二六），**大道青樓十二重**（二七）。小堂掛綺帳，竟能隔出三千户，出入口甚多。大道邊青樓之欄杆，看似有十二重。**寶蓋雕鞍金絡馬，蘭窗繡柱玉盤龍**。時有人騎馬出行，馬上搭撑寶蓋，套雕鞍，帶金絲馬絡頭。又以諸如蘭之類香木製窗，以繡布包裹柱子並排，上有盤龍圖案如玉。**繡柱璇題粉壁映**（二八），名曰繡柱之椽，題頭頂璇珠，映照粉壁上，不久奏響熱鬧音樂。**鏘金鳴玉王侯盛**。鏘金鳴玉以樂，取天下之王與取國之諸侯皆强盛。**王侯貴人多近臣，朝遊北里暮南鄰**。王侯貴人亦有衆多近臣跟隨，朝遊北里，暮去南鄰。談論怪人怪事。**陸賈分金將燕喜**（二九），漢高祖時，陸賈等人自南越尉陀王得五百金，並將此金分於五子令其使用，而自己則隱居。每十天於五子家中輪流燕居，甚是喜樂。**陳遵投轄尚留賓**（三〇）。又漢時陳遵俠膽好客，若客來，便投其車轄入井中，以防客突然離去，摆酒筵以至日暮，尚留客盡情享樂。**趙李經過密**（三一），**蕭朱交結親**（三二）。在此插五言二句。趙飛燕深受漢成帝寵愛，李夫人深受漢武帝寵愛，二人均為樂舞藝人，通過歌舞與皇帝一來二往變得親密。又蕭育應召為官，出人頭地之後，好友朱博認為蕭育將薦己當官而待，因二人關係甚為密切。至此，詩人描寫長安奢華與另類等種種風流韻事。**丹鳳朱城白日暮**（三三），**青牛紺幰紅塵度**。**俠客金彈垂楊道**，**娼婦銀鈎采桑路**。以下十六句描述京城有無數娼婦及俠客，而衆人卻並未察覺其非。於大明宮之南丹鳳門，自朱城日暮降臨之時，令青牛拉掛有紺幰公主之車，揚塵而度。俠客以金作珠，彈之以捕鳥，奔走於有垂楊之道。娼婦奢長，便弄銀鈎，以漂亮絲線將籠懸吊，養蠶解悶，為采桑葉出街來。**娼家桃李自芳菲**（三四），桃李開出美麗之花，雖不言讓衆人看自己，然衆人多去賞花。正如此，娼婦雖未央求客人來，然梳妝打扮美如盛開之桃李花般，自放蘭麝芳菲。**京華遊俠事輕肥**（三五）。京華游俠者專顧輕肥，流連於娼家，此乃不知不覺間下已學上，因權貴追求奢侈，於是百姓便多如此。**延年女弟雙飛入**（三六），李延年乃李夫人之兄弟，二人雙雙入宮，與慕容沖同其姊雙雙入宮如出一轍。**羅敷使君千騎歸**（三七）。有一女子名羅敷，以丈夫為豪。作歌「東方千餘騎，夫君居上頭」，拒絕趙王求愛。其後插五言二句，相互談情説愛，作出海誓山盟。**同心結縷帶**（三八），**連理織成衣**。君與我同心，結縷上繫帶以免解開，連理鴛鴦織成衣。借此描述二人之間甚是相愛。**春朝桂尊尊百味**（三九），**秋夜蘭燈燈九微**（四〇）。**翠幌珠簾不獨映**，**清歌寶瑟自相依**。「春」含下句之「秋」，「朝」含下句之「夜」，代一整年。無論春秋或朝夜，樽裏入肉桂香氣，有甜有辣，百味分百樽。夜晚，將帶有蘭花香氣之九燈一一點亮，翡羽毛帳與明珠簾不獨映照，全皆照耀。不久，清澈歌聲響起，與瑟聲自然相依。下言未來之事難以預測。**且論三萬六千是，寧知四十九年非**(四一)。且試論，人之百年，三萬六千日，無一日無用之。以顯耀奢華之卑鄙居心，寧知五十年非。以當今世上無人如衛國大夫蘧伯玉般察覺此理而感到悲哀。以下二十二句，述貴人諸侯之盛難保，亦不可望。**古來名利若浮雲，人生倚伏信難分**(四二)。自古以來，人即追名逐利而有欲求。然此般皆脆如浮雲，轉瞬即失。人之生涯，禍福倚伏相伴，不可信，難分。**始見田竇相移奪**(四三)，例如，始見漢朝田蚡興盛，則竇嬰衰，而竇嬰得重用，則田蚡衰。二人盛衰相移，相互奪勢。**俄聞衛霍有功勛**(四四)。忽聞衛青、霍去病征伐匈奴有功勛，成為將軍後威勢强大。**未厭金陵氣**(四五)，**先開石槨文**(四六)。秦始皇等尚未厭，金陵王氣未消。中蕘之衛靈公抑或漢滕公等，尚在世時便挖出石棺，其內刻有將自己遺體葬入其中銘文，確屬怪事。**朱門無復張公子**(四七)，**灞亭誰畏李將軍**(四八)。張放等建朱門，修豪宅，曾榮華興盛，以至漢成帝微服私行時亦到此宅，但如今業已消亡。當年灞亭尉令人畏懼，然如今誰畏？李將軍亦消亡。**相顧百齡皆有待，居然萬化咸應改。桂枝芳氣已銷亡**(四九)，相顧百年之齡亦易流逝，皆有死亡。竟能活着親見盛衰哀樂，千變萬化，所有一切皆改變。李夫人如桂枝芳氣般年輕而美麗，氣息亦已銷亡。**柏梁高宴今何在。春去春來苦自馳，争名争利徒爾為**(五〇)。**久留郎署終難遇**(五一)，**空掃相門誰見知**(五二)。漢武帝建柏梁臺，集群臣，設高宴，而此番昌盛已消失殆盡，今何在？今春早已去，度世之中，新春又來，看似苦自奔走。然並未察覺這般，更欲超越他人而獲得稱贊，争名聲，争利慾，可稱之曰徒爾為。

應有所覺悟不合時機，則無是非。顏駟侍文、景、武三帝，自年輕時一直久留於郎官署，郎官署僅為年輕人任職處，而武帝將其提拔轉任會稽都尉，後之吾等終難遇。魏勃空掃齊國宰相曹參之門前，欲設法進入曹府，而後為曹參接受。然賢能之人並非皆能見知。**當時一旦擅繁華，自言千載長驕奢。倏忽摶風生羽翼**（五三），**須臾失浪委泥沙**（五四）。故當時一旦逢時，則擅繁華榮耀，而絲毫不察覺，且自高自大云，能長久壓制人，驕至千載，日日美女珍味，奢侈至極。將此勢頭以鳥為喻，一鳥名大鵬，忽摶大風而生羽翼，凌九萬里飛行之勢。在此又以魚做喻，其勢雖猛烈，然須臾之間便引諸人憎惡，被奪走權威，此番情景又如同魚失浪，陷於泥沙之中。「委」，即離水之魚，因不儀之故，其所受之苦乃為小蟻所傷之痛苦。**黃雀徒巢桂**（五五），**青門遂種瓜**（五六）。在此欲以五言二句終結此部分。王莽以土德自居，奪取天下之後，僅有十七年之風光，好似土色黃雀徒然於漢朝火德之紅桂樹上築巢。諸侯亦不可信，邵平秦時為諸侯，漢世時被貶為百姓，終於名曰青門之處，種瓜為生。**黃金銷鑠素絲變**（五七），**一貴一賤交情見**（五八）。自此以下十八句述，權門及威勢並非永恒，人之交往亦無真實，世間本無可信之事。若有黃金，則他人、親戚願與君親密交往；若錢財銷鑠，則好似素絲變青或黑那般，初始之親密不再，最終視而不見。《文選》古詩中亦有「无為守窮賤，轗軻長苦辛」。人均無實義，故一度富貴一度鄙賤，人之交情好似以鏡照物般，了然可見。亦有翟公之故事。**紅顏宿昔白頭新**（五九），**脫粟布衣輕故人**（六〇）。**故人有湮淪**（六一），**新知無意氣**。紅顏自年少宿昔時便已親密交往，而變為白頭後則如新知一般疏遠。如同公孫弘逐漸昇官至宰相，故人高賀欲受其照顧便去探訪時，故意食以脱粟飯、覆以布衣輕對故人。今世之人自飛黄騰達後，便不再提拔或親近往昔親密之交。以下五言四句。故人湮淪宛如新知，故無可信之，無人關照。**灰死韓安國**（六二），**羅傷翟廷尉**（六三）。韓安國受梁孝王問責入獄，獄吏田甲稱其為死灰，即便再燃即以小便澆滅之，以此侮辱安國。安國出獄後，罪名被赦免，為武帝内史，田甲遂逃。可見，惡非永惡。翟公曾受門可羅雀般冷遇，而任要職廷尉時，門外前來問候之人絡繹不絶。可見，善亦非永善。世間變化無常，絶無恒久不變之事。**已矣哉，歸去來**（六四）。此處插入三言二句。冷淡無情之世道，所期望者已矣哉，不如歸鄉，從我所好，安於貧。**馬卿辭蜀多文藻**（六五），**揚雄仕漢乏良媒**。司馬長卿辭别家鄉蜀地來京，經故友楊得意向漢武帝推薦而得重用，多産文藻，仕途順暢。而吾才不輸長卿，亦能書文藻，然無人舉薦，遂不得志。「文藻」之「藻」，謂水上之藻草，因外觀美，故而用於比喻文章。揚雄，於漢為官，經學者，才華横溢之人，然僅任郎官，因乏良媒引薦，故仕途不得志。吾亦如此，僅任輕官，默默無聞而終。**三冬自矜誠足用**（六六），**十年不調幾邅回**（六七）。東方朔習字學問三冬之後，自矜足用而自薦，得武帝心，出仕為官。三冬，指經過三年冬天。而任職十年卻不得調，不得重用，邅回而無法出人頭地則為何?**汲黯薪逾積**（六八），**孫弘閣未開**（六九）。以此後五言四句作為末句。公孫弘、張湯等人官至宰相、御史大夫。汲黯怒曰，天子用群臣如逾積薪耳，後來者居上。成功上位之公孫弘任宰相後，建客館，開閣，招天下賢人、学者，善待且請教。然今時宰相不僅不推舉能人與上，一味挑剔吝嗇，暫且不論未開閣一事，聞有優秀才學之士卻置之不理而棄之，實乃陰暗、愚蠢、卑鄙、可恥。**誰惜長沙傅**（七〇），**獨負洛陽才**。誰惜成為長沙王傅之賈誼，曾人人稱贊其為洛陽才子，且於洛陽獨負治天下經濟之才，然仕途不順而不得重用。此二句為駱賓王借詩自嘆身世。

【注釋】

（一）帝京篇，已述。

（二）《戰國策》云：「沃野千里，天府之國也。」

（三）九重，前已述。

（四）漢高祖七年，丞相蕭何建未央宮。高祖見未央宮華麗至極，甚爲不喜。蕭何曰：「天子以四海為家，非壯麗無以重威。」

（五）《文選》劉注曰：「函谷，谷名，其谷似函，故曰函谷。二崤，山名。」

（六）鶉野，《漢書》有載，南鶉星為秦之領域。龍山，《西京雜記》：「蕭相國營未央宮，因龍首山。」甸服，《禮記・王制篇》中指天子直轄領地，「千里之內為甸」。甸，為治理之意，即治理田地。千里之外，五百里四方稱為侯服，乃諸侯之領地。服，乃從之意，即服從天子。

（七）五緯，漢高祖元年，金、木、水、火、土五星聚於秦朝領地。緯，原為橫木之意，橫向相連。躔，即星宿。

（八）八水，《文選・上林賦》李善注中曰，京城有八處河川。《河圖括地象》曰，地下有八柱，因正中有軸，故而不動。

（九）一百二，《漢書・高帝紀》注：「秦地險阻，而二萬之衆可敵百萬，故云一百二。」離宫三十六，《文選・西都賦》：「離宫别館三十六所。」

（一〇）椒房，《漢書》顔師古注：「椒房，殿名，皇后所居也，以椒和泥塗壁。」窈窕，出《詩經》，嫻静、幽深之意。

（一一）萬户千門，見《漢書》。

（一二）鳷鵲，漢武帝修建。

（一三）交衢，四通交錯之道。鳳凰臺，漢武帝鑄金鳳凰置於城南之臺。

（一四）南宫，《漢書》中指丞相百官辦公之地。

（一五）北闕，宫殿大門。

（一六）聲名，《左傳》謂，乃鳴車鑾抑或使服裝配飾的玉石發出聲響，又指音樂。文物，即衣裳上縫五色火龍黼黻，抑或畫之，於旗幟繪上日月或熊虎之畫等。

（一七）昭回，出《詩經》，指天河或日月光耀迴轉。

（一八）鈎陳，為守護天子宫殿之星，故而用於稱武士值勤崗哨。蘭卮，以香木作的臺階。卮，為階，見《藻林》。

（一九）璧沼，仲舒注中曰，天子之學校外圍掘圓形水池，如流水之池璧；諸侯之學校，水流減半，故曰泮宫。槐市，漢元始年中，於天子之學校林蔭道上植數百槐樹，其樹下諸生朔望會市，各持其國之經典書物、樂器等類，相互禮讓，正常買賣。

（二〇）銅羽，《三輔黄圖》載，建章宫門上安有展翅銅鳳凰，内有轉樞，遇風乃旋轉似飛。

（二一）金莖，前已述。

（二二）天禄閣，未央宫内藏書處。

（二三）昆明水，見《西京雜記》。

（二四）朱邸，顔師古曰，邸乃至，諸侯自諸國進京覲見時用於逗留之住處，因門塗成紅色，遂稱朱門，宅邸稱爲「朱邸」。

（二五）黄扉，漢制，宫殿門皆爲黄色，天子取中央土德。

（二六）三千户，鮑照詩：「寶帳三千所。」中間有間隔，形容房屋數量之多。

（二七）青樓，漢朝時，樓以青漆塗之，後指妓院。十二重，《十洲記》中有「五城十二樓」。

（二八）璇題，《甘泉賦》李善注引應劭曰：「題，頭也，榱椽之頭皆以玉飾，言其英華相燭也。」

（二九）陸賈，《新語》載，陸賈有五子，將五百金分与五子令其使之，自己則隱退。之後，每十天輪流燕居於五子家中。

（三〇）陳遵之事，講釋中詳述。

（三一）趙李，衆説紛紜，但據先輩言，似是取唐仲言之解為佳。言歸正傳，趙飛燕深受漢成帝寵愛，李夫人受漢武帝寵愛，此二人尚為樂舞藝人時，均往來於二帝身邊，甚為親密。經過，指往來於側，親密指親近密切。趙飛燕與李夫人地位漸漸得到提高，身份顯貴。此乃非難天子好色。

（三二）蕭朱，蕭育、朱博，漢哀帝時人，二人相交甚好，彼此依靠。

（三三）丹鳳、俠客、金彈，均已前述。

（三四）花如桃李，見《詩經》。

（三五）輕肥，出《論語》。

（三六）女弟，指李夫人，前已述。雙飛，《晉書》載，苻堅滅燕，慕容沖之姐芳年十四，因貌美而置於身邊。慕容沖芳年十二，亦因年輕貌美，置於身邊寵愛之。因此流行歌謠唱曰：「一雌復一雄，雙飛入紫宮。」

（三七）羅敷，《古今注》曰，邯鄲趙王之臣王仁妻之名，因美麗動人，趙王戀慕之。羅敷作此歌不首肯：「使君何為愚，羅敷自有夫，東方千餘騎，夫君居上頭。」使君但愛夫人便可，我也與我夫君共享天倫之樂。

（三八）同心，出《易經》。結縷二字，出自《文選》，或為將頭髮束髻之意。

（三九）桂尊，謂好酒中加入肉桂；蘭燈，為膏中加入蘭香。此二詞均見於《楚辭》。

（四〇）九微，《武帝内傳》記有「燈上攏九燈（疑九光九微之燈——譯者注）」，亦作「九枝」。

（四一）《列子》：「蘧伯玉行年五十，而知四十九年之非。」

（四二）倚伏，見《老子》，禍並非一直持續，禍將疲乏，福之所倚，不久有喜。福亦不會一直持續，福被迫衰弱，禍伏之内為禍種。

（四三）田竇，竇嬰，漢武帝時文皇后之侄（堂兄之子），為人自負，任吴楚大將軍後逞强，田蚡任高官後，竇嬰被罷免。始見俄聞，四字自古便有，之所以謂「今日始見，忽然聽説」乃為以古喻今，説明盛衰之轉换乃瞬間之事。

（四四）衛霍，衛青、霍去病，均有漢武帝衛后之關係，為將軍，伐匈奴，立有軍功。

（四五）金陵氣，《漢書·高祖紀》載，金陵有王氣，現五色雲，秦始皇為厭王氣而切斷地脉。又，楚莊王見王氣飄動，埋金以拜神靈祈願，遂稱為「金陵」。

（四六）石槨文，《莊子》載，將衛靈公葬於沙丘時挖出石棺，内有墓銘曰，將衛靈公葬於此棺。又《西京雜記》載，前漢夏侯嬰乘馬至東都門時，馬刨地不前，遂在馬刨地處向下挖，便挖出墓銘曰，將夏侯嬰滕公葬於此處。因挖出石棺，遂死後葬於此。

（四七）張公子，唐仲言解云，漢成帝與一名為張放之人微服私行，至其姊陽阿公主處，見趙飛燕便將其帶回並寵愛至極，而將張放之家宅换成朱門，修建得十分氣派。

（四八）灞亭，乃停馬之處。亭，意為停。李將軍，即李廣，敗給匈奴貶為庶民時，一日外出打獵及日暮，歸行至灞陵亭，亭尉責難李廣夜不得行。身邊人曰此李將軍，亭尉出言不遜，李廣大怒，後再任將軍時，即召灞陵亭尉以斬之。

（四九）《漢書·外戚傳》中載，李夫人死後，漢武帝作歌曰「桂枝落而銷亡」。桂枝，喻妙齡美女。

(五〇)争名争利，見《戰國策》張儀所言。

(五一)留郎署，《漢武故事》：「上至郎署，見一老郎，鬢眉皓白，問：『何時為郎，何其老也？』對曰：『臣姓顔名駟，以文帝時為郎，文帝好文而臣好武，景帝好老而臣尚少，陛下好少而臣已老，是以三世不遇也。』」

(五二)掃相門，前漢魏勃每日掃齊國相曹參之門前，而閽者責備之，魏勃曰：「願見相君無因，故為子為掃。」

(五三)摶風，見於《莊子・逍遥遊》篇。

(五四)失浪，據《戰國策》郭靖君言，大魚「網不能止，釣不能牽，蕩而失水，則螻蟻得焉」。以此比喻權威不可長久持續。

(五五)巢桂，漢成帝時有童謡曰「桂樹華不實，黄雀巢其巔」，桂樹為赤，喻漢之火以德取天下。黄雀為黄色，指土，比喻王莽以土德自居欲取天下。王莽簒漢如桂樹花，不結果實便凋落一般，黄雀比喻王莽於巔築巢，居於天位。

(五六)青門，乃漢東門，《史記》記載，邵平曾為秦東陵侯，漢朝時淪為農民，於青門種瓜。諸侯亦並不永遠兴盛。

(五七)銷鑠，《國語》：「衆口鑠金。」素絲變，《淮南子》中載，墨子見白絲而泣，此可變黄，亦可變黑，喻物之初雖相同，但最終卻各自不同。

（五八）一貴一賤，前漢翟公任廷尉時，門外有衆多前來拍馬奉承之人，而退官之後則門可羅雀，冷冷清清無人沓至，而復任廷尉後，前來奉承之客絡繹不絶。翟公諷刺世人虚偽膚淺之姿，書大字貼在衙門大門上：「一貴一賤，交情乃見。」

（五九）紅顔，顔之推詩：「紅顔宿昔如春花。」白頭，鄒陽上書：「白頭如新，傾蓋如故。」

（六〇）脱粟，《西京雜記》載，前漢公孫弘爲丞相，故人高賀火急火燎趕至公孫弘處求推舉。因公孫弘食以脱粟飯，覆以布衣，高賀甚怨，盡告天下人公孫弘外表做節約狀，於内實則奢侈不已。

（六一）湮淪，「湮」爲沈，「淪」爲没，指埋没、淪落。

（六二）韓安國，前漢時，韓安國爲梁孝王問責入獄，獄吏田甲辱安國，安國曰「死灰獨不復燃乎」。田甲惡言相加「燃即溺之」。後安國任天子内史，田甲逃之。

（六三）廷尉羅傷，前已述。

（六四）已矣哉，見《楚辭》。歸去來，陶淵明言。

（六五）馬卿，司馬長卿，漢武帝時出使蜀地，作文以安撫蜀人。

（六六）前漢東方朔，武帝時上書曰：「年十二學書，三冬，文史足用。」武帝中意其驕傲自大而召見之。

（六七）十年不調，漢文帝時，張釋之任騎郎一職，類似於日本之「與力（江户時代，附屬於奉行、所司代、城代、大番頭、書院番頭等，指揮下級官員，分掌輔佐上官事務之官職。更早時指騎馬的武士。——譯者注）」，是無關緊要之小官，十年不得調，官途甚爲不順。邅回，指行不進而後退。

（六八）薪逾積，據《史記》，汲黯字長孺，其任九卿時，公孫弘、張湯由小吏昇遷以至富貴。公孫弘至丞相，封平津侯；張湯至御史大夫。以至與汲黯同列，尊用太甚，故汲黯有大怨，見上，前言曰「陛下用群臣如積薪耳，後來者居上」，天子默然。

（六九）前漢公孫弘徒步起，數年後官至宰相封侯，於是召集天下被埋没無聞之賢者，起客館，開東閤，尊重賢人學者。閤，為家宅入口的小門。南郭服部先生之舊刻本中作「東閣」，南郭先生校對有誤，「閣」為誤，應為「閤」字。又，《西京雜記》載，平津侯自布衣昇任宰相，遂開東閤，起客屋，召集天下賢者。一曰「欽賢館」，此館招大賢之人；二曰「翹材館」，此館招大才；三曰「接士館」，此館招國士。今世宰相真不值一提，與公孫弘差距甚遠。

（七〇）長沙傅，前漢賈誼乃優秀學者，受周勃、灌嬰排擠陷害，貶為長沙王太傅，被疏遠。賈誼雖為洛陽才子，卻無人舉薦，駱賓王之才學不輸於賈誼，自負為洛陽之才，然仕途不順被貶為臨海丞小官，遂憤然作此詩。

【校勘記】

［一］躔，原作「纏」，據《唐詩選》卷二改。

丁仙芝

餘杭醉歌贈吴山人（一）

丁仙芝任餘杭縣縣令，與吴山人十分親密，故勸飲餘杭名産美酒，醉中作歌贈之。

曉幙紅襟燕（二），**春城白項烏**（三）。**只來梁上語**，《左傳》中有燕巢於幕上語。又，《張霸傳》中有城上之烏語。侯景收集此類字謀反時，朱雀門曾聚集白頭烏。因有安禄山之亂，故用隱語。「曉幙」二字用於美化詩句。此詩之意為，黎明時分，幙上飛來罕見紅襟燕，城中亦有罕見白項烏。而君與吾如同那罕見之燕與白項烏。君不應避居於身危之幙上，吾亦不應如白項烏般引人注目，故只能於梁上共語。**不向府中趨**。**城頭坎坎鼓聲曙**（四），**滿庭新種櫻桃樹**。彼時，安禄山隱瞞曰「不會趨向御史府中」。而此時城頭坎坎明，傳來六時的太鼓聲。黎明來臨，滿庭都是新種櫻桃樹。**桃花昨夜撩亂開，當軒發色映樓臺**。**十千兑得餘杭酒**（五），**二月春城長命杯**。**酒後留君**於是借桃作詩。桃花昨夜繚亂盛開，當軒發出美麗艷色，映照樓臺。出錢十千兑得現金，飲餘杭美酒，正值二月春，於春城取長命杯暢飲。酒後君戀戀不捨，告辭時吾留君？**待明月**，**還將明月送君回**。待明月出來，如君此般山人本無所事事，還以明月光代替提燈，照還家之路，送君歸。此間乃樂趣所在，無需著急，盡所暢談之後再歸，誠惜别之情深切。餘杭酒，其中某種一斗十千，此乃謂一斗酒約十貫文。唐時一斗相當於日本一桝，乃高價酒。「兑」字，乃俗語，指換成現金。注釋中有詩中故事詳情，應細讀。

【注釋】

（一）餘杭醉歌，講釋中詳述。

（二）紅襟燕，《玄中記》載，越燕以紅襟使聲大。

（三）白項烏，《三國典略》載，侯景奪位時，朱雀門聚集一萬白頭烏。安禄山在城中一事是學侯景奸計，高仙芝早有察覺，故今避幕上之危，只在房梁上，未跑向御史府中。府中乃隱語，指安禄山黨羽在京城。白項烏，見於《史記》及《世説》。

（四）坎坎，為大鼓之聲，見《詩經》。

（五）《文選》中有曹植詩「美酒斗十千」，指價高酒。餘杭縣，如日本之鴻池伊舟，盛産美酒，見《漢書·地理志》。《文選》，庾信有詩「美酒餘杭醉」、「新年長命杯」。

卷之三　五言律

律詩韻文始於五言律，產生於梁陳世。自唐神龍年間至宋之問、沈佺期之後，高適、岑參等人出現，格調更趨細緻精密。五言律本由五言古詩演變，原屬古體詩，故作詩風格古雅。

野望

王績

東皐薄暮望（一），登上東澤邊堤，薄暮時分眺望原野。**徙倚欲何依**。徙倚，謂前後皆不著街市。欲尋可依之所，停止脚步，無目的望向前方。「欲何依」三字含七、八句之含義。**樹樹皆秋色，山山惟落暉**。環顧四周，樹樹皆帶秋色，山山惟有落暉，景色凄涼。「皆」「惟」二字均含沈寂之静。作詩如此清整優美，正是初唐本色。**牧人驅犢返，獵馬帶禽歸**。原野放牧，讓牛犢自由玩耍，日暮時分，牛倌驅犢而返。獵人將鳥獸綁在馬鞍上，帶禽而歸。**相顧無相識**，左顧右看，無一人知我心，能告知我正道，因此而歎氣。**長歌懷采薇**（二）。歎氣後思伯夷采薇而歌。因處隋亡唐替之際，如同殷亡周替，故思及伯夷。此句含有若今日伯夷尚在，我欲與其作伴之意。

【注釋】

（一）東皐，《爾雅》云：「澤曲曰皐。」此處指澤邊有堤處。隋大業年中，因王績精通儒学，要委以重用。其不願在朝為官，欲多飲酒，請願爲六合丞，做簡單差事。後又厭倦官職而隱居，歸當地北山東皐，自號東皐子，眺望原野作此詩，蓋是隋末作品。薄暮：「薄，迫也。謂日將落近暮也。」

（二）采薇，《史記》載，伯夷、叔齊隱於首陽山，采薇而食，至餓死，即興吟唱《采薇》詩。因在隋亡唐替之際，故此此詩假托夷齊。

楊炯　**從軍行**（一）

烽火照西京（二），邊塞匈奴好於臨近秋寒時攻打京城，故不可掉以輕心。烽火昇起，可照到西京。**心中自不平**。人人心中不安，故自覺不平。**牙璋辭鳳闕**（三），**鐵騎繞龍城**（四）。召大將軍進宮，頒牙璋命出征，鐵騎身披鎧甲，衆多士兵跟隨其後，速圍匈奴之龍城。**雪暗凋旗畫**，邊塞寒時早，九月左右開始降雪。降雪時天昏地暗，大將軍命持旗面，上有畫，凌亂不堪如凋謝狀。**風多雜鼓聲**。風多，寒風從四面八方吹來時，戰争最激烈。為鼓舞士氣敲擊戰皷。寒風呼嘯，雜伴戰鼓聲震耳。**寧爲百夫長**(五)，**勝作一書生**。建功可立身封諸侯。寧爲百夫長，勝作如我這般一書生。此七、八句含因不受用而感憤懣之意。

【注釋】

(一)從軍行，《樂府古題要解》：「皆述軍旅苦行之詞也。」

(二)《漢書》注：「邊方備胡寇，夜燃火以相告曰『烽』，晝望其煙曰『燧』。」

(三)牙璋，《周禮・天瑞》：「牙璋以起發軍旅。」鄭注：「牙璋琢以爲牙，牙齒象兵，故以牙璋發兵。」

鳳闕，即皇宮，因門上有銅鳳凰，故取此名。

(四)龍城，據《晉書・張軌傳》載，匈奴城池地形似龍，故稱龍城。

(五)百夫長，《尚書・牧誓》曰：「千夫長，百夫長。」

杜少府之任蜀州(一)

王勃

杜，乃姓氏；少府，同小納户官職。轉至蜀州任職，故送行。

城闕輔三秦(二)，一、二句言目的地蜀川，三、四句着重講辭别，五、六句對辭别輕描淡寫，七、八句安慰即將去往偏遠蜀川之友人。即將奔赴之蜀地為要塞，須嚴守。京城萬一有意外，天子会出行，故京城三所官廳均設大將軍，因不知三所中何處会發生騷動，一旦其中某處發生騷亂，其他兩所官廳則增員輔助。由此可知「輔」之字義。此處「城闕」謂皇宮。唐玄宗曾避難至蜀地，後稱蜀地為都，故於此地置闕。**風煙望五津**（三）。其風煙遥望五津。作詩用生硬字不易看懂，因而用風煙等字作為對應物。蝦夷攻京城，須通過五津，故偵察兵須日夜守望五津，此處為要地。**與君離別意，同是宦遊人**（四）。**海内存知己**（五），**天涯若比鄰**（六）。**無爲在岐路，兒女共沾巾**（七）。與君離別意未盡，彼此皆共知自京城赴外地任官，但不知明日去往何地任職，又將何時與君相逢，想來很是凄凉。雖如此，海内萬國相同，無論去往天下何處，只要彼此情誼不變，即使相隔秦蜀之地、天涯海角，亦若比鄰。話雖如此，離别猶痛苦，在岐路岔口易如兒女般流淚共沾巾。此「無爲」是心中自然真情在，故如此惜别。注釋中有述典故。

【注釋】

（一）少府，掌管山海池澤献納之税，相當於日本御納户（江户幕府之官職，掌管將軍家金銀、服飾、日用器具、家具等出納——譯者注）。

（二）三秦，指長安。京城於中心京兆、左憑翊、右扶風三處設官廳。此三處官廳共同商定出兵事宜，共同協商评議。

（三）五津，據《黃道周詳解》，蜀界大江有五津（渡口）。

（四）宦遊，指離別京城去他國做官，見《藻林》。

（五）知己，《史記・晏子傳》：「君子詘於不知己，而信於知己者。」

（六）「比鄰」二字，出自三國魏曹植詩。

（七）無爲，出自《詩經》。巾，指手帕。

陳子昂

晚次樂鄉縣（一）

「次」為逗留四五日之意。

故鄉杳無際，日暮且孤征。此詩是戰亂過後，返回蜀南故鄉途中所作。故鄉杳無際，日暮時分孤身一人，於旅途中倍覺淒涼。**川原迷舊國**（二），**道路入邊城**。**野戍荒煙斷，深山古木平**。每日渡川、走原野。因日復一日，每日行同樣路，故仿佛於舊國迷路。道路終於進入位於蜀南之邊城，名曰襄陽。原野上戍樓亦因戰亂過後，視之十分荒蕪，煙斷而淒涼。進入深山，遍地古木生長平整，更顯寂靜深邃。**如何此時恨，噭噭夜猿鳴**（三）。心中如此不安時，如何此時更聞半夜噭噭吵鬧之猿聲啼鳴？令途中更加難耐悲苦。

【注釋】

（一）「晚次」之「次」，《左傳》中將離開之日也停留稱爲「次」。樂鄉縣，《唐書·地理志》載，樂鄉縣在襄陽郡。

（二）舊國，出自《莊子》。

（三）噭噭夜猿鳴，整句引用《文選》謝靈運詩句。

春夜別友人（一）

注釋中有詳述。

銀燭吐青煙（二），**金樽對綺筵**。於餞別廳堂點燃以銀箔華麗裝飾之燭，燭火燃燒，吐出縷縷青煙，其煙緩緩昇起。宴席上開起豪華酒樽，與諸位出席者對飲。下句之「離堂」謂餞別宴席。**離堂思琴瑟**（三），**別路繞山川**。於餞別宴席彈奏琴瑟，表惜別之情。「思」字承接下句。想必明日邊回憶此琴瑟之聲，邊行走。此乃南郭先生之説法。又，琴聲若不合調則無趣，今夜餞別廳堂諸位友人情誼相通，故琴聲亦合調。想必明日將且在別路、山川左右繞行，且想今夜所餞別情投意合之友人。此乃秋山玉山先生之説法。「思」字與「山川」呼應。**明月隱高樹，長河沒曉天**。渡航時，照亮夜空之月隱藏於高聳樹木之間，天河也在曉天時分漸漸不見。**悠悠洛陽去**(四)，**此會在何年**。今當前往遙遠之洛陽，如此有趣相會又要待到何年？

【注釋】

（一）王翼雲《合解》曰：「子昂將之洛陽，餞友人而作。」

（二）銀燭，《穆天子傳》：「天子之寶，璿珠燭銀。」

（三）琴有七弦，瑟有二十五弦。

（四）洛陽，《漢書·地理志》載，高祖將河南郡改名爲洛陽。

送別崔著作東征(一)

金天方肅殺(二)，**白露始專征**(三)。金天，謂秋日之天空，方，雖讀作「まさに」，而意為「初次」。金天到來，萬物蕭瑟，降白露。此時征伐匈奴，乃自古之慣例，初次如願參加征伐匈奴。**王師非樂戰**，王師並非樂戰，乃不得不戰。**之子慎佳兵**(四)。之子，謂對方。崔著作懇切告知慎用佳兵，勿樂戰。**海氣侵**

南部（五）**，邊風掃北平**。謂邊塞蕭瑟景色，海上水氣侵入軍營南部所在地，邊塞强風仿佛要吹掃北平。

莫賣盧龍塞（六）**，歸邀麟閣名**（七）。想此次必將立功而歸。昔日田疇為魏曹操攻下烏丸，作為褒獎，曹操欲賞其地，田疇曰，莫賣盧龍塞以買賞禄。以此爲君着想，提醒君，立大功之後，切勿以為麒麟閣供奉畫像買名而賣之。

【注釋】

（一）崔著作，崔融，字安成，著作為官職名，作碑志、祝文、祭文以及掌管文章之官職。東征，據玄之查，契丹為東，幽州為北。武則天時，武攸暨被封為王，征伐契丹，此後攻打幽州之北平。題中有「東征」，詩中又有「北平」，蓋提及此事。崔融任著作，作為隨從前往。

（二）金天，秋天也。肅殺，《禮記·月令》：「草木皆肅，謂枝葉縮，栗殺。」

（三）專征，《禮記·月令》：「天子以十月白露降，命將選士，專征不義。」

（四）之子，出自《詩經》。佳兵，《老子》中有「夫佳兵者，不祥之器」。

（五）南部，視作地名則無趣，應看作從南部軍營延伸之地，否則題中之「東征」與詩句之「北平」無法呼應。

（六）盧龍，「盧」者，黑也；「龍」者，水也。此乃匈奴語。對此講釋中詳述。

（七）麟閣，《漢書·宣帝紀》載，匈奴單于歸降於京，上感其歸順，乃時於麟閣供奉各功臣畫像，以免子孫忘記。

杜審言　**蓬萊三殿侍宴奉敕咏終南山**（一）

召群臣至蓬萊三殿，設酒宴，杜審言奉旨歌咏終南山而作此詩。

北斗掛城邊（二）**，南山倚殿前。**北斗星高掛於長安城上閃爍，終南山倚於宮殿前。**雲標金闕迥，樹杪玉堂懸**（三）。金闕門高高聳入雲端，御学問所玉堂高懸於繁茂樹梢。「懸」，指高高聳立。**半嶺通佳氣，中峰繞瑞煙。小臣持獻壽，長此載堯天**（四）。南山半嶺連通皇宮吉祥氣象，中峰瑞煙繚繞。乃至我等官小權輕之臣亦持杯祝壽，願皇上萬萬歲，壽如南山，不騫不崩。願永如堯帝治天下，仁心廣大。

【注釋】

（一）三殿，《藻林》載，三殿謂蓬萊、拾翠、紫薇。蓬萊居中，拾翠、紫薇位其左右。

（二）北斗，為星名，詩中謂皇宮。

（三）玉堂，為教育官署。

（四）獻壽，《詩經》中有「如南山之壽，不騫不崩」，因此南山與獻壽相呼應。堯天，《史記》：「堯之爲君也，其仁如天。」

和晉陵陸丞早春遊望（一）

余於晉陵任職。陸氏早春前往高處遊，四處眺望，應景作詩。和，指和詩。

獨有宦遊人（二），**偏驚物候新**。春之景色讓人快樂。獨有宦遊之人，見物時新歎日月如梭。**雲霞出海曙，梅柳度江春**。海上雲霞燦爛。晉陵在南方，從正月起轉暖。梅花盛開，柳葉抽緑，如出海曙般渡江至對岸，春色更加美麗。**淑氣催黃鳥，晴光轉緑蘋**。和風一直蔓延至谷底，催黃鳥鳴。黃鳥，非日本鶯。滿眼美麗景色，晴朗陽光照耀江水，緑蘋愜意轉浮水面。由「轉」字，應領会浮萍意。**忽聞歌古調，歸思欲沾巾**。如此隨日月推移，忽聞君古樸曲調之詩，想君亦歸鄉心切，不禁落淚沾巾。

【注釋】

（一）晉陵，即前漢毘陵郡，位於南方。

（二）宦遊，見《史記·司馬長卿列傳》。

和康五望月有懷

康，乃姓氏，應於兄弟中排行第五。望月作此詩，為已有懷鄉詩和詩。

明月高秋迥，愁人獨夜看。看明月之高，秋高氣爽之景，分外懷念故鄉。愁來無人陪伴，入夜獨自悲傷。**暫將弓並曲**（一），**翻與扇俱團。**七八日之月暫與內弓並曲。翻至十四五日時，則與團扇俱圓。**露濯清輝苦，風飄素影寒。**夜中露水清澈透亮，皎潔月光下，寒風瑟瑟，素影望覺冷清。因苦，風飄時越發感到寒冷。**羅衣一此鑒，頓使別離難。**旅途中，無人為君備防寒物，故僅攜一羅衣。君初次旅行，初次歷經，頓知離鄉之難。至此感詩意之深刻。

【注釋】

（一）將弓，《釋名》：「弦，半月之名也，其形一旁曲一旁直，若張弓施弦也。」

送崔融

此詩應與前崔著作東征之詩結合而看。

君王行出將，武攸暨受封為王，任大將軍出伐契丹。**書記遠從征**（一）。君才學兼備，作為書記官隨行遠征。**祖帳連河闕**（二），為君王送行，祭道神纍祖，鋪帳坐席連河水伊闕。**軍麾動洛城**（三）。時手持君王之小旗指揮。此小旗與日本軍配團扇相似。其氣勢似能震動全洛陽城。**旌旗朝朔氣**（四），行至契丹，四處皆立旌旗。朝朝冒朔風之氣，想必寒冷。**笳吹夜邊聲**（五）。胡人吹笳，此悲傷笛聲，令邊塞夜夜淒涼不安。**坐覺煙塵掃，秋風古北平**（六）。坐覺，為「總覺得」之意，覺，為「思」之意。此次，君與被任命為大將軍之出色人物等共同籌劃計謀，故常覺能將烽煙及馬蹄之下揚塵一掃而光，秋風吹起時，將古北平郡收回，亦能平定戰亂。

【注釋】

（一）君欲將武攸暨封為王，派其東征。

（二）祖帳，黃帝之子纍祖好遠遊，死於道中，後人祀以為護道之神。在餞行宴上備造酒，並圍上帷帳，遂稱為「祖帳」。

（三）軍麾，《書經》載，武王「右秉白旄以麾」。與日本軍配團扇類似。

（四）旌，《周禮·春官》：「折羽爲旌。」旗，《釋名》曰：「熊虎爲旗，軍將所建，象其猛如虎。」

（五）笳吹，五言古中有述。

（六）北平，前已述。

宋之問　**扈從登封途中作**（一）

注釋中有述。

帳殿鬱崔嵬，仙遊實壯哉（二）。張帳將御殿設於樹木葱鬱深山崔嵬之地，此仙遊實壯哉。此句意為不見終尾。**曉雲連幕捲**（三），**夜火雜星回**。此句言清晨早起天人合一之景象。曉雲連幕捲，野宿時人與天相交合。手舉火把，從山上登高至臨時御殿，火光與星光交雜迴旋。**谷暗千旗出，山鳴萬乘來**（四）。高處早明，衆多供奉者逗留山谷，山谷尚幽暗。衆人高舉上千旗幟出山，其聲嘈雜，三聲萬歲，響徹山谷。此乃天子出遊萬乘之勢。如此慶事，我亦有幸隨同。**扈遊良可賦，終乏掞天才**（五）。無論如何，也須賦恐悦詩，然終因乏掞天之才，僅表心意。此句看似詩人謙退，言外之意則是觀如此大禮乃萬分榮幸之事，故望受命之作能成流傳千秋萬代之碑文。此詩中「仙遊」「扈遊」，是否有一字筆誤？

【注釋】

（一）扈從，出《文選·上林賦》，隨從稱「扈」。登封，築石祭天壇曰「封」，據《字彙》。高宗乾封元年正月封泰山，禪社首。

（二）仙遊，王翼雲《合解》中指天子臨幸。仙，謂不尋常，為尊稱；遊，指出行。第二句析「壯遊」二字。

（三）幕，《字彙》：「在上曰幕，横曰帷。」

（四）山鳴，《漢書・武帝紀》載，漢武帝元封元年，漢武帝臨幸嵩山時，山神廟中響起三聲「萬歲」。萬乘，謂天子可出兵車達萬乘。

（五）自《文選・蜀都賦》中引用「摛藻掞天庭」。「掞」應視為覆蓋之意。又一説為「舒」，指登天之音。

送沙門弘景道俊玄莊還荊州應制（一）

注釋中有述。

一乘歸浄域（二），**萬騎餞通莊**（三）。一乘，出《法華經》，此處謂沙門三人同乘一車，歸位於荊州之浄域，故天子命萬騎為其餞行，至禁城御門前通莊。**就日離亭近，彌天別路長**（四）。將天子比作「日」，位列天子身邊，離亭已近，然彌天別路則更長。**荊南旋杖鉢**（五），携錫杖、持鉢盂歸荊州南。荊南，乃蜀州也。**渭北限津梁**（六）。渭水以北之京城為津為梁，普度衆生，此乃極限。提及渭水，故而搭配津梁，妙哉。**何日紆真果，還來入帝鄉**。真果，乃成就佛道修成正果之意。「就日」與「何日」，其中是否有一誤？

【注釋】

（一）沙門，據《釋氏要覽》，沙門乃天竺語，譯為勤息，即勤善息惡。據考証，玄子為弘景。《高僧傳》中有關於玄莊之記載，而不見道俊。

（二）一乘，出《法華經·方便品》。

（三）通莊，《爾雅》：「路六達謂之莊。」

（四）就日，《史記》中有「帝堯就之如日」，此處謂皇居。彌天，《世説》：「彌天釋道安。」謂跨越天空般極大氣象。

（五）杖，指錫杖。鉢，為盛裝食物的器皿。

（六）津梁，見《世説》，津為渡，梁為橋，指若欲普度衆生，應成為河上橋樑。

長寧公主東莊侍宴（一）

李嶠

注釋中有述。

別業臨青甸（二），**鳴鑾降紫霄**。此別墅位於東都近郊，草木翠緑繁茂，能俯瞰村落，景色秀麗。公主乘車鳴鑾自雲上降。紫霄，謂天子，故云自雲上降。**長筵鵷鷺集**（三），如鵷鷺並列，百官群臣按官位有序入長筵。**仙管鳳凰調**(四)。以弄玉代稱公主，吹響簫笛，如鳳凰鳴，此為「合調」。駙馬楊慎交亦光臨，夫婦同席喜慶。鳳為雄，凰為雌，此處將長寧公主與楊慎交比作鳳凰。**樹接南山近，煙含北渚遥**(五)。廣庭樹木景色別緻，與遠處南山連接，仿佛近在眼前。煙霧繚繞如含北渚，視則遥遠。此二句將庭外之南山描寫得很近，又將流於庭内之北渚描寫得遥遠。將「近」「遥」二字臨時换用。**承恩咸已醉**，承蒙公主恩澤，群臣盡情歡飲皆已醉。**戀賞未還鑣**。為此美景吸引、戀賞，故無心騎馬伴鑣聲而歸。天子亦流連忘返，欲繼續留此地。

【注釋】

(一)長寧公主，據《新唐書·公主傳》載，長寧乃中宗之女，楊慎交之妻，因此楊慎交為天子之婿，將東莊別墅打造得甚為華美，中宗亦御駕至此。莊，據《字典》，指鄉下之宅邸。

(二)青甸，指掌管青色之官署。蔣仲舒注曰：「東郊也。」

(三)長，為廣大之意。筵，指宴飲席位。

(四)仙管，指簫，《列仙傳》載，秦穆公之女弄玉，與仙人蕭史結為夫妻，當吹起簫時，鳳凰飛舞而至，二人便跨坐於其背騰空而去。

(五)北渚，出《楚辭》。

張說

恩敕麗正殿書院賜宴應制得林字（一）

東壁圖書府（二），東、壁二星掌管天文地理圖、六經及諸書。此書院右側為諸書府。**西園翰墨林**（三）。正如魏時陳思王於西園召集諸才子，此地為衆多学者匯聚之地。**誦詩聞國政**（四），**講易見天心**（五）。天子治天下有方，先從諸國城邑收集流行詩歌，令人誦詩，以此考量諸侯國政諸象。又講析《易經》，使諸官員反省是否稱職，天心是否於諸官員職責中得以實現。**位竊和羹重**（六），**恩叨醉酒深**（七）。我等不才之人安排料理朝政以和羹，承蒙皇恩，肩負重任，竊居高位。今承蒙皇上賜筵，不覺酩酊大醉，深懼无德，誠惶誠恐。叨，謂忌憚多。**載歌春興曲，情竭爲知音**（八）。載，表示「於是立即做某事」之意，即放聲高唱。春日時節，衆學者被召來，即興譜詞，曲表忠心，為報知音之情，將盡忠竭智輔佐云云。存心望天子能知我心，識我才。

【注釋】

（一）麗正殿，《唐書》載，開元十一年五月，張説任太常博士，執掌禮儀。天子詔令諸臣學者並設酒宴。應制，「制」為聖旨，「應」為奉命。此詞已多次出現，在此略。分韻得「林」字。

（二）東壁，陶弘景之《星經》載，東、壁為二星之名，主文籍。

（三）西園，魏陳思王宅邸，其在此召集諸才子享樂。翰，謂筆。翰墨，指學者。林，為諸多樹並排之意，在此比喻衆人聚集。

（四）誦詩，據《禮記》，各王公貴族城内所流行詩歌傳至京城，周天子通過吟誦詩歌了解各國風俗，以此考量治亂。

（五）見天心，《易經・復卦》：「復，其見天地之心乎。」

（六）和羹，《尚書・説命》載，殷高宗命傳説助其治天下，以此為喻。「若作和羹，爾惟鹽梅」，將治理天下之重任比作和羹。

（七）醉酒，《詩經》：「既醉以酒，既飽以德。」

（八）知音，為相互知心之親密關係。《列子》載，伯牙彈琴，鍾子期能聽辨出高山流水之曲調。子期死後，因天下再無人能聽懂其音曲，故伯牙摔琴棄彈。

還至端州驛前與高六別處（一）

注釋中有述。

舊館分江口（二），借「舊館」言分江入口。今歲我被允歸京，得以生還。而高六因客死他鄉而無法返回。**淒然望落暉**。**相逢傳旅食**（三），**臨別換征衣**。落日時分，更加淒然，望落暉而生憶，昔在此相逢，在旅宿手傳飯食。因左遷地不同，臨別之際交换征衣云，日夜睹物思人。世間之事皆無聊。**昔記山川是，今傷人代非**。記得昔日來過此地。今日到此，見山川依舊未變，而人代已非，頗為傷心。**往來皆此路，生死不同歸**。别時、歸時皆此路。高六已死，而我獨活，二人均不能回京。如此無奈世道，令人心生愁思。

【注釋】

（一）端州，七言古中已述。張説被貶岳州，來到與高六分别處。對高六之死深感悲痛，故作此詩。高，乃姓氏，前已述。六，乃堂兄弟排行而得。

（二）分江，為地名。

（三）旅食，魏文帝書中指聚餐，此處應與下句「征衣」對偶，謂旅居中寄食不生疏。

幽州夜飲（一）

注釋中有述。

涼風吹夜雨，蕭瑟動寒林。涼風吹來夜雨，又聞淒涼鳴音。樹葉凋零，蕭瑟動寒林。**正有高堂宴，能忘遲暮心**（二）。高堂正舉辦酒宴，雖欲解胸中鬱悶，然又自思年事已高，卻在遥遠國度任大將軍，内心無法忘却遲暮之心。**軍中宜劍舞**（三），**塞上重笳音。**軍中宜以舞劍為樂，然戰時塞上重笳音，聽則悲傷反感。**不作邊城將，誰知恩遇深。**若不在外作邊塞大將軍，為衆人追隨，誰知遇聖恩如此深。實則憤慨京城不得立身，須領會彼此之心得。君試作邊城將軍，想君彼時必曰，任職於京時，天子恩遇何其深！須注意第六句，涼風蕭瑟、京城等淒涼描寫，劍舞、胡笳均無趣，與京城音樂吹器截然不同，亦不同於禁裏酒宴，甚是無趣。

【注釋】

（一）《唐書》載，張説曾任幽州大將軍。

（二）遲暮，出《楚辭》，意為人老後難以立身。

（三）劍舞，見七言古，於「王郎司直」下述。

宿雲門寺閣（一）

注釋中有述。

香閣東山下，凡寺均帶「香」字。此香閣位於寺東山下。**煙花象外幽**（二）。此地煙花景色不同於人世間，因遠離塵世之外，十分清幽。**懸燈千嶂夕，卷幔五湖秋**（三）。入夜時分，懸燈於高閣，夕陽景色浸入千嶂。嶂，謂山巒層叠如屏風。捲起簾幔便見五湖秋景全貌映入眼簾。**畫壁餘鴻鴈，紗窗宿斗牛**（四）。此句以畫壁上所畫鴻鴈已舊，描述山寺之古老。餘，謂其殘破狀。又以此領空之斗牛星似鑲嵌於紗窗上，描述香閣之高。第五、六句乃玉山先生之説。**更疑天路近，夢與白雲遊**。承上句地勢之高，更疑帝釋天、堵率天、三十三天之天路似近。此地一宿，竟夢白雲來，與白雲共遊上天。

【注釋】

（一）雲門寺，位於浙江。見《一統志》。

（二）象外，指遠離塵世。見《文選·天台山賦》。

（三）五湖，一名太湖，見《史記》《國語》。

（四）斗牛，謂南斗、牽牛二星，此地分野。

玄宗皇帝　**幸蜀**（一）**西至劍門**（二）

注釋中有述。

劍閣橫雲峻，鑾輿出狩回(三)。劍閣山似位天上，橫於雲端，非常險峻。天子乘鑾輿至蜀地，視巡而歸。**翠屏千仞合**，千仞高山綿延，宛如立起翠緑色屏風。**丹嶂五丁開**(四)。有丹石山嶂，乃曾經五壯士開山闢路處。**灌木縈旗轉**(五)，山路狹窄，灌木叢生，掛旗左右旋轉。**仙雲拂馬來**。仙雲，謂山上所起之雲。仙雲吹拂天子所騎之馬，迎面而來。**乘時方在德**(六)，**嗟爾勒銘才**(七)。天子見晉時張載所立石碑於此，其碑銘中有「興實在德，險亦難恃」，遂有感而勒銘於石，贊其才能。嗟爾，不應讀作「サスナンチ」，而應讀作「サシス」，為感歎詞，表示感歎。「橫雲」與「仙雲」，其中是否有一處誤？

【注釋】

(一)幸蜀，蔣注載，因安禄山之亂，玄宗駕臨蜀地，治亂後歸京時，在此駐脚，作此詩。

(二)劍門，為「劍閣」筆誤。

(三)出狩，謂天子外出狩獵歸來，實則脱逃。曾有先例，《左傳》中將天子脱逃至他國載為天王狩獵而歸。又有「巡狩」之意。

(四)五丁，《字彙》：「民年二十已上曰『丁』。」《史記》載，秦惠王欲伐蜀，聞蜀有五丁力士，壯勇。乃以鐵作牛五頭，詐稱其牛食粟，日糞金三斗。蜀侯聞之，使五丁開山入秦取牛。秦蜀之路遂通，五丁死，秦滅蜀。

（五）灌木，出《詩經》。
（六）乘時，出《易經》。
（七）勒銘才，晉時張載，字孟陽，作《劍閣銘》，書「興實在德，險亦難恃」。

李白　**塞下曲**（一）

註釋中有述。

塞虜乘秋下（二），邊塞胡虜好乘秋天之勢大舉派軍侵京。因胡地地勢高，京地勢低，故用「下」字。**天兵出漢家**。不可掉以輕心，故天子備齊軍兵，將軍率兵離家出征。**將軍分虎竹**（三），將虎畫於竹上，又將竹一分爲二作「割符」，一半賜予將軍，一半天子保留。**戰士臥龍沙**。大量戰士於胡地龍沙安營扎寨，夜不寢，徹夜守望。**邊月隨弓影，胡霜拂劍花**（四）。邊塞月光隨張弓之影灑下，猶如胡天降霜。揮舞劍時，劍光好似繁花四散。拂，謂揮舞之意。詩人妙用文字將月弓與霜劍作對照。**玉關殊未入**（五），**少婦莫長嗟**。玉門關殊未入，竟有如此戰爭，故不知何年歸。留於京城之少婦，莫長嗟，且斷念。此句表面寫武士之態，其內心應是痛苦而悲傷，此為人之常情。

【注釋】

（一）塞下曲，出塞、入塞、塞上、塞下皆為樂府題，描寫邊塞戰場。

（二）乘秋，《漢書》：「匈奴至秋，馬肥弓勁，則入塞。」

（三）虎竹，見《漢書·文帝紀》。

（四）劍花，據《越絶書》載，越王揮舞寶劍，好似花朵散落般飄動。

（五）未入，後漢班超言，自玉門關至今，仍未入胡地，自此前往胡地，不知又將要幾年。

秋思

乃樂府題。秋來丈夫卻去邊未歸，作詩表達思念之情。

燕支黃葉落（一），**妾望自登臺**。秋天到來，丈夫奔赴戰場。胡地燕支山想必也已黃葉落。妾欲望夫，故忘我而獨自登高臺眺望。**海上碧雲斷，單于秋色來**（二）。丈夫已去，海上廣闊，無邊無際，碧雲也模糊斷絶不見。從單于邊塞而來之淒涼秋色。**胡兵沙塞合，漢使玉關回**。聽聞胡兵聚合於沙漠邊塞，停戰無望。京城遣去查看戰況，使者於玉門關再也無法往前而折返。**征客無歸日，空悲蕙草摧**（三）。既如此，征客亦無歸日。總之耗時而不濟事，婦人空悲蕙草摧折，我之顔容也必衰落。

【注釋】

（一）燕支，位於胡地之山名，乃胭脂産地。

（二）單于，為匈奴語，乃王者之意。

（三）蕙，據《爾雅翼》，指香草，此處借指女人。

送友人（一）

青山横北郭（二），**白水遶東城**。不論如何之山水絶景，若当地人平生見，習以為常，便不覺稀奇。故平時眺望青山横於北郭，白水繞東城流淌，不覺如何，然今日將別友人，此番景色格外引人注目，令人更加難捨難分。**此地一爲別，孤蓬萬里征**（三）。我疑惑君為何捨棄此番景色而踏上旅途。此地美景一別，君將如孤蓬飄蕩般，萬里遠征。因一、二句對偶，三、四句看似不對偶，其實自然對偶。**浮雲遊子意**，君將獨赴萬里，如浮雲漂泊，無落身之處，令人悲傷。遊子，謂旅行。**落日故人情**。落日淒涼時思念君，無論留在何地，某亦不忘故人之情。**揮手自兹去，蕭蕭班馬鳴**（四）。唐人離別時彼此握手惜別，之後再揮動剛才所握之手，以示就此離別，彼此將各奔東西。此處云，馬亦嘶鳴，其實以此喻對方正哭泣。

【注釋】

（一）送友人，詩一、二句對偶，三、四句不對偶者，稱之為「借春對」。

（二）郭，謂城外人民聚集地。

（三）孤蓬，言蓬草根枯，為風吹而縮卷貌，見於《詳解》。

（四）蕭蕭，出《詩經》。班馬，《左傳》杜注：「班，别也。」

送友人入蜀

見說蠶叢路（一），**崎嶇不易行**。見說，謂自己也曾見過。蠶叢開闢之山路，崎嶇不易行。**山從人面起，雲傍馬頭生**。說到周圍環境到底如何，那里前後左右皆山，人跡罕至，劍閣山更加險峻。山崖峭壁仿佛從人面而起，山路也崎嶇險阻，雲傍馬頭而生。此處描寫深山。**芳樹籠秦棧**（二），**春流遶蜀城**。若皆如前句所云，則過於恐怖，詩人以沿途景色寬慰。君啓程時正是好時節，二三月京城繁花盛開，而蜀地因在山中，故而有寒地。至五月花開冰融，仿佛鮮花盛開、芳樹聚籠秦棧般美麗。春來雪融，水繞蜀城流淌，想必山水風景亦非常秀麗。**昇沈應已定**（三），**不必問君平**（四）。此友人看似仕途不順，因而去蜀地。詩人安慰友人曰，人之進退昇沈應早已命定，故到蜀地，即便逢君平之善占者，亦不必給自己占卜算卦。

【注釋】

（一）蠶叢，《文選·蜀都賦》載，蜀王之先祖，太古人，無文字，無禮樂，相傳建蜀，故而蠶叢指代蜀。

（二）秦棧，秦時所築棧道，路險。

（三）昇沈，見李蕭遠《運命論》，指沈浮。

（四）君平，漢時嚴君平乃傑出人材，卜筮於成都。

秋登宣城謝朓北樓（一）

注釋中有述。

江城如畫裏，山曉望晴空。登建於江邊城北樓，眼前景色如在彩色畫裏。重山拂曉，朝日出時望晴空。**兩水夾明鏡**，宛溪、句溪兩股川水於宣城左右夾城而流，朝日光照之下，好似夾明鏡之兩邊。**雙橋落彩虹**（二）。架於兩河上之橋，於陽光照耀下，宛若彩虹自空中落。**人煙寒橘柚**（三），人煙，謂人家。楚地乃夷之鄰國，人家稀少。「寒」字，為稀疏之意。橘柚青時無法辨別，葉黃時可見此處彼處有人家。**秋色老梧桐**(四)。秋意漸濃，梧桐亦老散，格外凄涼。**誰念北樓上，臨風懷謝公。**誰念我回想當年，登上北樓，俯瞰風景，賦謝公之詩。我等能理解謝公，故想來即感慨。

【注釋】

（一）唐書《地理志》載，謝朓，南齊人，任宣城太守以來，世稱謝宣城。北樓，謝朓所建。

（二）兩水、雙橋，宛溪、句溪兩河在宣城左右繞城而流，河上架着橋，名曰鳳皇橋、濟川橋，統稱双橋。見於《宣州圖經》。

（三）橘柚，《字彙》：「小者爲橘，大者爲柚。」

（四）梧桐，注中有引《淮南子》「梧桐一葉落，天下盡知秋」。《淮南子》今本中無。

孟浩然　**臨洞庭**

注釋中有述。

八月湖水平，涵虛混太清。秋季水氣盛，八月，洞庭湖水平滿。水面廣闊，虛空無一物，與天空渾然一體。**氣蒸雲夢澤**（一），**波撼岳陽城**。水氣蒸騰上昇彌漫，雲夢澤看似連成一片。波濤湧起，似要將岳陽城撼動。**欲濟無舟楫**（二），**端居恥聖明**。欲濟兇險之巨湖，而無舟楫，徒有空望。此處含《書經・説命》，注釋中有述。我等普度天下而治世，欲輔佐天子，而無如舟楫般為我引薦撮合者，故只得待而處之，皆為自己無才之緣故。表面上雖言此，我身處聖明朝代十分慚愧，而內心則非難今朝天子、宰相皆無識人之慧眼，十分愚昧，故而無心用我等人材。當代昏暗，故而未發見我等器量。**坐觀垂釣者，徒有羨魚情**（三）。有坐觀垂釣者，徒有羨魚之情。如世人釣魚，有人奉承權門釣得官祿。我並非不願官祿，但無心如世人般備釣具而阿諛奉承，更無心諂媚權威。

【注釋】

（一）《一統志》載，洞庭湖橫臥於岳州府，佔地七百里，雲澤、夢澤位其旁，稱二澤。《周禮》中合稱為雲夢。

（二）舟楫，《尚書・説命》：「若濟巨川，用汝作舟楫。」

（三）羨魚，《淮南子》：「臨河羨魚，不如歸家織網。」

題義公禪房

題，額也，目視之。有名曰「義公」者，好禪學，習禪寂，於空林僻靜處建草庵隱居。

義公習禪寂(一)**，結宇依空林。户外一峰秀，階前衆壑深。**義公欲遠離塵世以清心，習熟禪寂，結草宇依空林居住。禪房窗外一峰秀，階前衆壑深。**夕陽連雨足，**日落時分降驟雨，雲間雨脚清透可見。**空翠落庭陰。**樹鬱鬱青青，庭中落陰。**看取蓮花净，方知不染心**(二)。看取，為俗語；取，乃助字，無意理。看池中蓮花清净綻放，可揣度義公不染世間污濁無欲之心。

【注釋】

(一)禪寂，《維摩經》：「一心禪寂。」

(二)不染，《法華經》：「不染世間法，如蓮花在水。」

王維　**終南山**(一)

注釋中有述。

太乙近天都，連山到海隅(二)。終南山一名太乙山，山勢格外高，故云近天都。又與禁裏相對，離天子都城近。似乎與兩邊皆有關。山麓群山連綿至海隅。第一句寫山之高，第二句寫山之廣。**白雲迴望合**，望山峰昇起之白雲，回首側望，其雲合成一片。**青靄入看無**。遠看青靄朦朧一團，近看却無影無踪。**分野中峰變**(三)**，陰晴衆壑殊**。山廣，二十八星宿為中峰分爲左右兩邊，以中峰為變。有陰有晴，衆壑殊，甚爲有趣，故到處奔走。**欲投人處宿，隔水問樵夫**。即將天黑，此山中應有人居村落，今夜欲投人處宿。隔溪水，對面有樵夫路過，便詢問何處有人家。

【注釋】

(一)終南山，前已述。太乙為此山之别號。

(二)海隅，據《呂氏春秋》，東方成海隅。

(三)中峰北側為雍州，領屬井、鬼二星之範圍；南側為梁州、荆州，領屬翼、軫二星之範圍。此乃以中峰為變。

過香積寺(一)

香積寺位於長安子午谷間。

不知香積寺(二)，**數里入雲峰。古木無人逕，深山何處鐘。**聞深山中有香積寺，然因在深山中，不知所在。山行數里，登雲擁之山峰，路上古木參天，因無人參拜，無人行之徑，故心感不安，登山小心翼翼。不知深山何處傳來鐘聲。**泉聲咽危石**，臨近此寺，前行至寺院，見澗川泉水撞擊危石，響聲如人哽咽。**日色冷青松**。日光照不進茂盛青松下，顯寒冷。**薄暮空潭曲，安禪制毒龍**(三)。薄暮行至潭水轉彎處，將清淨因緣安於心中，安心修禪，抑住心中為如毒龍般妄想利欲所困之煩惱，心中豁然開朗。

【注釋】

(一)香積寺，《維摩經》中有「香積」二字，此寺位於長安子午谷。

(二)不知，蔣注曰：「『不知』字玄妙，模寫幽深處。」

(三)毒龍，喻煩惱，指人心所懷各種惡念。出《大灌頂神咒經》《大智度論》。

登辨覺寺

此寺無地名，故不得而知。根據詩句考量，應位於楚地。

竹徑從初地(一)，**蓮峰出化城**(二)。**窗中三楚盡**(三)，**林外九江平**(四)。竹林小徑處有入口門，稱初地。自初地向前攀行，可見蓮花般山峰上出化城。自高處眺望，透窗能看盡楚之東、南、西三方。九江自林外匯入洞庭湖，湖水滿盈而看似平蕩。**嫩草承趺坐**（五），**長松響梵聲**（六）。嫩草似有意生於庭中替代坐墊，承僧徒趺坐坐禪。長長松籟真如《陀羅尼經》之響。**空居法雲外**（七），**觀世得無生**（八）。借引佛語「空居天」，此處謂忘記塵世，心無一想，此乃法雲外。厭世，斷念妻子兄弟之諸事，稱其為佛道無生法忍。遠離塵世，清心將得大悟。兩首大意皆相同。

【注釋】

（一）初地，出《楞嚴經》。

（二）化城，出《法華經·化城喻品》。

（三）三楚，《史記·貨殖傳》載，楚有三俗，分東、南、西。

（四）九江，洞庭也，有九水匯入，見於《尚書》。

（五）趺坐，《華嚴經》及諸經中有「結伽趺坐」，謂坐禪時僧人盤腿之姿。

（六）梵聲，出《長阿含經》。

（七）法雲，《楞嚴經》中，根據階級共分十地，將第十地謂之「法雲地」。

（八）觀世，出《瓔珞經》。無生，無生法忍，出自《維摩經》，謂離世參悟。

送平澹然判官(一)

作為西域征伐大將軍之輔佐官出征。

不識陽關路(二)**，新從定遠侯**(三)。平澹然任判官出征胡地，却不識去往陽關之路。此度新從定遠侯大將軍。**黃雲斷春色，畫角起邊愁**(四)。到胡地見氣候異於京城，帶雪氣之黃雲截斷春色。且聞畫角哀聲，難耐之邊愁湧起。**瀚海經年別**，更留於瀚海，成无限期別離。**交河出塞流**(五)。交河出塞流，因地方遥遠故無法通音信。**須令外國使，知飲月氏頭**(六)。須，含必須之意。若外國使者來，須令其知此去不亞於前漢時，欲以所砍下月支王頭作盃飲酒，定立功，向世人展示中國威勢！

【注釋】

(一)判官，乃將軍之屬官，主管軍事判斷。

(二)陽關，位於玉門關以南。

(三)定遠侯，後漢時班超，收服西域五十餘國，因其大功，封定遠侯。

(四)畫角，長長土笛，笛上畫有圖案。於軍中早六時、晚六時吹響，《舜水談綺》有載，稱其為「喇叭」。

（五）交河，見七言古。

（六）月氏頭，據《史記·大宛傳》載，匈奴破月支王，以其頭為盃。

送劉司直赴安西（一）

劉，乃姓氏。司直為督辦軍功事宜，赴安西郡。

絶域陽關道，胡沙與塞塵。絶，意為遥遠。去往絶域胡地須越過陽關，通往胡地之道上，惟見胡地沙漠共戰場塵埃飛揚。**三春時有鴈，萬里少行人。**氣候有異。天氣寒冷，已至三月，春去夏至，時有鴈歸。路途遥遠，萬里路上，行人稀少，倍感孤獨冷清。雖如此，此次督辦公正，故胡地蠻夷亦惶恐。**苜蓿隨天馬**（二）**，蒲萄逐漢臣**（三）**。當令外國懼，不敢覓和親**（四）。進獻喂馬之苜蓿藥草，隨之進獻胡地所産天馬（駿馬之美稱——譯者注）。欲特意進獻胡地之名産蒲萄酒，以此求莫追擊其後。當，謂命令要求。令外國胡人恐懼。敢，為敢於之意。從此重新和好，和睦相處，不敢覓和親等讓人膽怯之事。

【注釋】

（一）司直，前已述。

（二）苜蓿，《史記・大宛傳》中有載，此草可作馬藥。天馬，據《漢書・大宛傳》載，為產自胡地匈奴之名馬。

（三）蒲萄，產自大宛國。見《類書纂要》。

（四）和親，《史記》載，匈奴冒頓圍困漢高祖，婁敬獻策和親。

送邢桂州

邢，乃姓氏。邢氏赴任合浦桂林郡太守，為其送行。

鐃吹喧京口（一），**風波下洞庭**。邢氏赴桂州，其隨從人人敲鐃（鉦、銅鑼、鈴等青銅所製打擊樂器之總稱——譯者注）、吹笛，喧擾至京口乘舟出發，其場面熱鬧非凡。湖面風平浪靜，乘船順流而下，船過洞庭城下。**赭圻將赤岸**（二），**擊汰復揚舲**（三）。從船中看向外，此地為昔日吳國孫權屯扎之地，即赭圻與赤岸山，一邊通過山下。手持擊汰櫓槳之柏子，復揚舲觀察周圍氣色，已至赭圻附近。**日落江湖白，潮來天地青**。早已日落，江湖之水白茫茫一片，船過赤岸山下，時滿潮來，天地蒼茫連成一片。**明珠歸合浦**（四），**應逐使臣星**（五）。邢氏到任，治理有方，故曾移至他國之明珠重歸合浦，民采珠足以謀生。桂州古名合浦，故此處提及合浦。一星一路守護使臣邢氏，其明珠亦不甘示弱，乃逐其後。此詩句使珠星相配。

【注釋】

（一）邢氏赴桂州任職，自京口乘船入洞庭湖。鐃吹，據《説文解字》，鐃為小鉦，吹屬笛類。

（二）赭圻，據《一統志》載，赭圻為城名，可眺望京口，吴所置屯所。赭，指赤色。圻，指曲岸。赤岸，為山名，見《文選・海賦》。

（三）擊汰，見《楚辭》。汰，謂拍擊水波。舲，指開船窗劃行。「赭圻」与「赤岸」，「擊汰」与「揚舲」，一句中自成對仗，稱之為「就句對」。

（四）合浦，唐稱之桂州，後漢順帝時，合浦渔民向來靠采珠為生，然因當地太守過於貪婪，珍珠皆移至他所。後孟嘗任太守治合浦，其無過多欲求，珍珠立即復還。

（五）使臣星，後漢李郃為使臣赴益州時，有一星一直跟隨其後。

使至塞上

可理解為因御差使至邊塞。

單車欲問邊（一），**屬國過居延**（二）。作為胡地降參督使至塞上。僅携少量隨從，乘無飾單車，欲問邊塞，從屬國經過居延城。**征蓬出漢塞，歸鴈入胡天**。當征處無蓬可依，如鴈飛散般離開漢塞。在此季節，與歸鴈共入胡地。大漠陣營，孤煙直昇。來到長河，見落日圓。**蕭關逢候騎，都護在燕然**(三)。來到蕭關，正逢候騎，詢問都護於何處扎營。答曰，在燕然山下。我估測離此地尚遠。

【注釋】

(一)單車，見《文選・李陵書》。

(二)屬國，謂胡地降參國。居延，匈奴城池名，見《漢書》。

(三)都護，見七言古。燕然，為山名，後漢竇憲軍打敗單于軍，刻石勒功，令班固作銘。

觀獵(一)

描寫與狩獵者結伴終日出行之情形。

風勁角弓鳴(二)，**將軍獵渭城**(三)。冬獵季節，强風吹鳴角弓弦。將軍領隊，列成整然齊步之兵士，於京城近郊渭城狩獵。**草枯鷹眼疾，雪盡馬蹄輕。忽過新豐市，還歸細柳營**(四)。**回看射鵰處**(五)，**千里暮雲平**。草枯，正值獵犬自由奔跑之好時節。使鷹，鷹眼厲害，迅速飛上空。此時雪亦盡，隨處可見狐兔之類。馬蹄輕飛，忽過新豐市，午休後回原處，細回看今日獵處，千里之外暮雲平。噫，今日興致實高，出獵竟不知不覺來到千里之外！

【注釋】

（一）觀獵，「獵」為四時狩獵之總稱。見《白虎通義》。（《白虎通義》曰，「四時之田，總名為獵」。——譯者注）

（二）角弓，出《詩經》。

（三）渭城，《一統志》載，渭城位於長安城旁。

（四）明吴山曰，「忽過」「還歸」，此四字言極速。

（五）射鵰，出《史記·李廣傳》。一、二句述出獵前整頓行裝，三、四句述四處亂跑而無路可逃。五、六句述進展之迅速。七、八句述野原之廣。

岑參　**送張子尉南海**（一）

不擇南州尉（二），**高堂有老親**。人人厭赴南海任職。高堂有老親，君為奉養母親，不擇南州尉，真是奇得。**樓臺重蜃氣**（三），**邑里雜鮫人**。傳聞南州為神奇之地。時海中浮起樓臺，與蜃龍吐氣相重。且海邊邑里，鮫化人織絹。**海暗三山雨**，不僅如此，南海暑氣重，海上常降雨，三山變暗。**花明五嶺春**。南方熱氣早，五嶺一帶早已花明。**此鄉多寶玉，慎勿厭清貧**。南海此鄉多出寶玉，然君因盡孝赴任，故懇請君謹慎無欲，守廉潔之心，勿厭清貧，秉公辦事。

【注釋】

（一）「張子」之「子」，對人之尊稱。尉，指小吏（一般指縣尉——譯者注）。南海，廣州有南海縣，見《唐書》。

（二）不擇，《孔子家語》中載，子路家境貧寒，双親年邁，不擇祿仕奉。

（三）蜃氣，《史記·天官書》載，海中有一物似龍名曰蜃，氣吐，空中即現樓臺之象。於日本能登越後海邊亦見此現象。

寄左省杜拾遺（一）

聯步趨丹陛（二），君與我同事，聯步謹趨禁裏丹陛。**分曹限紫微**（三）。於宰相紫微殿左右分曹辦公。其他人做事有時限，到時退出，而君與我則終日做事。**曉隨天仗入**（四），**暮惹御香歸**。曉持天子御器，隨天子儀仗入朝，暮惹一身天子御爐薰香而歸。**白髮悲花落**，直至如此，滿頭白髮，未曾轉役。今春早已過，見春花落，悲歎日月如梭，自己已變老。**青雲羨鳥飛**（五）。彼時因年輕，視步入青雲如鳥自在高飛一般，故羨慕高官厚祿。**聖朝無闕事，自覺諫書稀**。表面上恭賀百官，自覺聖朝天子無闕事，故諫書稀。實則欲進諫之言數不勝數，然皆知無用，故不上諫書。

【注釋】

（一）左省，《舊唐書·職官志》中載，禁裏中央及左右設官署，省即官署。《六典》中載，拾遺，可諫言，亦可伴駕出行，類似於日本之侍從。虽與杜甫同事，然官職名為右補闕，故於右書省任職。

（二）丹陛，天子臺階塗朱紅色，故稱丹陛。見《字典》。

（三）分曹，《漢書·食貨志》注中載，曹為官署分組，即分左省組与右省組。紫微，據《初学記》，唐「中書省」又稱「紫微省」。《花木考》載，紫微即日本百日紅，因其盛期長，故植於唐朝官署中。

（四）天仗，《唐書·儀衛志》中有載，諸官參內時，南西走廊裏立五種兵器，如同日本用弓鐵銳加强防守，稱之為天仗。

（五）青雲，謂出人頭地。《史記·范雎傳》中有載。

登總持閣

總持，為陀羅尼之譯言，出佛書，即寺閣。

高閣逼諸天（一），**登臨近日邊**（二）。此高閣逼近欲界六天、色界十八天、無色界八天等諸天。登臨此閣，仿佛靠近天宮。**晴開萬井樹**（三），**愁看五陵煙**（四）。雲消天晴，京城萬井之樹盡收眼底，煙霧迷茫中，見西漢五代陵墓，動人愁思。**檻外低秦嶺**（五），**牕中小渭川**。閣樓格外高懸，欄檻外終南山顯低矮。於窗中可見，遠方長安之渭川，亦顯細小。**早知清净理**（六），**常願奉金仙**（七）。早，謂年輕。若年輕時早知佛教清净理，得悟，應常願奉金仙佛，而因愚頓，早已耽誤。

【注釋】

（一）諸天，佛書中到處可見。

（二）日邊，出晉明帝，謂京師。

（三）萬井，出《周禮》。此處謂京城街道之間間隔。

（四）五陵，五言古中有述。

（五）秦嶺，謂終南山。

（六）清净，《金剛經》：「信心清净。」

（七）金仙，《金仙大智度論》中將佛説成「金仙人」。

送劉評事充朔方判官賦得征馬嘶（一）

高適

注釋中有述。

征馬向邊州，蕭蕭嘶未休。騎上征馬，向胡地邊州前行。蕭蕭，謂馬嘶未休，可憐。**思深常帶別，聲斷爲兼秋。**染上留别情緒，隨思深，常帶别離苦，聲斷爲兼秋。**岐路風將遠，關山月共愁。**臨於岐路，從遠處吹來强風肆意打在身上。樂府詩中有《關山月》，寫凄哀月亮照於關口與山路之上。與其同時，君愁而凄凉，我更愁。**贈君從此去，何日大刀頭**（二）。贈君此詩，從此别去，何日又返京？

【注釋】

（一）劉，乃姓氏，評事為官職名。充，為臨時充當官職。判官，前有釋。入置朔方几位定額判官中。

（二）大刀頭，謂刀頭有環，「環」通「還」，故此處指還乡之義。

送鄭侍御謫閩中(一)

注釋中有述。

謫去君無恨，閩中我舊過。謫去君勿恨，閩中我曾路過，旅途無過多些辛苦。表面如是說，内心則同情，又不能直接表露，只能安慰。**大都秋鴈少**(二)**，只是夜猿多**。大都，謂十中七八之意。帝都秋鴈多，而此地秋鴈少，因為至衡陽無法再往南。「是」字補在「只」下方。只是夜半猿啼多，讓人毛骨悚然，故而思故鄉，由此心中悲愁難耐。**東路雲山合，南天瘴癘和**(三)。雲聚群山，東路一段無日光照。正是好時節，南天向秋，瘴癘稍和，故只要闖過此路段，就不必擔心。**自當逢雨露**(四)**，行矣慎風波**。自必努力施壓，召君回都，切勿苦身。當今乃聖朝，逢雨露恩澤重，息災行矣。「行矣」，為一極度斷定說法。慎風波之難，須珍重待恩命幸運。

【注釋】

(一)鄭，乃姓氏。侍御史，為監督官一職。謫，指被問責。因有罪降職，貶至邊地為官。

(二)秋鴈少，衡山有一峰，名曰回鴈峰，鴈不越此峰，至此不南飛。

（三）瘴癘，見七言古。

（四）雨露，謂皇上朝廷恩澤。參見《詩》毛萇注。

使清夷軍入居庸（一）

所謂清夷軍，即接受蠻夷投降之邊塞軍。作為御使遣往清夷軍陣營途中，入居庸關時作此詩。

匹馬行將夕（二），**征途去轉難**。騎單匹馬前行，同行者少。將夕，趕赴征路。征途處處有難所，每日須通過險處。**不知邊地別，秖訝客衣單**。行數日，亦不知邊地氣候有別。秖，同「是」。驚訝客衣如此單薄，破爛不堪。然又思或為行程歷經數日，衣服遭損。**溪冷泉聲苦，山空木葉乾**。溪川冰冷，泉聲苦鳴。山空樹葉落。乾，可理解為樹梢皆黃。**莫言關塞極，雨雪尚漫漫**。莫言，為「莫言語」意。莫言關塞到此為止，已至極，前雨雪路尚漫漫。尚漫漫，謂無窮無盡、無法預測未知之事。

【注釋】

（一）清夷軍，諸國均有接受胡軍投降之營，此處指南居庸關。

（二）匹馬，《韓詩外傳》載，顏回於吳門見一馬奔馳，乃曰，如一疋練絹（熟絹——譯者注），自此以

「匹」稱馬。

自薊北歸（一）

自薊北敗軍而歸。

驅馬薊門北，北風邊馬哀。軍敗，倉皇而逃，驅馬馳騁薊門北。正值强風凛冽季節，邊馬哀鳴。邊北，言北方胡地。敗軍自邊北歸，故云邊馬哀鳴。其實欲云歸來之人悲哀可憐。注釋中有詳解。**蒼茫遠山口，豁達胡天開。**已至胡地蒼茫遠山口，以為可安心。然眼前豁達廣遠胡天，讓人感到緊張而心神不定。**五將已深入**（二）**，前軍止半迴。**不僅我，已有五將深入敵陣作戰，前軍大多戰死，僅迴半數。**誰憐不得意，長劍獨歸來**（三）。欲立功，却軍敗而歸。誰憐不得意之人負長劍獨自歸來？我已心灰意冷。

【注釋】

（一）薊北，位於幽州以北。高適隨哥舒翰大將軍出戰，敗北而歸，作此詩表無顔以對。

（二）五將，漢宣帝時，曾遣五位大將伐匈奴。

（三）長劍，《藻林》：「高冠長劍，武夫之服飾也。」

醉後贈張九旭

世上漫相識，此翁殊不然。世人皆願漫廣相識，而此翁殊不然。**興來書自聖**(一)**，醉後語尤顛**(二)。此翁好酒風雅，飲酒來興，草書自然天成，醉後尤語無倫次，高言自大，疑似顛狂。**白髮老閑事，青雲在目前**(三)。頭髮花白，亦好酒作文恬然自樂，全然不問閑事。即便眼前擺着平步青雲立身出世之機会，亦絲毫不在意。**床頭一壺酒，能更幾回眠。**我與此翁真心相識，床頭不斷一壺酒，常共飲。人生能殊更相對，能更幾回醉，幾回眠，此為其贈詞。

【注釋】

(一)書自聖，《抱朴子》中將擅長書寫漂亮文字者稱「書聖」。東漢張芝擅長草書，故稱之為「草聖」。此處以「張芝」之「張」來贊譽張旭。

(二)唐書《文苑傳》載，張旭大醉，执筆作文，醒酒後曰，此乃神筆，並非其本人所書。因其高言自大，遂後被稱為「張瘋子」「張狂人」，此處云「張顛」。

(三)青雲，前有述。

登兗州城樓(一)

杜甫

東郡趨庭日(二)**，南樓縱目初。**兗州又名東郡。父杜審言負責管理東郡，子杜子美來東郡探望父親，閑日登城南樓初目縱望。(杜審言為杜甫之祖，非其父。此處保留原書訛誤。——校者注)**浮雲連海岱**(三)**，平野入青徐**(四)。將「初」字移至「樓」字下方為善。放眼望去，浮雲連綿，環繞東海岱山，一馬平川之原野直入青州、徐州。此二句基於《書經・禹貢篇》，承上句縱目，蘊含下二句之古意。**孤嶂秦碑在**(五)**，荒城魯殿餘**(六)。孤離鄒嶧之高嶂，秦始皇所建石碑高高矗立於荒涼處。城池亦只見魯恭王宮殿遺跡。**從來多古意，臨眺獨躊躇。**此地從來古意多，然此地居者習以為常，對此毫不在意。今我來探望父親又必須返回，故偶然臨眺，卻獨自躊躇，對此戀戀不捨。

【注釋】

(一)據《輿地廣記》載，兗州即魯地。吴山曰，杜甫之父閑任兗州司馬時，杜甫去探望，登城中嶽雲樓，作此詩。

(二)東郡，即兗州。趨庭，《論語》中將子女獨立稱作「趨庭」。

（三）海岱，《尚書・禹貢》：「海岱惟兗州。」海即東海，岱即岱山，齊魯之界。南為魯，北為齊。

（四）青徐，《唐書》，青州北海郡与徐州彭州郡都位於兗州。

（五）孤嶂，謂鄒嶧山。秦碑，據《史記》載，秦始皇巡見時登鄒嶧山，命李斯立石碑用大篆刻銘。

（六）《一統志》載，兗州府靈光殿為西漢景帝時，由魯恭王餘所建。魯恭王為親王。

房兵曹胡馬（一）

胡馬大宛名，鋒稜瘦骨成。房兵曹騎胡馬歸京，胡馬為產於大宛國之名馬。瘦如鋒稜，骨骼結實挺直。**竹批雙耳峻**（二），**風入四蹄輕**（三）。雙耳峻如竹削，且馳騁時四蹄生風，乘風而行，故而蹄輕。**所向無空濶，真堪託死生**。所向無空濶，戰場上，打仗時若真遭負，則出逃快；勝時窮追不捨，敵人則走投无路。如此名馬，舉世無雙，故而真堪託生死。**驍騰有如此**（四），**萬里可橫行**（五）。其驍騰之勢勝過日本古時之磨墨、生好、鬼鹿毛（皆日本名馬——譯者注）等，確為强勁良馬。因此，此馬可橫行萬里。此詩雖贊馬，其實不僅贊馬，又贊揚義士。在此更是贊揚房氏之勇氣。

【注釋】

（一）房，乃姓氏。兵曹，為將軍旗下曹武士。胡馬，為產自大宛國名馬。借胡地名馬稱贊房氏。

（二）「竹批」之「批」，通「削」。馬耳如飯糊篦，耳尖部如削平竹片方是好馬。《相馬經》中有載。

（三）風入，《拾遺記》中以「風入」描述曹洪騎馬奔馳時馬蹄不踐地，猶如乘風而起。

（四）驍騰，《文選》吕注：「驍，舉也；騰，飛也。」

（五）横行，見《史記·樊噲傳》。

春宿左省（一）〔一〕

注釋中有述，此處不加贅述。

花隱掖垣暮（二），**啾啾栖鳥過**（三）。於左省值勤，花已隱掖垣，日將暮，啾啾栖鳥過。**星臨萬户動**（四），**月傍九霄多**（五）。入夜，星光臨千家萬户，不斷閃動。上治理不當，則星閃動。「多」，謂因天子九霄殿離明月近，故月光盈盈。**不寢聽金鑰，因風想玉珂**（六）。因明旦有事上奏，此夜不可寢。不寢，乃聽宫門金鑰聲，又因颯颯風聲，耳邊仿佛傳來入宫官員之馬玉珂聲，進而想像其景。**明朝有封事**（七），**數問夜如何**（八）。明朝外人來之前，有奏折上報天子，因此，終夜數問差役，夜漏如何。向天子直上諫書，此事重要至極。

【注釋】

(一)春宿之「宿」,謂寓值,即宿值。左省,前有述。

(二)《漢書》注,掖垣,指官府,有左右兩邊門,如人雙臂或兩腋。

(三)啾啾,出《楚辭》。

(四)星臨,《史志》載,若上治理不當,萬民陷苦難,必星動。

(五)九霄,《藻林》謂:「同九天,謂天游九重也。」

(六)玉珂之「珂」,為一種石材,似玉石,屬碼碯類,佩於馬具發出鳴聲之飾物。官職五品以上均可用。《正字通》中有載。

(七)封事,據《漢儀》載,臣上奏密諫時,為掩人耳目,將奏折裝入黑色袋中,「封事」因此而得名。拾遺、補闕為一種職位,其職責為告知天子有遺闕事物。

(八)夜如何,出《詩經》。

【校勘記】

[一]左,原作「在」,據《唐詩選》卷三、《全唐詩》卷二百二十五改。

秦州雜詩(一)

秦州位於西北方，所謂雜詩，即作詩諸多。其中選此一首。

鳳林戈未息，魚海路常難(二)。鳳林關周邊世道亂，兵戈未息。魚海周邊路塞，常難交通。**候火雲峰峻，懸軍幕井乾**(三)。承第二句，候火冲天，雲繞峰峻。承第一句，懸軍因於高地駐扎，汲乾井水，以至蓋井口。東漢時，耿恭陣中無水，祈天後，井水噴涌而出。此與目前困境同。**風連西極動**(四)**，月過北庭寒**(五)。風連西極，瑟瑟響動，月過北庭寒。**故老思飛將**(六)**，何時議築壇**(七)。諸故老皆稱贊漢朝李廣為飛將軍。我願此次被封大將軍之人如李廣，亦願上執政者有慧眼，盡早評議築壇，請將軍登壇下令。此第七、八兩句暗含，郭子儀曾遭讒言引退，此次若再啓用其人，定能平息國亂之意。

【注釋】

(一)《詩經注》有載，秦州原名西戎。杜甫上書論宰相房琯時，治理不當，違背天子本意，貶至華州任司馬。時長安城，因饑饉餓死多人，於是杜甫棄官西去至秦州。此詩於本集中共二十首，每首皆是其所思所想。因篇幅較長，稱作雜詩。

（二）鳳林，關名，見《一統志》。魚海，縣名，在吐蕃境界。

（三）懸軍，見《魏志》，懸，即於陡峭險峻高地扎營駐軍。幕井，出《易經》。於高地扎營，汲乾井水後陷入窘困。幕，言因井水涸，故將井口蓋上。

（四）西極，出《漢書》。

（五）北庭，大都護軍營。《唐書》有載。

（六）飛將，西漢時李廣，騎馬馳騁時，胡人皆心生畏懼，稱其為飛將軍。

（七）築壇，《漢書·高帝紀》有載，高祖齋戒，設壇場，請韓信作大將軍。

送遠

此詩似送別遠行人時，因未當面贈詩，故而過一段時間後補贈。不然無法理解第七句中「昨日」一詞。

帶甲滿天地（一），**胡爲君遠行**。帶甲戰士滿天地，此兵荒馬亂之時，君為何遠行？**親朋盡一哭，鞍馬去孤城**。世道亂，親戚朋友同悲哭盡。而君毅然上鞍，乘馬去孤城，悲哉！**草木歲月晚，關河霜雪清**。因時節，草木枯，歲月晚。關、河邊霜雪覆蓋，想必寒冷難過。**別離已昨日，因見古人情**。別離已是昨日之事，但思君，故贈此詩。可見古人情意深厚。

【注釋】

（一）帶甲，《戰國策》：「帶甲百萬。」即佩戴鎧甲之意。

題玄武禪師屋壁（一）

此詩為觀賞壁畫而作。

何年顧虎頭（二），**滿壁畫滄洲**（三）。何年晉名畫家顧虎頭之山水，及神仙所住居滄洲畫滿壁？**赤日石林氣，青天江海流**。仿佛被染紅之夕陽直昇月輪之上，石林映暖氣。非因色，而以氣善現壁畫之妙趣。惟妙惟肖之絵畫江海水流與青天相連，看似寬廣無際。**錫飛常近鶴**（四），**杯渡不驚鷗**（五）。錫杖飛，羅漢旁常近平生鶴。有一名僧以杯作舟渡，鷗習以為常，於其浮行旁不驚。典故於注釋中可見。用「常」「近」「不」三字，完全能勾勒出一幅畫。若鶴、鷗活，必飛去。杯渡，謂小舟，杯非舟，然如此雲中有詩作。**似得廬山路，真隨惠遠遊**（六）。今觀席位，覺似廬山無異。玄武禪師與惠遠法師似，且二人為人相近，故而若得廬山路，真隨惠遠法師同遊。末句實際上是言己。

【注釋】

（一）禪師，應出自《釋氏要覽》。

（二）虎頭，為晉代名畫家顧愷之幼名。

（三）滄洲，七言古中有述。

（四）錫飛，梁誌公与白鶴道人就可否以舒州潛山為寺地而争，並打賭。誌公欲將錫杖騰空丢出，選其直立處為寺地。道人欲將鶴放飛，選鶴停飛處為寺地。後鶴飛越潛山而去，錫杖則入潛山而立。

（五）杯渡，據《高僧傳》載，有一無名高僧將木杯浮水面過河。

（六）廬山，《廬山記》中有載，惠遠法師禁足修行三十餘年，成念佛行者。

玉臺觀（一）

唐滕王元嬰開基，如日本之修驗者祈念，祭本尊老子，学仙人之道，為道士居，並冠名「觀」或「閣」而居。

浩劫因王造（二），**平臺訪古遊**（三）。此觀開基為滕王所造，其構造與梁孝王所築平臺相比，毫無遜色。今訪古滕王曾遊所。**綵雲蕭史駐**（四），**文字魯恭留**（五）。觀祭本尊老子，欄間彫有蕭史弄玉吹笛而駐、鳳凰飛舞等場景。玉臺觀額題字，實為滕王染筆，只因模倣魯恭王，故而看似恭王手跡。**宮闕通群帝**（六）**，乾坤到十洲**（七）。從此處宮闕，直通掌管四方之諸神天帝，又此乾坤能到仙人所居十洲。**人傳有笙鶴**（八）**，時過北山頭**（九）。衆人傳，周靈王太子晉已成神仙，吹笛笙，乘仙鶴虛空飛行。與其相同，傳聞，此處開基人滕王亦吹笙乘鶴，時時飛過北玉臺山頭。縱真如此，亦無以見神仙身影。

【注釋】

（一）關於玉臺觀，講釋中詳述。

（二）浩劫，據顔師古注，浩為大，劫為一段兩段之階；又據《法華經》注，所謂劫，乃天人將高一由旬、四周一由旬之巨石，以羽衣每三年磨一回，直至將巨石磨滅為止所需時間。一由旬相當於四十里。長寬高四十里之立方體由芥菜子堆成，每三年扔掉一粒，直至扔盡為止所需時間為劫。然此處應看做大階為善。道家亦有劫數之説，然過於夸張，故仍覺「階」更為合適。

（三）平臺，梁孝王所建。

（四）蕭史，七言古中有述。

（五）魯恭留，魯恭王手跡優美，故滕王玉臺觀額染筆模倣恭王。

（六）群帝，將掌管東、西、南、北、中央各路神仙稱為群帝。

（七）十洲，東方朔《十洲記》云，仙人佳居有十所。
（八）笙鶴，即太子晉，前有述。
（九）北山，玉臺位於山城北，故稱北山。

觀李固請司馬題山水圖

李，乃姓氏；固請，為字；司馬，為軍銜。

方丈渾連水（一），**天台總映雲**（二）。方丈為海中嶋，仙人佳居於此。天台山為陸之仙境，畫幅中繪其與茫茫大海連成一片。到處皆映雲光。**人間長見畫，老去恨空聞**。人之境遇，永遠只見於畫中。若壯年修仙道，老去恨空聞。**范蠡舟偏小**（三），**王喬鶴不群**（四）。方丈水邊，有范蠡泛舟五湖之氣象，但見畫中舟偏小。天台雲中，周靈王太子晉王喬乘仙鶴，非鶴群。從「偏」字可知指畫。**此生隨萬物，何處出塵氛**。七、八兩句借鶴舟故事慨歎。此生隨妻子兄弟，世上萬物逐流，不知何處出塵氣？噫！對人間世界厭倦至極，真令人可歎矣！

【注釋】

（一）方丈，三嶋之一，為仙居。

(二)天台山，位於會稽東南方。

(三)春秋時期，范蠡進軍滅吳國，立下大功後，乘舟進入五湖。

(四)王喬，謂太子晉。

禹廟(一)

禹王治，善天下政道，治洪水，救萬民。功德大，諸國多處建廟祭拜。大禹為夏世天子之始祖。此廟坐落於忠州臨江縣。

禹廟空山裏，秋風落日斜。禹王廟坐落於空山裏。由「空山」二字産出前對後對。拜禮時乃荒涼季節，秋風瑟瑟，落日斜照。**荒庭垂橘柚**(二)，**古屋畫龍蛇**。荒，為荒涼之意，言未經掃除之庭院。荒庭中樹樹垂橘柚，滿滿一大片。若是流行神，參詣必多，縱立禁札「勿摘橘柚」，亦未必見效。屋頂上畫龍蛇。此句采用決前生後之手法，自龍蛇引出雲。**雲氣生虛壁，江聲走白沙**。廟在山中，故雲氣生於虛壁縫隙，似生於廟。岷江距廟有四五町，其水流聲、白沙走聲傳至廟中。**早知乘四載**(三)，**疏鑿控三巴**(四)。因此地亦有治水故事，故來此故事産地。其實早知昔日有人於天下浩水時，乘四載於陸地、泥中、水上、登山疏水道，鑿石壁，控蜀地大川名曰三巴，費盡氣力，救天下萬民。

【注釋】

（一）據《方輿勝覽》，禹廟位於忠州。

（二）橘柚：《尚書・禹貢》：「其包橘柚」。

（三）四載，據《尚書》載，陸地乘車，水中乘船，泥中乘輴，登山用樏。輴以木板成，其形如簸箕，於泥中攏上。樏將約五寸鐵錐狀物施於履下，登山時不絆倒。

（四）疏鑿，據《文選・江賦》李善注，疏即疏通，鑿即開鑿，使水從巖石間流淌。據《渝州記》載，三巴河如「巴」字形，蜿蜒流淌。

旅夜書懷（一）

杜甫離開蜀地，乘舟前往渝州時，將旅夜情懷寫進詩中。

細草微風岸，危檣獨夜舟。於微風吹細草之岸邊，下帆立桅檣繫舟，獨自夜宿舟中。**星隨平野濶，月湧大江流。**舟中見繁星於廣袤空曠之野連綿不斷垂諸天邊，月光照射滾滾奔流大江。**名豈文章著**（二），**官因老病休**（三）。觸景生情。古人皆願揚名於天下，而如今世道惡，上級官員無眼力，名豈能以好文章著？且官因老病而休。**飄飄何所似，天地一沙鷗**。如此無依無靠，乘舟漂泊何所似？似如天地間漫天飛翔一沙鷗。一沙鷗與獨夜舟相呼應。

【注釋】

（一）旅夜書懷，中有述。

（二）《漢書·揚雄傳》中有「欲求文章成名於後世」，將此說法顛倒。

（三）官，謂杜甫蜀地之官職，任嚴武工部，相當於普請方（室町、江戶幕府時官職名，專門負責土木工事之官廳。——譯者注）官員。

船下夔州郭宿雨濕不得上岸別王十二判官（一）

船下夔州郭，時逢大雨不得上岸，故作此詩送別王十二判官。

依沙宿舸船（二），**石瀨月娟娟**（三）。依沙宿舸船，瀨有石月娟娟。賞夜色驚歎其美。**風起春燈亂，江鳴夜雨懸**。忽起大風，吹動燈火亂晃，差一點消滅。緊隨則江水鳴，夜雨懸漫天。之所以用「春燈」二字，乃因其為固定搭配。**晨鐘雲外濕，勝地石堂偏**（四）。以「濕」字謂晨鐘雲外響。此地為勝地，然因石堂偏，未能去看，遺憾多。**柔艣輕鷗外，含悽覺汝賢**。柔艣，原指小櫓，此處看做小舟為宜。黎明時分，鷗輕浮於水面之外，小舟自由穿行。見此景含惜悽，覺汝小舟賢。因宿大船，我未能尋王判官。《訓解》將「汝」解釋為王判官，是大誤。

【注釋】

（一）船下夔州郭，前已述。據《寰宇記》，益州公孫述建有白帝城處，稱之為夔州郭。大曆元年春自雲安遷夔州時所作。

（二）舸，指大船。

（三）瀨，《爾雅》：「水流沙石上曰瀨。」

（四）石堂，據本集注，為夔州一美景。

登岳陽樓

登洞庭之岳陽樓，述懷作此詩。

昔聞洞庭水，今上岳陽樓。昔聞洞庭水波瀾壯闊，今日如願登岳陽樓親見，感到震驚。**吳楚東南坼，乾坤日夜浮**。吳楚被坼為東南兩地，乾坤間所有形形色色之物日夜映諸水中，仿佛浮於水面。**親朋**

無一字，老病有孤舟。水面廣闊，一望無際。望京城方向感慨，不知不覺，親朋好友無一字，殊衰老多病無依，僅靠一葉孤舟四處漂流，何其不幸！**戎馬關山北，憑軒涕泗流**（一）。戎馬在關山以北之京城，世間紛亂無處可歸，故憑此樓軒涕淚直流。「憑軒」二字，出自《文選》之王粲《登樓賦》，故覺親切。

【注釋】

（一）戎馬，出《老子》。涕泗，《字彙》云：「自目曰涕，自鼻曰泗。」

王灣

次北固山下

客路青山外，行舟緑水前。客路北固青山外，行舟於緑水前。**潮平兩岸闊，風正一帆懸**。日暮臨近，漲滿潮，兩岸之間水面寬闊。風勢正順，懸帆行船。**海日生殘夜，江春入舊年**。東方殘夜尚未褪盡，旭日已自海面冉冉昇起。江南天暖，舊年冬十二月，春色已入江南。誠然年内春已至，此時景色無法説為去年或今年。**鄉書何處達，歸鴈洛陽邊**。心念鄉書賴何處可達。正值歸雁向洛陽邊飛，或可托付雁。其實明白路途遥遠，無法將信捎到，故日夜愁。

祖咏　**江南旅情**

此詩似自楚至吳，又歸楚時所作。

楚山不可極（一），**歸路但蕭條**。此詩為祖咏出楚，暫去吳，又歸楚時所作。歸楚之山路不可極，歸路但蕭條。**海色晴看雨，江聲夜聽潮**。海色晴，可見天空一側降雨。白晝大江聲夾於混雜聲中難辨，入夜物静時，能聞漲潮聲。《國字解》對此句有二三説法。**劍留南斗近**（二），**書寄北風遥**。腰帶劍，羈留於南斗星附近。書札寄北風至遥遠之地。**爲報空潭橘**（三），**無媒寄洛橋**（四）。吳楚空潭邊産橘。為報恩，欲將空潭橘寄往北方京城洛橋之友，然無媒寄洛橋。此為悲歎詩人身居他國，深感不自由。

【注釋】

（一）楚山，據《一統志》載，楚山地屬太平府。

（二）南斗，為主管爵禄星宿，領屬吳越地區。此處借指江南。又晉時張華邀雷焕觀天象，雷焕曰，斗宿与牛宿間有紫氣。紫氣乃寶劍之精氣騰空而上，映照天空所致。故掘紫氣繚繞之豐城牢獄基石處，即得双寶劍，名曰龍泉、太阿。

（三）空潭，水邊。橘為江南名産。

（四）洛橋，即天津橋。

蘇氏別業

來到蘇氏別業所作。

別業居幽處，到來生隱心。此別業位於遠離京城幽静處。身居京城，不知隱之樂。今來此幽静處，頓生為隱者之心。**南山當户牖，灃水映園林**（一）。終南山當户牖，灃水之磅礴氣勢掩映園林中，瞭望四周，一望無際。**竹覆經冬雪，庭昏未夕陰**。此宅邸位於竹叢背陰處，經冬之雪，過春仍覆竹葉上。因樹茂庭昏，未至夕時，已微微昏暗。**寥寥人境外，閑坐聽春禽**。如此之地，寥寥無幾；如此風景，此外絶無，真以為在人境外，於是静心坐聽春鳥聲。春禽，言聽諸鳥鳴。隱者身感獨特之觀樂清静。

【注釋】

（一）灃水，自東咸陽匯入渭水。

李頎　**望秦川**(一)

秦川為長安一川。望秦川，述其晴空萬里。

秦川朝望迥，日出正東峰。遠近山河净，逶迤城闕重(二)。秦川早朝迥望，日出之時，正東峰輝映，天晴，遠近山河皆净，長安城闕逶迤而重。**秋聲萬户竹，寒色五陵松。**京城萬户植竹，聞風響起，見寒色，西漢五陵之松茂盛。**客有歸與歎，凄其霜露濃**(三)。鄉思，有歸與歎。因此地景色凄涼，故寒毛凜凜，霜露濃，光陰荏苒，自然引起客愁。

【注釋】

(一)秦川，在關中謂長安。

(二)逶迤，蜿蜒盤繞之意。

(三)歸與，見《論語》。凄其，見《詩經》。

宿龍興寺（一）

綦毋潛

晝中行至此寺，直至入夜作宿。

香刹夜忘歸，松清古殿扉。香刹，即寺。來此龍興寺，心澄物静有趣，故不到夜深忘歸。於古殿前扉，見松清繁茂。**燈明方丈室（二），珠擊比丘衣（三）。**入夜，方丈室燈明照。燈不滅，喻自佛祖所承受之法不絶。此句含《維摩經》内容。珠藏衣裏，亦比喻不為世穢所染之清心。詩句引用《法華經》《楞嚴經》等中文字，不分出處。珠擊置於和尚袈裟裏。比丘，為天竺語，即和尚。珠亦含念珠意，總之使燈與珠相互照應。**白日傳心净（四），青蓮喻法微。**佛心傳來，净如白日。佛法净如青蓮，出淤泥而不染。如此比喻，有微妙深奥之義。**天花落不盡，處處鳥銜飛。**曼陀羅花從天而降，飄於空中，地上落不盡，處處有鳥銜花飛。

【注釋】

（一）龍興寺，位於襄陽府。

（二）燈明，《維摩經》云：「譬如一燈然，百千燈冥者皆明，明終不盡。」以燈火不滅象徵佛法永存。方丈，唐時王玄策出使西域，居住維摩（梵語「Vimalakīrti」之音譯——譯者注），測量古跡有十笏四方。笏，相當於一尺長。

（三）珠擊，《法華經》中，將珠擊衣裹比喻成提前種下善根，《楞嚴經》中亦有。然含義略有不同。比丘，梵語，譯為修行僧。《要覧》中有載。

（四）傳心，《起信論》：「以心傳心。」

王昌齡　**胡笳曲**

樂府題。籠城中聞笳聲悲。咏物詩。

城南虜已合，一夜幾重圍。城南虜已聚合，一夜幾重圍。**自有金笳引，能令出塞飛**（一）。自有人引金笳曲，能令出塞曲聲飛揚。**聽臨關月苦，清入海風微**（二）。聽此曲，如臨關山月曲，故而痛苦，其清晰聲響，融入海風之曲，隱約傳到耳邊。**三奏高樓曉**（三），**胡人掩淚歸**（四）。此曲吹奏三次至曉，自高樓望去，天下勁敵之胡人，亦難耐悲哀，掩目泣淚，接連而歸。全篇故事見注釋中。

【注釋】

（一）出塞，胡笳曲名，晉時劉琨為胡人包圍時，吹響塞曲，胡人動情流淚，遂解圍。

（二）關月、海風，共為樂府曲名。

（三）奏，言一曲終，又重吹。

（四）掩淚，晉時劉琨為胡人包圍，日暮吹笳，直至夜半及曉，胡人終散去。

張謂　同王徵君洞庭有懷

王，乃姓氏。徵君，被召者，接天子召令，卻謝絕做官而隱遁之隱士。

八月洞庭秋，瀟湘水北流。秋季，天地水氣盛，故洞庭之南，瀟湘二水滔滔流淌。**還家萬里夢，為客五更愁。**於此長逗留，不斷思故鄉。夢見還鄉，逢久違妻子及親類，互感喜悅。他鄉為客，五更七時更愁。**不用開書帙**（一）**，偏宜上酒樓。**如此悲愁深時，不用開書物，欲消憂愁，宜飲酒登樓。**故人京洛滿，何日復同遊。**詩人歎，洛陽親朋故旧滿，何日能復同游？

【注釋】

（一）帙，稱包裹書卷之書衣。

常建　破山寺後禪院（一）

此詩為至寺後禪院所作。

清晨入古寺，初日照高林。清晨早入古寺，對面初日昇照高林。**曲徑通幽處，禪房花木深。**蜿蜒曲折小徑通向幽深處。行至禪房近處，幽深處有花木開着花。**山光悦鳥性，潭影空人心。**群山晨光照，鳥盡情飛鳴囀悦。如清澈潭影，沖刷人心之骯髒、塵世之嘈雜，性心已清如空。**萬籟此俱寂，惟聞鐘磬音。**萬籟，謂風吹時各種響聲，此處宜理解為人間嘈雜。頃刻間，萬物皆遠離、寂靜，惟聞佛前誦經敲擊鐘磬聲。此詩全句解釋與其他解釋方法有偏差，須注意。

【注釋】

（一）破山寺，位於常熟縣。

丁仙芝　渡楊子江（一）

楊子江臨近滄海處，川流急，大川也。

桂楫中流望，空波兩畔明。以桂楫撐船，自江流中望，波空兩岸，江畔清晰可見。**林開揚子驛，山出潤州城。**北方林中開闊，可見揚子驛宿，亦可見南山中出潤州。**海盡邊音靜，江寒朔吹生。**可望見海盡，無邊塞喧音而靜，江寒，朔風吹生。**更聞楓葉下，**更聞秋天江邊楓葉落下沙沙聲，心生孤單感。**淅歷度秋聲。**風吹樹葉，沙沙作響。淅歷，謂隨風作響之沙沙聲。故以「秋聲」描寫凄風吹向遠方。

【注釋】

（一）楊子江，位於楊州府南。

張巡　**聞笛**（一）

張巡為玄宗之忠臣，遭安禄山部將圍攻時，任睢陽太守。此詩為固守城池時所作。

岧嶤試一臨，虜騎附城陰。自岧嶤之山試探敵情，一羣虜騎已附城陰籠城（兵臨城下包圍城池）。**不辨風塵色，安知天地心。**風塵，謂時局動蕩。色，言無法辨別其局勢變化。天下大治或亂，均由天地定。善惡顛倒，究竟為何？安知天地之心？**門開邊月近，戰苦陣雲深**（二）［二］。睢陽非邊塞，城門開時，仿佛邊塞凄月照下。作戰官軍皆無利運，兵糧絕已近餓死。困苦，故陣上哀雲密深。**旦夕更樓上，遥聞**

橫笛音。旦夕更替上樓探敵情，遥聞橫笛悲切音。此詩句句述聞笛情，至結句現「笛」字。據考察，此詩為張巡陣亡之前所作，故事見上。

【注釋】

（一）聞笛，肅宗至德二年冬十月，尹子奇謀反，攻陷睢陽城，圍攻張巡四十日。此為張巡戰死之前所作。見《歷史綱鑑》。

（二）《史記·天官書》：「陣雲如立垣。」

【校勘記】

［一］陣，原作「陳」，據《唐詩選》卷三改。

張均　**岳陽晚景**

張均原為户部尚書，因得罪上位貶至饒州時，登岳陽樓見黄葉，感秋色所作。

晚景寒鴉集，秋風旅鴈歸。因失敗，故作此地太守。見岳陽晚景，正值寒秋，烏鴉聚鳴，秋風瑟瑟，旅鴈南歸。**水光浮日出，霞彩映江飛**。洞庭水光浮出夕日氣色，彩霞映九江，漸漸飛走消失。**洲白蘆**

花吐，園紅柿葉稀。洲，即小嶋；白，指蘆花。蘆花盛開，用「吐」字。園中紅柿之黃葉亦凋落，所剩無幾。**長沙卑濕地，九月未成衣**。此地連長沙，地卑，濕氣重，故而傷身。至九月，仍未備棉衣，要遭如何天罪。擔心我之境地。

劉長卿　**穆陵關北逢人歸漁陽**(一)

此穆陵乃地名，鄰接楚地。此詩為出逢行人歸北方漁陽之故事。

逢君穆陵路，匹馬向桑乾(二)。於穆陵關北路，逢君只身匹馬，欲早至遥遠漁陽，行向桑乾。君，即題中「人」。**楚國倉山古，幽州白日寒**。楚國穆陵蒼山古，原封不動。君欲前往之幽州漁陽為安禄山謀反始戰地，正因此，今更荒凉，白日定然寒气逼人。**城池百戰後，耆舊幾家殘**。上百次戰後，城池荒廢，君歸漁陽，耆舊幾家殘。**處處蓬蒿徧**(三)**，歸人掩淚看**。廣野處處蓬蒿偏盛，想君歸見此狀生愁，以手巾拭淚，掩面而看。

【注釋】

(一)穆陵關，位於安陸郡，楚地。漁陽，即古幽州，安禄山起亂處。

（二）桑乾，河名，位於大同府之南。
（三）蓬蒿，《戰國策》：「王后之門，必生蓬蒿。」

張祜[一]

題松汀驛（一）

此驛宿場似位於山上，如同日本箱根山驛場。

山色遠含空，蒼茫澤國東。因是山中驛站，處處青翠，色遠含空，望見蒼茫澤國之東。澤國，謂水邊之國。**海明先見日，江白迥聞風。**遥望東海晴天明，最先見日出氣色。江面白晃晃模糊不清，只與天空連成一片。迥，謂江濤聲。聞江濤聲如風聲。**鳥道高原去（二），人煙小徑通。**去往高原之道乃無法通過險峻之路，除非鳥飛過。其側亦有小徑，對面起煙，似隱遁者平静度世居所。誠風雅矣！此句孕育下句。**那知舊遺逸，不在五湖中。**那知昔日遺逸，不在五湖之中，寧不居於此處？

【注釋】

（一）松汀驛，諸注曰位置不明。
（二）鳥道，據《藻林》載，蜀地有鳥道，道窄，只容鳥勉强飛過。

【校勘記】

［一］祐，原作「祐」，據《唐詩選》卷三、《全唐詩》卷五百十改。

釋處默（一）　**聖果寺**（二）

寺麓爲錢塘江，直至繁華津渡口。

路自中峰上，盤回出薜蘿。此寺路自中峰左右盤旋而上。鈷出藤蘿垂懸之松杉林，行盡時瞭望，誠可謂絶景！**到江吴地盡，隔岸越山多**（三）。自寺眺望四周，可見吴地至浙江西北而盡，浙江隔岸東南方，越地山多，群山並排矗立，如立屏風。**古木叢青靄**（四），**遥天浸白波。**古木葱鬱，樹葉茂盛，心情愉悦。遥看似天邊浸入浙江白波之中。**下方城郭近**（五），**鐘磬雜笙歌。**山下方爲錢塘渡船口，熱鬧非凡，因離城郭近，故能聞擊鼓伴奏之音曲。尤於寺佛前誦經時，敲鐘打磬聲與山下笙歌之嘈雜一同傳來。

【注釋】

（一）釋，晉時道安，以師莫過佛，故棄俗姓，以釋爲姓。釋姓始於道安。

（二）聖果寺，據《一統志》，聖果寺位於杭州鳳凰山右側。
（三）三、四句中，浙江遶山南，江之西北為吴地，東南為越地。
（四）青靄，即山樹茂盛。
（五）下方，為錢塘渡船口，熙熙攘攘，熱鬧非凡。笙歌聲能傳到寺院。

卷之四　五言排律

排律之解，序文中已述。此體須用經史諸子之文字，一一作對句，故才疏學淺者不得作，可見甚為不易。大概切十二句，但其长者可以為十六句，甚至幾十句，隨意可作。

送劉校書從軍（一）

楊炯

注釋中有述。

天將下三宮（二），**星門列五戎**（三）。天子賜印於將軍。將軍承此度征伐某某地之勅命，下三宮，即刻動身征伐西域，故從長安西北方之星門出城。行列中擺有五種武具，威風凜凜。「天將」全體皆為星之名，在此指代天子之將軍，即指劉校書將從之首領大將軍。**坐謀資廟略**（四），**飛檄佇文雄**（五）。劉校書即將隨大將軍而去，想必君乃學者，不用征殺戰場，但仍需坐鎮，出謀劃策，資於廟内，相談大將軍之要略。又，君善作文章，故大將軍若急於飛檄致諸國，必將令君書檄文，佇雄文，其後觸流。**赤土流星劍**（六），**烏**

號明月弓(七)。大將軍所佩帶之劍，以華陰山赤土打磨，與名曰「流星」之名劍似同。而將軍所佩帶之弓為善弓，好似昔日「烏號」名弓，張滿弦時，如圓明月被持而行。**秋陰生蜀道，殺氣繞湟中**(八)。秋日經蜀道時，會生發出陰森氣味。因是軍事，打打殺殺之恐怖氣氛環繞蜀之湟中。**風雨何年別**(九)，**琴樽此日同**。不知與君於如此風吹雨散般夜相離別之後，將分別幾年？故先彈琴酌樽酒熱鬧聊慰為善。又有一説為，去軍中，若在風雨交加之孤獨夜，想起此別時之景，又思何時能如此日般，與君同處，共彈琴飲酒？**離亭不可望，溝水自西東**(一〇)。在此離酒宴亭不可望亭外之溝，乃因此溝水自流向西或東，故目睹此景，或覺今日同君分別亦同此理，故令人更加思念、悲傷。

【注釋】

(一)劉校書，劉，姓也。任掌校理典籍、勘正錯謬之職。

(二)天將，《隋書・天文志》曰，天有中、左、右三將星，主武兵。在此指天子之將，與將天子之軍稱爲天兵同理。三宮，《漢書・終軍傳》中指明堂、辟雍、靈臺，此處指朝廷。

(三)星門，為長安城之西北門，又稱橫門。向西方出軍，在此建五戎，以此加强防守。凡師行之法，四方之星，各隨其方，故稱星門。五戎，《國語・齊語》中曰弓矢、殳、矛、戈、戟。

(四)廟略，出軍為大事，大事皆先於先祖之廟定計策，以圖向先祖達意。

(五)飛檄，軍中有急征兵，則插以雞羽，謂之羽檄。文雄，指作文章之雄才。

(六)赤土，晉朝雷焕得二寶劍，張華贈華陰之赤土拭劍，劍逾明。流星劍，據《古今注》，為吴大帝孫權寶劍名。

(七)烏號，《文選·子虛賦》李善注：「黄帝乘龍上天，小臣不得上，挽持龍鬚，鬚拔，墮黄帝弓，臣下抱弓而號，名烏號也。」將弓持滿，其形似圓月，亦稱「明月弓」。

(八)湟中，為明陝西臨洮。

(九)風雨，亦有將離别比作風起雨散之意。

(一〇)卓文君詩：「溝水東西流。」

駱賓王　**靈隱寺**(一)

此寺之佳處，注釋中有詳述。

鷲嶺鬱岧嶢(二)，**龍宫鎖寂寥**(三)。靈隱寺似天竺鷲嶺山，因樹木葱鬱，山寺岧嶢，故無參拜之人，龍宫亦鎖户，甚是寂寥。**樓觀滄海日，門對浙江潮**(四)。然其景美，自樓上俯視朝日從滄海昇起之美景，壯觀不已。又，寺廟大門正對名川浙江，見其伴隨大浪潮起潮落，甚爲有趣。此二句云此寺景色。**桂子月**

中落（五），**天香雲外飄**。誠不可思議者，據傳此地秋夜，有似月中之香桂樹，其桂子落此地如珠，其奇特天香似飄散至雲外。此二句云靈隱寺昔有實事。**捫蘿登塔遠，刳木取泉遥**（六）。此寺地處高處，無可人行之路，故須抓住長滿懸崖上之藤蘿，才得以登上高塔。塔高，故登塔之路甚遠，且因寺高無水，故刳木為筧，自遥遠山脅往寺庫裏引入，以取泉水。此二句可稱流水對。**霜薄花更發，冰輕葉互凋**。雖為深山，但寒氣尚微，故霜薄，花處處開放。因時值結薄冰時節，故樹葉開始彼此凋落。**夙齡尚遐異，披對滌煩囂**。我等自夙齡即願如此遠離世俗之地，今日來此處，披襟以對，仿佛已將世間煩囂之事皆洗刷掉，心靈得到净化。**待入天台路，看余渡石橋**（七）。此詩看似駱賓王對宋之問之作續末二句而成。言心為來此寺僅僅净化心靈還不夠，此後我等欲入仙人住居之天台山，棄世，練得奇特仙術，試渡以人類之身難以渡過之石橋。

【注釋】

（一）靈隱寺，位於杭州武林山，與天竺山並列。晉咸和年中，天竺僧慧理到此讚曰「此中天竺國靈鷲山小嶺」，於是在此結庵修行，故稱靈隱。此詩舊説傳云，（駱）賓王對宋之問之作續末二句而成，以此表現自己不染於前世而自得。

（二）鷲嶺，《法華經科注》曰：「耆闍諸山，以山形如鷲，故名鷲嶺。」

（三）龍宫，指佛寺。
（四）浙江，位於海寧縣，潮水高至山峰，九曲十折。
（五）桂子，唐天聖年間，秋月清澈之夜，此寺地上落寶如珠璣。異人來此曰：「此月中桂子也」。諸注同。
（六）刳木，二字見《易》。取泉，此寺有煖泉、醴泉、臥犀泉、蕭公泉等名泉，以筧自遥遠深山取水。
（七）石橋，《文選·天台山賦》李善注：「天台山石橋，路徑不盈尺，長數十步，步至滑，下臨絶冥之澗。」故有傳説稱有天罪之人不得過。

宿温城望軍營（一）

虜地寒膠折（二），**邊城夜柝聞**（三）。虜地亦至秋陰之氣愈發强盛時，因寒冷，弓膠將乾折，弓亦硬，馬亦壯，於是以此為信，攻打中國。故此時中國亦不可掉以輕心。固守邊城，夜聞擊柝聲不絶於耳，可見防守之堅固。**兵符關帝闕**（四），**天策動將軍**（五）。將兵符一分爲二，一半大將軍使之，一半收關帝闕。天子亦決定軍中御策，故其威勢直傳將軍，威嚴震耳。「動」字含有天子向臣子發號施令之意。**塞静胡笳徹**，**沙明楚練分**（六）。大將軍善於指揮，塞上亦分外寂静，夜間兵營中胡人吹笳聲清晰可聞。又，征戰沙場之地，時值深夜，月光皎潔，照在沙上顯得沙明亮潔白，可分辨先陣後車士卒身上所著楚練袍之顏色。此處亦可看作是付於衣上之合印。**風旗翻翼影，霜劍轉龍文**。有時和風吹拂，旗幟飄飄，宛如鳥展翅飛翔之影。又，如白霜般雪白之劍並排閃爍光芒，好似龍鱗狀不時閃爍。此皆為儼然景象。「龍文」含有軍兵之威勢如身穿龍鱗狀堅固盔甲，堅强如龍心之意。又有一説曰，昔名劍曾化為二龍。實則含此兩意。**白羽搖如月**（七），**青山斷若雲**。先望軍中形狀，士卒腰間帶白羽箭整齊排列，在月光下照出一片白色，如月。士卒往來於青山脚下，故青山好似中斷，若斷雲。諸葛孔明在軍中手持白羽扇，曾以此指揮三軍士卒，用此故事描寫大將軍搖動用於指揮之軍拂扇，則衆多軍兵聚於青山，好似月動白羽，故云青山中間斷開若碎雲。**煙疏疑卷幔，塵滅似銷氛**。夜深，煙疏而漸消，疑卷起軍營之幔。天氣晴朗，軍中亦静，塵埃滅跡，軍中雖有惡氣，但似乎亦將消散。此兩句講述大將軍如此善於指揮，待鎮壓平息，軍中亦必將休戰。**投筆懷班業**（八），**臨戎想顧勛**（九）。此刻吾欲棄学問，合立戰功，心懷效仿昔時班超欲投筆立軍功之業。又，臨此勢戎，吾等亦欲如晉顧榮殲滅名曰陳敏謀反之人那般立功勛。**還應雪漢耻**（一〇），**持此報明君**。「還」在此處理解為「一定」為佳。還應為漢高祖敗於匈奴，被迫與匈奴和好，嫁公主於匈奴，招敵為婿報讎雪耻。詩人意在欲洗刷這般耻辱，立不亞於漢班超、晉顧榮般功績，持此功報明君之御恩。

【注釋】

（一）温城，乃靈州温池城。

（二）膠折，《史記・晁錯傳》注中有「秋氣至，膠可折，弓弩可用，匈奴常以為候而出軍」。
（三）夜柝，《周易》：「重門擊柝」。
（四）兵符，以銅或竹製，畫以虎，一切分為二，一半留宫中，一半予將軍用。
（五）天策，原為鶉火鳥星，唐太宗為天策上將，在此指天子之策。
（六）楚練，《左傳》之字，此處指將白練做成（征衣）合印。
（七）白羽，《國語》中指矢，又指諸葛孔明。
（八）投筆，指後漢班超，見五言古。
（九）顧勛，指晉顧榮將謀反之人陳敏處死以立功勛之故事。
（一〇）漢恥，漢七年，匈奴於白登臺圍高祖七日，後採用劉敬之策，嫁公主與匈奴以結和親，此事至末代仍為恥。

蘇味道　**在廣聞崔馬二御史並登相臺**（一）

蘇味道於南方廣州任職時，舊友崔氏、馬氏二人皆官至御史。當時聽聞二人雙雙入相臺為尚書郎，大喜而作此詩。

振鷺纔飛日（二），**遷鶯遠聽聞**（三）。二人至今如振鷺大小先後般順利任御史職位。我與百官一同，以席順列行覲見天子之日，纔聽聞二人不久將直遷，便如鶯自幽谷遷至喬木發出曼妙聲音一般，從御史昇任尚書郎，獲得尊榮。**明光共待漏**（四），**清覽各披雲**（五）。清晨來到明光殿，二人共待黎明六時至。因二人之職責為將天子之論言作成文章，故如同將其文章直上書呈獻天子清覽，二人必定能若各披曇雲直見白日般，拜見天子玉顔。**喜得廊廟舉**（六），**嗟為臺閣分**（七）。被委任重要官職時，須在廊廟與天子宰相共相談，其心須達先祖。此處將「廊廟」看作朝廷為宜。喜二人皆被舉為廊廟之尚書，雖然如此，二人分派不同官署，遂即便任相同職位，一人分派至鸞臺，一人分派至鳳閣，故臺閣分開，無法於一處，真令人可嘆。**故林懷柏悦**（八），**新握阻蘭薰**（九）。若林中松樹繁茂，柏樹為與其同性之木，遂悦。與此相同，今諸君昇官入相臺任尚書，地位顯赫，我等與諸君曾為同僚，為原故林之人如此出人頭地而心悦，如同柏悦松茂。尚書乃負責天子左右之官職，故如手持香袋般手握蘭花，想必剛手握新香蘭在天子身邊，其蘭之薰香阻遠故友，令我等難以接近。即唯名聲好聽罷了。《漢書》中有載，御史衙門内有柏樹，含此意在内，從「林」字産生「柏」字。**冠去神羊影**（一〇），**車迎瑞雉群**（一一）。冠，即今御史職所戴上有所謂神羊之恐怖野獸形冠，便不再見其影。昔漢蕭芝任尚書時，因其有德行，故每當其進宫時，雉來送迎。諸君德行不在蕭芝之下，故諸君進宫時車前定有瑞雉群迎接。故事注釋中有述。**遠從南斗外**，**遥望列星文**（一二）。我等只是羡慕諸君。此遥遠之廣州或是在南斗星之下，我只能遥望、羡慕諸君如同從此向外列成一大排之星，在京城排於衆官人之列共任職。用南斗星與列星等文字，平衡前後詩句。

【注釋】

(一)在廣，即在南之廣州府時。相臺，為宰相之官署。

(二)振鷺，《詩經·周頌》注：「振，群飛貌；鷺，白鳥也。」大者先飛，小者跟隨其後。故用以比喻官位按順序昇遷。

(三)遷鶯，《詩經·小雅》之詞，比喻人昇官。

(四)明光，尚書在明光殿奏聞。

(五)披雲，晉樂廣任尚書郎時，受衛瓘贊譽稱：「此人瑩然，猶披雲霧而覩青天也。」

(六)廊廟舉，僅取晉索靖之子綝所說之文字。

(七)臺閣分，唐代稱門下省為鸞臺，中書省為鳳閣，尚書省為文昌臺。蘇氏與崔氏、馬氏即門下郎、中書郎、尚書郎之中，因此云分臺閣。

(八)柏悦，陸機賦云，松茂，則同屬冬木之柏亦悦。若同僚中有人出人頭地，則衆朋輩也因此感到體面而高興。

(九)蘭薰，漢時，尚書郎懷香握蘭，趨走丹墀。

(一〇)神羊，指獬豸冠，若所判刑法正確，獬豸現身於朝廷，御史以此為冠。

(一一)瑞雉，《孝子傳》中，蕭芝至孝，故任尚書郎時，有雉數十頭送上直迎下直。

（一二）列星文，後漢明帝曰，郎官上應列宿。查看便知郎位有十五星，天帝座在東北。

李嶠

奉和幸韋嗣立山莊應制（一）

注釋中有述。

南洛師臣契（二），**東巖王佐居**（三）。地處名曰南洛，有一山莊，此乃大人物韋嗣立之山莊。此人瞻仰伊尹太公，徹底尊從天子，被天子立為臣之師範。此山莊雖位於洛陽東巖，但為曾任天子佐職之御人居住。**幽情遺紱冕**（四），**宸眷矚樵漁**。雖最終成為隱士，而畢竟曾是貴人之居，天子亦寄情於此山水之幽情，遺忘身着紱冕之天子身份地位而遊。然宸眷之矚，或居於樵之深山，或居於漁之濱邊，近似隱居之韋嗣立，慰藉其人。**制下峒山蹕**（五），**恩回灞水輿**（六）。如昔黃帝曾至崆峒山尋遇一名曰廣成子之隱士，天子格外恩寵韋嗣立，此次如制下天子將行幸隱者韋嗣立之居所，唯恐韋嗣立因崆峒山蹕而驚慌失措，故特意施恩，自灞水回御輿而入。**松門駐旌蓋**，**薜幄引簪裾**（七）。於松木門處駐天子旌蓋之屬，絡薜搭建臨時幄，引領群臣插簪戴冠、拖長裾而入内。**石磴平黃陸**，**煙樓半紫虛**。黃陸，乃天日之通路。因為天子通過此石磴，故此石磴亦非同一般，與天日之通路黃陸平等。煙縷裊裊，似如仙人居住之煙樓般高，仿佛半分入紫虛（青空）之中。**雲霞仙路近**，**琴酒俗塵疏**。如此之地，樓邊雲霞環繞，令人覺得似乎離仙人登天之路近。彈琴飲酒遊樂盡興，皆疏遠俗塵，不覺身處此世界。因是天子遊樂，故云天、仙人等等。**喬木千齡外，懸泉百丈餘**。以下詩句描述山莊古色古香。庭所栽喬木乃樹齡皆超過千年之古木，又，從巖間流落懸泉之水仿佛自百丈餘高處落下。**崖深經鍊藥，穴古舊藏書**（八）。山崖下深谷處，定有仙人住，想必曾經於此煉仙藥松脂之類。又，或有古老洞穴，洞中或許自古藏有仙人書籍。**樹宿摶風鳥**（九），**池潛縱壑魚**（一〇）。繁茂樹叢中之宿鳥，鳥大足以淩空拍打双翼，空摶旋風上九萬里。池大而潛於池底之魚亦大，好似巨魚縱大壑一般。此二句含如大魚大鳥般尊貴之天子將臨幸此地之意。**寧知天子貴，尚憶武侯廬**（一一）。武侯廬，昔劉玄德欲取天下時，聽聞諸葛孔明隱居山中，乃足智多謀之人，便前往山中尋孔明盧，以求相談（取天下之）計謀。所云之意，即誰知今之天子貴為天子，卻如同劉玄德欲從卑微身份成為天子而前往武侯廬般，臨幸韋嗣立隱居之深山小屋，想必無人知曉此事。

【注釋】

（一）韋嗣立，景龍三年，中宗臨幸嗣立之山莊，命群臣賦詩，自為製序，冠於詩篇。嗣立在中宗時，以兵部侍郎任中書、門下，位三品，深受龍恩。山莊位於別廬長安之東山，張説作記。

（二）南洛、東巖，因洛水位於東南故而稱之。師臣，即成為臣之師範，伊尹、太公之類。

（三）王佐，指前漢董仲舒之類。

(四)紱冕，《禮記》注中，「紱」乃蔽膝，「冕」為冠，冠上加版。

(五)峒山，《莊子》中有載，黄帝曾尋廣成子。

(六)灞水，位於長安東面，秦穆公為彰顯霸功而命名。

(七)薜幄，見於《楚辭》。

(八)藏書，穆天子藏異書於大酉山小酉山之擊石穴中。

(九)搏風鳥，見《莊子》。

(一〇)縱壑魚，王褒《(聖主得賢臣)頌》：「巨魚縱大壑。」

(一一)武侯，指諸葛孔明，見《蜀志》。

陳子昂　**白帝城懷古**(一)

陳子昂乃蜀地之人，此次前往楚地時，自三峽乘舟經過此地，由此問世此詩和《峴山懷古》詩。

日落滄江晚，停橈問土風(二)。日西落，滄江晚至，雖心急，但因有山水古跡，遂於船頭暫停橈，問詢此地風景名勝古跡之由來。**城臨巴子國**(三)，**臺没漢王宫**(四)。城，指白帝城。此城是前漢末公孫述所據守之古城。從此城居高臨下，可見周代時所分諸侯國名曰巴子之古跡。又，昔亦稱劉玄德為漢王，曾在此處建宫殿居住，殿名曰永安宫。但如今臺跡已没，漢王宫亦全然不見形跡。此二句為懷古而悲咏。

荒服仍周甸（五），**深山尚禹功**（六）。將邊鄙處蠻夷之國稱作「荒服」。所謂「周甸」指周朝稱從京城至四方千里沿途國之諸侯為甸所服。因白帝城原本位於邊鄙蜀國之中，雖似荒服，但仍為周甸服。鑿开深山通山之路，可以自由往來，亦尚夏禹王之功，此地亦可往來。**巖懸青壁斷，地險碧流通**。宛如巖懸於高處，青崖陡立如墻壁斷裂，地形險阻，其下碧水流通。**古木生雲際，歸帆出霧中**。古木生長於高山上之雲際，自三峽間乘舟歸，帆影從漆黑晚霧下穿出。**川途去無限，客思坐何窮**。川途愈去愈覺無限遥遠，旅途客思種種，情不自禁，實在無窮無盡。

【注釋】

（一）白帝城，後漢光武帝時，公孫述占據蜀地成都，自稱白帝，因蜀位於西方，西方主白故而云。

（二）土風，出自《左傳》之詞。

（三）巴子國，乃唐渝州。

（四）漢王，指蜀劉備。

（五）荒服，《史記·匈奴傳》中有載，周武王時，命涇洛之北夷狄以時進貢，注中有其「荒服」，故云。

（六）禹功，見五言律注。

峴山懷古

秣馬臨荒甸（一），**登高覽舊都**。行遠方，故未明時分起床秣馬，臨荒甸，登峴山高處向下望去，能望到舊襄陽都城遺跡。**猶悲墮淚碣**（二），**尚想臥龍圖**（三）。昔晉羊祜在此奉行，因體恤民情，善治理，故羊祜死後將其石碑立於峴山，後人每見此碑，即思羊祜之仁慈仁德，無人不流淚，故將此石碑命名曰「墮淚碣」。如今蘇味道（應是陳子昂——校者注）來此，見此古跡，思昔日之羊祜而猶悲。見墮淚碣，又望對面隆中山間寂寥景象，尚想諸葛孔明曾在此隆中山隱居，因其為足智多謀之人，似是臥龍隱於世間，若欲出山，頃刻間便似龍起身一般，無人能及。孔明曾作八陣圖，昔時此地乃臥龍孔明所作八陣圖之地，念及此而悲。**城邑遥分楚**，**山川半入吳**。山下可見城邑，然遥看無法分明蜀之城邑同楚國城邑之界限。又，俯瞰之山川一半入吳國境界。**丘陵徒自出**（四），**賢聖幾凋枯**。所眺望之處，丘陵此起彼伏，陡然顯現。此地自古乃如羊祜、孔明等諸多賢聖所居之地，從古至今不知賢聖幾回凋枯。**野樹蒼煙斷**，**津樓晚氣孤**。野樹林中所起之蒼煙猶如被撕斷一般，津樓等在淒涼晚氣中孤獨聳立。**誰知萬里客**，**懷古正踟躕**（五）。誰知如我這般不遠萬里遠道而來之客，如此在此懷古，正踟躕彷徨，悲傷不已。無人會知曉。

【注釋】

（一）秣馬，見《詩經》。

（二）墮淚碣，講釋中詳述，（石碑）方者稱碑，圓者稱碣。

（三）臥龍，《蜀志》中，徐庶稱諸葛孔明乃「臥龍」也。

（四）丘陵，見西王母《白雲謠》。《穆天子傳》中云，丘，大也；陵，小也。

（五）踟躕，彷徨而不進之貌。

杜審言　　贈蘇味道

此時從軍於邊塞，而此詩中有「輿駕」二字，此或許是武攸暨被封爲王時之事。關於武攸暨，應與五言律詩《送崔融》共賞析。

北地寒應苦，南城戍不歸。因身處北地塞上，寒氣逼人，應苦。又，官軍所駐之城稱為南城，無論多困難，亦戍守南城而難歸。**邊聲亂羌笛，朔氣捲戎衣**。邊塞將吹奏之物稱作「羌笛」。悲傷之笛聲四處響起，因而羌笛聲混亂嘈雜，大多聽不清。想必北風吹捲戎衣，朔氣令人身感寒冷。**雨雪關山暗，風霜

草木稀。雨雪磅礴，關隘山嶺皆變暗而不見。想必十分昏暗。又，冷風吹，霜落多，草木亦枯稀。此四句描繪北地之艱苦。**胡兵戰欲盡，漢卒尚重圍**。此後詩句皆為稱贊官軍之語。胡兵戰敗將盡，漢卒毫不鬆懈，繼續將其重圍。**雲净妖星落**[一]**，秋高塞馬肥**。雲净，晴空萬里。妖星落，乃我軍不久勝戰之前兆。又，秋高氣爽，塞馬愈肥壯，其勢甚好。**據鞍雄劍動**[二]**，搖筆羽書飛**[三]。君精通文武，想必戰時據馬鞍舞動雄劍，又揮筆作文章飛羽書。**輿駕還京邑，朋遊滿帝畿**。輿駕，指將軍。若將軍還鄉京邑，則依然如從前，朋友滿帝畿待其歸來。**方期來獻凱**[四]**，歌舞共春暉**。方期將軍不久歸京來獻凱歌，天子賜設酒宴，載歌載舞共享春暉。滿懷期待。

【注釋】

（一）妖星，《漢書·天文志》曰，若有妖星出現，不出五年便會有戰爭。

（二）據鞍，見《後漢書·馬援傳》。

（三）羽書，前已有，同「飛檄」。

（四）凱，《司馬法》中有「得意則凱樂，所以示喜也」。

沈佺期　**酬蘇員外味道夏晚寓直省中見贈**（一）

並命登仙閣（二），**通宵直禮闈**（三）。君與我同時奉命登仙閣，通宵直禮闈。**大官供宿膳**（四），**侍史護朝衣**（五）。因是重臣，大官爲我等提供膳食，二女官侍史為明朝入宮熏香護朝衣。**卷幔天河入，開窗月露微**。衙門地處高地，卷幔則天河入房內，開窗則月照露珠微微可見。**小池殘暑退，高樹蚤涼歸**。因有小池，退殘暑；因有高樹，似早涼歸，甚是涼爽。蚤，為古字，通「早」。**冠劍無時釋，軒車待漏飛**。因官務繁忙，無時釋冠、劍、禮服歇息。備軒車，待明朝六漏，須趕緊入宮。**明朝題漢柱**（六），**三署有光輝**（七）。明朝入宮，若天子看中君禮數周到、沈著穩重，將題名於漢柱，我與君同事三署而覺有光輝。故事詳情見注釋中。

【注釋】

（一）寓直，指寄宿於宮中值班。

（二）仙閣，又稱為尚書，乃大臣辦公之官署，位於神仙門內。

（三）禮闈，又稱為尚書郎，乃大臣下屬辦公之官署，位於崇禮門旁邊。

（四）大官，自秦便有，侍御膳。
（五）侍史，為女官，與尚書同格，為大臣進宮時著朝衣香熏。
（六）漢柱，後漢田鳳為尚書郎，容儀端正，故得靈帝贊賞，刻其名於柱。
（七）三署，尚書省、門下省、中書省，均為出任大臣之官署。

同韋舍人早朝（一）

因清晨天未明須進宮上朝，故描寫黎明之事。

閶闔連雲起，巖廊拂霧開（二）。拂曉，閶闔高聳，看似連雲而起，巖廊之門扇好似拂霧而開。**玉珂龍影度，珠履鴈行來**（三）。入朝官人之玉佩叮當作響，所乘龍馬之影從傍而過。亦有擺動珠履鴈行而來者。**長樂宵鐘盡**（四），**明光曉奏催**。長樂宮内宵鐘聲響已盡。明光殿内正催促拂曉之奏聞儀式。**一經傳舊德**（五），**五字擢英材**（六）。如漢韋賢教其子玄成經學，傳承其親之舊德般，吾亦学經，盡傳舊德，親子二人雙雙任高官。以韋賢之韋氏指（韋）承慶父子，甚妙。又，君之才華出類拔萃，如鍾會改虞松文五字而使文章變好。**儼若神仙去，紛從霄漢回**。進宮上朝，儼若神仙離去，紛從霄漢而回。**千春奉休曆**（七），**分禁喜趨陪**。在此吉祥太平盛世，欲千年爲官不變，汝乃中書舍人，吾乃考功郎，雖分禁，但一同趨陪，仍爲喜悅之事。

【注釋】

（一）韋承慶，其父思謙亦有名。舍人，掌傳宣詔命。

（二）巖廊，指高峻之廊廡。見《前漢書·董仲舒傳》。

（三）鴈行，按官位順序而出，見《禮記》。

（四）長樂宮懸報時之鐘，見《史記·韓信傳》。

（五）一經，《漢書》載，丞相韋賢，使少子韋玄成通經，官至丞相，故魯人有諺稱「遺子千金，不如遺子一經」。

（六）五字，《世語》中有載，晉司馬景王命虞松作表，再承不可意，鍾會視之，改五字，呈景王，景王大悅，稱「真王佐才也」。

（七）休曆，「休」為休明，「曆」為世。

宋之問　**奉和幸長安故城未央宮應制**（一）

臘月晦日，帝行幸位於長安偏北處漢朝古都遺跡之未央宮原址，和其行幸之作。

漢王未息戰，蕭相乃營宮（一）。漢高祖尚未息戰，蕭何營建未央宮之略。**壯麗一朝盡，威靈千載空**。如此壯麗宮闕一朝而盡，其威靈千載後亦空無形跡。**皇明悵前跡，置酒宴群公**。皇明悵感前跡，置酒宴群公。**寒輕彩仗外**（三），**春發幔城中**（四）。時寒氣亦輕，掛彩仗外，風和日麗，亦因發春之景，幔城中看似溫暖。**樂思迴斜日**（五），**歌詞繼大風**（六）。天子亦樂思，故欲迴西斜之日而延長此日。御作歌詞繼漢高祖所作之《大風歌》，毫不遜色。**今朝天子貴，不假叔孫通**（七）。昔時漢高祖由豐沛之長起成為天子，得天下後賜群臣美酒，多有失禮不敬者，故藉學者叔孫通令群臣習酒宴之禮儀。而今朝天子元本尊貴，群臣重禮自律，且御宴亦有列座，故已無需假藉叔孫通。

【注釋】

（一）長安故城，位於西安府西北，乃昔日秦離宮。漢高祖在此建都。未央宮位於西方，景龍三年，中宗幸此。

（二）營宮，漢蕭何營作未央宮，高祖見宮闕壯甚，怒過於奢華。蕭何答曰，若天子無此般壯麗宮闕，無以重威。

（三）彩仗，指御用具。

（四）幔城，圍有帷幔之臨時宮殿。

（五）斜日，《淮南子》中有載，魯陽公舉戈而揮，招日反，西傾之日退九十里。

（六）大風，漢高祖行幸故里沛，賜酒與故人，作《大風歌》。

（七）叔孫通，《史記》載，漢高祖登至天子，但群臣皆爲武將，多有不敬，因叔孫通為學者，令其教群臣習禮儀，後群臣無失禮之處，漢高祖悦，曰「吾乃今日知為皇帝之貴也」。

奉和晦日幸昆明池應制（一）

《世說》有載，景龍三年，正月晦日中宗巡幸，設酒宴。應制，乃應皇帝之命作詩。

春豫靈池會（二），**滄波帳殿開**。春豫於昆明靈池會群臣，於滄波畔圍帳行宮。**舟淩石鯨度**（三），**槎拂斗牛回**（四）。天子所乘御舟淩池中石鯨度。此處雖欲將「槎」解釋為楫，然因與斗牛有緣，遂用「槎」字，故「槎」仍為舟。此舟拂於石製牽牛織女邊，來回往復。**節晦蓂全落**（五），**春遲柳暗催**。當時正值晦日，雖蓂莢葉全落盡，春色遲，尚未至，但今日柳亦暗催緑。**象溟看浴景**（六），**燒劫辨沈灰**（七）。因池廣大，似朝日入浴大海之景。昔挖鑿此池時，池底出黑灰，對此來自天竺之法蘭辨稱，遠古經歷數十劫，世間燒盡，其灰沈於此。**鎬飲周文樂**（八），**汾歌漢武才**（九）。今日之酒宴，乃往昔於鎬都設酒之周文王樂趣所在。另，御製之詩不亞於於汾水泛舟賜群臣美酒，作汾水歌之漢武帝之才。**不愁明月盡，自有夜珠**

來(一〇)。晦日亦不愁明月已盡，幸此池有夜光珠降臨之掌故，故入夜亦自然照耀，甚是有趣。故事注釋中詳述。

【注釋】

(一)昆明池，位於上林苑。

(二)春豫，指皇帝出巡，見《孟子》。

(三)石鯨，雷雨時常鳴吼。其側有石製牽牛郎與織女。

(四)斗牛，《博物志》載，海邊年年有槎來，有一人乘之，隨槎而行，至牽牛郎和織女之處。問此地為何處，女答曰，還蜀問嚴君平則知之。故歸尋問君平，君平曰，某年某日有客星犯牽牛宿，計其年月，正是此人至天河時也。

(五)蓂，據《文選・東京賦》注，堯時，名曰蓂莢之草生於階下。朔日生長一根，兩日兩根，十五日生長十五根，自第十六日每日枯萎一根，至晦日則盡，小月則留一根未枯，見此便形成三十日之日數。

(六)浴景，指日出。

(七)沈灰，漢武帝掘昆明池時，自池底出黑灰。於是問天竺僧法蘭，僧曰，此世經數十劫後，世間將燒盡。此乃往昔世間燒盡時之灰。關於「劫」，五言律詩已述。

(八)鎬飲，《詩經》：「王在在鎬，豈樂飲酒。」

（九）汾歌，漢武帝曾於河東漂浮樓船上，賞賜歡宴於群臣。

（一〇）夜珠，漢武帝夢見昆明池中有魚被魚鈎掛喉，痛苦不堪，且求救命，於是取下掛住魚喉之鈎，並放生此魚。三日後，於池畔拾得夜光明珠，武帝稱此乃魚之報恩。

和姚給事寓直之作（一）

此人由御史轉職爲御側（天子之側近——譯者注）。

清論滿朝陽（二），**高才拜夕郎**（三）。君因優秀，故清論滿朝廷。朝陽，雖為朝日之意，此處視作朝廷為宜。以高才轉職而拜夕郎。拜，意為受命，於異國被任命為官職時，為表謝意而作「拜」姿勢。《講釋》中只作「受命、被吩咐、被任命為官職」。**還從避馬路**（四），**來接珥貂行**（五）。當君任御史時，若騎馬而過，衆人畏之而避於馬路，來御側聚集處，須遵循行列規矩行事。珥貂，指類似栗鼠尾飾之冠。**寵就黄扉日**，**威回白簡霜**（六）。就近天子寵愛之人，居於黄扉日側，故當避廻先前讓人恐怖之威光，在白簡記録，好惡如同强霜般已消失。**柏臺遷烏茂**（七），**蘭署得人芳**（八）。如同鳥從柏臺遷至喬木，晉昇為御史，甚爲喜悦。此亦轉自陸機賦中「松茂柏悦」一句。又，在蘭署得如君此般優秀之人，亦將令吾聲名在外。「芳」爲配「蘭」字而用，且押韻。**禁静鐘初徹**，**更疏漏更長**。在此云寓直之事。皇宮静謐，時鐘聲響徹宮中，一更、二更之間時隔長，若謹慎爲之，則更覺時間漫長。**曉河低武庫**（九），**流火度文昌**（一〇）。自衙門望去，晨曉天河低垂於武庫，時節為七月，火星（流星——譯者注）西流，似落向文昌殿。**寓直光輝重，乘秋藻翰揚**。雖為寓直，但光輝格外好且重，趁此秋景藻翰欲飛揚。翰，原本指鳥之羽，故以「揚」字指贊揚之意，又平衡前後。須格外用心關注此類句體。**暗投空欲報**（一一），**下調不成章**（一二）。即使贈我猶如見夜光珠般好詩，也似將其投暗處。儘管無用，但欲返報，而詩下調不成章，甚爲羞愧。

【注釋】

（一）給事，類似於日本之側衆（江户幕府之官職名。將軍之近侍，交替宿直，處理城中諸務。——譯者注），見《六典》。

（二）朝陽，見《詩經》。

（三）夕郎，漢制指日暮去值夜班。

（四）避馬，後漢桓典任監察職，常乘駿馬，不偏不袒，即便是皇帝後裔，亦抓住審查，故世人曰，行路且避驄馬御史。

（五）珥貂，蔡邕《獨斷》中有載，侍臣之冠下插貂尾為飾，以此顯柔和之義。

（六）白簡霜，《南史》載，沈約任監察官職時，所作文中有「源官品應黄紙，臣輒奉白簡以聞」。指霜降摧殘草木之可怕威勢。

（七）柏臺，御史臺故事，前已述。

（八）蘭署，即近侍值勤處，始於後漢桓帝。

（九）武庫，雖為星名，但此處指藏武器之庫，始於前漢。

（一〇）流火，出自《詩經》。「流」指「降」，大火心星七月西降。文昌，亦乃星名，用作宫殿之名。

（一一）暗投，鄒陽上書曰：「臣聞明月之珠，夜光之璧，以闇投人於道，衆莫不按劍相眄者。」詩文亦不在不懂之人前展示。

（一二）不成章，見《詩經》。

早發始興江口至虛氏村作（一）

宋之問左遷至南隴州，宿廣州始興，朝自始興江口出發，至虛氏村，作詩描寫沿途之樣貌。

候曉踰閩嶂（二），**乘春望越臺**（三）。候曉踰閩嶂，乘和暖春色，望昔日越王登眺之臺。**宿雲鵬際落**（四），**殘月蚌中開**（五）。有巨雲一宿未動，好似大鵬鳥飛行九萬里途中落於此處。殘月光照蚌上，從蚌中露出。**薜荔摇青氣**，**桄榔翳碧苔**（六）。此句描述山驛之景色。薜荔爲曉風吹動，摇動鬱鬱葱葱之氣色，桄榔形似棕櫚，遮蔽巖上碧苔。**桂香多露裛**（七），**石響細泉回**。桂之香氣濃鬱，可見露裛，溪川石響，細泉涓涓湧出，旋迴而流。**抱葉玄猿嘯，銜花翡翠來**（八）。玄猿抱葉而嘯，翡翠鳥銜花飛來。**南中雖可悦，北思日悠哉**。儘管南中景色娛心悦目，但因不順，離開京城。今只得思念北方之故鄉，終日遥遥相望。**鬢髮俄成素，丹心已作灰**。自此句哀嘆自己。因心中苦勞多，鬢髮忽變白，一片丹心亦已成灰。因心藏火，故稱「丹心」，用「灰」字與之對應。**何當首歸路**（九），**行剪故園萊**（一〇）。不知何時方可獲免而上返京之路。反正已無法再爲官，將來欲返鄉，行剪故園繁茂雜草居住。故事注釋中詳述。

【注釋】

（一）始興江口，位於廣東，亦稱曲江。

（二）閩嶂，為明朝時福建之地，見《一統志》。

（三）越臺，乃廣州越秀山。

（四）鵬際，見《莊子》。

（五）蚌中，《史記·龜策傳》中有載，明月之珠出於海，藏於蚌中。

（六）桄榔，《蜀都賦》注，無枝，葉簇生於頂，「木中有屑，如麵可食」。

（七）多露，見《詩經》。裛，指露混入花中。

（八）翡翠，乃南越美麗之鳥。

（九）首，乃前往之意。

（一〇）萊，為草，謝朓詩：「去翦北山萊。」

同餞楊將軍兼原州都督御史中丞（一）

蘇頲

同，或許是因某人亦作同題詩，因此詩為後作，已不必書，故書「同」。楊將軍為原州都督，將兼任御史中丞，為其餞行而贈此詩。

右地接龜沙（二），**中朝任虎牙**（三）。君所將去之匈奴右地，接臨蜀之龜沙，彼處為要塞，故朝中擇人，乃任君為虎牙。用「龜沙」與「虎牙」相對。**然明方改俗**（四），**去病不為家**（五）。想必君此去原州，則同後漢之然明，方能改當地陋習，盡孝忠；又如同前漢霍去病一心滅匈奴，不為家而戰，亦會將原州之事掛記心頭。**將禮登壇盛**（六），**軍容出塞華**。蒙受都督一職，故如韓信登壇領將軍印般，以大將之格式禮儀，行盛大儀式，以此軍容出塞，亦引人注目。**朔風摇漢鼓**，**邊月思胡笳**。若到達彼處，自朔風凜冽時，為鼓舞戰士，將摇動將軍身邊戰鼓。邊塞月夜，胡人吹起哀笳，戰士必因思鄉而悲傷。**旗合無邀正**（七），**冠危有觸邪**（八）。軍法嚴正，軍旗處處擺放整齊，故士兵絲毫不敢有違號令。胡人亦不敢應對這般嚴正軍勢。

且君還兼任御史，頭戴威嚴高冠，令人畏懼。若有邪惡不正者，必觸之。胡人亦畏懼，定不敢看。**當看勞旋日**(九)**，及此御溝花**。當看旋還之日，由天子賜宴慰勞，此時恰巧是御溝花盛開之時。及，恰巧及時送至之意。

【注釋】

（一）原州都督，從二品，始於後漢，總管原州之大將。御史中丞，正五品上，糾察百僚，審判罪人之職，見《六典》。

（二）龜沙，秦惠王取蜀，依龜周行旋走而建城，故謂之龜沙。

（三）虎牙，前漢時將軍之别號。

（四）然明，後漢張然明任武威郡太守，正陋習惡俗，多加治理，百姓為其立生祠。

（五）霍去病，前漢人，任將軍，攻匈奴所在地。霍去病因有軍功，漢武帝欲於京内為其建造第府，霍去病答曰「匈奴未滅，無以爲家」，無意留於京。

（六）「登壇」與「胡笳」，之前已述。

（七）旗合，《孫子》：「無要正正之旗，勿擊堂堂之陣。」

（八）冠危，即「獬豸冠」，乃御史之冠。

（九）勞旋，出自《詩經》，「旋」字同「還」。

張説　**奉和聖製途經華嶽**（一）

玄宗臨幸，途經華嶽，此為天子所出之題目。

西嶽鎮皇京，中峰入太清。此西嶽鎮護皇京，三連峰之中峰高聳入太清。**玉鑾重嶺應，緹騎薄雲迎**（二）。天子御車玉鑾聲回響於重嶺之間，丹青色裝束之先頭騎士前進時似薄雲相迎。**白日懸高掌，寒空映削成**（三）。白日懸於巨靈山高掌之跡周邊，寒空映照似經打造削成之峰。**軒遊會神處**（四），**漢幸望仙情**（五）。既有昔日軒轅黄帝遊會山神之處，亦使人想象漢武帝建臺望神仙長壽之情，總覺此等皆符合玄宗。**舊廟青林古，新碑緑字生**（六）。舊山神廟在青茂林中，因生苔而顯古老。玄宗御製文，廟前新建一碑，其上映照出山之青色，故生「緑字」。**群臣願封岱**（七），**迴駕勒鴻名。**因是太平盛世，可喜可賀，群臣祈願於東岱山行祭封禪儀式，奉勸天子為留不朽之盛名，自此御駕迴，於岱山建立碑，勒鴻名。甚至連我等亦欲留名於後世。

【注釋】

（一）聖製，指天子所作之詩。華嶽，位於豫州，鎮山五嶽之西嶽，《初學記》載，山頂有池，生千葉蓮花。

（二）緹騎之「緹」，乃丹黄色，以韋製成之兵服，著此者列於最前。

（三）高掌、削成，華山原來與首陽山合一，巨靈神以掌斷其崎，以河流通，手掌之跡尚在。

（四）軒遊之「軒」，指黄帝，黄帝出游時偶遇神仙。

（五）漢幸，漢武帝望華陰而建望仙臺，以祈求不老不死。

（六）新碑，華陰東有神廟，玄宗在此製文立碑。

（七）封岱，張説之本傳中有記載「封禪」一事，「封」即山上建壇，「禪」指祭地。天子治世，萬民安樂，自身謹慎行事，麒麟鳳凰飛舞，甘露降，稻結穗。於是群臣共勸曰，如此治世，天子必須登東岱，行封禪祭，對天地致拜禮。天子謙退曰，朕不德，難行此儀式。經一度二度強烈建議，至第三次，天子終於聽取，便命祭事。

張九齡　**奉和聖製早度蒲關**（一）

此四字為天子所出之題目。

魏武中流處（二），**軒皇問道迴**（三）。乘舟度蒲關，在舟中望去，此處乃昔日魏武侯乘舟於蒲關以西之地，其曾於中流曰「美哉乎山河之固」，如此洋洋得意。此「處」字不易用。軒皇，以比天子，故在此使用「迴」字。有軒皇向廣成子問路之古跡。**長堤春樹發，高掌曙雲開**（四）。可見河邊長堤，春意盎然之樹上開出花，華山高掌之跡曙雲開，以此對應題中「早」字。**龍負王舟度**（五），**人占仙氣來**（六）。好似龍背負王之御舟度河一般，此處人視之，亦似不尋常之仙人有紫氣來。占卜有何貴人將路過此地，果有天子之行幸。**河津會日月，天仗役風雷**。渡河津，乃見晦日朔月交替，所謂日月相會。但此乃表面之夸張説法，只要渡河津，日月亦相會而守護。在此番巡幸之時，竪起畫有日月圖案之旗幟而行進，故將此旗稱爲日旗輅、月旗輅。今日巡幸，擺好槍、戈、弓、箭等天仗，為天子開路，故切勿風起雷鳴，否則將被隨意支使。此乃將畫於御旗之風雷閃電，帶入真實之中，以此詞彙描繪天子身邊侍從生气勃勃勇猛之姿。**東顧重關盡，西馳萬國陪**。回首東顧，過重重之關而至盡頭，自此遂駕車西馳返，萬國諸侯出迎陪供奉。**還聞股肱郡**（七），**元首咏康哉**（八）。自古而聞，蒲關河東離都城近，奉命守護天子，乃如股如肱之要郡。因善治此地，萬民安康富足，故皆歌頌。元首為大頭領，比作天子。咏天子還都愉快，庶事萬端康哉。可謂喜樂無以比之。

【注釋】

（一）蒲關，明之蒲州，位於西門外。

（二）魏武，《史記》載，魏武侯於西河乘舟而下時洋洋得意，對吴起曰「美哉乎山河之固，此魏國之寶也」，吴起答曰，山川不可成为要隘，須修身且具備皈伏萬民之德，否則不可被稱為國家之主。

(三)此處有軒轅黃帝問路之古跡。

(四)高掌，見史書。

(五)王舟，《呂氏春秋》載，夏禹王南巡渡江時，黃龍負舟而渡。

(六)仙氣，《列仙傳》中，老子過西方函谷關時，見紫氣縹緲。唐天子為李氏，故將老子視作先祖，此典故不生疏。

(七)前漢文帝命季布做要地河東郡守時曰：「河東吾股肱郡，故特召君。」

(八)元首，《尚書·虞書》中有皋陽之歌，以賡載歌曰：「元首明哉，股肱良哉，庶事康哉。」

和許給事直夜簡諸公(一)

簡，指代替書信寄詩。

未央鐘漏晚，仙宇藹沈沈(二)。未央宮響起日落鐘聲，天色已晚，仙宇亦暮靄沈沈。**武衛千廬合**(三)，**嚴扃萬户深**。武士守衛值崗，千廬連合。嚴扃萬户深，外人無法知情。**左掖知天近**(四)，**南窗見月臨**。已知給事左掖離玉座近，想必開南窗即見月臨。**樹搖金掌露，庭接玉樓陰**。裝飾所用之銅柱上有仙人所捧之鉢，鉢中有金掌露。樹木搖擺，金掌露似將被晃掉。自左掖後庭連接玉樓深處。**他日聞更**

直（五），**中宵屬所欽**。前日聽聞君當出值番，今宵當班須謹慎小心。**聲華大國寶，夙夜侍臣心**（六）。似君般優秀之人，聲譽榮華盡有，乃大國之寶。之所以言此，乃因君不分晝夜為侍，不忘忠節之心故。**逸興乘高閣，雄飛在禁林**（七）。因是學者，若閑情逸致，登上高閣賦詩，無人能及。雄，高飛，於禁林引人注目。由「雄」字至「林」字之組合不生疏。**寧思竊抃者**（八），**情發為知音**（九）。代替書信寄來之詩甚爲有趣，吾深受感動，於是竊抃節奏。而須和詩之情迸發，乃因知音知我心。日本亦有此番人情，若有人唱起有趣之歌助興，心情也會隨之振奮，從旁發聲，忘我拍手打節奏。論人情，大和與唐相同，無差別。

【注釋】

（一）給事、未央，前已述。

（二）沈沈，《史記》注：「乃宮殿深邃貌。」

（三）千廬，《文選·西都賦》有「周廬千列」，指禁裏武衛值宿之處甚多。

（四）左掖，屬給事門下省，因在左，故稱「左掖」。

（五）更直，《漢官儀》載，尚書值晝夜五日，而有更番。

（六）夙夜，見《詩經》。

（七）雄飛，二字出自《戰國策》，後漢趙溫曰：「大丈夫生當雄飛，安能雌伏。」

（八）抃，《説文》中曰：「抃，拊也。」魏曹植表文中有「聞樂而竊抃者」。
（九）知音，已述。

酬趙二侍御史西軍贈兩省舊寮之作（一）

因趙氏侍御史隨西軍而去，故贈於曾在京任職時東、西省旧僚。張九齡亦在舊寮之中，故酬以詩作。

石室先鳴者（二），**金門待制同**。君任監督石室秘書時，衆同僚中先鳴者正是君。後被調至金馬門役所，君與我一同守候天子之聖諭。**操刀常願割**（三），**持斧竟稱雄**（四）。君為優秀之人，自彼時起即願操起智慧之刀，時常端正天下。君若爲軍將，持斧竟稱雄。**應敵兵初起**（五），**緣邊虜欲空**。敵人攻來時應敵，我方不主動出軍，而敵人迅猛攻來其後，將疲乏，見此勢態再起兵。緣，原指衣裳之包邊。故乃欲攻至邊塞之盡頭，殺光韃虜之勢。**使者經隴月**，**征旆繞河風**。因爲天子之使，故乘車見隴月經過時，征路上立旆繞隨河風。**忽枉兼金訊**（六），**非徒秣馬功**。上述狀況下，應無閑暇。然因文武雙全，忽作以一金代二兩兼金之詩，枉乎訊問。枉，指給予我方乃分外不相應，即給予不該給予之處意。可見並非徒有秣馬行軍之功。**氣清蒲海曲**（七），**聲滿柏臺中**。因此，軍中所彌漫殺人後之詭異氣氛亦消失殆盡，蒲海之曲静静響起，故聲名滿滿，連京城柏臺中亦誇贊君之文武雙全。**顧己塵華省**，**欣君震遠戎**。於是自問，吾毫無用處而任職，可謂塵華省。因君之威勢震懾至遠方戎狄而欣喜。**明時獨匪報，常欲退微躬**。如此明時，獨自無用而不得報御恩，常欲微躬而隱退。

【注釋】

（一）趙，乃姓氏。侍御史，乃御史大夫之下級，同御史中丞。兩省，因唐朝門下、中書宣政殿分東西而稱之。

（二）石室，漢朝時，天子秘藏書籍置於蘭臺石室，御史中丞掌管。先鳴，《左傳》杜注：「比於鷄，鬥勝而先鳴。」

（三）操刀，《左傳》載，鄭子產云，以不成熟之學問行政事，正如尚不會用刀却使之做菜，則切魚剁菜時，恐怕會傷到手一般。

（四）持斧，漢侍御史「持斧逐捕盜賊」。

（五）應敵，魏相云，若敵攻過來，我方以必然之心應之，則勝。

（六）兼金，平常之一兩金相當於二兩，指質量較佳之金。

（七）蒲海，為北地之河川，在蠻荒之地將小言為大。

奉和聖製送尚書燕國公説赴朔方軍(一)

玄宗時，張説任兵部尚書，被封爲燕國公，又接詔書任朔方節度使。玄宗賜御製送別詩，同時有詔書命其和詩。故與之唱和而作此詩。

宗臣事有徵(二)，**廟算在休兵**。天子委托尊貴大臣征伐之事，因事關重大，遂前往先祖廟中算卦。因出軍之事並非人願，欲休正軍隊遂挑選優秀之人。**天與三臺座**(三)，**人當萬里城**(四)。將此人比作天之三臺星，任其以三公之位，天子委其高官。如此之人當作萬里城而去。**朔南方偃革**，**河右暫揚旌**。朔地之南方偃旗息鼓。河右尚未統治，故仍暫揚旌。**寵賜從仙禁**，**光華出帝京**。而其餞行亦從仙禁寵賜御製，出帝京，甚為光華。**山川勤遠略**(五)，**原隰軫皇情**(六)。勤於經略至遠方之山河，連原野濕地亦滿是皇情。軫，原指車上之横木，驅車前行之物，遂注「軫」之訓讀爲「めぐら(す)」。**為奏薰琴倡**(七)，**仍題瑶劍名**(八)。爲君唱奏御製詩，正如唱舜之「南風之薰兮，可以解吾民之愠兮。南風之時兮，可以阜吾民之財兮」歌，彈琴演奏。又以御筆題瑶劍之名，餞行時受贈。**聞風六郡勇**(九)，**計日五戎平**(一〇)。聽聞如此般威光之風，再得六郡加勢，從軍之人皆奮勇前進，故五處戎地皆可儘早平息。**山甫歸應疾**(一一)，**留侯功復成**。正如周宣王之大臣仲山甫赴齊而速歸，望君亦得勝而歸，又如前漢受封於留縣之張良般立下大功。**歌鐘旋可望**（一二），**枕席豈難行**（一三）。若回京城，如所期望，將會賜予歌鐘之樂器作爲獎賞。因邊塞已平定，天下恢復平静，無論去周邊何國，都不會再如於衽席上行走般之難矣。**四牡何時入？吾君聽履聲**（一四）。何日才能乘四牡車凱旋而歸入京？吾君天子何時才能聽到君覲見時革履之聲？

【注釋】

（一）尚書，為頭目之意。將宰相大臣聚集之衙門稱爲中臺，又稱文昌臺，亦稱尚書臺。

（二）宗臣，前漢蕭何稱曹參為一代之宗臣，即「臣」之意。

（三）三臺座，兩兩而居，上臺、中臺、下臺，有三臺六星，比喻人之三公。

（四）萬里城，見《宋史》。

（五）遠略，《左傳》杜注：「經略遠也。」

（六）原隰，《詩經·小雅》，天子賞賜使臣，歌「皇皇者華」，又歌「四牡騑騑」，賜予酒宴。

（七）薰琴倡，《史記》載，舜帝彈五弦琴，歌曰「南風之薰兮，可以解吾民之慍兮。南風之時兮，可以阜吾民之財兮」，如此番皇帝賜予張説所作之詩以餞行，望其平軍以安天下。

（八）瑶劍名，「瑶」同「寶」，《漢記》中，天子以御筆題「寶劍」之名，賜予韓稜、郅壽、陳寵三人。

（九）六郡，為金城、隴西、天水、安道、北地、上郡。漢武帝時，選六郡良家之子補給羽林郎。

（一〇）五戎，原指匈奴、穢貊、蠻吉、單于、白屋，但此處應視作五種兵器為宜。

（一一）山甫，周宣王時命仲山甫去齊國建城，尹吉甫盼其早日歸京而作之詩見《詩經》。

（一二）歌鐘，《左傳》中晉悼公征伐鄭國時，鄭國贈女樂二八、歌鐘二肆，悼公召魏絳：八年來終於取勝，其中有卿大功，故而以樂之半賜之，可與卿共樂。

（一三）枕席，前漢趙充國屯田疏曰：「治隍陿中道橋，令可至鮮水以治西域，信威千里，從枕席上過师。」

（一四）履聲，前漢鄭崇數次求見哀帝諫諍，鄭崇每覲見時曳革履，天子笑曰「我識鄭尚書履聲」。

王維

奉和聖製暮春送朝集使歸郡應制（一）

萬國仰宗周（二），**衣冠拜冕旒**（三）。萬國郡主前往京城，在元日賀年之時覲見天子，如敬仰宗周之王朝一般，皆衣冠講究，冠上飾有冕旒，對天子行拜禮。**玉乘迎大客，金節送諸侯**（四）。下一句比作周。諸郡主上京之時，天子宴請之，賜玉乘，以大客之禮相迎。又諸郡皆回時，賜予金節，以便歸程不受阻礙。**祖席傾三省**（五），**褰帷向九州**（六）。祖席傾盡三省之官員，諸郡主皆善治理，遂將車褰帷，返回各自郡州。九州，指全天下。**楊花飛上路，槐色蔭通溝**。時節和煦晴朗，楊花紛亂，飛上京城之路，槐色綠而葱鬱，好似遮住護城河。**來預鈞天樂**（七），**歸分漢主憂**（八）。各郡主來京時，好似日本之「御能拜見」，天子設宴款待，奏音樂《鈞天》。諸郡歸時，分漢主天子欲天下萬民安樂之憂，體諒天子之心意，力求善治。**宸章類河漢，垂象滿中州**（九）。宸章類屬於河漢，故垂麗象，佈滿天下各州，無遺留之處。中州，指全天下。此二句乃和御製而獻上。

【注釋】

（一）朝集使，《綱鑑》載，高宗元徽（「元徽」誤，當為「永徽」。——校者注）元年，諸國郡主既親自前往，又以使年初拜賀覲見。每人回各郡時，皇帝都會賜詩，並有聖旨命其應和再作一詩。「朝集使」在《隋志》中亦有。

（二）借「宗周」指代朝廷。

（三）冕旒，天子之皇冠，見《禮記》。

（四）玉乘，《周禮》有載，諸侯覲見皇帝時，以玉裝飾車馬。金節，亦出自《周禮》，諸侯回國時，使用金飾旗幟為標志，以免人馬在途中受阻。

（五）三省，為尚書、中書、門下之機構。

（六）褰帷，後漢賈琮在漢靈帝時任冀州刺史。所有郡主在巡視時均垂下車帷，不露容顏，而賈琮在巡視時褰帷親自進行監管。

（七）鈞天，《史記》中有載，趙簡子病死，二日後復活云：「我之帝所，甚樂，與百神遊於鈞天，廣樂九奏，萬舞不類三代之樂，其聲動心。」

（八）漢主憂，見《漢書・循吏傳》。

（九）垂象，《易》中曰：「天垂象，见吉凶，圣人象之。」

送李太守赴上洛（一）

送李氏赴洛任太守。

商山包楚鄧（二），**積翠藹沈沈**。君將赴任太守之地在商洛山附近，乃被楚國與鄧國所包圍之山中，故為積翠靄靄靜謐之地。**驛路飛泉灑，關門落照深**（三）。驛路中亦有飛泉從巖間湧灑而出，通過武關時，落日一直照耀到深山裏。**野花開古戍，行客響空林**。在不知名原野上，花開於古老荒廢營壘之上，來往行人甚少，行客之脚步聲寂寥回響於山林之中。**板屋春多雨**（四），**山城晝欲陰**。因山中木材多，可建造板屋。向春多雨，想必更是雨點紛紛落下之聲音有些嘈雜。因為是山城，大樹將四周覆蓋，白晝亦無日照之處，遂成欲陰之景象。**丹泉通虢略**（五），**白羽抵荊岑**（六）。丹泉之流流經虢州之堺，位於南，白羽山似倚靠西北之荆山嶺。此句描述楚國之寬廣。**若見西山爽**（七），**應知黄綺心**（八）。若奉行善治，則無公事訴訟，清閑即為大功。而君亦不繁忙，如見晉王子猷般，甚爲沈著，見西楚山之爽氣，則欣賞之，實感如漢時東園公、甪里先生、綺里季、夏黄公此四皓賢人隱居於此，亦甚為有趣。

【注釋】

（一）上洛，位於商州。

（二）商山，為商洛山，漢時，四皓曾隱居於此，亦稱「楚山」。楚鄧，位於商山以南，周鄧侯之國。

（三）關門，為武關，位於商州以東。

（四）板屋，見《詩經》，乃西戎之風俗。

（五）丹泉，自上洛西南冢嶺而出流向東之水，見《水經》。虢略，見《左傳》，指虢州。略，為界之意。

（六）白羽，位於南陽内鄉縣，楚之白羽。「荆岑」二字，《登樓賦》中有荆山，位於襄陽府西北，此山相當於白羽之南，泛指楚之山。

（七）西山爽，為商山。《世説》載，晉子猷曰「西山朝來，致有爽氣」。

（八）黄綺，為夏黄公、綺里季，在此之上再加上東園公、甪里先生，合稱為「商山四皓」，因避秦亂而隱居，見《陳留志》。

送秘書晁監還日本（一）

晁為阿部氏仲磨，入唐後改姓，侍玄宗，任秘書監，掌管天子之御書，成為上知天文下知地理之要職。期間，歸日本，又入唐，歷侍玄宗、肅宗、代宗後逝去。

積水不可極（二），**安知滄海東**。歸日本時，乘舟而去，積水無窮無盡不可極。因甚遠，安知滄海東又有國？**九州何處遠**（三），**萬里若乘空**。似中華以外又有一名曰「九州」之日本國，不知在何處，聽聞甚遠，而乘船出萬里處若乘於空中。**向國惟看日，歸帆但信風**。向日本國而去，可以當作目標者唯看日出。歸舟之帆亦加緊，毫無停留，唯可信風之吹向。**鰲身映天黑**（四），**魚眼射波紅**（五）。從海中望去，一大魚名曰鰲，露背而出，映天而黑，好似欲將舟吞沒。大魚之眼光看似射貫大波而呈紅色，甚為恐怖。**鄉國扶桑外**（六），**主人孤島中**。聽聞君之鄉國在名曰「扶桑」之大樹附近，其主人為天子所治理，好似孤島之地。之所以如此說，乃因在中華所見盡是遼闊之地，所以本國看來就格外小。**別離方異域，音信若為通**。此次別離方異域，音信若為通？描寫依依惜別之情。

【注釋】

（一）秘書監，從三品，專掌天下藏書，主要爲天文地理一類。見《六典》。晁監，為阿倍仲磨。元正帝時入唐，隨中華改姓為晁，當時為玄宗開元四年。歷侍玄宗、肅宗、代宗三朝，天寶八年回日本後又入唐。《舊唐書》中曰，日本為倭國之别名，因倭國一説不雅，遂改為「日本」。

（二）積水，指大海，見《淮南子》。

（三）九州，原指所有擁有中華禮儀之國，此處指日本。

（四）鰲身，《列子》中有巨鰲戴五仙嶋一説。

（五）魚眼，《隋書》曰：「日本有如意寶珠，其色青，大如雞卵，夜有光，云魚眼精也。」

（六）扶桑，《文獻通考》中日本與扶桑别傳焉。《十洲記》中曰：「扶桑在碧海中，樹長數千丈，三千餘圍，兩樹同根，更相依倚，故稱扶桑。」

送儲邕之武昌（一）

李白

黄鶴西樓月（二），**長江萬里情**。君所將去之武昌，有黄鶴在西樓飛舞之名勝，此地月出景色美，故而欲吟咏。望之而生於長江泛舟而行萬里之遠之情。**春風三十度，空憶武昌城**。我亦是，每當春風吹起，總思今年要去，而已過三十年，空憶卻尚未見到武昌城。**送爾難為别，銜杯惜未傾**。實在不情願送爾離去，而甚爲羡慕爾，高興得似要跳起來，故難為别而銜惜别酒，一直邊交談邊飲酒，但因一旦飲盡杯中酒，君便要出發，才故意控制酒杯而未傾盡。**湖連張樂地**（三），**山逐泛舟行**。從舟中看湖，如古時黃帝之音樂張於洞庭之野。瞭望古跡，隨行舟，山連而不斷，看似彼山追逐泛舟而行。**諾謂楚人重**（四），**詩傳謝脁清**（五）。非唯景美，人亦可信。楚人季布受人相托，一旦承諾，重諾而未曾變。傳如謝脁那般清麗之詩，衆以此為範而學習之。**滄浪吾有曲**（六），**寄入櫂歌聲**。我作一首類似滄浪之歌，寄君以送別。將其入櫂歌而聽，我將非常高興。

【注釋】

（一）武昌，孫權打敗關羽後，改鄂州為武昌。

（二）黃鶴樓，位於武昌城西南，七言律中有詳細解釋。

（三）張樂，《莊子》：「（黃）帝張咸池之樂於洞庭之野。」

（四）楚人，即季布，見五言古之注。

（五）謝脁，《南史》：「謝脁，字玄暉，文章清麗，長五言古詩。」

（六）滄浪，為武昌上游之川，《楚辭》：「滄浪之水清兮，可以濯我纓。」

孟浩然

陪張丞相自松滋江東泊渚宮(一)

張丞相為張九齡。丞相，為大臣，執政，從二品。松滋江，位於荊州，流至江陵。渚宮，乃楚襄王之離宮，位於江陵東南。

放溜下松滋，登舟命楫師。溜，指自川上流下水勢之快。欲順溜放舟，下松滋江，故登舟令楫師開船。**寧忘經濟日**(二)**，不憚沍寒時**(三)。在此加述張丞相，怎能忘記治理天下，經世濟民，不憚沍寒時，亦勤。**洗幘豈獨古**(四)**，濯纓良在茲**(五)。此句講述自己。此次陪同張丞相，因吾乃浪人隱士，鶴洗陸通之幘，豈古所獨有，吾亦如此。吾認為丞相善政事，故吾等亦洗濯冠纓，出世爲官，良在茲時。**政成人自理，機息鳥無疑**(六)。又稱贊丞相善於治理政事，人亦自然得到治理；又言自身之事，吾早已無追名逐利之心機，故甚至鳥亦不疑我隨舟而去。**雲物凝孤嶼**(七)**，江山辯四維**(八)。突感時節，今日恰逢冬至，望見雲飄動處之物，凝於孤嶼上，看似喜慶。「嶼」為洲上之磐巖。此句云，因在他國，遂不熟悉，看江與山亦不知此地爲何處，仔細辨別四周角落。**晚來風稍緊，冬至日行遲**。晚來，風亦漸急。因是冬至，亦覺日行遲。**獵響驚雲夢**(九)**，漁歌激楚辭**。行獵之響聲驚動雲夢澤邊。《漁歌》，為楚辭。遂略帶鼻音，激昂高歌。**渚宮何處是，川暝欲安之**。渚宮何處是，舟中見川，亦暝暝欲安之。

【注釋】

（一）張丞相，即張九齡，從二品，執政官。松滋江則位於荆州，流至江陵。渚宫，乃楚襄王之離宫，位於江陵東南。

（二）經濟，「經」為縱綫，「濟」為横綫，將織布比喻為治理天下。

（三）沍寒，沍，閉也，指極爲寒冷，見《左傳》。

（四）洗幘，「幘」為頭巾，楚國陸通將幘掛於松木而高卧，鶴叼其幘洗之，並與其鶴同去。

（五）濯纓，前「滄浪」之注已釋。

（六）機息，《列子》中有以鷗為友而遊，見七言古。

（七）雲物，《左傳》載，春分、秋分、夏至、冬至時，看雲物占兇吉。

（八）四維，指四方之隅，見《淮南子》。

（九）雲夢，見五言律注。

高適

送柴司户充劉卿判官之嶺外（一）

柴氏將任司户，司户乃自鑒定官中選拔，充入劉卿下屬中負責刑事之官員中，送其前往嶺外。劉卿亦將離開列卿去任廣州都督。廣州屬嶺南道。

嶺外資雄鎮，朝端寵節旄（二）。南嶺之外乃資雄之鎮，須依賴之，遂賜節旄予朝臣之首即君。朝端之「端」，為「首」之意。**月卿臨幕府**（三），**星使出詞曹**（四）。見晉謝安石之《上疏》。由文官之月卿成爲武官，將前往嶺南將軍所在之幕府，柴司户亦隨其而去。而星跟隨作爲使者之君，自後守護，從詞曹之衙門出發。**海對羊城闊**（五），**山連象郡高**（六）。目的地有海，對羊城，敞開且濕潤。象形之山連象郡，高高聳立。此二句稱為「鴛鴦對」。**風霜驅瘴癘**（七），**忠信涉波濤**（八）。時節正佳，正是降風霜之時，故正好能驅拂南方之瘴癘。此句包含因成為判官，故能以如風霜般氣勢，驅拂有瘴癘毒氣之惡人意。但因秉忠信而行，故想必涉驚濤駭浪亦無難。**別恨隨流水，交情脱寶刀**（九）。不知何時才能重逢，離别之恨如心隨流水而去般。欲贈餞别禮物，幸有寶刀，將其從腰間脱下贈予君。**有才無不適，行矣莫徒勞**。後安慰道，如君這般有才學之人，不論到何處，無不適人之心，故儘管行遠方，願息災殃，莫徒然苦勞，立功名而歸。

【注釋】

（一）司户，户部下屬勘定官。判官，任命判官之職。嶺外，廣東、廣西。

（二）節旄，爲使途中驛馬不妨礙行人來往之旗號標志。

（三）月卿，近侍，見《尚書》。幕府，將軍之住所，見《史記》。

（四）星使，指後漢李郃，見五言律。

（五）羊城，《番禺雜記》中載，廣州昔有五仙人騎五羊，所到之處築以城。

（六）象郡，位於嶺南，乃象山，其山似象，以彼處為郡。

（七）瘴癘，《吴志》載，南海有瘴氣癘風。

（八）忠信，據《家語》中吕梁丈夫游渡厲水之事。

（九）寶刀，晉之吕虔脱寶刀以贈下屬王祥，曰，若無德之人持此刀，或為禍殃。

陪竇侍御泛靈雲池（一）

因靈雲池近涼州，故將其池亭築得十分華美，以向蕃落示威勢。

白露先時降，清川思不窮。雖爲七月，但因在邊塞，白露先於時節而降。乘舟清川，景色亦清爽，遂思緒無窮。**江湖仍塞上，舟楫在軍中。**見江湖之景，仍不能忘記塞上之戰事。雖乘舟動楫，但因在軍中，仍感悲傷。雖不能忘却塞上戰事，但仍有江湖景色，故雖在軍中，泛舟動楫仍有樂趣。如此翻轉言之，其意甚深。**舞換臨津樹，歌饒向晚風。**舞則隨舟而轉，隨行舟換臨津樹。歌饒，須與他人合調共歌，向晚風聲合而為一。**夕陽連積水，邊色滿秋空。**夕陽之景色連積水，邊塞荒涼凄寂之色滿秋空。**乘輿宜**

投轄，邀歡莫避驄。乘如此奇興，宜投車轄而遊玩。平日因是御史，故而有所顧慮。但今日既迎來如此好興致，騎駿馬時莫避而不見，相互無拘無束，暢其所樂。**誰憐持弱羽，猶欲伴鵷鴻**。誰憐小鳥持弱羽。此乃比喻自己老衰。又謙退云，猶欲伴大海上之鵷鴻，乃與自身能力不符之非分念想。

【注釋】

（一）陪竇侍御之詩典故，前有述。

杜甫　行次昭陵

昭陵，為太宗之廟。天寶五年，自東都歸長安時，應帝詔道中作。

舊俗疲庸主，群雄問獨夫（一）。隋煬帝奢侈至極，天下大亂，四處起兵。因此舊世之人疲於隋煬帝昏庸無能，李密、竇建德等群雄起兵，責問被世人所厭而成爲獨夫之隋煬帝。**讖歸龍鳳質**（二），**威定虎狼都**（三）。如同知曉未來未知種種事情而道出，謂之「讖」。其讖歸云，太宗龍鳳之質，乃天下之主。果然太宗十八歲時如虎狼般威震安定都城。**天屬尊堯典**（四），**神功協禹謨**（五）。天然之屬父子之間，遵從堯典，以神堯為謚之高祖，將天下禪讓於次子太宗。其神妙大功可協夏禹王之《謨》。**風雲隨絶足**（六），**日月繼**

高衢。於是如同風雲之群臣，好似奔馳千里之絕足馬跟隨著太宗，自此如同日月交替照耀高衢一般，寶位代代相繼。**文物多師古，朝廷半老儒**。於是制禮樂、定律令，文物多師從古事。朝廷亦用虞世南之輩，半數為老儒者。**直詞寧戮辱，賢路不崎嶇**。即便直言不諱上疏進諫，亦不逢戮辱，故博學之賢者，若欲進官路，亦易出仕，不遇崎嶇。**往者災猶降，蒼生喘未蘇**（七）。往者，指隋末唐初。彼時，猶降洪水泛濫、乾旱、飢饉而餓死之災害，故蒼生喘（苦於掙扎）而未蘇。**指揮安率土**（八），**盪滌撫洪爐**（九）。太宗指揮安定率土之濱。盪滌持續至今之惡政，如在爐中造物一般，撫天地間以治。**壯士悲陵邑，幽人拜鼎湖**（一〇）。此句之後言當今事情。志厚之諸壯士，若生於太宗時，則可立值得欽佩之驚人大功，但因晚生而遺憾至極，仰陵邑徒傷悲。吾雖為隱士，以上述之心祭拜鼎湖。**玉衣晨自舉**（一一），**鐵馬汗常趨**。即便是如今，太宗之神靈仍有震懾力。匱藏之玉似晨自舞舉，御廟前鐵馬，有行走流汗常趨之貌。**松柏瞻虛殿**（一二），**塵沙立暝途**。松柏茂密，僅瞻得虛殿，於陵墓所在沙之地拜之，便生踏上昏暗暝途之心境。**寂寥開國日**（一三），**流恨滿山隅**。雖如今寂寥安靜，但想到唐開國之時，自己卻生不逢時而不能直拜，流恨之悲滿山隅。

【注釋】

（一）獨夫，見《尚書》，指殷紂王。即便是天子，若為惡，亦會被天下人民所棄，若不能信服然，乃獨夫。

隋煬帝時，天下大亂，李密、竇建德等起義謀叛，隨後太宗奉高祖舉兵，任李靖等為大將，遂平天下。

（二）龍鳳質，太宗四歲時，學者曾占卜曰，此子具龍鳳之質，有天日之表。

（三）虎狼都，大亂之都，《史記》中有載。

（四）天屬，見《莊子》，指父子。　堯典，唐高祖之謚號為「神堯」。　太宗受天下之禪如同舜受堯禪。　高祖禪讓於太宗尊稱曰「堯典」。

（五）太宗功德盛大，謂之協《尚書·禹謨》。

（六）風雲，出自《易》，指群臣。

（七）蒼生，指天下人民。　喘，為呼吸困難，無法喘气。

（八）指揮，出自《史記》。　率土，出自《詩經》。

（九）盪滌，指去除惡習，《文選》李善注為洗滌之意。　洪爐，出自《莊子》，在此指製造天地萬物。

（一〇）鼎湖，《史記》有云，天下寶鼎鑄成，龍前來迎之，黃帝遂乘龍而上天，便將此地命名爲鼎湖，自此將天子之廟比作此。　鼎湖位於華陰之東。

（一一）玉衣，《漢武故事》中有載，高祖之御衣自篋中出而在殿上飛舞；又平帝時，哀帝廟衣自在匣外。

（一二）松柏，出自《詩經·商頌·殷武》篇。

（一三）開國，見《易經》師卦，指唐初。

重經昭陵

草昧英雄起（一），**謳歌曆數歸**（二）。天下猶如草昧般大亂，英雄之太宗遂起兵，世人之謳歌，亦唱出「楊枯李盛」之歌謠，曆數長久，天下之事終於歸太宗。**風塵三尺劍**（三），**社稷一戎衣**（四）。風塵紛囂，亂世亦同漢高祖携三尺劍而治一般。社稷亦如周武王，一旦穿上戎衣出兵，天下大定。**翼亮貞文德，丕承戢武威**（五）。太宗輔佐高祖，仔細斟酌經書，貞文德，遂丕承高祖之跡，戢其武威。**聖圖天廣大，宗祀日光輝**。其聖圖如天之廣闊，於是宗祀如日光輝映，子孫相續。**陵寢盤空曲**（六），**熊羆守翠微**（七）。陵寢亦盤於山曲幽静處，如熊羆之武士守衛翠微中御廟。**再窺松柏路，還見五雲飛**（八）。再窺位於松柏間宗廟道路，還見五色雲飛，令人覺其中可能有太宗之尊靈。

【注釋】

（一）草昧，草荒而不齊，昧而不明，此言指隋末之亂。英雄，見七言古。

（二）謳歌，二字見《孟子》。隋末有歌謠曰，李盛楊衰，楊指隋煬帝，李為太宗之姓氏。曆數，出自《論語・堯曰》篇，指帝王代代相承。

（三）三尺劍，乃漢高祖之事。

（四）一戎衣，見《尚書·武成》篇。

（五）翼亮、丕承，均為《尚書》之詞。

（六）陵寢，乃御廟，漢之園陵，其起居衣服同存生之時。

（七）熊羆，乃武士，見《尚書·牧誓》篇。

（八）五雲飛，《宋書》，大明八年，宣太后廟前有光及五色雲密佈，狀如車蓋。

王閬州筵奉酬十一舅惜別之作（一）

王，乃姓氏，為閬州官員。十一舅，應為杜子美母崔氏家族兄弟。泛舟酌離別酒，此時有吐蕃、党項與僕固懷恩之亂，子美亦留於閬州。

萬壑樹聲滿，千崖秋氣高。「萬」與「千」指數量，為多之意。因多處川壑，風强，吹入樹中，林中樹聲滿。千崖亦因高秋氣爽而顯得高聳。**浮舟出郡郭，別酒寄江濤。**此句乃因自彼處行舟而出，離開郡城盡頭，將離別之酒寄酌於大江浪濤之上，將依依不捨之深情寄予深不見底之江濤而云。**良會不復久**（二）**，此生何太勞。**此番美好聚會亦不會長久持續，此生爲何這般勞苦？**窮愁但有骨**（三）**，群盜尚如**

毛(四)。因盡是窮困愁苦，身形消瘦好似僅剩骨頭般憔悴。吐蕃群盜起亂，每當以爲平復時，又會再次掀起，如毛一般。所謂「毛」，逆撫之，似倒下，但即刻自後立起。**吾舅惜分手，使君寒贈袍**(五)。因此，吾舅亦惜分手。在異國，與人分别時執對方之手緊握，面對面流淚，遂稱「分手」。因時已寒，閬州使君在餞别時贈棉衣。此乃用《史記》中，魏之須賈見范叔凍僵之貌，贈綈袍之事跡。**沙頭暮黃鶴，失侣亦哀號。**江沙原畔暮色降臨時，黃鶴失友哀號。鳥亦如此，請求體諒吾之别苦。

【注釋】

（一）王閬州，下注。

（二）良會，見曹植《洛神賦》。

（三）窮愁，見《史記》。

（四）如毛，賈誼《新書》曰：「反者如蝟毛而起。」

（五）贈袍，范叔事，五言絶句《咏史》注中有詳釋。

春歸

杜子美於蜀成都浣花溪修建草堂，其間至梓州、閬州，又欲赴荆南，聽聞嚴武再任蜀之太守，復歸草堂時所作。

苔徑臨江竹，茅檐覆地花。去往他國，時隔許久返草堂，看到已無人往來，徑上生苔，臨江竹子茂密，茅檐前花兒盛開，仿佛覆蓋地面一般。此「花」字孕育下句之「忽」字。**別來頻甲子**（一），**歸到忽春華**。別來此草堂，頻改甲子。甲子，引自《左傳》。歸到時，轉眼間春已綻放。**倚杖看孤石**（二），**傾壺就淺沙**。倚杖細看孤石，前幾年置於此，如今仍保持原樣。那麼，欲飲一杯取樂，傾壺飲酒，靠近淺沙。**遠鷗浮水靜，輕燕受風斜**。邊飲酒邊眺望，遠處海鷗浮於水面，靜靜嬉戲。此處亦涵蓋《列子》中鷗為隱者友之故事。輕輕飛舞之燕被迎面而來之風妨礙，飛向斜方。此二句用虛字「遠」「浮」「靜」「輕」「受」「斜」，無一字能替代。**世路雖多梗**（三），**吾生亦有涯**（四）。世路艱險，吾等未發跡，亦未歸鄉，雖有多梗，但吾生亦有涯，餘生已不長，故思只能順其自然。此二句亦孕育下二句。**此身醒復醉，乘興即為家**。此身原以借酒排忘心勞為佳，故醒酒復醉，享受此草堂之閑居，乘興即斷鄉思，以他鄉為家而安之。

【注釋】

（一）甲子，見《左傳》。

（二）倚杖，晉謝安住居中有良石，其常倚杖而咏之。

（三）梗，病也，又塞也，見《詩經》毛傳。

（四）有涯，見《莊子》。

江陵望幸

上元之初，以江陵府為南都。廣德之初，吐蕃攻入，代宗至陝。據查，注解中有解釋，估計此時行幸江陵。

雄都尤壯麗，望幸欻威神。江陵更名爲南都，乃雄都，自古壯麗。更因此次望巡幸至此，忽增威光神力。**地利西通蜀，天文北照秦。**都城須天文地理皆佳，首先，此地地理甚佳，因西通蜀，兵糧之外，萬物皆可船運。緊急時刻，退至蜀地之便亦佳。天文屬鶉火星，與照秦之長安爲同一星。**風煙含越鳥，舟楫控吳人。**風煙含越，舟楫控吳，故一切皆自由。亦含緊急時刻以越或吳人為援兵之意。「風煙」「鳥」「人」等字，乃詩中裝飾之用，此四句呼應一、二句。**未枉周王駕**（一），**終期漢武巡**（二）。雖未枉周王之駕，但終期如漢武帝那般巡幸。**甲兵分聖旨，居守付宗臣**（三）。若有行惡逆之蠻人，以聖旨為分仰，出甲兵防守，居守京城付郭子儀等宗臣。**早發雲臺仗**（四），**恩波起涸鱗**（五）。早發雲臺之鎧甲、弓矢武器等天仗，征伐吐蕃，巡幸至此，期盼以天子之恩波滋潤、救起如涸鱗般之百姓，使其蘇醒。此六句呼應第二句。

【注釋】

（一）周王駕，周穆王乘駿馬巡天下。

（二）漢武巡，漢武帝巡幸至汾陰、洛陽、泰山，所到之處周萬八千里。

（三）宗臣，乃郭子儀，其奉送代宗至陝之後立即返回，滅吐蕃奪回京師。帝遂命郭子儀留守京城。

（四）雲臺，魏高貴鄉公欲誅司馬昭時，命李昭、焦伯拿下雲臺之鎧仗授兵。雲臺為內置武具之庫。

（五）涸鱗，莊子借粟於監河侯，侯曰，近日將自領地收繳邑金，借之與君。莊子曰，昨日途中有鮒於車轍之中呼喚吾，其言如是，因有難而求助，吾答曰，近日激西江之水而救汝可否？鮒大怒稱：「吾得斗升水然活耳，君及言此，曾不如早索我於枯魚之肆。」

奉觀嚴鄭公廳事岷山沱江圖（一）

廳事，為書院之接客用廳堂。將位於蜀國岷山沱江之畫從墻壁一直畫到梁上。

沱水臨中座，岷山赴北堂。此詩一句山一句水，分別而作。川名為沱水，此川似日本木曾川，水勢迅猛，但因是畫，故臨於房間正中。水勢迅猛之態，岷山亦同，但因是畫，故一直持續到里屋之北堂。**白波吹粉壁，青嶂插雕梁。**沱水之白波吹蕩粉壁，岷山之青嶂自左右兩側插挾雕梁。**直訝杉松冷，兼疑菱

荇香（二）。忽生疑是否因岷山中杉松茂密而感到寒冷，兼疑沱水中漂浮之菱荇似傳來香氣。**雪雲虛點綴**（三），**沙草得微茫**。岷山上虛點綴有雪氣雲，沱水邊沙原上草繁茂，得無邊景色。此乃以虛字說明畫非真，又以「得」字讓人感到畫似真物，須將「虛」「得」二字互相搭配看。詩意深。**嶺鴈隨毫末，川霓飲練光**。先飛過岷山之大鴈以濃墨畫之，後飛之大鴈以筆之纖細末端畫之，遂看來很淡，將此稱爲「隨毫末」。川上飄忽之霓仿佛飲下練光。此處亦用筆談中虹霓入澗飲水事。**霏紅洲蕊亂，拂黛石蘿長**。沱水上紅花紛菲，洲邊呈蕊亂之象。岷山以青黛用筆輕拂，石上蘿長。此處亦用「霏」「拂」二字含畫之意。至此，詩人句句表示不知是畫或真。**暗谷非關雨，丹楓不為霜**。自此下句表露是畫中物。暗谷亦運用暈映，而並非關雨，紅色楓葉亦並非因霜而染。**秋城玄圃外**（四），**景物洞庭傍**。秋城之氣色並非人境，而是仙人所居之玄圃附近。所有景色皆映照於洞庭旁。**繪事功殊絕，幽襟興激昂**。於是贊揚畫匠之精湛技法，此般繪事可見其畫功殊絕，故能讀懂此畫人之幽襟，興激昂。**從來謝太傅**（五），**丘壑道難忘**。終二句講主人之事。從來不亞於謝太傅之嚴鄭公，即便奉命任職，亦見丘是山，見壑是水，難忘追隨欣賞山水寧靜之道，故而如此畫之。

【注釋】

（一）岷山、沱江，均見《書經·禹貢》，乃蜀之山水。

（二）菱，《武陵記》：「兩角曰菱。」荇菜，《爾雅》：「一名接余。」

（三）點綴，見《世説》。

（四）玄圃，乃海外神仙之居所。

（五）謝太傅，晉謝安，官太傅，雖受朝爵，但有歸隱東山之志，這裏比作嚴鄭公。

冬日洛城北謁玄元皇帝廟廟有吳道士畫五聖圖（一）

吳山之説認為有「北」字為誤，但難從，因其配以北極，故立廟於北。既然廟中有吳道士所畫五聖圖為杜甫作注，不宜題中省略。若無此字，詩中「五聖聯龍衮」此一句，欠清晰悦耳。

配極玄都閟（二），**憑高禁籞長**（三）。老子乃唐之先祖，故其廟靠近天帝所在玄都之幽深鎖閉高處，禁籞亦長長環繞。**守祧嚴具禮**（四），**掌節鎮非常**（五）。守祧，類似於日本之別當或神主。掌守該廟之官人獻造酒供物之禮節莊嚴完備，列掌節武士輪班鎮守防範非常之人進入。**碧瓦初寒外，金莖一氣旁**（六）。碧瓦初見於冷澈太空之邊。如同日本鳥居，以金莖繪得美麗，塗彩色之柱，立於廟前裝飾，此乃創造出天地萬物之一氣，將直通高處。**山河扶繡户，日月近雕梁**。山河環繞，似是護持著雕刻華美之門户。扶，指從左右摟抱。日月之光臨近刻有花紋之棟梁。此二句表尊崇、驕傲、自豪之貌，山河日月一氣而出。**仙李盤根大**(七)，**猗蘭奕葉光**(八)。「仙」字，指老子，庭院中種植神木仙李，預示子孫繁昌，盤根堅固蔓延。漢武帝生長於猗蘭殿，信仰老子，代代光輝，直至唐代。**世家遺舊史**(九)，**道德付今王**(一〇)。其證據是世家之詳細記録在舊史之中。當代稱《老子》經為「道德經」，交給今王玄宗，並由其加以注釋。至此講老子之事。**畫手看先輩，吴生遠擅場**(一一)。此句開始講畫。先輩中畫手亦見多，唯吴生不僅是擅長，簡直就是遠擅場。**森羅移地軸，妙絶動宫墻**。其所畫森羅（各式各樣）山河草木，猶如從地軸移種一般。因精湛絶倫，宫殿、墻壁皆十分生動。**五聖聯龍衮**(一二)，**千官列鴈行**(一三)。五人身著聖人龍衮，站成一排，身邊衆多官員如成行之大鴈，位列有序。**冕旒俱秀發，旌旆盡飛揚**。五天子冠冕旒，看起來神采焕發，身旁所擺放旌旆盡飛揚。**翠柏深留景，紅梨迥得霜**。至此講畫之事了，隨後轉入庭中景色。翠緑柏樹繁茂之處留日景，紅梨樹遇霜而染。**風箏吹玉柱**(一四)，**露井凍銀牀**。風箏如玉般被風吹落柱上，奉獻老子之御供水乃露井水，井上有井欄，水清澈，看似結凍。**身退卑周室，經傳拱漢皇**(一五)。老子生前任監察官，辭官隱居，周天子亦卑弱。老子死後頗受敬重，河上公將《道德經》傳於漢皇文帝，漢皇鞠躬行禮。拱，為抱拳彎腰以行禮。**谷神如不死**(一六)，**養拙更何鄉**。老子之教説，有衆人曾未見之神，謂之谷神，乃長生不死。養其無主拙之處，不會存在於如此赭紅鑲嵌之雅致金玉廟中，更住何鄉？「更何鄉」三字乃以無謂之費用諷諫，拐彎抹角以毀謗。

【注釋】

(一)玄元廟，《綱鑑》曰，高宗乾封元年於亳州建廟以尊老子，謚太上玄元皇帝。天寶初年，詔令州郡立紫極宮，以祭老子。廟，貌也。有先人靈貌之處。吴道子，《附言》注中有載，為著名畫家。五聖，高祖、太宗、高宗、中宗、睿宗，於老子左右有畫像。

(二)配極，配以天之北極。玄都，為仙真所在之處。閟，云深邃閉塞，見《詳解》。

(三)禁籞，折竹以繩懸連之，若(竹)籬笆，見《漢書音義》。

(四)守祧，藏有遠祖(神主)牌位之廟稱為「祧」，見《周禮》。守祧，類似於日本神主別當。

(五)掌節，《周禮・地官》中有載。節，猶信也。

(六)一氣，謂之乾元一氣，乃道家之説。《文選・西征賦》：「化一氣而甄三才。」

(七)仙李，《史記》注中，李母懷胎八十一載，於李樹下割左腋而生，故稱老子。李隨母姓，唐乃李姓天下，遂以「仙李」尊稱。

(八)猗蘭殿，為漢武帝出生之處。奕葉，同累世。

(九)世家，《史記》置老子於列傳，唐以李姓，故作「世家」。

(一〇)今王，為玄宗，親注《道德經》。

(一一)擅場，見《文選・東京賦》，指占席位最擅長者。

(一二)龍衮，天子衣裳十二章，其一龍。天子之龍，一升一降，龍首卷然，故謂之衮。

(一三)「鴈行」與「冕旒」，前已述。

(一四)風箏，與「銀牀」「身退」一並在下面解釋。

(一五)漢皇，河上公授漢文帝以《老子》經，七言律注有詳細解釋。

(一六)谷神不死，出自《老子經》。谷，乃谷中央，因無障礙，亦不可稱之為「谷」，眼不可見、耳不可聞之神，永生不死，此乃老子之意。

聖善閣送裴迪入京(一)

李頎

《詩經》中有「母氏聖善」，故為母造之佛閣。據推測，由朝廷為母建造。「道觀」爲誤解。

雪華滿高閣，苔色上勾欄(二)。近日所降之雪花，落滿高閣，故少有人往來。苔色依旧泛著青色，長到彎曲欄杆之上。**藥草空階静，梧桐返照寒**。藥草生處，階空而静，梧桐返照，葉落而顯寒寂。**清吟可愈疾**(三)，**携手暫同歡**。今日作離别詩，衆聚集清吟善詩者之詩句，在此之前身感不適，但儘管病愈，亦將分别，故携裴迪之手登樓，暫與同歡。**墜葉和金磬，飢烏鳴露盤**。彼時，落葉和此樓閣本尊前金磬聲響一同發出聲音。因降雪無食，飢烏停於塔之九輪露盤上鳴叫。**伊流惜東别**(四)，**灞水向西看**(五)。

於洛水以南，伊水之畔，惋惜向東別去，君前往長安灞水之方向，吾定會西望而懷念。下二句為安慰對方。

舊託含香署(六)**，雲霄何足難**。因君曾任職含香署，此次去往京城，雲霄何足難，便放心去矣。

【注釋】

(一)聖善閣，下已注。

(二)勾欄，同曲欄。

(三)愈疾，《典略》中有載，陳琳所作之文，魏曹操在病臥時讀之，忽然而起曰，讀此文後，我疾仿佛痊愈。

(四)伊流，乃伊水，位於洛陽。

(五)灞水，位於長安，八水之一。

(六)含香，《漢官儀》中，尚書郎於口中含鷄舌香奏事，自漢刁存年老口臭而始。

岑參　　**早秋與諸子登虢州西亭觀眺**(一)

亭高出鳥外，客到與雲齊。此西亭位於山上，因高，超出鳥飛之外，故詩客到集，仿佛與雲相齊。

樹點千家小，天圍萬嶺低。自亭望去，樹木之間好似能見無數如星點般小家宅。天環繞而圍，似是四周低垂一般，頓覺萬嶺低。**殘虹掛陝北，急雨過關西**。殘虹好似掛於陝州以北，俗語有言「虹截雨」，彩虹一消，可見急雨通過函谷關以西。**酒榼緣青壁**(二)**，瓜田傍緑溪**。將酒榼搭在如青壁之懸崖上，邊飲酒邊俯視，瓜田似傍在緑水溪邊一般。**微官何足道，愛客且相携**。平生嘆微官，今日何足道？與親密友人相伴携手而來。**唯有鄉園處，依依望不迷**(三)。但因無法忘記故鄉，唯有鄉園處映入眼簾，依依望而不迷，定睛凝視。

【注釋】

(一)虢州，乃河南府陝州。

(二)酒榼，見《酒德頌》，貯酒器具。

(三)依依，見《詩經》。

祖咏　**清明宴司勛劉郎中別業**(一)

自冬至後一百零五日謂之寒食，其翌日謂之清明。司勛乃一職位，鑒定諸國官員工作好壞以定賞罰。

田家復近臣，行樂不違親(二)。此別業為農家，而其主人乃是近侍，來此田野行樂，不違背父母心。

另有一說為不違背親友。**霽日園林好，清明煙火新**。因是霽日，園林看似秀美，因清明改火，各村竈之煙火亦如新。**以文常會友**(三)，**唯德自成鄰**(四)。因主人好學問，常以文道會友，因其有學德，故如自成鄰般，有正友同志與其結交。**池照窗陰晚，杯香藥味春**。夕陽照池水，窗陰亦催晚景而不吝惜，杯散香氣，有藥味，亦因是春天。「春」字含「酒」意。**欄前花覆地，竹外鳥窺人**。欄杆前鮮花盛開，仿佛覆蓋地面一般，凌亂鋪滿一地。因是別莊，為無人居住之地，今日聚集衆人，在竹林外鳥兒好奇爲何有如此多人而窺視之。**何必桃源裏**(五)，**深居作隱淪**。若無如此快悠閑適，何必要居住於桃源洞之深處，並不僅是要成爲隱者，此適用於隱遁之處。

【注釋】

(一)清明，《事文類聚》中載，唐時此日皇帝取榆柳之火，再將火賜予近臣。

(二)據傳，後漢郭林宗隱不違親。

(三)會友，《論語》：「君子以文會友。」

(四)成鄰，《論語》：「德不孤，必有鄰。」

(五)桃源，為武陵源，秦時為避亂，有人隱於武陵桃源洞，直至前後漢魏晉不爲人知，於此居住。應與《蒙求》中武陵桃源之處結合起來看。

鄭審

奉使巡檢兩京路種果樹事畢入秦因咏歌（一）

被天子命為御使，巡檢自長安至洛陽兩京途中所種之果樹，巡檢完畢，入秦之長安，遂咏歌獻上。

聖德周天壤，韶華滿帝畿。聖德，乃天子之恩德，此二字包含在詩句中。天壤之間遍及聖德，故韶華滿布帝畿千里四方。**九重承渙汗**（二），**千里樹芳菲。**於九重殿承接天子下令種果樹之聖旨，千里京城中種植芳菲。**陝塞餘陰薄，關河舊色微。**故至陝州邊塞，餘陰漸薄，關河附近，樹木繁茂，舊臘之寒色已消去。**發生和氣動，封殖衆心歸。**發生，《爾雅》中指春意。春發生而和氣起動，當時在樹根上封土種植，衆民皆因歡喜而努力勞動。歸，爲干勁十足之意。**春露條應弱，秋霜果定肥。**春至沾露，樹條亦變爲嫩緑。秋至降霜，梨栗桃柿結果，果實豐厚飽滿。**影移行子蓋，香撲使臣衣。**承接春露一句，其花影移至公子往京城之車蓋上，顯得十分美麗；承接秋霜一句，水果之香氣撲到奉天子之命赴任御使之人衣上。**入徑迷馳道**（三），**分行接禁闈。**將林蔭樹植於此徑之後，入徑定會迷惑是否為馳道。因爲馳道左右兩邊樹木亦並排，分行而接禁闈。**何當扈仙蹕，攀折奉恩輝。**何時當隨仙蹕之御扈，攀折植於此地之樹枝，感謝恩輝。結字「恩輝」與起句之「聖德」二字呼應。

【注釋】

（一）果樹，開元二十八年正月，詔令自長安至洛陽兩京之路，及城中苑内皆種果樹。

（二）九重，前已述。涣汗，出自《易》，鄭玄曰：「謂散其號令如汗之出，不得返也。」

（三）馳道，見《文選》，天子御幸之道。

劉長卿　**行營酬吕侍御**（一）

營，乃途中留宿之兵營。尚書大人任將軍離去，吕侍御以監察官兼任徵收年供運送兵糧之職位。

不敢淮南臥（二），**來趨漢將營**。漢朝汲黯於淮南行臥治，而汝欲平定襄陽之亂，不敢臥，抱病來趨漢將營。**受辭瞻左鉞**（三），**扶疾拜前旌**。接「漢將」之下知，瞻仰大將軍左方之黄金鉞，扶疾拜前旌。**井稅鶉衣樂**（四），**壺漿鶴髮迎**（五）。因體恤百姓減少井稅，故身著破衣。庶民皆大歡喜，遂君之所至，長者以壺酒出迎。**水歸餘斷岸，烽至掩孤城**。去年曾發洪水，水退去後留下斷岸。因田地荒蕪，加之匈奴屢次進犯，用作信號之烽火至，遂小心謹慎掩護孤城。**晚日當千騎，秋風合五兵**（六）。從早到晚作戰，甚是疲憊。而汝從早到晚作戰殺敵，一人相當於千騎。秋風吹起，開始變冷時，匈奴亦會挑起戰争，擺好五種兵器，嚴陣以待。**孔璋才素健**（七），**早晚檄書成**。而君並非僅武藝精湛，學問亦出色，似魏之孔璋般，才智素來卓越，故早成檄書，出軍兵，滅匈奴。「早」與「晚」相對，「早」字為入用，故訓讀為「いつか」。無需「晚」字，此乃對文散文之字，「多少」等類亦相同，此詩中亦有二「晚」字。

【注釋】

（一）行營酬呂侍御，劉長卿自注中只記有「尚書」。不知多少人成為將軍，至襄陽平息謀反之人。於是寄住於漢東境內行營之呂侍御，為防謀反之人靠近，加之有水災，亦有軍，故怜恤百姓，以免稅與勞役而救民。

（二）淮南臥，汲黯謝絕漢武帝請其任淮陽太守。漢武帝敬仰其言曰：「吾徒得君之重，臥而治之。」

（三）左鉞，見《尚書》。周武王伐殷時，將黃金鉞置於左方，在此指將軍身邊。

（四）井稅，指年貢取十分之一，見《孟子》。鶉衣，指剪掉破爛衣服之碎布，見《荀子》。

（五）壺漿，指便当，見《孟子》。鶴髮，指老人。

（六）五兵，五種兵器。

（七）孔璋，為字，姓陳名琳，魏曹操之軍師祭酒，因善文章，故文帝讚之曰「孔璋章表殊健」。

送鄭説之歙州謁薛侍郎（一）

鄭説雖為諸生，却仕途不順。薛氏自侍郎任歙州太守。因自以爲彼此相熟，故送鄭説去謁薛侍郎而作此詩。

漂泊來千里，謳歌滿百城。君漂泊來到歙州此千里之地。薛氏善治，百姓萬民安樂慶幸，謳歌滿百城。**漢家尊太守**（二），**魯國重諸生**（三）。將唐朝與漢家相比。漢家尊重太守，歙州亦古為魯國，故重視諸生。**俗變人難理，江傳水至清**（四）。然如今風俗已變，人難以治理，而薛氏善政，所改之處，如江水被傳流水至清般潔白。**船經危石住，路入亂山行。**途中於水上乘船，因有危石，船經此處或停止不前，而陸路則有高低，若行走於亂山之中，則千辛萬苦。**老得滄洲趣**（五），**春傷白首情**（六）。吾亦欲隨君而去，而因年老且無心從政，欲得静謐仙境滄洲之趣，迎春而成白髮，盡是不安之情。**嘗聞馬南郡**（七），**門下有康成。**曾聞及，後漢馬融任南郡太守，善經學。其門下鄭玄，字康成，乃善經學者，聞名於世。而君亦不亞於其人，即便當薛氏之部下，亦能揚名於世。因鄭説與鄭玄同姓，故用此典故。

【注釋】

（一）歙州，乃明朝之浙江，晉朝之新安。

（二）太守，乃唐朝刺史，「刺」為刺探，「史」為記録，居上而治下。

（三）諸生，年少之學者，見《史記》。

（四）江傳，《文選》沈約之詩序中有「新安江水至清，深淺見底」。

（五）滄洲，乃仙境，謝朓詩：「復協滄洲趣。」

（六）白首，見《史記·范雎傳》。

（七）馬南郡，後漢馬融為南郡太守。鄭玄字康成，受業為大儒，辭歸時，馬融嘆曰：「大道東矣。」

卷之五　七言律

七言律詩，重在首句。典故使用過多未必就好，完全没有則不成體統。理順前後關係方能成詩，故不易為也。

沈佺期　**古意**(一)

注釋中有述。

盧家少婦鬱金堂(二)**，海燕雙棲玳瑁梁**。首聯一、二句引用典故。昔時繁興之盧府中有少婦名曰莫愁，居於鬱金堂豪華府邸，夫婦和睦，猶如海邊飛來一對燕子，雙雙棲息於玳瑁飾梁上。世上竟有如此值得慶賀之幸福夫婦。而我家情況卻截然相反，我一人獨守空閨，寂寞難耐，傷感萬分。《國字解》中有兩種不同看法。**九月寒砧催木葉，十年征戍憶遼陽**(三)。時值九月，部分人家已開始準備棉衣禦寒。砧聲渲染出落葉之景。一想到丈夫身處北國遼陽，寒氣更早襲來，又無人為其備棉衣禦寒，若僅是一兩年，尚可忍耐，已從征十年，故倍加想念，夜不能寐。**白狼河北音書斷**（四），**丹鳳城南秋夜長**。且丈夫身處其名可畏之白狼河北，相隔千里，音書不通。我身處其名堪稱祥和之鳳凰城南，秋夜漫長，覺無以待至天明。**誰為含愁獨不見**（五），**更教明月照流黃**（六）。於此悲涼時刻，不知為誰吹起異常哀愁之笛聲，尤《獨不見》一曲更令人充滿思念。更有明亮月光灑落閨房流黃幔帳之上，仰望此月，回想當年與夫君一同賞月之美景。今夜之月與昔日之月無異，然已物是人非，故看今夜月光更覺凄涼。我不知不覺於月光遍灑之幔帳中，一邊流淚，一邊回憶往事。

【注釋】

（一）古意，仿效樂府題。

（二）盧家，梁武帝曾作詩云，有女子莫愁，嫁於盧家，高居華府，尊享富貴。（《河中之水歌》：「河中之水向東流，洛陽女兒名莫愁。莫愁十三能織綺，十四採桑南陌頭，十五嫁為盧家婦，十六生兒字阿侯。盧家蘭室桂為梁，中有鬱金蘇合香。頭上金釵十二行，足下絲履五文章……」——校者注）

（三）遼陽，《漢書》載，遼東郡有遼陽縣。

（四）白狼河，地處漢壽西界。見《蜀都賦》。

（五）獨不見，樂府題怨曲。

（六）流黃，原為淺色絹帛，此處宜作幔帳解。

龍池篇（一）

龍池篇，武則天時，長安隆慶坊南有一口井，涌水不止，於城中形成一方四五里大池，湖面不斷昇騰帝王之氣。神龍五年，中宗携群臣泛舟於此湖，湖上設宴大犒群臣，故謂龍池，又云興慶池。此後，玄宗於此地即位，由親王而成天子，建興慶宫。又命姚崇、沈佺期等作《龍池樂》十章，此詩為其中一章。

龍池躍龍龍已飛，龍德先天天不違。《龍池篇》，據載，玄宗作親王時，府中有一池名曰龍池，此池曾有龍躍起飛上天庭，先於天告知龍德即將昇天，登上帝位，仿佛神明啟示，果不其然，玄宗登天子位。故將「龍池」二字置於句首。**池開天漢分黄道，龍向天門入紫微**。此池如撥開天河般，池邊分出黄道，乃天子之御幸道。居此池中之龍，面向天門騰起，飛入皇帝所在紫微殿。**邸第樓臺多氣色，君王凫鴈有光輝**。原所居親王府邸樓臺氣色多彩，蒙受君王憐愛，池中凫鴈亦光彩奪目。**爲報寰中百川水，來朝此地莫東歸**。故告天下大小百川之水，來到此地後，莫東歸入海。此以喻天下大小諸侯百姓，來到此地，莫要東歸。

【注釋】

（一）龍池篇，參講釋中解說。

侍宴安樂公主新宅應制

安樂公主，為中宗之女，嫁於武崇訓，專橫跋扈，强占臨川公主府邸，建新宅，盡顯山水秀麗。天子亦移駕至此，宴群臣。

皇家貴主好神仙，別業初開雲漢邊。皇家貴主喜好隱世神仙。「好神仙」三字接下句。初開別墅處，宛如在天河邊。「云漢」二字暗含織女之意。**山出盡如鳴鳳嶺**（一），**池成不讓飲龍川**（二）。築山之處每日都如鳴鳳山一般。「鳴鳳」二字含蕭史、弄玉夫婦吹笙招來鳳凰之義。掘地成池，可與傳説中黑龍飲水之渭水相媲美。**妝樓翠幌教春住，舞閣金鋪借日懸**（三）。看此宮殿，公主所化妝之樓閣覆以翡翠羽毛飾帷幔，仿佛將春色盡籠罩其中。舞閣，同舞臺。歌舞昇平之戲閣舞臺，門扉上高懸之吊墜，一一以金鋪，借陽光熠熠生輝。此處有蒙受天子恩德、享盡榮華之意。**敬從乘輿來此地，稱觴獻壽樂鈞天**（四）。今日謹隨天子鑾駕至此宅，公主向天子敬酒，祝皇上萬壽無疆。並欣賞天宮之樂《鈞天》，很是讓人愉快，能生於此太平盛世，亦幸哉幸哉。

【注釋】

（一）鳴鳳嶺，位於鳳翔府。

（二）飲龍川，即渭水。

（三）金鋪，常作龜蛇形狀，口銜圓環，置於門上。見《古今韻會》。

（四）鈞天，見講釋。

紅樓院應制

如我朝禁宮或江户紅葉山，天台宗官僧不分晝夜為天下太平而祈禱，長安之嘉猷觀中亦有一道場，於此為百姓豐樂而祈福。適逢伴駕至此，應制作此詩。

紅樓疑見白毫光（一），**寺逼宸居福盛唐**（二）。皇宫大内，一幢朱漆樓宇隱約泛光，心中疑惑，近前一看，乃佛祖眉間白毫之光芒。此處即大名鼎鼎之祈福寺，毗邻天子寢宫御所而建。衆官僧並排於此，祈禱大唐基業千秋萬代。福，即祈禱之意。**支遁愛山情漫切**（三），**曇摩泛海路空長**（四）。此二句為前五字加後二字結構。晋時支遁愛深山之情殷切，於宸居大内深處發現如此幽深之好地，故將此風水寶地弄到手。曇摩，可理解為達摩，如此解釋也可，然玉山先生指出，魏朝時天竺曇摩迦羅曾到洛陽。曇摩於天竺國亦深受國王賞識，路途空虚而漫長，卻泛海入唐，將紅樓院弄到手，並稱贊不已。**經聲夜息聞天語**，**鑪氣晨飄接御香**。夜間誦經聲突然停息，原是在聆聽天子詔書。佛前香爐之煙霧與御座前之熏香渾然一體，香氣撲鼻。**誰謂此中難可到，自憐深院得徊翔**。誰言到此深院不易？我覺不可自憐，我得以於此深院中閑步徘徊，乃因「此中」伴隨「深院」，「深院」伴隨「此中」，兩者應相輔相成。

【注釋】

（一）白毫光，見《法華經》。

（二）福，為祈寶祚延長之意。

（三）支遁，東晉高僧，字道林。曾就深公買邛山，隱居山中。

（四）曇摩，「曇」為釋迦牟尼姓氏，理解為達摩未嘗不可。此處應理解為曇摩迦羅。

再入道場紀事應制（一）

沈佺期因武后之事受牽連，於唐中宗時遭貶官，發配驩州。後睿宗即位，被召回，任修文館學士。此詩為任修文館學士時之作。

南方歸去再生天，內殿今年異昔年。此番蒙聖恩，自南方驩州重返朝廷，感覺如昇天重生一般。此句借用佛經中「生天」二字。仰視內殿情形，今年與昔年上朝大為不同。**見闢乾坤新定位，看題日月**

更高懸。究竟如何不同？可謂翻天覆地之變化。新帝睿宗即位，先皇中宗及當代睿宗御筆題寫之匾額高懸，宛如日月懸空。**行隨香輦登仙路，坐近爐煙講法筵**。隨掛有香袋之天子鑾駕前行。登仙路，即天子臨幸之路。進入内堂而坐，香爐煙火繚繞，隨聽高僧講經説法，離法壇越來越近。**自喜深恩陪侍從，兩朝長在聖人前**。思及蒙受皇上聖恩，能在中宗、睿宗兩朝長久陪侍天子左右效命，不禁心中歡喜。此處聖人指皇帝。

【注釋】

（一）再入道場，參講釋解説。

遥同杜員外審言過嶺

《唐書》載，張易之受武后寵幸，專權跋扈，沈佺期與杜審言因諂媚遭貶，佺期發配驩州，易之發配峰州，審言發配南嶺。佺期遥見審言作哀詩一首，隨即於遥遠發配地作同題詩和之。

天長地闊嶺頭分，去國離家見白雲。審言流放之南方，與我流放之地，均為相同景色，天空無邊無際。南方之大地亦廣闊無垠，南嶺之嶺，道路兩分。貶官發配之目的地，相隔甚遠，我離京去都，背井離鄉一路至此。且懷念家鄉，遙望京城，唯見白雲昇起，心中悲傷不已。**洛浦風光何所似，崇山瘴癘不堪聞**（一）。此地何處與京城洛水之畔風光相似？先述風土完全迥異兩樣，後述崇山瘴癘橫行，至今不能適應。雖於先前有所耳聞，然實在難以忍受，不禁落淚。**南浮漲海人何處**（二），**北望衡陽鴈幾群**（三）。我於南方漲海之上乘舟浮行，我之好友審言爾又在何處？北方衡陽有回鴈峰，鴈至此地，不復南飛。不知鴈如何結成鴈群，由此山向北飛去。**兩地江山萬餘里，何時重謁聖明君**？自漢朝蘇武始，即有借鴈傳書信之典故，而此地無鴈，故不能與家人通音訊。此處表露詩人悲切心情。衡陽遙在北方，而漲海遠在南方海角。驩州與峰州江山相隔萬餘里。我何時能够獲得聖上寬恕返京面聖？想必不再有機會矣。思緒至此，不覺心中淒涼。此詩中有三「何」字，是否謄抄有誤？

【注釋】

（一）崇山，據《尚書》，為流放惡人驩兜之所。

（二）漲海，位於交州東南。

（三）衡陽，有回雁峰，大雁至此北歸，不再南飞。

興慶池侍宴應制

韋元旦

此池即龍池，位於長安城東。

滄池漭沆帝城邊(一)，**殊勝昆明鑿漢年**(二)。此滄池漭沆（宏偉浩大）而渾然天成，且蛟龍栖於池中，故殊勝於漢武帝在位時人工挖掘之昆明池。**夾岸旌旗疏輦道，中流簫鼓振樓船**(三)。時而天子臨幸至此，湖畔旌旗夾岸飄揚，辟出天子御道。《字彙》中「疏」意為「分開」。流淌之池水中，響起吹簫擊鼓之美妙樂聲，其聲響徹天子所乘兩层樓船。**雲峰四起迎宸幄，水樹千重入御筵**。自船艙中望去，綿綿云峰起於四方，仿佛恭迎聖駕前之宸幄。湖邊樹木似成一體，千重萬重相互重疊，樹蔭投影於御筵，仿佛山水有心侍奉天子。**宴樂已深魚藻咏**(四)，**羕恩更欲奏甘泉**(五)。酒宴正酣，天子欲仿效《詩經·魚藻》命臣作詩祝賀。迄今所咏，《魚藻》固然不錯。因宴樂已深，承蒙陛下聖恩者作類似《魚藻》之詩，更承蒙陛下聖恩者，則作楊雄之《甘泉宫賦》為天子求子嗣，祝賀天子喜得子嗣。然以往於宴會所咏類似《魚藻》之詩，看似祝詩，實則意在諷諫天子驕奢無度。此詩亦諷諫天子。

【注釋】

(一)滄池漭沆，字出《西京賦》。劉良注：「漭沆，深大貌。」

（二）昆明，見五言排律。

（三）此句借用漢武帝《秋風辭》中「泛樓船兮濟汾河，横中流兮揚素波。簫鼓鳴兮發棹歌」詞句。

（四）宴樂、魚藻，均出《詩經》。

（五）甘泉，漢成帝於甘泉宫祈求子嗣，然过於驕奢，故楊雄作《甘泉賦》諷諫成帝。出《文選》。

蘇頲

侍宴安樂公主新宅應制

騠騠羽騎歷城池（一），**帝女樓臺向晚披**。騠騠，意為馬匹齊步快行。羽騎，謂負弓箭之前哨侍衛。因中宗親幸，侍衛策馬先行通過城池。帝女於樓臺披暮光恭候天子鑾駕。**露灑旌旗雲外出，風迴巖岫雨中移**。似因第二句中有「向晚」二字，故第三句中以「露」指代「雨」。適逢小雨，為雨滴所打濕之旌旗於雲外輕輕飄揚。巖岫中山風回蕩，（車駕）於雨中前行。**當軒半落天河水，遶徑全低月樹枝**。此二句以「落」「低」二字繪出雨景。屋檐下之雨簾宛如天河之水落地。一提及天河，自含有織女之意。庭院為小道所環繞，道邊樹木枝頭，皆為大雨壓得低垂，仿佛見月中桂樹之枝。此處桂樹亦隱含仙女居於月中之境。以天河之水、月中桂樹，描繪出山水中本無之意境。**簫鼓宸遊陪宴日，和鳴雙鳳喜來儀**（二）。群臣相伴，簫鼓聲喧，天子宸遊，龍顔甚喜。今日公主駙馬和睦，夫婦端坐席上，宛如一對鳳凰歡快和鳴，比翼雙飛，可謂歡天喜地。「簫」「鳳」二字隱約含有秦時弄玉之意。

【注釋】

（一）騣騣，出《詩經》。

（二）來儀，出《尚書・益稷》篇：「簫韶九成，鳳凰來儀。」

奉和春日幸望春宮應制（一）

唐代有望春宮，分南北兩處，均在長安城東，滻水之西。此詩三、四句中有「南」「北」二字，應引起注意。

東望望春春可憐，更逢晴日柳含煙。春自東起，自長安東望望春宮，見春色十分可愛。更況恰逢晴日，柳條於綠煙中摇曳。**宮中下見南山盡，城上平臨北斗懸。**第三句寫隨駕前之擔心。隨駕至望春宮，自宮中放眼望去，正面秀麗南山盡收眼底；從城樓平視，可見北斗星懸空中。此述城樓之高。《詩經》中「南山」含祝壽之意，「北斗」顯皇帝之尊。以此可知，南北有宮中城樓。右之三、四句繪眺望遠方之景色。**細草偏承回輦處，飛花故落舞觴前。**第五、六句寫望春宮近景。庭院中纖細嫩草仿佛有意免於被弄髒，偏偏生長於聖駕回鑾處。而飛舞之花瓣亦似故意飄落於觴前。群臣觥籌交錯，興高采烈。「偏」「故」二字使無情之草、花有情懷，尤顯老成，不然說不通。此句須結合全詩理解。**宸遊對此歡無極，鳥弄歌聲雜管絃**。天子幸游，面對如此美景，心情無比歡悅。小鳥亦婉轉高歌，與管弦樂音相和。借用《文選》中「雜弄」二字。

【注釋】

（一）望春宮，講釋中有述。

奉和初春幸太平公主南莊應制（一）

諸注均稱太平公主為則天皇后所生，於諸公主中尤為受寵。睿宗即位後，權傾天下。玄宗時，因謀反被賜死。

主第山門起灞川，宸遊風景入初年。公主莊園第舍起於山麓之門灞川，睿宗幸游，恰逢初春，景色甚美。此處之「年」字應作「春」解。**鳳皇樓下交天仗，烏鵲橋頭敞御筵**（二）。堪比鳳皇樓之美麗樓宇下，因御幸，儀仗隊手持弓、矢、槍、矛諸兵器成排而立，戒備格外森嚴。鳳皇，暗指秦時弄玉。於似烏鵲排列整齊之橋邊擺開奢豪御筵。烏鵲，暗指銀河織女。**往往花間逢綵石**（三），**時時竹裏見紅泉**（四）。花園群花盛開於彩石之間。此表示其風格格外不尋常。「綵石」二字典出《穆天子傳》，此處包含織女支機石之意。自茂密竹林深處不時流出紅色泉水。據《文選》注，紅泉自砂中流出，故呈紅色。此處因為是女人，為了美化，故而説紅泉。**今朝扈蹕平陽館**（五），**不羨乘槎雲漢邊**（六）。今朝伴駕所到之處，若漢武帝姊平陽公主府邸。因太平公主為睿宗妹妹，故稱平陽館。能伴駕至此，非常不易，故不羨乘槎至銀河邊。

【注釋】

（一）太平公主，於講釋中亦有述。

（二）烏鵲橋，每年七月七日，織女渡天河暫詣牽牛。見於《事物紀原》。諸注均引《淮南子》，今書已無記載。中宗賜駙馬詔書，詔曰：「鳳皇樓上，宛符琴瑟之歡；烏鵲橋頭，載引松羅之契。」

（三）綵石，《穆天子傳》：「天子昇於綵石之山。」

（四）紅泉，謝靈運詩：「石磴瀉紅泉。」見《文選》。

（五）扈蹕，據《漢儀》注，扈，謂伴隨；蹕，謂禁止人通行。平陽館，講釋中有述。

（六）乘槎，見排律。雲漢，指銀河，出《詩經》。

幽州新歲作

張說由南方岳州調任北方幽州任都督。五言律注中有釋。

去歲荆南梅似雪，今年薊北雪如梅。去年於荆南任官時，因南方天暖，冬日裏梅花綻放如白雪一般。而今年於薊北幽州任都督，因嚴寒，雪塊凍於枝頭，仿佛梅花盛開。**共知人事何嘗定，且喜年華去復來**。不僅我知，下官亦共知世事難料。人身之事，無一非命中注定。如同此次我自南方調至北方，亦皆無定數，但亦應喜。歲月年華之輪回有定，冬去春必來。**邊鎮戍歌連日動，京城燎火徹明開**(一)。鎮邊戍卒所唱之歌，連日響徹四方，而歡樂中透出哀傷。今為賀年，想必百官朝上賀歲，陛下宴請諸臣，京城篝火燃起，徹夜通明。**遙遙西向長安日**(二)，**願上南山壽一杯**(三)。雖任職於遙遙千里之外，西向長安，願南山永存，向陛下敬酒一杯，祝萬壽無疆。表示身在遠國仍不忘君之忠誠。日，指天子，有典故，注釋中有詳述。

【注釋】

(一)燎火，出《詩經》。

（二）長安日，晉明帝五六歲時，對其父元帝曰：「舉目見日，不見長安。」此處「日」比作天子。

（三）南山壽，見五言律。

灉湖山寺

此詩似張説被貶至岳州任官時所作。

空山寂歷道心生（一），**虛谷迢遙野鳥聲**。登灉湖山寺眺望，空山一片寂静，物静自然心生佛道。空蕩山谷不聞人語，唯有野鳥鳴叫。**禪室從來雲外賞，香臺豈是世中情**。參禪之内室，歷來自雲霧繚繞中透出風雅，香木製成之佛臺，豈能置於紅塵俗事之間？意為擺脱塵世。**雲間東嶺千重出，樹裏南湖一片明**。東方雲間涌現千重嶺，透過密林向南眺望，灉湖一角清晰可見。**若使巢由同此意**（二），**不將蘿薜易簪纓**（三）。若巢父、許由如此之隱士，此時來到此地，認同此番幽情者，亦不將隱者所穿戴之蘿薜，換成官役所穿戴之簪纓。意為真隱士不必為隱而隱。此詩中有二「雲」字，其中或一字有誤。

【注釋】

（一）道心，出《法華經》。

（二）巢由，巢父、許由，為堯時隱士。

（三）蘿薜，謂隱士之外衣，詞見《楚辭》。簪，用來將冠固定於頭髮上之工具。纓，即冠纓，將冠繫於頭頸之帶。見於《釋名》。

遥同蔡起居偃松篇（一）

蔡起居所任職衙門庭院中，有一松樹形同偃蓋，作詩賦之，張説於岳州時贈此詩。張説雖遠在他方，因欣賞蔡起居之風而作《偃松篇》與其和詩，借松頌其人。

清都衆木總榮芬（二），**傳道孤松最出群**。「清都」二字，意為美麗都城。都城中，衆多樹木均枝繁葉茂，甚為美麗。傳聞衙門前之孤松，尤為出類拔萃。**名接天庭多景色，氣連宫闕借氛氲**。如此盛名，甚至上達天聽，經御覽而獲御贊。其景觀秀麗，情趣甚高。松樹瑞氣環繞宫宇，皇城顯出祥和氛圍。本句中贊詞均稱頌起居。**懸池的的停華露，偃蓋重重拂瑞雲**（三）。松枝横懸於池上，松葉尖停掛亮晶晶露珠，熠熠生輝。吸飽水分枝頭，生氣勃勃，形同偃蓋，多曾重合，仿佛撥開祥雲。**不惜流膏助仙鼎，願將楨幹捧明君**。天子製仙藥需流膏，願取此松之松脂。起居絲毫不惜流膏，助製仙藥。此處借流膏贊頌起居勤懇侍君，如陛下有令，豈止松脂，即便是樹幹亦願獻於明君。借此向天子表明起居於關鍵時刻甚至還能不惜性命之不二忠誠。

【注釋】

（一）起居，於天子側近為天子記录起居生活之官職。見於《六典》。

（二）清都，詞見《列子》。

（三）偃蓋，謂枝葉横垂，形同偃蓋。典出《玉策記》。

賈曾　**奉和春日出苑矚目應令**（一）

玄宗為太子時，賈曾伴隨左右。後赴東都任職時，玄宗念舊情，作詩贈賈曾，命賈曾作詩和之。賈曾應令作此詩。

銅龍曉闢問安廻（二），**金輅春遊博望開**（三）。因天子請法師，清晨銅龍門開，太子穿過宮城上走廊，前往御殿向睿宗請安之後，順便乘金飾車鸞春游。眼前敞開之庭院，似見博望苑。注釋中有典故。**渭水晴光摇草樹**（四），**終南佳氣入樓臺**。渭水於晴日照耀下，水波粼粼，波光映照，仿佛摇曳岸邊草木。如終南山之仙氣飄入樓臺。**招賢已從商山老**（五），**託乘還徵鄴下才**（六）。奉太子令，應題作此詩。因太子愛學問，已招類似商山四老諸賢者，還徵鄴城七才子，命其作詩。**臣在東南獨留滯**（七），**忻逢睿藻日邊來**（八）。臣孤身一人滯留東南都城，不能於太子身旁效命。太子雖在遠方，卻不忘舊情，忻逢太子自長安賜睿藻。此處表示對太子深深思念之情。「日邊來」三字出自晉明帝，本《世説新語》。

【注釋】

（一）應令，太子之命曰「令」。見《釋名》。《唐詩紀事》：「玄宗爲太子時有詩，曾始爲太子舍人，使在東都。」

（二）銅龍，龍樓門上有銅龍。漢元帝曾急詔太子入宫，太子出龍樓門。問安，據《禮記》，世子向王季（周太王之末子，周文王之父，周武王和周公旦之祖父——譯者注）問安，每日早中晚三次問候。

（三）博望，漢代苑名。漢武帝為太子所建。

（四）渭水，與終南對仗，講釋中有釋。

（五）商山老，漢高祖曾欲易太子，吕后用留侯計，迎商山四皓從太子遊。高祖遂消易儲之念。

（六）鄴下才，鄴為魏國都城，文帝於此建西園。陳王曹植携王粲、應瑒、阮瑀、陳琳、孔融、徐幹、劉楨等諸才子夜遊賦詩。

（七）留滯，詞見《史記》。

（八）睿藻，睿，意為思，出《尚書·洪範》。天子之文章稱「睿藻」。

奉和初春幸太平公主南莊應制

李邕

傳聞銀漢支機石(一)**，復見金輿出紫微。**自古傳聞有銀漢織女之支機石，今見天子乘鑲嵌黃金之輿自紫微宮出行，如同彼之銀漢。疊用「傳聞」「復見」，最後引出織女典故。**織女橋邊烏鵲起，仙人樓上鳳皇飛。**此處無疑讓人聯想起天河。織女樓邊喜鵲架起鵲橋，仙人居住樓上鳳皇飛舞。此處含某種暗喻。**流風入座飄歌扇，瀑水當階濺舞衣。**雨水不停流淌，微風吹入筵席，拂過人們臉頰，蕩起歌女手中團扇。此情頗為風雅。庭前石階上雨水如瀑布般流淌，濺濕舞女衣裙。此景有趣。**今日還同犯牛斗，乘槎共泛海潮歸。**「還同」二字呼應首聯。今日犯牛斗星，如同衆人乘槎共泛海潮而歸。犯，指去不該去之地。牛斗，指牽牛織女星。乘槎至天河，典故見前釋。

【注釋】

（一）支機石，昔有一人乘槎尋河源，見婦人浣紗，便問此為何地。答曰：「此天河也。」求得一石而歸蜀。問嚴君平，平曰：「此織女支機石也。」

和左司張員外自洛使入京中路先赴長安逢立春日贈韋侍御及諸公(一)

孫逖

「和左司張員外」後二十二字標題為張原所題。估計當時宰相家人居於長安縣。張原因陛下召見由洛陽赴京，途中先入長安縣拜見宰相。拜見宰相之時適逢立春，故作詩贈韋侍御及諸公。諸公，即禮部官員，其中包括孫逖。孫逖亦作詩和之，故加「和」字。

忽覩雲間數鴈迴，更逢山上一花開。日本立春之時，大鴈尚不會北歸。然於唐代長安縣，氣温回暖早，未料中路逢立春，於雲間忽現數隻大鴈正北歸中。又於山上逢獨枝花盛開，更加深春天氣息。**河邊淑氣迎芳草，林下輕風待落梅。**且河邊嫩草仿佛迎來宜人春氣，林下微風等待梅花落下。此四句皆描寫春色。**秋憲府中高唱入，春卿署裏和歌來**(二)。秋憲謂監察部門，此處指韋侍御。春卿即從事禮法官員之禮部諸公。此二句述高唱入府中署裏時，互説「來和歌」。勿論秋憲役所府中或春卿署裏，張原、高唱二人均來過。故從秋憲、春卿，衆人來和歌。古先生於此詩訓解注欠佳，應與南郭先生之《國字解》對照，更為恰當。**共言東閣招賢地**(三)，**自有西征作賦才**(四)。不止本人，諸公共言，古有漢時公孫弘於東閣招賢納士。今諸公皆以為有潘岳作《西征賦》般才能，自當早日獲得晉昇。使題目「自洛入京」與「西征」呼應，應仔細考慮詩題含義。

【注釋】

(一)左司，唐中書省有左右司。

(二)秋憲，即御史。立秋蓋風霜始嚴，鷹隼初擊，故以御史為秋官。春卿，即禮官，為春官。皆出《周禮》。

(三)東閣，指公孫弘，典出《帝京篇》。

(四)晉時潘岳任長安令，作《西征賦》。

崔顥

黃鶴樓(一)

此詩甚為出名，典故見注釋中。

昔人已乘白雲去，此地空餘黃鶴樓。 以下為盛唐詩歌。此樓由來，據説古有奇人至此，已乘雲駕黃鶴而去，此地徒有黃鶴樓，昔人已一去不復返。**黃鶴一去不復返，白雲千載空悠悠。** 黃鶴已去不復返，古今不變，唯有白雲。斗轉星移，千年之後，仍見白雲悠悠昇騰。明代胡元瑞評此四句仿古詩，不無道理。**晴川歷歷漢陽樹**(二)，**芳草萋萋鸚鵡洲**(三)。自樓上眺望，晴空萬里。江邊漢陽樹林歷歷在目。作

《鸚鵡賦》之禰衡或許未曾見到，自黃鶴磯可見鸚鵡洲中芳草青青。**日暮鄉關何處是，煙波江上使人愁**。日薄西山，鄉思望關口，不知何處，江上起煙波，令上樓人更惆悵。此處為深深思鄉之情。要注意「使」字之含義。

【注釋】

(一)黃鶴樓，位於武昌城隅黃鶴磯上。《列仙傳》載，費文禕登仙時，駕黃鶴，憩於此。又云茅濛入華山修道，於雲間駕黃鶴昇天。因未至此地，不詳。千葉玄之按，據《武昌志》載，江夏郡有辛氏酒家。一先生衣衫襤褸來店要酒飲，辛氏毫不吝嗇，勸飲已半歲餘，辛氏少無倦色，盡心伺候。一日，先生曰，我飲酒多，無可酬汝。遂取小籃橘皮，畫鶴於壁，乃為黃色，拍手歌之，壁畫中黃鶴蹁躚而舞，合律應節。故衆人費錢觀之，辛氏累巨萬，榮華富貴。一日先生再來，辛氏留先生，願為先生供給如意。先生微笑，自懷中取笛，吹數弄，須臾白雲自空下，畫鶴飛來先生前，先生跨鶴乘雲而去。於此，辛氏敬慕先生而建樓，名曰「黃鶴」。此典故有親和力。

(二)漢陽，與武昌隔江而望，距七里。

(三)鸚鵡洲，黃祖殺害禰衡之地。禰衡曾作《鸚鵡賦》，故而成地名。

行經華陰（一）

如通過日本富士山北麓般行經於華山之陰驛路。

岧嶤太華俯咸京（二），**天外三峰削不成**（三）。於岧嶤之太華山俯瞰咸陽京城，天外蓮華、毛女、松檜三峰亭亭玉立，絶非人間能工巧匠可雕刻而成。**武帝祠前雲欲散，仙人掌上雨初晴**（四）。武帝祠（漢武帝曾在此祈福）前烏雲即將散開，仙人掌峰上雨過天晴，景致格外分明。**河山北枕秦關險**（五），**驛路西連漢畤平**（六）。河山北靠秦關，高聳險峻。枕，可訓讀作のぞんで（「臨」之意——譯者注）。山麓驛路為平地，向西連通漢武帝祭神之畤。時，意為古屋。**借問路傍名利客，無如此處學長生**（七）。借問經此路傍趕赴京城追名逐利之諸客，由於憂心忡忡心煩意亂，故而皆不曾關注此山之幽靜。不如隱居於可忘塵世之地，學得長生不老之仙術如何？此句實則暗諷官員暗昧，勸此時與其出仕，不如隱居山野一心求道。

【注釋】

（一）華陰，《文選·思玄賦》注：「華，太華也，山北曰陰。」

（二）岧嶤，高聳貌。咸京，即咸陽，秦漢兩朝之都，故稱「咸京」。

（三）三峰，《華山記》：「其山削成而四方，有蓮華、毛女、松檜三峰。」

（四）武帝祠，武帝設巨靈祠，出《華山志》。仙人掌，排律注有釋。

（五）秦關，位於華陰之東，亦稱潼關，要衝之地。

（六）漢畤，漢武帝設祠壇之地。

（七）長生，出《抱朴子》。

李白　登金陵鳳皇臺（一）

此詩應參見宋代嚴儀卿之《詩話》、明代胡元瑞之《詩藪》加深理解。

鳳皇臺上鳳皇遊，鳳去臺空江自流。據説昔時鳳皇曾游此地，舞於鳳皇臺上。如今鳳皇已去，石臺已塌，萬事皆空，唯有江水依舊自流。**吴宫花草埋幽徑，晉代衣冠成古丘。**吴宫為吴王夫差之説謬。吴宫，指三國時期吴國孫权、孫皓威勢盛大時改建之宫殿。然如同宫中花草一般，雖蔚為壯觀，終歸消亡，埋於幽徑之處。隨後晉朝於此設立陪都，多少衣冠楚楚之貴人皆埋於荒冢古丘之下。**三山半落青天外**（二），**一水中分白鷺洲**（三）。只有西南方向高聳之三山亘古不變，半落空中，隱約顯現於青天之外。山上流下溪水，分為兩股，一條流入城内，一條環繞城外。兩河之間露出白鷺洲。**總爲浮雲能蔽日，長安**

不見使人愁（四）。李白遭高力士讒言，身在金陵。故以「浮雲」喻進讒之人，「日」比天子。因登高臺而思念京城，被逐之身有感而發。總有浮雲遮日不見長安，使人内心更為憂愁。王敬美認為「使」字最難解，然南郭子遷説不用過於解讀此字。

【注釋】

（一）金陵，明之南京，吴、東晉、宋、齊、梁、陳皆定都於此。《詳解》載，鳳皇臺故基原位於江寧縣縣治之南，南朝宋元嘉年間，鳳皇聚於山，故於其山上築臺。李白曾登黄鶴樓，讀崔顥詩句，感佩不已，至金陵賦此詩。

（二）三山，位於金陵西南。

（三）二水，二河源出句容溧水兩山之間，而後合流至金陵，又分為兩股，其一入城内，其二環城而流。二水夾一洲，名曰白鷺洲。

（四）蔽日，典出陸賈《新語》及《文選・古詩十九首》。邪臣之蔽賢，猶浮雲之障日月也。

早朝大明宫呈兩省僚友（一）

賈至

兩省，即中書省與門下省。

銀燭朝天紫陌長（二），**禁城春色曉蒼蒼**。離開寒舍，行於上朝路上。天尚未亮，大約七時（古時名，相當於午前四時或午後四時前後——譯者注）。「銀」為添字，意指美好。由銀燭照亮通往大內紫陌之路漫長。至禁裏城門，大約六時。拂曉時分，宮闕春色蒼蒼，若隱若現。**千條弱柳垂青瑣**（三），**百囀流鶯遶建章**（四）。夜色褪盡，只見千條弱柳垂於皇宮青瑣門。百囀，謂群鳥鳴叫聲。流，枝頭間飛來飛去自由穿梭貌。黃鶯環繞建章宮自由飛翔。**劍佩聲隨玉墀步**，**衣冠身惹御爐香**。劍玉相擊之叮當聲中，官員踏上如玉石般美麗之臺階。官員衣冠楚楚，整齊侍立於御前，衣裝上沾染御前香爐之伽羅熏香。**共沐恩波鳳池上**（五），**朝朝染翰侍君王**。衆人皆沐浴皇恩。「波」字與「池」字相呼應。我於鳳池書所，日日執筆染墨，為陛下起草詔書，能為君主効勞而感激不盡。言語中帶有感恩之情。因「池」字而選用「波」字。

【注釋】

（一）大明宮，據《唐書》，東內有大明宮，後改為蓬萊宮。

（二）紫陌，天有紫微垣，人主之宮象。故天子宮殿稱「紫宮」「紫禁」「紫宸」。京城之道路稱「紫陌」。

（三）青瑣，為官廳門上所刻連瑣纹，以青漆上色。

（四）建章，借用漢代宮名。

（五）鳳池，晉荀勖久居中書省寫綸言之處，故將中書省比作天上之鳳皇池。

和賈至舍人早朝大明宮之作

王維

此時尚未有「和韻」之説。承前啟後之作詩風格稱作「和」。和韻始於晚唐白樂天、元稹、皮日休、陸龜蒙等。王維此時任太子中允。

絳幘雞人報曉籌(一)**，尚衣方進翠雲裘**(二)。賈至舍人之和詩作品。絳幘，謂雞冠般頭巾。雞人，即報時之差役，於清晨六時報更籌。於是尚衣莊嚴敬奉以翠絲繡出祥雲狀之裘衣。四季裝束顏色不同，此處謂春裝。**九天閶闔開宮殿**(三)**，萬國衣冠拜冕旒**。九天，同九重。自閶闔開始，其他宮門一一被打開，文武百官衣冠楚楚拜冕旒。**日色纔臨仙掌動，香煙欲傍袞龍浮**。晨光微微灑於銅柱上，隨泛光仙人之掌移動。大殿上薰煙騰起，欲依附於陛下龍袍上。**朝罷須裁五色詔**(四)**，珮聲歸到鳳池頭**。此句亦承上句日色，早朝禮畢，衆官退出。早朝後須於五色彩紙上起草詔書，故於玉佩叮當作響中回到鳳池頭所。南郭先生《辨書》四册對此詩之解釋通俗易懂，且此書適合考究詩意字義，故於作詩將有一助。

【注釋】

(一)絳幘，據《周禮》，鷄人於清晨六點報時。曉籌，指宫中五更。

（二）尚衣，從五品上。據《六典》載，掌管皇帝衣服官員。相當於日本官職御納戸頭。

（三）九天，「九」為陽數之極。此處指中央八方。

（四）五色詔，《鄴中記》：「後趙主石虎詔書用五色紙，令木鳳凰銜於嘴。著木凰口中銜出。」

和太常韋主簿五郎温泉寓目（一）

主簿為太常下屬，掌管祭祀記録官員。寓目，語出《左傳》，環視之意。

漢主離宮接露臺（二），**秦川一半夕陽開**（三）。漢主，即天子，謂文帝，曾幸游温泉。離宮連接露臺。秦川為大河，因離宮氣勢宏偉，秦川一半映襯於夕陽照耀下，一半為離宮遮擋。**青山盡是朱旗繞，碧澗翻從玉殿來**。青山，即群山，周圍盡是紅旗圍繞。此表明因是皇家御用，供奉甚盛。碧澗湧湯，以覓引至御殿，水流翻騰，從玉殿流出。可參考南郭先生之《辨書》。**新豐樹裏行人度**（四），**小苑城邊獵騎回**。新豐為熱鬧地。茂盛樹林間，可見行人來來往往。小苑城，指宜春苑，在長安城東。此地為獵場，於小苑城邊能見狩獵後騎馬回。此二句表明該地景致適於遠眺。**聞説甘泉能獻賦，懸知獨有子雲才**。聞道近來有人仿效《甘泉賦》作賦呈獻，如今進諫者寥寥無幾。我懸知此事，獨有楊子雲有才而受衆人稱贊。詩人感知此乃韋主簿真正用意，故作詩向其致敬。

【注釋】

（一）太常，正三品。《六典》載：「掌邦國、禮樂、郊廟、社稷之事。」温泉，驪山麓有温湯，唐時治湯為池，環山列宫。

（二）露臺，漢文帝欲作露臺，惜百金之費乃止。驪山東南有露臺祠，據説有人不齋戒而往，即風雨迷道。

（三）夕陽，為樓名，位於驪山之上。

（四）新豐、甘泉，參見講釋中。楊用修曰，自天寶，離宫奢麗盛矣。漢惜百金露臺之費。韋郎效子雲作賦呈獻，此實則為諷諫，可知也。

大同殿生玉芝龍池上有慶雲百官共觀聖恩便賜燕樂敢書即事（一）

靈芝、慶雲，皆為吉祥之物，帝為慶祝此事，賜百官宴樂。臣誠惶誠恐，斗胆寫下所見所聞。

欲笑周文歌燕鎬，還輕漢武樂横汾。欲嘲笑周文王於鎬京宴請群臣，並於席上高歌。還輕視漢武帝於汾水横舟，與群臣飲酒賞樂為樂。**豈知玉殿生三秀，詎有銅池出五雲**（二）。豈知周文王、漢武帝時也如今，玉殿柱礎生靈芝，詎有銅池上出五色祥雲。便縱嘲笑文王、輕視武帝亦無人非難。**陌上堯尊**

傾北斗(三)，**樓前舜樂動南薰**。天子頗感興趣。在日本，宣布新將軍即位時，會讓百姓觀賞能劇，賞賜點心。唐朝亦然，於京城道路，令商人於堯所曾用之酒樽里注滿酒，飲盡再注，反復注酒。飲酒要用北斗般大碗酌酒。於是天子到樓前觀望，見有人用七弦琴彈奏舜之音樂。亦思如南風養育萬物一般，治好國，使天下百姓安樂。**共歡天意同人意，萬歲千秋奉聖君**。百官共歡，甚合天意，故現靈芝、五色祥雲等吉瑞，人心亦歸一，為天子聖德而喜。能生活於如此幸福時代，倍感榮幸。願千秋萬代永生永世侍奉聖君，效犬馬之勞。

【注釋】

(一)大同殿，開元初，改隆慶旧邸為興慶宫，後又增擴，稱之為南內。其正殿為大同殿，東北方即龍池殿。玉芝，亦稱三秀，見《楚辭》。

(二)銅池，即承霤(承接雨水之水管——譯者注)。漢宣帝元年，於函德殿銅池中長出金芝九莖。

(三)尊，酒器之總稱。堯詩稱尊為衢尊。姚崇詩：「堯尊臨上席。」北斗，出《楚辭》「援北斗兮酌桂漿」，指大件酒器。

奉和聖製從蓬萊向興慶閣道中留春雨中春望之作應制（一）

奉旨為御作《從蓬萊向興慶閣道中留春雨中春望》和詩。雖云「留春」為閣樓名，然無出處，或春日於閣道中停留玩樂意。

渭水自縈秦塞曲，黃山舊繞漢宮斜（二）。自閣道望去，彎曲之渭水縈抱秦都長安，黃山依舊環繞漢宮，斜伸出去。**鑾輿迥出千門柳**（三），**閣道迴看上苑花**（四）。天子乘鑾輿，鳴玉鈴出遠行，皇宮千門萬户旁植柳，樹色一片翠緑，自閣道回眸望去，上林苑花姹紫嫣紅。**雲裏帝城雙鳳闕**（五），**雨中春樹萬人家**。雲霧籠罩之帝都前，一雙鳳闕高聳突兀。雨中樹木催生春，林間空隙掩映千家萬户。**爲乘陽氣行時令**（六），**不是宸遊玩物華**。此時巡幸出游，並非為賞玩景物，而是為天下政事，乘春日陽氣向百姓傳布農事之政令。因天子遊樂過度，故以此七、八句諷諫。細讀詩作，便能善解詩意，將注解與本文合對看，自然能領悟詩句深意，故於作詩有益。

【注釋】

（一）蓬萊，即大明宮，初名蓬萊。興慶閣，在興慶宮內。

(二)黃山，漢武帝宮殿以北，繞黃山離宮三千所。

(三)千門，建章宮據説有千門萬户。

(四)閣道，閣道為複式結構。《元和志》載：「秦始皇作閣道，至驪山八十里，人行橋上，車行橋下。」

(五)雙鳳闕，位於建章宮東側。

(六)時令，《禮記》載，立春前三日，大史告天子某日立春。於是天子齋戒，於東郊迎春，行時令。

敕賜百官櫻桃(一)

《本草綱目》載，櫻桃初春開白花，三月末四月初果實熟，一根枝頭結果數十顆。唐時李潮《歲時記》載，三月晦日(三月三十日——譯者注)，內園進櫻桃，又於供奉寢廟儀式後，頒賜百官，各有差。習俗見於《禮記》。作此詩時，王維任文部中郎。

芙蓉闕下會千官(二)，**紫禁朱櫻出上蘭**(三)。芙蓉園宮闕下召集千官，自皇宮上蘭觀中取朱櫻下賜。**纔是寢園春薦後，非關御苑鳥銜殘。**此櫻花之果實，於寢園僅供奉暫時，之後賜百官。並非御苑小鳥銜食所殘。**歸鞍競帶青絲籠，中使頻傾赤玉盤**(四)。拜領櫻桃，櫻桃裝入青絲所作飾籠中，百官歸時，每每將此青絲籠競相綁於馬鞍上。中貴人(相當於日本之「進物番」「奥坊主」等官職——譯者注)頻頻於傾赤玉盤上盛櫻桃。**飽食不須愁内熱**(五)，**大官還有蔗漿寒**(六)。其樹果實，即便飽食，亦無須為生内熱而愁，因大官有解内熱之藥。蔗漿寒，指糖水，飲此寒水，内熱立解，神清氣爽。

【注釋】

（一）櫻桃，《禮記》曰：「仲夏，天子羞以含桃，先薦宗廟。」

（二）芙蓉闕，芙蓉園中有宫殿，故曰闕下。

（三）上蘭，漢觀名，位於上林中。

（四）赤玉盤，後漢明帝於月夜宴賜群臣櫻桃，盛以赤瑛盤。群臣視之月下盤同月色，皆笑云此為空盤。

（五）飽食，出《論語》。

（六）蔗漿，即糖水，見《楚辭》。

酌酒與裴迪

裴迪不意遭人惡語，氣憤不已。王維與之厚交，勸酒消愁，贈此詩。

酌酒與君君自寬，人情翻覆似波瀾(一)。王維對裴迪言，君心有義憤填膺，與君酌酒安慰，飲此酒消愁，自慰自寬。世間人情總是翻覆無常，似波瀾忽起忽消。**白首相知猶按劍**（二），**朱門先達笑彈冠**（三）。即便是從少時相交到老之知己，一旦與其學問上觀點不合，甚至會取劍做出无益之事，故而還需按劍提防。貧時互為知己之二人，互相答應，其中一人先飛黃騰達，必提攜對方。因此，有一人深信好友會將自己推舉，自己必然立身於朱門下，于是彈冠恭候，然先騰達之人非但無心提攜，反而繼以嘲諷，嗤之以鼻。**草色全經細雨濕，花枝欲動春風寒**。小人諂媚，君子不得志，如同草色全經細雨而濕。君子狼狽之形，正如花枝正欲招展卻遭春寒一般。比喻人情翻覆無常。南郭先生《辨書》中云，以草比作小人，花枝比作君子。**世事浮雲何足問，不如高臥且加餐**。若世事皆如浮云虛無縹緲，不值一提的話，不若高枕而臥，努力加餐，盡情食用，平安無事。

【注釋】

（一）翻覆，晉陸機詩云：「翻覆似波瀾。」

（二）白首，出自鄒陽《獄中上書自明》：「白頭如新。」按劍，見上。

（三）彈冠，西漢王吉任益州刺史，貢禹彈冠待薦，後王吉果推薦其為光祿大夫。故世言：「王吉在位，貢禹彈冠。」

酬郭給事

王維同為給事中。

洞門高閣靄餘暉（一），**桃李陰陰柳絮飛**。重重相對而立宮門間有高閣。將日暮，夕陽餘暉照於晚靄，桃李枝葉茂密，柳絮隨風飛舞。描繪出暮春景色。**禁裏疏鐘官舍晚，省中啼鳥吏人稀**（二）。於禁裏值勤時，春至晝長時疏，日暮時分，鐘聲響，官舍晚，門下省中給事應上班，卻吏人歸，給事稀，但聞鳥鳴。**晨搖玉珮趨金殿，夕奉天書拜瑣闈**（三）。我元為給事，曾於清晨搖鳴玉佩趨至金殿，晚接捧天書，陳列於宮中瑣闈，即與御側衆役拜別。**强欲從君無那老，將因臥病解朝衣**。我等先前工作勤勉，欲强從天子共進退。奈何已年老體衰，將因臥病，願解下朝衣隱居。話雖說如此，實則懊惱，自年輕如此效勞，至年老體衰，猶未獲晋昇，更未得志。

【注釋】

（一）洞門，謂重重相對之門。見《漢書·董賢傳》。

（二）省中，原稱禁中。孝元皇后父名禁，當時避之，故曰省中。省，察也。言凡進省中，皆當察視，不可妄也。

（三）「瑣闈」，見上。

過乘如禪師蕭居士嵩丘蘭若（一）

禪師與居士心相合，同居一處。嵩丘，謂嵩山；蘭若，為寺名。

無著天親弟與兄（二），**嵩丘蘭若一峰晴**。禪師、居士二公同居，如天竺無著菩薩與其弟天親菩薩一般。二人住處嵩山蘭若前有一峰，正值天晴。**食隨鳴磬巢烏下，行踏空林落葉聲**。午時齊進食，隨敲鳴磬之聲，烏鴉離巢，飛下啄食。又行於寺内時，空林鴉雀無聲，但聞踏落葉聲，不聞人語。**迸水定侵香案濕**（三），**雨花應共石牀平**。傳説羅侯羅尊者將右手伸入地中，水從金輪際迸出。此佛門净地，寺庭中迸出之泉水，想必會濕潤擺放香爐之几案。講經之時，曼陀花雨忽從天紛紛飄落，想必將共此山石牀一同臥平。**深洞長松何所有，儼然天竺古先生**。深洞前長松繁茂，窺見有何在所？儼然為稱「天竺古先生」之釋迦佛身披袈裟安置在此。以「深」「長」二字渲染出無比深邃之意境全貌。

【注釋】

（一）居士，見於《維摩經》。蘭若，天竺梵文，唐時將寺廟稱作「無諍」。

（二）無著，據《稽古要録》載，無著為天竺高僧，其弟天親菩薩著經文書五百部，論大乘佛教。

（三）迸水，梁代僧人誌公，因寶積寺無水，乃用錫杖扣地開穴，遂泉水涌出，高達數尺。又《傳燈録》，二十六祖羅侯羅尊者遇城中無水，伸右手入地，直至金輪，忽然甘露水迸出。

李憕　奉和聖製從蓬萊向興慶閣道中留春雨中春望之作應制

上題前有釋。

別館春還淑氣催，三宮路轉鳳皇臺（一）。別館，謂興慶閣。春回大地，興慶別館洋溢温暖氣息。自興慶、蓬萊、望春三宮，道路宛轉曲折。上登上光輝燦爛宏偉之高臺，眺望雨中春色。鳳皇，形容高臺光輝燦爛，雄偉壯觀。**雲飛北闕輕陰散，雨歇南山積翠來**。此時雲消霧散，北闕輕陰散盡，雨止，對面終南山一片翠緑，景色仿佛逼近眼前，觸手可及。**御柳遥隨天仗發，林花不待晚風開**。巡幸道上之柳樹，隨天子行幸泛出緑光。上林花朵，沐浴天子恩澤，不待晚風來，早朝綻放。**已知聖澤深無限，更喜年芳入睿才**。已知聖澤深無限，故更為欣喜，以至連柳花亦綻放其美，迎接芳年春天，能為陛下睿作和詩，可謂幸運至極，可喜可賀。

【注釋】

（一）三宮，即蓬萊、興慶、望春三宮。

送魏萬之京

李頎

朝聞遊子唱離歌，昨夜微霜出度河。遊子，意為旅客。今早聞遊子高唱離歌，昨夜此地初降薄霜。一旦自河南度河至河北，河北將更寒冷。此二句日語訓詁注釋不佳。**鴻雁不堪愁里聽，雲山況是客中過**。孤單一人上路，途中孤寂，又聽鴻雁悲鳴，心生憂愁，更加難堪。何況山中雲起，客從中過，愈感寂寥。**關城曙色催寒近，御苑砧聲向晚多**。到達都城，樹木盡顯枯色，寒冬已逼近。有一注本將「曙色」作「樹色」，更佳。御苑附近砧聲隨處可聞，至晚更多。**莫是長安行樂處，空令歲月易蹉跎**（一）。要實事求是講經驗教訓，則長安為京城，繁華行樂之地。當心不要為玩樂而放縱自己，忘記建功立身之抱負，歲月易蹉跎，不能虛度光陰。此為激勵之言。

【注釋】

（一）蹉跎，意為時光白白流逝。

寄盧司勛員外

時李頎任新鄉縣尉，居洛陽。

流澌臘月下河陽（一），**草色新年發建章**。第一句寫盧自洛陽入長安時送別場景。流澌謂融化後之浮冰。臘月自河陽出發南下，今小草生綠芽，到新年便將覆蓋全建章宮。**秦地立春傳太史，漢宮題柱憶仙郎**。於秦地長安，為公布政事，每年由太史傳奏春天到來，還有迎春儀式，其時群臣至漢宮，朝拜天子。為天子看中之仙郎，將其姓名御筆題於柱上。「仙郎」一詞，可見其非凡器量。**歸鴻欲度千門雪，侍女新添五夜香**（二）。於衙門供職時，曾見歸鴈於一片雪色中欲飛度千門。因是皇上近侍，還見五夜黎明時分，侍女新添伽羅熏香。**早晚薦雄文似者，故人今已賦長楊**。早晚，意為或早或晚，等候時機。言君之文章可比楊雄，早晚會獲推薦。故人為今日已有作似《長楊賦》之盧員外為皇上近侍，故命其陪伴聖駕左右。該句引用楊雄典故，漢時有人向成帝推薦楊雄，贊其文賦可比司馬相如。

【注釋】

（一）流澌，出《楚辭》。謂冰之融化。

（二）侍女，據蔡質《漢官儀》載，尚書郎入直臺中，女侍史執香爐燒熏以從入臺中，給使護衣。五夜，即五更，出《顔氏家訓》。

題璿公山池

璿公，指山居僧人。觀庭院蓮花池，作此詩。

遠公遁跡廬山岑（一），**開士幽居祇樹林**（二）。昔日晉時，遠公避世，遁迹於廬山峰中，而璿公開士，幽居於祇樹林。**片石孤雲窺色相**（三），**清池皓月照禪心**。一片石、一片孤雲中均能窺見璿公身披袈裟之色相，仿佛現於眼前，讓人賞心悦目。身臨清泉，皓月照出璿公入定之禪心，人覺一股清净之禪心。**指揮如意天花落**（四），**坐卧閑房春草深**。總覺若璿公舞動如意，會有奇事發生，花將從天落。於閑房或坐或卧，禁足不出，世人足跡斷。山林深處，春草茂密，花木叢生。**此外俗塵都不染，唯餘玄度得相尋**（五）。此外，不染紅塵，遠離塵囂，友者唯與支遁同樂之許玄度有餘時相尋。

【注釋】

（一）遠公，即晉時惠遠法师。據《廬山記》載，惠遠居廬山虎溪東林寺，修西方净業，三十年未出山間。

（二）開士，據《釋氏要覽》，「開」意為「達」「明」「解」，「士」意為「夫」。「開士」多見於佛經，指菩薩。

祇樹林，據《要覽》載，舍衛國給孤獨長者，買祇陀太子園，建精舍，請佛居之。

（三）色相，出《楞嚴經》。又據《本行經》，佛身為紫金色，擁有三十二相、八十種好。

（四）如意，據《要覽》載，今講僧執之，多私記節文祝辭於柄，以備忽忘。

（五）玄度，姓許名詢，與支遁談老莊而樂。

寄綦毋三

綦毋乃複姓，由宜壽縣尉轉任洛陽縣尉。

新加大邑綬仍黃（一），**近與單車向洛陽**。此度雖赴新加大邑洛陽縣任縣尉，然由於官職較低，仍是授予黃色印綬。所有官員均由天子授予官印，以綬包裹印章，印綬因官職大小顏色不同。免去官職時要反納官印。由於不追求奢華，赴洛途中所乘單車未及裝飾。「與」與「以」音通，可作「以」字理解。**顧眄一過丞相府，風流三接令公香**（二）。諸公皆於君關愛有加。便是經過丞相府，亦受到宰相眷顧，沾染些令公香氣。**南川粳稻花侵縣**（三），**西嶺雲霞色滿堂**（四）。先贊賞其治理有方。由於大興農業，南州一帶粳稻花長勢甚好，甚至要侵入鄰縣。且治安良好，民無公事訴訟，故官差守候之官府終日閑空，只望西嶺雲霞色滿堂。**共道進賢蒙上賞**(五)，**看君幾歲作臺郎**。衆人皆評議道，向天子推薦賢才，必會受到皇上垂青。故傳聞，經衆人推薦，君將不需花費幾年便能官拜臺郎。臺郎，即尚書郎。都城故事，注釋中有述。

【注釋】

(一)綬仍黃，董巴《輿服志》載，二千石授青綬，一千石、六百石授墨綬。丞尉俸祿三百石，為銅印黃綬。

(二)令公香，即魏時荀彧，任中書令。喜好熏香，所坐之處，三日留香。

(三)花侵縣，晉時潘安仁為河陽縣令，曾令百姓種花。

(四)色滿堂，宓子賤為單父之宰，彈琴治單父。

(五)上賞，漢高祖曰：「吾聞進賢受上賞。」賜蕭何帶劍履上殿，封安平侯。

送李回

李回任司農丞。

知君官屬大司農(一)，**詔幸驪山職事雄**(二)。大司農自漢代起為九卿之一，管理天下供奉官職。「屬」字或表示李回為大司農下屬。此職位掌管金銀，須剛正不阿之人方能勝任。在此稱贊李回為官清廉。早知君官屬大司農，此次奉詔隨天子巡幸驪山，伴駕左右，必將大展宏圖。**歲發金錢供御府，晝看仙液注離宮**（三）。承第一句，歲歲撥款供朝廷支度。晝，即每日。日日見引温泉水至離宮華清宮。**千巖曙雪旌門上**（四），**十月寒花輦路中**。曙光照亮千巖上之白雪，雪光映於豎有旌旗臨時門上。伴駕前行途中，欣賞路邊十月寒花菊。**不覩聲名與文物**（五），**自傷留滯去關東**。而我遠在他方，不能觀都城聲名文物，此類他國無，唯都城有之。只能滯留關東不得歸，此句表露作者失意潦倒，暗自傷神。文物，指花紋華麗、製作考究之衣物。

【注釋】

（一）大司農，漢武帝時官職，相當於日本之勘定奉行。

（二）驪山，據《新唐書》，天寶六載十月，玄宗往驪山，幸温泉，名宫曰華清。

（三）仙液，謂温泉。

（四）旌門，據《周禮》注釋，張帷幕為行宫，豎旌旗為門。

（五）聲名、文物，見《帝京篇》。

宿瑩公禪房聞梵

梵，謂天竺語言，即聞陀羅尼。

花宮仙梵遠微微(一)**，月隱高城鐘漏稀。**自花宮禪房隱約傳來梵唱聲，此時月為高城遮擋，偶傳來鐘漏響聲。此句描寫拂曉景色。**夜動霜林驚落葉，曉聞天籟發清機。**夜間忽傳來誦經聲，林中驚聞樹葉落下。晨聞天籟之音，內心愈發清净，開智悟理。**蕭條已入寒空靜，颯沓仍隨秋雨飛。**其誦經聲低落時，仿佛秋天進入寒空般寂靜，誦經聲逐息；經聲高昂時仿佛又隨秋雨而紛飛。聽時乍起乍落、斷斷續續，似有所感悟。**始覺浮生無住著**(二)**，頓令心地欲歸依**(三)**。**來此聆聽梵唱，如大夢初醒，頓覺不必執着於塵世。今我根性清净，已打開心扉，一心向佛，期盼早日皈依。

【注釋】

(一)花宮，出《楞嚴經》。仙梵，仙，指佛；梵，指經。即佛經。

(二)浮生，《莊子》：「其生如浮。」

(三)心地，據《要覽》載，心生出世、善惡，如大地出五穀，故名心地。歸依，《五分》中有「授三歸依」。

歸，意為趣；依，意為投。

贈盧五舊居

作「贈」字版本不多見，疑應為「題」字。（《唐詩品彙》《古今詩刪》《唐詩歸》《全唐詩》皆作「題盧五舊居」，唯《唐詩選》作「贈盧五舊居」。——校者注）盧五故後，來到故友舊居，回憶往日相逢時情景，題於壁上。

物在人亡無見期（一），**閑庭繫馬不勝悲**。昔日物品仍在，而主人已故，再無相會之日。幽静庭院中繫馬匹，往事歷歷在目，悲不自勝。**窗前緑竹生空地，門外青山似舊時**。盧五治學之房窗前有空地，緑竹茂密。門外青山環抱，與舊時無異。**悵望秋天鳴墜葉，巑岏枯柳宿寒鴟**（二）。惆悵望四周，聞落葉自青天而墜之聲響，巑岏枯柳上栖寒鴟。居一宿，觸景生情，無比懷念盧五。**憶君淚落東流水**（三），**歲歲花開知為誰**。君，指盧五。憶君則悲從中來，淚流不止。好比東流之水，不復再來。然無心花朵卻歲歲盛開，盧五已不在，不知花又為誰吐露芬芳？每逢花開，則感孤寂，不禁回憶昔日與盧五相逢，無拘無束親密情義，便覺惆悵。此詩第五、六句（頸聯——譯者注）要注意韻脚，陽韻之「悵」「望」二字，元韻之「巑」「岏」二字，以疊韻對之。

【注釋】

（一）物在，出劉向《新序》。孔子曰：「人君入廟門，仰見榱棟，俯見几筵，其器在，其人亡，君以此思哀，將安不哀矣？」

（二）巑岏，出宋玉《高唐賦》之注，高峻貌。鴟，一名為鵬，一名為梟。陸機認為是鴟，「入人家，兇」。於第六句，見眼前舊居於寒景中，含愈發思念盧五之意。

（三）東流，《呂氏春秋》言，水泉東流，日夜不休。

祖咏　**望薊門**（一）

見於五言排律。與駱賓王《宿温城望軍營》（「望軍營」為譯者加——譯者注）同意，於薊門望兵營而作。

燕臺一去客心驚，笙鼓喧喧漢將營。燕臺，即薊門。自京城來到此地，易生旅愁。此處「驚」為欲參軍立功而鼓起勇氣之意。「笙」字於吴吴山附注中作「笳」，亦可。笳鼓喧鬧之地，原是漢將兵營。**萬里寒光生積雪，三邊曙色動危旌。**萬里積雪釋放出冷冽光芒，東南北三方邊塞之上，曙光映照高揚旌旗。

三邊，東西北三方之説為誤。**沙場烽火侵胡月，海畔雲山擁薊城**。沙地戰場，用於傳遞信號之烽火燃燒，照胡地，侵明月，海畔雲山擁薊門城。**少小雖非投筆吏，論功還欲請長纓**(二)。看到軍威如此，不禁想到自己少年時，雖非投筆從戎之吏班超，然想建立功名，還須學終軍自願請長纓破胡虜。

【注釋】

(一)薊門，古燕地。燕臺，為黃金臺。

(二)投筆吏、請長纓，典故見上文。

崔署　**九日登仙臺呈劉明府**(一)

時任靈寶縣令，此縣隸屬於陝州。

漢文皇帝有高臺，此日登臨曙色開。漢文帝求仙時登此高臺。然不靈驗，此臺已崩。今登臨遠望，曙光中景色闊朗。為成仙、為長生不老而祈願，終一無所得。此二句看似寫得瀟灑自如，但意味深長，旨在諷諫。其前作中亦已闡述筆談無法，言盡諷諫。**三晉雲山皆北向，二陵風雨自東來**(二)。晉國至戰國時代，韓、魏、趙三家分晉，因此稱「三晉」。三晉雲山都向着北方，有南北二陵，北陵曾是文王躲避風雨之地。如今其風雨仍從東南邊來。**關門令尹誰能識，河上仙翁去不回**。函谷關令尹名為喜，據傳遇見老子後得道成仙。若果真如此，因其長生，世上理應有人認得令尹之人才是，可事實卻無一人認得，可見此傳聞不可靠。河上有仙翁，授文帝《道德經》，如今其仙翁不知去向。文帝亦想求得長生不老，然仙人一去不復返，故祈仙求神也是枉然。**且欲近尋彭澤宰**(三)**，陶然共醉菊花杯**。且如同彭澤縣宰陶淵明，近期欲來此地尋劉明府暢飲，陶醉於泛菊之酒杯中，正在期待。

【注釋】

(一)仙臺，位於河南陜州。據《列仙傳》，河上公結草廬於河上，文帝不解老子《道德經》，遣使向河上公請教。河上公曰「道尊德貴，非可遥問」，不肯前往。於是文帝親幸茅廬，曰：「普天之下，莫非王臣，不能自屈，無乃高乎？」言罷，河上公不變坐姿，忽然騰空而起，懸於空中，反駁曰：「我今不屬王土之內。」於是漢文帝方頓悟。河上公授文帝《老子》經二卷，遂不知去向。於是文帝築臺以望祭。

(二)二陵，出《左傳》。

(三)彭澤宰，晉時陶淵明任彭澤令，後辭官隱居。九日(某年重陽節——譯者注)，太守王弘贈其酒，於是一邊賞菊一邊飲酒。

萬楚　**五日觀妓**

端午時節於他人家觀看遊妓歌舞，作詩記録當時情景。

西施謾道浣春紗(一)**，碧玉今時鬬麗華**(二)。昔日謾道，西施於越國苧羅溪邊浣春紗，有可愛之美貌，然此傳説而已，未曾見過。今有似南朝宋時汝南王妾碧玉者，如出水芙蓉，斗艷群芳。東漢陰皇后、南朝陳張貴妃均華麗美艷，然因其身份高貴，与遊妓同列似乎不妥。此處「麗華」僅理解為「美麗」較好。**眉黛奪將萱草色**(三)**，紅裙妬殺石榴花**。視此遊妓姿容，黛眉邊，萱草相形失色；視其火紅裙裾擺動，仿佛嫉妒石榴花而勝似石榴花。「將」与「殺」為虛字，無具體含義。**新歌一曲令人艷，醉舞雙眸斂鬢斜**。唱罷一曲新歌，令在座觀衆羡慕不已。其醉而起舞，雙眸含情，令人看得入迷。斂舞鬢亂，不照鏡，只以櫛理斜鬢，其嬌媚之態令人心動神摇。**誰道五絲能續命**(四)**，卻令今日死君家**。誰道五月五日（端午節——譯者注）手臂上纏繞之五色絲能續命，今日於此家席，恐要為君喪命於此！

【注釋】

（一）西施，見《吴越春秋》。

（二）碧玉，為南朝宋汝南王妾名。麗華，此處只當美丽裝扮解釋即可。

（三）眉黛，漢明帝宮人拂青黛娥眉。

（四）五絲，參《風俗通》。五月五日於臂上纏五色絲帶，名為「續命縷」。

張謂　杜侍御送貢物戲贈

天子命杜侍御使南越求珊瑚樹。若天子施仁政，天下自然歸心，胡越自會歸順，自行進貢珊瑚樹等各種珍品。可如今事與願違，只能說仁政尚不至。詩歌全篇蘊藏諷諫之意，故曰戲贈。

銅柱朱崖道路難（一），**伏波横海舊登壇**（二）。通往銅柱朱崖之道路艱險崎嶇。東漢馬援征胡時，立銅柱為漢界；西漢韓説之朱崖郡，出珠寶之地，皆為路途遥遠而艱險之地。後馬援被封為伏波將軍，韓説被封為横海將軍，登天子壇，授將軍印，此因勞苦功高。**越人自貢珊瑚樹，漢使何勞獬豸冠**（三）。往昔越人歸順朝廷，自願進貢珊瑚寶樹。如今威儀不在，否則何須如今日般煩勞貴使頭戴獬豸冠，親往督辦？**疲馬山中愁日晚，孤舟江上畏春寒**。此句承第一句道路艱險。以馱馬搬運各種珍寶去京城，馱馬亦筋疲力盡，山中愁日已向暮。由於春色尚淺，航行江上之孤舟唯恐遇上寒風。**由來此貨稱難得**（四），**多恐君王不忍看**。由來如此稀寶稱難得，君王多恐不忍心看官吏苦勞、百姓痛苦。唐朝尊老子為第一先祖，於諸州立廟。如今天子做法違背《老子》經中「不貴難得之貨」祖訓。作者借此詩諷諫陛下不要違背祖訓及老子神意。

【注釋】

（一）銅柱，東漢馬援任伏波將軍，到交趾，立銅柱為漢界。

（二）横海，據《史記》記載，武帝元鼎六年，韓説任横海將軍，征伐東越有功。

（三）獬豸冠，見五言排律神羊注。

（四）《老子》曰：「難得之貨令人行妨。」

送李少府貶峽中王少府貶長沙（一）

李少府被貶峽中西蜀，王少府被貶南方長沙。作詩一首贈二位。

嗟君此别意何如，駐馬銜杯問謫居。嗟君此一别，不知心緒何如？二人出發前，駐馬銜杯，詢問謫居，我心亦難受。**巫峽啼猿數行淚**（二），**衡陽歸鴈幾封書。**李氏所去之西蜀巫峽，據説啼猿多，聞猿猴悲啼，恐怕會傷心落淚。王氏所去之長沙，南面有衡陽，見歸鴈，或許擔心會來幾封家書。**青楓江上秋**

天遠，白帝城邊古木疏。遠望長沙青楓江畔，秋日天空萬里無雲。白帝城邊黃葉零落，古木稀疏，景色蕭條。**聖代即今多雨露，暫時分手莫躊躇**。想必越發思念京城。如今皇上聖明，定會多施雨露。暫時分手，相隔異地，想必不久召歸返京，希望二位不要躊躇。鼓勵二人。

【注釋】

（一）峽中，即巫峽夔州。長沙，據《三國志》，位於吴國青楓江之地。

（二）啼猿，《荆州記》載，漁者歌曰：「巴東三峽巫峽長，猿鳴三聲淚沾裳。」

夜別韋司士

高館張燈酒復清，夜鐘殘月鴈歸聲。看似不在自家，而是於某知己人處互敬離別酒。豪華官邸中，燈火通明，杯中酒格外清澈香濃。夜已深，鐘声響起。正值殘月當空時節，遠處傳來歸鴈鳴叫。**只言啼鳥堪求侶**（一），**無那春風欲送行**。第三句「啼鳥」承接上句「鴈歸聲」，又帶有《詩經》中鳥尋求伴侶之意。只言啼鳥堪求伴侶時，無奈春風欲送行。**黄河曲裏沙爲岸**（二），**白馬津邊柳向城**（三）。黄河彎彎曲曲迂回處，積沙成岸。白馬津邊，柳向城郭垂下枝頭。請勿為此次離別而憂傷。**莫怨他鄉暫離別，知君**

到處有逢迎。到他鄉亦只是暫時離別，君有才學名聲在外，所到之處，必逢貴人相迎，旅途也必定不會孤單。

【注釋】

（一）求侶，出《詩經》。

（二）黄河曲，黄河每千里一曲，共九曲。

（三）白馬津，亦稱黎陽津，位於大名府。

和賈至舍人早朝大明宮之作

岑參

雞鳴紫陌曙光寒，鶯囀皇州春色闌。「紫陌」之「紫」通「子」，「皇州」之「皇」通「黄」，一、二句（首聯）對仗。鷄鳴城門，紫陌、曙光寒。鶯囀皇州春色闌，闌，指春意濃。**金闕曉鐘開萬户，玉階仙仗擁千官**。夜色已褪，金闕報曉鐘聲敲過，千門萬户並齊開敞。仙仗排列於玉階前，護擁千官邁入朝堂。**花迎劍佩星初落，柳拂旌旗露未乾**。盛開花朵似迎接提劍佩玉珮之官員。星光初落，柳枝輕撫縱列旌旗，曉露仍未乾。**獨有鳳凰池上客，陽春一曲和皆難**（一）。向賈至致敬之後，獨成鳳凰池上客，咏唱一曲，題曰《陽春》。其詩意境深遠，和唱之人皆云難。詩中文字均加注解，若不能熟記此詩，則無法理解。此外亦將詩歌中漢字均標注假名。南郭先生所著《辨書》四卷之《國字解》，文字優美，解釋詳盡。此師傳之書對於作詩頗有幫助。故辨不厭美。

【注釋】

（一）陽春，出《文選》。客有歌於郢中者，其始曰《下里》《巴人》，國中屬而和者數百人；其為《陽春》《白雪》，國有屬而和者，不過數十人。是其曲彌高，其和彌寡。

和祠部王員外雪後早朝即事

長安雪後似春歸，積素凝華連曙輝。長安雪後風景，好似春歸。因到處積素，枝枝凝華，与曙輝連成一片。**色借玉珂迷曉騎，光添銀燭晃朝衣**。雪色借助百官玉珂，使曉騎馬之官員迷失方向。出門後，點亮燈籠中銀燭，朝服裝束於雪光並燭光照耀下熠熠生輝。**西山落月臨天仗，北闕晴雲捧禁闈**（一）。此二句描寫雪後景色。雪止後，西山落月似臨天仗，北闕宮殿中，晴雲高高托起禁闈宮門。**聞道仙郎歌白雪，由來此曲和人稀**。傳聞王氏仙郎歌一曲曲調高深之《白雪》，由來妙曲，和人稀。

【注釋】

（一）禁闈，《爾雅》：「宫中之門謂之闈。」

西掖省即事（一）

中書省位於西門旁。岑參隨百官上朝。

西掖重雲開曙暉，北山疏雨點朝衣。西掖方位上，自重重雲彩中透出曙光。北山逐漸轉晴，滴答疏雨落於朝衣肩頭，仿佛官服衣袖染上點點。**千門柳色連青瑣，三殿花香入紫微。**各處宫門前，柳樹抽出嫩芽，枝頭垂落於官府入口處千瑣門（青瑣門）前。蓬萊、紫宸、含元三座宫殿前，鮮花盛開，花香飄入紫微宫。**平明端笏陪鵷列，薄暮垂鞭信馬歸。**參為補闕，即於天子身旁向天子諫言之官員。即便諫言，亦不被采用，只能終日端笏陪鵷列。到傍晚無事可做，於是倒垂馬鞭，信馬歸。**宦拙自悲頭白盡，不如巖下偃荆扉。**反正我不善做官，不得重用。因既未昇職，又未發迹，自悲乃使須髮盡白。若一直仕途不順，不如隱居山巖，於柴門旁（以荆棘編織門中）安睡。此句表示作者内心失落。

【注釋】

（一）西掖，左補闕屬中書省，位於西側。

九日使君席奉餞衛中丞赴長水

「使君」指誰不明。長水縣位於河南，疑是天水之誤。唐隴西郡，漢時稱天水郡。

節使橫行西出師，鳴弓擐甲羽林兒（一）。節使，謂衛中丞。自天子拜領符節，官拜將軍，意氣奮發，引軍西行。從其軍者猶能引善長之鳴弓、擐勇猛之甲士向前之羽林男兒。**臺上霜威凌草木，軍中殺氣傍旌旗**。衛中丞又兼御史，御史於臺上威嚴如霜風，摧枯拉朽，懲治惡人。而在軍中亦威名振敵，旌旗為騰騰殺氣所籠罩。**預知漢將宣威日，正是胡塵欲滅時**。預知漢將宣威之日，正欲滅胡塵之時。**爲報使君多泛菊，更將絃管醉東籬**。因此，使君亦當報答於宴席上，使杯中泛起菊花，更將彈奏管弦，醉倒於東籬之下，惜別此地。標題中九日謂「九月九日」，不同於一般月份之九日，因此分飲大量酒享樂作歡。此為南郭先生《辨書》之理解。

【注釋】

（一）擐甲，見《左傳》。羽林兒，漢武帝取從軍死事之子孫，養羽林官，教以五兵。據應劭注釋，「羽」為羽翼摯擊之意，「林」喻若林木之盛。

首春渭西郊行呈藍田張二主簿（一）

主簿為專做記録之官員，看來是縣令屬下。郊，指城市周圍村落。初春赴渭水西郊游時作此詩，贈與藍田氏。有勸藍田氏郊游之意。

囘風度雨渭城西，細草新花踏作泥。今日得閑，出門漫步。誰料颳起旋風，驟雨降於渭城之西。細嫩之小草，新盛開之鮮花，都被吹散，為往來行人踏作春泥。**秦女峰頭雪未盡**（二），**胡公陂上日初低**（三）。正值正月隆冬，弄玉仙女曾經游玩之秦女峰上白雪皚皚。冬季日短，胡公廟前陂上，日低垂，仿佛搖搖欲墜。**愁窺白髮羞微禄，悔別青山憶舊溪。**再看自身境遇，頓生憂愁，為免被人看見，自己悄悄窺視白髮。想到已如此老成，領微禄勉强度日，不禁羞愧萬分。後悔中，與昔日居住之青山告別，追憶舊溪旁草屋。**聞道輞川多勝事**（四），**玉壺春酒正堪携**（五）。此七、八句（尾聯）為道與張主簿聽者。附近輞川遠離塵囂，多有名勝。我於玉壺中灌入春酒，打算携酒郊游散心，不知張主簿是否願意與我同行。

【注釋】

（一）藍田，位於長安以南。

（二）秦女峰，位於藍田邊界。

（三）胡公陂，位於鄠縣。此處有虞思胡公廟。

（四）輞川，位於藍田縣西南，王維别業所在。

（五）玉壺，晉武帝時，鮮卑進一白玉壺，容酒斗餘，温寒隨人意。春酒，出《詩經》。

暮春虢州東亭送李司馬歸扶風别廬（一）

柳嚲鶯嬌花復殷，紅亭緑酒送君還。時值三月，柳條彎垂，黃鶯嬌啼，鮮花盛開。紅亭之「紅」為美麗。故於雅致亭苑設宴敬佳酒，送君回別廬。**到來函谷愁中月，歸去磻溪夢裏山**（二）。君到京城已許久，元所住居，遠在函谷關舊址所在虢州以西。想必於旅愁中望月咏詩，則思念家鄉，欲早日歸去。夢裏見家鄉山光景色，懷念於扶風另修建之磻溪宅院，今日終得如願，可以回到夢魂縈繞之故鄉。**簾前春色**

應須惜，世上浮名好是閑。然今已是三月，想必君回到家鄉時，老宅門簾外春色已老，須惋惜春日將逝。此句呼應首聯，春盡雖可惜，然世上虛名可有可無。似要悠閑度日。**西望鄉關腸欲斷，對君衫袖淚痕斑**。岑參故里在杜陵，臨近扶風。於是又想起我自己故鄉，西望鄉關，腸欲寸斷。與君對望，不覺潸然淚下，衫袖上留下斑斑淚痕。

【注釋】

（一）虢州，位於弘農郡。扶風，隸屬陝西鳳翔府。

（二）磻溪，位於鳳翔府東南，旁有石室，太公垂钓之處。

王昌齡　**萬歲樓**（一）

萬歲樓位於鎮江城西南角，王昌齡於江寧為官時登樓。

江上巍巍萬歲樓，不知經歷幾千秋。江水上巍巍聳立之萬歲樓，不知已歷多少春秋歲月。「千秋」二字（譯者補）對應「萬歲」。**年年喜見山長在，日日悲看水獨流**。年年皆喜見山景不變長在，而日日悲看水獨流。正如此，作者亦是無法還鄉之命運。**猿狖何曾離暮嶺**（二），**鸕鷀空自泛寒洲**（三）。猿狖自古何曾離開過所居住之暮嶺？又鸕鷀水鳥亦孤苦泛行於慣住之寒洲上。皆住於自身熟悉之地。不知為何，我偏要離開家鄉，遠赴他鄉任官。**誰堪登望雲煙裏，向晚茫茫發旅愁**。萬歲樓為吉利名，然並非誰皆可登臨此樓遠眺。日暮時分，於雲煙繚繞中登上高樓，不覺茫茫旅愁自心中起，無比思念故鄉。

【注釋】

（一）萬歲樓，位於潤州城西南角。為晉刺史王恭所建。

（二）猿狖，狖，音同「又」。據《山海經》郭璞注，「猿」指獼猴，體大臂長，非常敏捷，毛色黑。《倉頡篇》：「狖似狸。」

（三）鸕鷀，多見於溪谷間，不產卵，口銜幼雛。

題張氏隱居

杜甫

張淑明，與李白等隱居於徂來，號稱「竹溪六逸」。張氏大概是指此人。

春山無伴獨相求，伐木丁丁山更幽。春日獨行於山間路，無以為伴，特意來到張氏隱居相求尋友。丁丁，謂伐木聲。丁丁伐木聲使山谷更顯清幽。第二句描寫景色閑情，意味深長，當仔細研讀。**澗道**

餘寒歷冰雪，石門斜日到林丘。餘寒之際，歷經冰雪未融澗道，八時半（八時相當於午後二時——譯者注）斜日之時，終於到達林丘石門。此句為倒裝句。句中典故均在注釋中。**不貪夜識金銀氣**（一），**遠害朝看麋鹿遊**（二）。不貪，出自《左傳》，指無絲毫貪欲。識夜之冷氣為山中涌出金銀之氣。遠害，見《晏子》，遠離災禍之意。此句應當分讀上二字、下五字。朝看麋鹿無憂無慮閑游。**乘興杳然迷出處，對君疑是泛虛舟**（三）。乘此興杳然出遊，因君挽留而茫然失措。不可思議者乃心中本正思是非好惡，而面對君，眼前豁然開朗，疑似坐上虛舟四處浮游。

【注釋】

（一）金銀氣，《史記・天官書》：「敗軍破國之墟，下積金寶，上皆有氣。」

（二）麋鹿遊，出《史記》，子胥向吳王進諫，曰恐姑蘇亡國後成草原，麋鹿將於其上閑游。此用其辭，不涉詩意。

（三）虛舟，出《莊子》：「方舟濟於河，有虛船來觸舟，雖有惼心之人，不怒。」人能虛己以遊，其孰能害之？

宣政殿退朝晚出左掖(一)

句中典故皆參上方注釋。

天門日射黃金榜(二)**，春殿晴曛赤羽旗。**日光透射天門，宣政殿上金黃色匾額於日照下金光閃閃。春宮日麗，印有朱雀圖案赤羽旗映襯於夕陽餘光中熠熠生輝。**宮草菲菲承委珮**(三)**，爐煙細細駐遊絲。**宮前小草吐露芬芳，低垂之狀仿佛承接官員玉佩。纖細煙霧自香爐騰起，風和日麗之春天仿佛駐有遊絲。**雲近蓬萊常五色，雪殘鳷鵲亦多時**(四)。祥雲靠近蓬萊殿，常呈現五色，意味着滅安祿山之後，到肅宗時期，迎來太平盛世。鳷鵲觀之殘雪已開始融化，再有四五天將消融。「多時」，謂四五日。**侍臣緩步歸青瑣，退食從容出每遲**(五)。我作侍臣，八時過後緩步歸青瑣門，退食後多慢行步出左掖門。此處含暗喜天下太平意。

【注釋】

(一)宣政殿，位於大明宮之後。杜甫時任拾遺。

(二)天門，出《楚辭》。

（三）菲菲，《楚辭》注：「菲菲，猶勃勃芳香貌。」委珮，語出《曲禮》：「主佩垂，則臣佩委。」

（四）蓬萊，天子正朝，故常有五色雲氣。鳷鵲，内禁日出，春日天晴，故鳷鵲觀中的二三日積雪尚殘。多時，指兩三天。

（五）退食，語出《詩經》。

紫宸殿退朝口號（一）

紫宸殿早朝已經結束，退朝時隨口吟誦。

户外昭容紫袖垂（二），**雙瞻御座引朝儀**（三）。清晨六時去紫宸殿朝拜。於有杉户之長廊，兩位昭容官女垂下同為紫色之衣袖，先於天子引領朝廷百官緩緩前行。雙瞻御座，以免超前。**香飄合殿春風轉，花覆千官淑景移**。合殿之「合」意為「滿」。御爐香氣於御殿中飄蕩，在風吹拂下，御花園中盛開花朵簇擁百官，和煦春日緩緩移動。**晝漏稀聞高閣報**（四），**天顏有喜近臣知**。春季日長，晝漏間隔長而稀聞報時聲，經久方從紫宸高殿上傳來「現在何時」之報時聲。天子龍顏大悅，我與天子近臣交厚，故而知曉。**宮中每出歸東省**（五），**會送夔龍集鳳池**（六）。每日宮中朝拜終，歸東省之時，先移步至尚書、中書省，為当日朝拜順利終結而向諸大臣祝賀問安，一起恭送大臣中的夔、龍們離去之後，再齊聚鳳池旁中書省。因中書省為政事堂，乃百官會集議論朝政之地。

【注釋】

（一）杜甫自注，朔望日天子居宣政殿，常日居紫宸殿。

（二）昭容，正二品，系九嬪。唐制，天子上朝時，昭容位於前方引領百官至殿上。

（三）雙瞻，指上朝時百官為與天子步調一致仔細觀察以免超前，小心前行。

（四）晝漏，外廷高閣傳來之報時声。

（五）東省，左拾遺屬門下省，位於宣政殿東面，故稱東省。省臣中書為尊，故自紫宸殿退朝後出左掖門，三省群僚必先齊聚送丞相至中書省後再各自離去。

（六）夔龍，舜之兩位名臣，出《尚書》。

曲江對酒

苑外江頭坐不歸，水晶宮殿轉霏微。向皇上盡忠亦不被接納，為此憂愁，坐於曲江芙蓉苑填築地外人家咏唱而不思還家。日已向暮，水晶宮殿未能留於月裏，變得朦朧起來。霏微，指日暮景色。於是生隱居之念，無心奉公。**桃花細逐楊花落，黄鳥時兼白鳥飛。**桃細小微亂之花瓣追隨楊花飄落而散。

「桃花」呼應「苑」字，「楊花」呼應「江」字。黄鳥時而與白鳥結伴而飛。「黄鳥」呼應「苑」字，「白鳥」呼應「江」字。**縱飲久拚人共棄，懶朝真與世相違**。終究無法適應官宦世界，終日借酒澆愁，自暴自棄，世人共棄亦人之常情。懶於公務，真與世情相違。**吏情更覺滄洲遠，老大徒傷未拂衣**。身為官吏，心中愈感苦悶，覺得離仙人所居閑静之滄洲越來越遠。而至今仍未能下定決心拂衣歸隱，心靈如何骯臟，真是老大傷悲！

九日藍田崔氏莊(一)

老去悲秋强自寬，興來今日盡君歡。人老去，見悲凉秋景無人不傷感。今日造訪崔氏莊園，强自寬慰忽然來了興致，想同君盡情歡樂。**羞將短髮還吹帽**(二)**，笑倩旁人爲正冠**。由上句「悲」「歡」二字引出後二句典故。東晋孟嘉年少時，帽子被風吹落，被嘲笑後，若無其事寫文章，還得衆人贊賞。讓我羞愧難当者，乃当我年老頭髮稀落時，帽子被風吹走，讓人見我光秃頭頂，進而嘲笑我杜子美一把年紀仍不見功名。而此時我只能强顔歡笑，拜托身旁人為我看冠是否横歪、是否要滑落，再為我扶正帽子。此句「帽」與「冠」叠用，「帽」指孟嘉，「冠」指杜甫自身，甚為有趣。此為流水對。**藍水遠從千澗落**(三)**，玉山高並兩峰寒**(四)。藍水從遠處千澗落流，玉山高聳冷峻，兩峰並峙。玉山，指藍田山。此句描寫目睹之風景。**明**

年此會知誰健(五)，**醉把茱萸仔細看**(六)。今日如此遊樂，明年此會再相聚時，不知誰復健在？我最年長，更説不準明年會如何。於是醉酒後拿起茱萸細細觀看。「仔細」有注，意為纖悉，俗語。

【注釋】

（一）崔氏，《中説》載：「字明友之職也。」然唐人關係疏遠者用氏稱之，關係親近者用字或官職稱之。官可以為現在官職，亦可以為之前官職。根據情況使用。

（二）吹帽，晉桓温任荆州刺史時，孟嘉任參軍。重陽於龍山設宴，孟嘉帽被風吹落，桓温命孫盛作文嘲孟嘉。孟嘉立刻作答，舉止自若。

（三）藍水，藍水洲、藍田山均養玉。

（四）兩峰，或指泰山和華山，或指雲臺山藍田以東聳立之兩座山峰，或别處有見之。

（五）明年，晉阮瞻元日會親友曰：「人生如風中燭，樽酒何必拒其滿，不知明年今日再開此會，誰是强健？」

（六）茱萸，《西京雜記》載，漢宫人九日（重陽節——譯者注）佩茱萸，飲菊花酒，云令人長壽。又據《事文類聚》，費長房對汝南桓景云，九月九日，汝家當有災厄，急宜去，令家人各作絳囊，盛茱萸，以繫臂，登高山飲菊酒，此禍可除。桓景如其言。夕還宅，見雞犬牛羊一時暴死。長房聞之曰，代之矣。又見於《續齊諧記》。

野望〔一〕

於蜀中成都草堂作此詩。

西山白雪三城戍（一），**南浦清江萬里橋**（二）。蜀地西山白雪積，三城都設重兵駐防。南浦清江有萬里橋，可見橋上有人送別。**海内風塵諸弟隔，天涯涕淚一身遥**。然而海内連年戰亂，不得回京。與四位兄弟亦相隔遥遠，彼此天涯海角，涕淚此一身，遥在蜀地。**惟將遲暮供多病，未有涓埃答聖朝**。「惟」意為「獨自一人」。我孤身一人，遲暮將至，功名未建而年老體衰，每日與疾病相伴。「多病」之「多」於吴本中作「衰」，竊以為「衰」字更佳。至今未有涓塵之功，以報答聖朝之恩德。**跨馬出郊時極目，不堪人事日蕭條**。偶或跨馬出郊而游，極目遠望，只見因天下世亂，不堪人事日益蕭條，真讓人不勝悲哀。

【注釋】

（一）西山，為雪山，位於成都以西。據《高適傳》載，高適曾上表，建議於西山三城置戍，減輕百姓負擔，未被采納。稱三城爲「松維保」，乃誤。「三寄戍」之説亦誤。據《唐志》注：「唐興，時有羊灌、田朋、笮繩橋三城。」

（二）萬里橋，位於浣花溪南，故曰南浦。相傳為孔明送費禕出使吳國之地。因孔明云「萬里之行，始於此」而得名。參《詳解》。

【校勘記】

［一］詩題原作「望野」，據《全唐詩》卷二百二十七、《唐詩選》卷五改。

登樓(一)

上方有注釋。

花近高樓傷客心，萬方多難此登臨。登上高樓，本欲欣賞繁花，不想反而變得傷心不已。因萬國多難，各處兵荒馬亂，我亦無法回到京城，只能登臨此處。此句描寫環視四方後失落心情。**錦江春色來天地**(二)**，玉壘浮雲變古今**(三)。成都錦江春色自天際洶涌而來，玉壘山上之浮雲，讓人想到古今世事風云變幻。暗指當今世亂。**北極朝廷終不改，西山寇盜莫相侵**(四)。北極朝廷，無論如何亂終竟不改。故西山吐蕃寇盜之徒，莫相侵。**可憐後主還祠廟**(五)**，日暮聊爲梁甫吟**(六)。「可憐」二字意味深長。可憐先主劉備立劉禪為後主，蜀國二世即亡。後主却因先主功勞，百世受人祭拜。由此突顯「可憐」二字。

提及先主劉備，若無孔明恐難成昭烈皇帝，後主亦若孔明猶在，則不會亡國。如是想，孔明總在腦海中揮之不去。日已向暮，只能不斷吟唱孔明所作《梁甫吟》。此句借古喻今，表感激之情。

【注釋】

（一）登樓，時杜甫居閬州，嚴武復鎮蜀川，再歸浣花草堂。廣德元年，吐蕃陷京。郭子儀復之，車駕還。明年春，杜甫在成都，登樓作此詩。

（二）錦江，秦李冰為蜀守，穿二江，通成都。一曰外江，一曰内江。蜀人以此江水濯錦，濯錦鮮明，故名錦江。

（三）玉壘，為山名，位於灌縣。郭璞《江賦》：「玉壘作東别之標。」

（四）寇盜，指吐蕃。

（五）後主，蜀先主劉備之廟位於成都之南，廟後有後主劉禪之廟，附祭諸葛亮。還，意為「可以已」，表示「不得已」。

（六）梁甫吟，據《蜀志》載，諸葛孔明隴上親耕時喜吟唱《梁甫吟》。

秋興四首

本集一共八首，皆對世事有感而發。時值秋季，大都以「秋興」為題。作者當時寓居夔州西閣。

玉露凋傷楓樹林，巫山巫峽氣蕭森（一）。時值深秋，楓樹林於露水侵蝕下逐漸凋零衰敗，巫山十二峰與巫峽激流亦籠罩於蕭森氣色中。**江間波浪兼天湧**（二），**塞上風雲接地陰**。因為是秋季，巫峽江間水氣升騰，波浪滔天。巫山麓塞上，風雲與白帝城下地面相接，天地一片陰沉。**叢菊兩開他日淚，孤舟一繫故園心**。杜子美於永泰元年秋抵達夔州雲安縣，第二年秋又來到夔州西閣。今日再看去年盛開之叢菊，想起去年他日，不免傷心落淚。去年屬居巫山，乘孤舟來到此地，孤舟猶繫岸邊，卻未能歸故園，如今只能思念。孤舟尚繫岸邊，雖我在此所，心卻常繫故園。結句詩意深遠。**寒衣處處催刀尺，白帝城高急暮砧**。此句筆鋒一轉，話題從思鄉之情轉變為入冬準備。處處都在用裁刀丈尺催製防寒綿衣。白帝城高處，日暮時分，急砧搗衣聲一陣緊似一陣。身處異鄉之我，思鄉之情亦愈加凝重。

【注釋】

（一）巫山，位於夔州。連山七百里，略無闕處。自非亭午夜分，不見曦月。

（二）兼天，語出《莊子》。

二

千家山郭静朝暉，日日江樓坐翠微（一）。夔州府城下，千家山郭静静沐浴於秋日朝暉中，我日日登西江樓，坐觀巫山巫峽間微微翠色。**信宿漁人還泛泛**（二），**清秋燕子故飛飛**。信宿（連續兩夜於船上過夜之謂——譯者注）漁人本當歸家，仍泛小舟於江中漂流。雖已是清秋季節，燕子仍不南歸，四處飛舞。儘管如此，漁人與燕子終究不能永在於此（終究還是要歸去的——譯者注）。與此相比，我却淪落他鄉，居無定所。**匡衡抗疏功名薄**（三），**劉向傳經心事違**（四）。此二句前四字稱頌古人功績，後三字哀嘆自身不遇。西漢匡衡抗疏而晉升受重用，我上疏救房琯却遭罷免；西漢劉向傳五經備受恩寵，我之才華却得不到賞識，可謂事事違心。**同學少年多不賤，五陵衣馬自輕肥**。年少時共求學之同學皆精於處世，多不賤。見其出行於五陵，穿輕裘，乘肥馬，過着富貴生活。我卻無抗疏傳經而騰達之運氣，過不幸人生，落魄潦倒，徘徊異鄉，猶如浮云。

【注釋】

（一）翠微，《爾雅》疏：「未及頂上，在旁陂陀之處，曰翠微。」又指山氣青縹色。

（二）信宿，指再宿，語出《詩經》。

（三）匡衡，字稚圭，漢元帝時人。上疏言日食地震之變。

（四）劉向，字子政，漢宣帝時人。於石渠閣講五經。

三

蓬萊宮闕對南山，承露金莖霄漢間。蓬萊高闕與南山遥遥相望，承接露水之金莖銅柱聳入雲霄漢間。兩句皆寫高聳貌。**西望瑤池降王母**（一），**東來紫氣滿函關。**向西望去，西王母自瑤池降臨。此句暗指睿宗兩位公主金仙與玉真成女道士，建道觀。東來紫氣瀰漫於函谷關。此句暗指唐時崇尚老子，尊為「玄元皇帝」，於兩京建祠堂。**雲移雉尾開宮扇**（二），**日繞龍鱗識聖顔**（三）。天子上朝時，將以雉尾編成、帶有長柄之團扇（雉尾扇）遮蔽左右，待坐定之後將扇移開。在宮中移開扇，如彩雲漂動，漂至雉尾。故此句中有「衮龍」「龍顔」「逆鱗」等内容。「日繞」二字用得巧妙，「日」喻天子。旭日東升，日光繚繞，衮龍黄袍金光燦燦，我亦得以拜見天子聖顔。**一卧滄江驚歲晚，幾回青瑣點朝班**（四）。此二句對仗。我亦曾官居拾遺，於青瑣門下點朝班。然一度卧病滄江，驚歲晚，落魄潦倒。

【注釋】

（一）瑤池，據《漢武内傳》載，七月七日西王母降武帝别殿。瑤池，語出《列子》。周穆王命駕遠游，昇崑崙山，會西王母，宴於瑤池上。

（二）雉尾，據《古今注》載，殷高宗時有雊雉之祥，服章多用翟羽。做有雉尾扇。

（三）龍鱗，包含龍衮、龍袍。

（四）點，楊用脩曰，「點」同「玷」。

四

昆明池水漢時功（一），**武帝旌旗在眼中**。將挖掘昆明池操練水兵，説成是漢武帝功勞。此句借漢武帝喻唐玄宗，暗諷今世因武備疏鬆而招致兵亂。一面面旌旗迎風飄揚，其場景似乎歷歷在目。**織女機絲虛夜月，石鯨鱗甲動秋風**。此詩三四、七八句（頷聯及尾聯）都描寫兵荒馬亂、萬物蕭條之情景。池邊有織女機絲之石雕，空對月夜，石鯨鱗甲亦在秋風中閃動。正值動亂之際，誰也無法指責。**波漂菰米沈雲黑**（二），**露冷蓮房墜粉紅**（三）。水波使池底菰米漂起，水中沈雲顯得黑。露冷冷浮於蓮房上，花墜紅粉亂。兩句描繪秋天蕭瑟景象。**關塞極天惟鳥道，江湖滿地一漁翁**。此七、八句（尾聯）對仗。來到極天關塞，步行於惟鳥能飛過之道。我行走五湖，於僻靜之處做一漁翁。

【注釋】

（一）昆明，見前文注釋。

（二）菰米，《西京雜記》：「菰米，一名凋胡，生池中，至秋實如米，其米黑色。」

（三）蓮房，《靈光殿賦》注釋云：「綠房蓮子也。」

吹笛

於夔州聞笛聲，所吹為《關山月》《折楊柳》等曲子。

吹笛秋山風月清，誰家巧作斷腸聲。吹笛之夜，秋山風月清，此時誰家巧作斷腸聲。**風飄律呂相和切**（一），**月傍關山幾處明**（二）。承第三句「風月」。風與律呂曲調高低抑揚相和協。月傍關山，照幾處明。關山，暗含古曲《關山月》，描繪征途悲傷。**胡騎中宵堪北走**（三），**武陵一曲想南征**（四）。此句借用典故。彪悍胡騎若聞此笛聲，想必中宵亦將北走零散歸去。於是東漢馬援作《武陵深溪曲》，用笛吹勾起南征將士思鄉之情。**故園楊柳今搖落，何得愁中卻盡生。**故園楊柳想必早已枯黃零落。為何在倍感鄉愁時吹《折楊柳》曲，反倒讓楊柳盡生？「愁中」二字不勝悲傷。

【注釋】

（一）律呂，《樂志》云：「聲有陽律、陰律，各六。」

（二）關山，與關山有關之笛曲子有《關山月》《折楊柳》。

（三）胡騎，晉劉琨之典。參見五言律注釋。

（四）武陵，東漢馬援南征武陵，其門人袁生善吹笛，援作歌以和之。

閣夜（一）

作者此時居夔州，登樓閣，嘆亂世。

歲暮陰陽催短景，天涯風雪霽寒宵。歲暮，陰陽日月推遷，催短景。天涯風雪，亦霽寒宵。**五更鼓角聲悲壯**（二），**三峽星河影動搖**（三）。此地亦兵戈未息，到處是整備之武士。五更破曉時，軍營中即響起悲壯鼓角聲。照三峽一帶之星，映在河上，其星影動搖。**野哭千家聞戰伐，夷歌幾處起漁樵。**因征戰死者多，邊野哭，千家悲，到處傳來戰伐苦之悲鳴。由於此處蠻夷雜居，漁夫樵子中幾處響起夷歌。**卧龍躍馬終黃土**（四），**人事音書漫寂寥。**號稱「卧龍」之忠臣孔明及躍馬稱帝之逆臣公孫述，皆已同歸黃土，無論善惡忠奸，俱已煙消雲散。因此，人情世故，家鄉音書也不過是漫漫徒增寂寥而已，盡是過眼煙雲，無一可依賴。

【注釋】

（一）閣夜，居夔州時詩作，此時崔旰之亂尚未平息。

（二）悲壯，東漢禰衡善擊鼓，其声悲壯，聞者莫不激動慷慨。

（三）三峽，瞿塘峽位於夔州，舊稱西陵峽。與巫峽、歸鄉峽並稱「三峽」。動搖，漢武帝時，星辰影動搖，東方朔謂，民勞之應。

（四）卧龍，即孔明。廟在夔州城外。躍馬，《蜀都賦》載：「公孫躍馬而稱帝。」意為公孫述自立稱帝。

返照

此詩描寫雨後晚景。此詩内容並非全是返照。看來作詩之後，選取詩句中「返照」二字作為標題。

楚王宮北正黃昏（一），**白帝城西過雨痕**。放眼望去，楚襄王宮殿北側，正是黃昏時分。其實並非日暮，乃因雨而昏暗罷了。白帝城西，尚能看到驟雨過後留下之痕迹。**返照入江翻石壁，歸雲擁樹失山村**。返照入江水，水面映出摇晃倒影，仿佛岸上石壁全都翻倒入江。翻，西方尚頗為明亮，歸山之暗雲乃擁樹，故山下村莊消失。**衰年病肺惟高枕**（二），**絶塞愁時早閉門**。宮之北面已是黃昏。年邁體衰，加之患肺病，常出痰咳。若將枕放低則更加痛苦，故只能高枕而臥。居此絕塞之地，心憂亂世兇年，只能趁太陽未落，早早閉門安居。**不可久留豺虎亂，南方實有未招魂**(三)。宋玉為屈原作《招魂賦》。此處翻用其「魂兮歸來！南方不可以止些！」此地有如豺虎般惡徒作亂，不宜久留。然我體衰病重，起居不自由，魂亦已放走，與死相同，故居南方。實未招魂，則無能北歸京。但魂魄尚在，如能得以康復，或能北歸京。

【注釋】

(一)楚王宮，位於巫山縣西北，即細腰宮。

(二)病肺，有痰咳嗽。

(三)未招魂，講釋中有述。

登高

風急天高猿嘯哀，渚清沙白鳥飛迴。「風急」是一折，「天高」是二折，「猿嘯哀」為三折。「渚清」是一折，「沙白」是二折，「鳥飛迴」為三折。此兩句被稱為「三折句法」。時值暮秋，風急天高氣爽，猿嘯哀，渚清沙白，還可見有鳥飛迴。**無邊落木蕭蕭下**(一)，**不盡長江衮衮來**。無盡落葉蕭蕭飄下。此句與第一句呼應。因是水勢旺季秋天，對面無垠長江水滚滚奔騰而來。此句與第二句呼應。**萬里悲秋常作客**（二）**，百年多病獨登臺**。此身居遥遠萬里之外，每年一到秋天就不禁悲嘆自己常年漂泊作客。人之壽命僅有百年，多有苦痛疾病。今無人相伴，獨上高臺。此二句每字都含悲傷。**艱難苦恨繁霜鬢，潦倒新停濁酒杯**。於異國他鄉顛沛流離，歷經艱難苦恨，白髮如繁霜長滿雙鬢。我因盡是不如意之事，窮困潦倒。且多年受肺病痰咳之困擾，只得斷所好之酒不飲。如此却更加劇心中煩悶，無以釋懷。胡元瑞《詩藪》中對此詩有詳細論述，值得參考。

【注釋】

（一）蕭蕭，出《楚辭》：「風颯颯兮木蕭蕭。」

（二）悲秋，語出《楚辭》。

錢起　**闕下贈裴舍人**

以下為中唐詩篇。裴舍人名夷直，時任中書舍人。錢起當時未受重用，希望裴舍人上薦。

二月黄鶯飛上林，春城紫禁曉陰陰。乘二月温暖，黄鶯來到禁裏，於上林苑自由飛舞。暗指他人都受到接見，獲得官職及遷喬。坐落於春之紫禁城，拂曉時看覺微暗。**長樂鐘聲花外盡，龍池柳色雨中深**。長樂宮内，百花争艷，從中傳來報曉鐘聲，夜明時分消逝於花叢盡頭，故云「盡」。「花外盡」三字呼應上句之「曉」字。龍池畔柳色於春雨中更顯蒼翠。「雨中深」三字呼應「陰陰」。**陽和不散窮途恨**（一），**霄漢長懸捧日心**（二）。和煦春日裏，草木返青，鳥獸雀躍，心花怒放。然如此景色亦難消我窮途遺恨。霄漢以喻朝廷。我長年為朝廷盡忠，耿耿胸中永懷捧日忠心。**獻賦十年猶未遇**（三），**羞將白髮對華簪**。自向天子獻賦，已十年有餘，猶未遇，請體恤本人已向暮。我羞於將白髮蓬亂，面對頭插華簪、頂冠束帶之裴舍人。此句意為，若不是面對裴舍人，或許我尚不會如此鬱悶。我至白髮蒼蒼未得召見，唯恐人到暮年仍一事無成，羞愧難當。既然面對，懇請裴舍人盡可能在聖駕前為我美言，讓我有建立功名之機會。

【注釋】

（一）窮途，出《吴越春秋》。子胥曰，夫人賑窮途，少飯亦何嫌哉？

（二）捧日，出《魏志》。程昱夢上泰山，兩手捧日。曹操曰：「卿當終為吾腹心。」

（三）十年，張釋之典故。參見七言古。

和王員外晴雪早朝

紫微晴雪帶恩光，繞仗偏隨鴛鷺行。紫微晴白，妙雪帶天子恩光，別有一番景致。早時參拜，百官繞整齊排列之天子儀仗隊，在旁如鴛鷺成行般根據順位依次參拜。後之「隨」指百官同時沐浴雪光及天子恩光。此詩宜熟誦全句後理解字義。**長信月留寧避曉**（一），**宜春花滿不飛香**（二）。遍地白色，西側長信宮落月留照，寧避曉。宜春苑亦名芙蓉苑。宜春苑裏開滿白色凝花（指積雪——譯者注）。實非真花，故不聞花香飄散。**獨看積素凝清禁，已覺輕寒讓太陽。**獨看積素清，禁宮中御垣上似凝成一片。已覺春來寒意輕，似乎寒讓於旭光，因太陽而暖。**題柱盛名兼絶唱**（三），**風流誰繼漢田郎。**早朝禮已畢。若誰能有幸受到陛下賞識，定是名聲才學俱佳者。既擁有讓陛下御筆題柱之盛名，兼能作媲美《白雪》絶唱之才能。如此風流人物，繼漢朝田郎之後復有誰？「誰繼」二字意味深遠，應當仔細琢磨。

【注釋】

（一）長信，漢代宫殿，位於渭水之南。

（二）宜春，秦代御花園，唐稱芙蓉苑。

（三）題柱，參見上文注釋。

韋應物　自鞏洛舟行入黃河即事寄府縣寮友（一）

自鞏縣洛水乘舟順流而下，北入黃河，將此情景作詩贈府縣同僚。應是韋應物任洛陽丞時詩作。

夾水蒼山路向東，東南山豁大河通。鞏洛之西為谷間，河道狹窄，左右兩岸青山夾溪水。順船路向東航行，漸漸行至東南，山谷豁然開朗，船終於駛出山谷，於大河上通行。**寒樹依微遠天外，夕陽明滅亂流中。**向北而望，落葉寒樹於遥遠天外隱約可見，夕陽映照巖間水勢亂流中，忽明忽滅。**孤村幾歲臨伊岸**（二），**一鴈初晴下朔風。**吴本中「幾歲」作「幾處」，似乎「幾處」更佳。孤零零幾處村落臨伊河岸邊橫七竪八，眼前，無伴孤鴈於雨霽初晴時，冒朔風順流遠去。由大鴈引出寄僚友。**爲報洛橋遊宦侶，扁舟不繫與心同**（三）。為此要告訴於洛橋漫遊之宦侶們，吾心不静，如同未拴繫之扁舟，右往左往，隨波蕩漾。

【注釋】

（一）鞏洛，鞏縣，屬河南，洛水發源之地。

(二)伊岸，據《漢書注》載，河南郡有河、洛、伊。伊岸指伊水之岸。

(三)扁舟，語出《莊子》。

郎士元　**贈錢起秋夜宿靈臺寺見寄**

無「贈」之味道。是否為「酬」之筆誤？

石林精舍武溪東(一)，**夜叩禪扉謁遠公**(二)。虎溪水東，巖石聳立，茂林深處有修佛精舍。深夜輕叩禪扉，謁居住於廬山之高僧惠遠法師。**月在上方諸品靜，心持半偈萬緣空**(三)。月於上方照，萬籟俱靜。諸品，如「諸塵」，指萬物。我靜下心來，心持《涅槃經》中「生滅滅已，寂滅為樂」此半句偈語冥思，徹悟妻子親族有緣者，讓人牽掛之諸般塵念，萬緣皆空。於是將愛心拋諸腦後。**蒼苔古道行應遍，落木寒泉聽不窮**。因是山寺，參請者無，故古道上遍布蒼苔。樹木落葉簌簌聲，寒泉谷川流水聲，不絕於耳(聽不盡)。**更憶雙峰最高頂，此心期與故人同**。更憶此寺後有雙峰，君欲與我結伴同行，登上最高頂。果然君與我心心相印。此登臨雙峰之心，期與故人同。據詩文，此山有雙峰。廬山有雙劍峰，然此山非廬山。是否是指「雙林雙樹(亦稱沙羅雙樹——譯者注)」？

【注釋】

(一)精舍，《釋迦譜》云：「息心所栖曰精舍。」武溪，即虎溪。唐避諱太祖，故云「武」。

(二)遠公，見上文注釋。

(三)半偈，《涅槃經》云，帝釋説半偈。

盧綸　長安春望(一)

中唐起亂後，感嘆世道艱辛。

東風吹雨過青山，卻望千門草色閑。正當此時，東風吹，春雨横灑掠過青山。回首遠望禁裏千門萬户，一片荒蕪，因天子避亂搬離，宫内不見人影，草色閑閑。**家在夢中何日到，春來江上幾人還。**此時此刻身在京城，心在故鄉。身處兵荒馬亂中，只於夢中見妻子，何日能平亂歸家？春色來到江上，感嘆歲月流逝。值此騷動，又有幾人欲還卻不得還家。**川原繚繞浮雲外，宫闕參差落照間。**川原繚繞，一直延伸到天邊浮雲之外。宫闕高低錯落，映照於一片斜陽之中。「浮雲」「落照」暗含亂世之意。**誰念爲儒逢世難，獨將衰鬢客秦關。**誰能念到，我一介儒生，懷才不遇，逢兵亂遭艱難，獨將衰老髩髭，漂泊流蕩於秦關京城。真未料遭如此境遇。

【注釋】

（一）春望，此時吐蕃起亂，代宗幸陝，盧綸時在京而作。

張南史　**陸勝宅秋雨中探韻同前**

前已有人以相同題目作詩，因非最早書，故略作「同前」。探韻，指抽籤定詩韻來作詩，張（南史）抽到陽韻。疑似於九月九日（九九重陽節）舉行此詩會。

同人永日自相將（一），**深竹閑園偶辟疆**（二）。作詩文之同人，不約而同於竹林茂密、寧靜宜人之私人別莊相會，悠閑度過一日。如同東晉顧辟疆於風景優美之私人別莊會友酣宴。兩者不相上下。**已被秋風教憶鱠**（三），**更聞寒雨勸飛觴**。秋風已四處吹，讓人常憶故鄉吴松江鱸膾。更聞寒雨中推杯换盞，觥籌交錯，鄉思之情越來越甚。然與志同道合之好友把盞同飲，詩情酒興格外高昂。**歸心莫問三江水**（四），**旅服從沾九日霜**。回歸故里之心常在，故莫要問是否欲飲三江之水平静心情。「三江水」與第三句呼應。今適逢九九重陽，任憑霜露沾打，濕我旅衣。「九日」與第四句呼應。**醉裏欲尋騎馬路，蕭條是處**

有垂楊。醉酒欲騎馬尋歸路，又因多情善感，重歸此地行樂。記得此處有垂柳，乘興而歸之後，此地只是蕭瑟殘柳矣。此聯亦能如此理解：酒興盡，且欲歸，而變得對此處依依不舍。蕭條，徒感失落空虛之意。

【注釋】

（一）同人，《易經》：「同人於野。」永日，《毛詩》：「且以永日。」

（二）辟疆，姓顧名辟疆，擁有東晋第一名園。

（三）憶鱠，張翰字季鷹。晋惠帝時侍奉齊王冏。翰因見秋風起，乃思吴中蒓羹、鱸鱼膾，曰「人生貴適志耳」，遂乞暇而歸。時有同郡顧榮執其手，愴然曰：「吾亦與子采南山蕨，飲三江水耳。」

（四）三江，與松江源、太湖相連，分三江。屬吴地，明時為松江府。

李益　**鹽州過胡兒飲馬泉**（一）

應是李益任幽州都督，劉劑任副使時作此詩。

緑楊著水草如煙，舊是胡兒飲馬泉。緑楊倒垂於水面顯得凌亂，雜草叢生猶如燃起之煙。問當地土人：此為何地？答曰：此處舊是胡兒飲馬之泉。**幾處吹笳明月夜，何人倚劍白雲天**（二）。此三、四句（頷聯）不宜理解為追憶往事。明月夜，幾處響起吹笳聲，想必令值夜勤士兵哭泣。不知何人於白雲飄動之天際倚劍矗立，守衛疆土。此人豈非我？何人，乃自謂，指詩人自己。**從來凍合關山道，今日分流漢使前**。以往，去年來時，凍合甚厚。因處北關山通道，天寒地凍。今日雪融冰釋，泉水分流。當差漢使眼前一片暖色。**莫遣行人照容鬢，恐驚憔悴入新年**。然往來此所之行人，切莫於湖水中照見自身容顏髩髭。來到他國，嘗盡勞苦，見自身以如此憔悴面容迎新年，恐要吃驚失落。此實則我自謂。此八句詩皆描繪自身之憂愁。

【注釋】

（一）鹽州，唐貞觀年間於此置豐州，胡人曾於此飲馬。

（二）吹笳，即關於劉琨之典故，見上文注釋。倚劍，語出宋玉《大言賦》：「長劍倚天外。」

柳宗元　　**登柳州城樓寄漳汀封連四州刺史**（一）

參見注釋中敘述。

城上高樓接大荒（二），**海天愁思正茫茫**。柳州刺史登城上高樓，放眼望去，極目之處接大海之外無邊無際之大荒。見海天一線，不禁愁思從中來，思緒萬千。**驚風亂颭芙蓉水**（三），**密雨斜侵薜荔牆**（四）。空中呼嘯之疾風，掀起大浪。因護城河裏種植諸多芙蓉，水與花被猛烈吹亂。强風使密雨斜拍長滿薜荔之城牆。**嶺樹重遮千里目，江流曲似九迴腸**（五）。遥望故鄉及各位居所，山嶺上茂密樹林中樹木重重，遮住千里目，妨礙視線，看不見，故倍感悲傷。江流彎彎曲曲，似九迴腸。據説悲傷時一日九迴腸。**共來百粵文身地**（六），**猶自音書滯一鄉**。不僅我一人，猶有四位同仁遭貶，共來百粵此一蠻荒之地，甚至當地人皆看不慣之百餘種恐怖鳥獸圖案紋於身、背、手、足。於此地便是互通書信，也困難重重，而今依然音書不通，自滯漳州、汀州各一方，更不用説共各位同仁相會矣。此為悲嘆自身身世。

【注釋】

（一）漳汀封連，永貞元年，子厚（柳宗元——譯者注）、韓泰、韓曄、劉禹錫、陳諫、凌準、程異、韋執誼等八人附和王叔文新政，都被貶為司馬。凌準與韋執誼卒於貶官之地。程異先被召回。元和十年，柳宗元等五人奉詔回京，但又均被外放，任州刺史。子厚赴柳州，韓泰赴漳州，韓曄赴汀州，陳諫赴封州，劉禹錫赴連州。漳、汀二州位於閩地，封、連、柳三州位於粵地。

（二）大荒，《爾雅》曰：「大荒，海外彌遠。」

（三）颭，雙冉切，風吹浪動也。芙蓉，即蓮花。

（四）薜荔，前有注釋。

（五）九迴腸，司馬遷曰：「腸一日而九迴。」

（六）百粵，吴越、南越、閩越之總稱。據《史記》載，楚大敗越國，殺越王無疆，越以此散。諸公子争立為君或為王，故稱為百越。越亦封天子，不屬中國，居住於海邊，與龍争斗。百姓皆斷髮，於身上刺青，故稱為「斷髮文身」。

韓愈　奉和庫部盧四兄曹長元日朝迴（一）

庫部，見注釋中叙述。曹長為庫部長官。當時韓愈任比部郎中。

天仗宵嚴建羽旄（二），**春雲送色曉雞號**。元日大朝會上，天子儀仗格外威嚴。自前夜宵九時，便開始嚴密準備，用羽旄飾，立旌旗。七時（相當於凌晨四時左右——譯者注），東方飄來比春之祥雲，為皇宫添色，同時傳來雄雞報曉打鳴聲。如前文所述，理解此師傳爲理解此詩作之關鍵。對照原文及注解仔細閲讀，便能很好理解詩文。**金爐香動螭頭暗**（三），**玉佩聲來雉尾高**（四）。金爐中香煙升騰，樓梯欄杆上雕飾之螭頭昏暗不清。皇上駕到，悠悠傳來玉佩聲響。之後左右舉高雉尾扇遮擋龍顔。**戎服上趨承北極**，**儒冠列侍映東曹**。身着戎服之諸武官踏上赤墀，趨步緊隨警護皇上，承仰北極之高；頭戴儒冠之諸文官列侍於皇上近側，其情景映於東曹。**太平時節身難遇，郎署何須笑二毛**(五)。在如此太平時節能為朝廷效力，真可謂是可求而不可遇。故何須嘲笑他人多年任郎署而未獲升遷，稀里糊塗直至鬢髮黑白交錯？此句其實表露自己因才華未獲皇上賞識，而悲嘆懷才不遇之不滿情緒。然表面上表現為與朝廷完美配合、盡忠盡効。

【注釋】

(一)庫部，屬兵部，掌管戈、槍、長刀等兵器及負責伴駕。

(二)宵嚴，據唐《儀衛志》載，天子將出，為準備擊一鼓，為一嚴；備齊後擊二鼓，為二嚴；出發前擊三鼓，為三嚴。

(三)螭頭，螭，如龍無角。據《漢書》載，殿階闌楯刻螭為飾，丹墀上层稱為螭頭。唐制，起居郎夾香案分左右侍立，面向第二层螭頭。

(四)玉佩、雉尾，前有解釋。

(五)二毛，字見《左傳》，指髮半白半黑。潘岳《秋興賦序》曰：「余春秋三十有二，始見二毛。」昌黎於憲宗中興時仍在效命朝廷，誠如此辭。

卷之六　五言絶句

五言絶句須僅用二十字表示其意趣，故反而難為之，僅羅列字則無趣。韻可押仄聲。若不多作詩並甚爲熟悉，則難以為之。

賀知章　題袁氏別業

主人不相識，偶坐為林泉(一)。此詩似親密之人袁氏同賀知章結伴出行時所作。與此別業主人袁氏不相識，偶然來此坐樂，誠並非僅觀賞庭院林泉風景，他處所無，使心悦而爲之。**莫謾愁沽酒，囊中自有錢**。主人有時謾愁沽酒款待，請主人不必擔心，我囊中自有錢，讓我隨性暢飲便是。如此説來，袁氏(財富)已能修築別墅，不会因請客人飲酒一二樽而為難。若讓主人沽酒予我飲，乃對主人之不敬。然此爲學者毫不做作之風雅相遇，乃脱俗之處。首先於人情上，若來到無意思之地，豈止飲酒，速起歸心。而望此林泉景色，須以此当肴飲一盃。出錢亦為人之常情，即便主人有吝惜之心，不以酒款待，豈能僅看景色而歸？

我出錢沽酒飲，亦不覺可惜，故請主人不必顧慮。但願不僅能贊美林泉氣色，主人亦高興。

【注釋】

（一）據古《世説》載，晉王子猷聞顧辟疆有名園，雖不識主人，却徑往其別業賞樂。第一句用此事。偶坐，《禮記注》中有「對坐」，但此處未用。偶，即偶然、意想不到之意；坐，指久坐享樂。

楊炯　**夜送趙縱**

此應是趙縱前往京城，歸官府復舊職作。而歸故鄉之説乃非也。

趙氏連城璧，由來天下傳（一）。趙縱為趙氏，故而引用趙國璧之故事。秦昭王對趙王曰，願以十五城换君所有之璧，有此典故。此名璧有此由來，自古便傳天下，無人不知。君乃趙氏，正如見此璧一般，君之才學亦光輝照耀。**送君還舊府，明月滿前川**。因君蓄有璧之才，故送君還京城官府，復歸舊職。此詩句謂，此時正如明月光照滿前川一般，精美之璧歸原地之時。「明月」呼應題中「夜」字，「璧」呼應「明月」二字，詩作得如此相稱。

【注釋】

（一）晉盧諶《覽古詩》：「趙氏有和璧，天下無不傳。」本詩改此句。連城璧，《史記》中載，趙國得卞和璧，秦稱願以十五城請易璧，藺相如曰：「和氏璧，天下所共傳寶也。」

駱賓王　**易水送別**（一）

此并非因為有仇而離別。駱賓王因不被重用，遂咏嘆剛毅前途有望之人。

此地別燕丹，壯士髮衝冠。此易水乃古時荊軻為替燕太子報仇欲刺殺秦始皇而歌之地，荊軻義氣剛强，甚爲可靠，分別時髮毛直立如衝出冠一般有氣勢。**昔時人已没，今日水猶寒。**昔時之人已没，今思其英雄仗義，全身寒毛凜凜，水面似猶寒。見此便令人思慕，欲逢有義氣、有信譽之人。

【注釋】

（一）易水送別，據《戰國策》載，荊軻為燕國太子丹報仇，欲刺殺秦王，太子於易水送別時，作歌一曲，歌畢，髮毛忽然倒立，衝出冠帽。但因如今無此般英雄豪傑，遂嘆之。

陳子昂

贈喬侍御

任邊塞監督，即便努力也不能出人頭地，亦無法就任好官職。

漢廷榮巧宦（一），**雲閣薄邊功**（二）。在漢之朝廷，司馬安等雖無才學無功，以阿諛爲官，官至九卿，甚爲榮耀。今世凌雲閣内，對功臣無盡刻薄。**可憐驄馬使**（三），**白首為誰雄**。在邊塞立下戰功却遭薄遇，可憐那後漢桓典，任驄馬使，一絲不苟，正直爲官。但汝正如其人，任職至白髮，亦尚未被上級官員所發現，汝出色工作又為誰人？故事注釋中有述。

【注釋】

（一）巧宦，《文選·閑居賦》序：「前漢司馬安四至九卿，而良史顯之以巧宦名。」巧宦指追從輕薄，奉公諂媚。

（二）雲閣，漢明帝時將功臣畫於凌雲閣，乃使後世不忘其功。

（三）驄馬，見前。

郭振

子夜春歌（一）

乃樂府題，子夜為一女子名，為思夫之體材。

陌頭楊柳枝，已被春風吹（二）。子夜對夫云，君要忍耐暫別，將夙願寄托路旁，到邊塞立戰功。丈夫去邊塞，已過時日却仍不歸。望向遠方，見陌頭楊柳枝隨風飄動，想歲月亦已被春風吹走，於是不斷思念夫君而不能自拔。**妾心正斷絶，君懷那得知**。「妾」為謙語，對丈夫所用之説法。妾心正似寸寸斷絶。夫君在遠方，或於彼處有樂事，如何得知君懷是否已忘我，欲使君知我心，遂言「君懷那得知」。此詩講女人情之淺薄愚蠢。

【注釋】

（一）子夜，乃東晉女子始作之歌，後人仿之，作《子夜四時歌》。

（二）已，含分別後很快春天到來之意。

盧僎　**南樓望**（一）

此詩有一説曰，盧員外之故鄉在三巴，至此，從樓上望去，故鄉甚遠。又有一説曰，故鄉在外，來到三巴，望見故鄉甚遠。

去國三巴遠，登樓萬里春。離開京邑，來到遥遠三巴（另一种理解：來到遠離三巴之地——譯者注），在此登樓眺望，直到萬里盡頭，春色盎然，遂憶起京城。**傷心江上客，不是故鄉人。**成爲江上旅客，所見之人皆非故鄉人，遂覺心中不安而自傷心。

【注釋】

（一）南樓，一位於岳州，見於《岳陽風土記》；一位於鄂州，見於《吴船記》。又「三巴」另有兩處。

蘇頲　**汾上驚秋**

汾，為水名，驚覺已至早秋。漢武帝曾乘船游幸此所。

北風吹白雲（一）**，萬里渡河汾**。「北風」之「北」字略有可疑。汾水乃漢武帝乘樓船享樂之古跡。至此看去，一至秋日，冷風起，吹白雲。因我從萬里之外來此渡汾河，故心感不安。**心緒逢搖落，秋聲不可聞**。心緒如抽不盡之絲，愁亦無窮盡，遂思緒萬千，又逢樹葉搖落之時，心感凄涼。搖落，含哀嘆衰老之意。因不幸，欲不聞秋風之凄涼聲。因己不得志，年邁無為，而甚感悲戚。「秋聲不可聞」，描述悲傷之深。

【注釋】

（一）白雲，漢武帝《秋風辭》中有「秋風起兮白雲飛」，又有「泛樓船兮濟汾河」。

張説　**蜀道後期**

此乃自洛陽前往蜀地時，預計趁秋未至歸來，因感早秋已至，而作此詩。

客心争日月，來往預期程。出使蜀地，抓緊趕路，欲無一日無益於道。何時能歸京？客心好似夜未息而與日月争晝一般，行前已預期歸程，却出乎意料要延長日數。**秋風不相待，先至洛陽城**。秋風無情，不待我歸而先至洛陽城，吾未懈怠任何事，秋風爲何先至？如此以咎責般語氣加深詩情。

張九齡　**照鏡見白髮**

此詩乃照鏡見滿頭白髮有感而發。

宿昔青雲志（一），**蹉跎白髮年**（二）。宿昔年少時曾有登上青雲之志，經年月蹉跎時，已至白髮年。**誰知明鏡裏，形影自相憐**。「誰知」二字可感有味，有誰知我之憐？明鏡映出之形與影自然而然互相憐憫，此乃知吾而慰吾者也。

【注釋】

（一）青雲，見《史記》，指登仕。

（二）蹉跎，為失時。

孫逖　**同洛陽李少府觀永樂公主入蕃**（一）

李乃姓，少府為官。公主為姬宮（姬宮，日本指地位較高女性——校者注）。蕃乃夷國之名也，公主將遠嫁此邊鄙處。見注釋。

邊地鶯花少，年來未覺新。可憐公主為和親將前往蕃国。彼處甚至或時節亦與京城大不相同，邊塞之地，鶯囀花開少，年來未覺新，乃如此邊遠之地。**美人天上落**(二)，**龍塞始應春**。姫宮將前往如此不宜居之國度，此如同美人天上落。此句引用樂府詩句，其作用至極。此般說來太過可憐，遂欲安慰之。然公主將前往龍塞如此般野蠻之地，亦彷彿初次迎來春日嫻静氣息一般。詩人特意將鼓舞之話寫在終句。龍塞，乃地名。

【注釋】

（一）開元三年，蕃長（胡人首領）李失活歸伏於京（唐朝），次年失活進宮參朝。以天子養女楊氏女，謂之永樂公主，下嫁於失活。

（二）美人天上落，《樂府・江陵女歌》有「雨從天上落」。

李白　**静夜思**(一)

此乃樂府題。夜深人静時，思念起故鄉，以旅情爲詩。自此為盛唐。

牀前看月光(二)，**疑是地上霜**。牀，為寢所。我雖在牀前看明亮月光，然因我心中有愁思，故暫不覺是月光，而懷疑是落到地上之霜。此二句描述詩人之恍惚錯覺。**舉頭望山月，低頭思故鄉**。於是擡頭望山上月，因住於他國，情感强烈湧起，低頭思念起故鄉。此二句描寫詩人之懊惱與傷心。很好描寫出愁之深情。此乃李白隨性所作之詩，應思考其意。

【注釋】

（一）静夜，樂府題。

（二）牀，乃臥牀，長六尺，形如書案。

怨情

宫女等因君之寵愛漸衰而有怨情。此詩為外人眼中之同情。

美人捲珠簾，深坐嚬蛾眉。美人在捲起美麗珠簾之地，然珠簾並非美人自己捲起。因女人回避拋頭露面，深坐閨中皺蛾眉已有三月。嚬，指因擔心事而眉上擠出皺紋貌。**但見淚痕濕，不知心恨誰**。但見其眼淚簌簌掉下，痕濕袖衫。此定是怨恨誰。外人雖不知，然閑言道，蓋思念夫君矣。

秋浦歌（一）

秋浦，乃地名。李白遭讒言，被放此地而不得歸，遂作此詩。

白髮三千丈（二）**，緣愁似個長。**李白乃飄逸之人。三千丈，形容長。噫！糟糕！遇讒言，左遷至秋浦，愁似個長，而髮過於白，遂自起疑，也注意到年老。**不知明鏡裏，何處得秋霜。**不知此為我自己，見映於明鏡中人，不知從何處向秋得霜灑在頭上，甚是驚訝。

【注釋】

（一）秋浦，乃縣名，隋朝時稱為秋甫，唐朝時稱爲池州。

（二）三千丈，與「弟子蓋三千」「宮女三千」「路三千」等同，均表示不計其數。

獨坐敬亭山（一）

描寫獨坐欣賞敬亭山景色。

衆鳥高飛盡，孤雲獨去閑。仰望對面，衆鳥高飛，飛向遠方不見。山間所起之雲，輕飄飄獨去閑。

描寫詩人獨坐從容不迫貌。鳥、雲並未見得討厭我，只因是活動之物，故此刻已散失不見。**相看兩不厭，只有敬亭山**。因山不移至別處，我亦看不厭。見不移動之山，誠如有不變之友人般。此乃詩意深厚處，亦有描寫景色優美之意。

【注釋】

（一）敬亭山，《文選》李善注引《宣城郡圖經》曰，敬亭山位於宣城縣以北十里之地。

見京兆韋參軍量移東陽（一）

京兆，乃都；韋，乃姓；參軍，為官名；量移，為換地去遠國。詳見注釋。

潮水還歸海，流人却到吴。潮水經常漲潮又退潮至海，我變成流水，從京都却到吴地。東陽，位於吴地。此句描述自京都去吴地成爲流人而不得歸。**相逢問愁苦，淚盡日南珠**（二）。相逢問愁苦曰，想必甚悲傷乎？落下如日南珠般眼淚，共哭盡。日南，為日出之地南端，日自北方出。有一説，日南之地鮫人淚變成珠，遂想到如此流淚，珠將盡。

【注釋】

（一）京兆，古雍州之地，漢之長安也，稱西都。參軍，正七品，上司録參軍也。量移，既有謫官自京移至遠地，也有自遠地移至京者，皆由皇帝考慮後而調配。東陽，古吳地，南海郡也。漢武帝改名為「日南」，見《史記》。

（二）日南珠，乃鮫人事，見五言律注。此詩第四句難解，有日南珠生自我淚之意。又有日南珠盡成我淚之意，兼含二意，乃精妙之句。

臨高臺（一）

王維

乃樂府題。此乃詩人送客上旅途後，登上高臺，眺望其去處時所作。

相送臨高臺，川原杳何極。送別真摯友人，甚爲不捨，登高臺眺望，不知其去向。越過遠方山川原野卻無窮盡。**日暮飛鳥還，行人去不息。**接下來描述自分別後至晚上情形。在該處一直看到日暮，飛鳥亦早早飛回林中睡覺，行人亦匆匆趕路而不息，而吾友又如何呢？念及直到日暮一直趕路，甚是可憐。寫「日暮」，很好表達出惜別之情。

【注釋】

（一）臨高臺，樂府題。鼓吹鐃歌曲。

班婕妤（一）

班，乃姓；婕妤，乃官名。此人為賢女子，傳聞漢成帝對其寵愛衰減。詳見注釋。

怪來妝閣閉，朝下不相迎。乃不可信，真奇怪。來，為助字，並無深意。妝閣閉，化妝間閉塞。隨即耳聞，君已下朝，皇帝之寵愛早已遠離，便無法相迎，反正無一值得尊敬之人，故無化妝之意義。**總向春園裏，花間笑語聲。**正因如此，我侍奉太后，太后之衆侍女皆去往長信宮春御園，在鮮花盛開中歡聲笑語，能聞其熱鬧聲音。吾不得已在此處侍奉太后，故笑語不止於心，亦不能常怨恨，因此皆强裝外表看似歡樂，發出有趣笑語，猶能聞怨情之深。婕妤為賢女，無怨心，此評價有違。

【注釋】

（一）班婕妤，為樂府題。婕妤為女官第四位，頗受漢成帝寵愛。後漢成帝寵幸趙飛燕，疏遠婕妤。婕好於是自願移至長信宫，侍奉太后，作歌賦將自身比作紈扇，夏時君之手觸摸，秋時被棄。後人悼而作《婕好怨》。

雜詩（一）

此詩多意，定是因難以定題，遂作《雜詩》。描述婦女之各種事情。

已見寒梅發，復聞啼鳥聲。已見寒梅花發盛，又鶯鳥囀鳴，歲月流逝，時間流逝飛快。尚以爲是冬，然春已至。**愁心視春草，畏向玉階生**。見各種春草皆生長，應心情大好，然卻有愁心，故見春草生於庭中，何處談得上愉快欣賞？反而加深愁思。此竟為何事？畏懼草漸漸繁茂，之後定向玉階生長。自然擔心此草妨礙君王臨幸，而就此罷來。終句描述春意已深，含悲嘆我之面容亦隨時間流逝而漸衰之意。

【注釋】

（一）雜詩，本集中有五首，皆描寫婦女之情，無一例外。

鹿柴(一)

注釋中有述，王維與裴迪乃獨一無二摯友，遊別墅，互作詩以取樂。詩描述山中閑静風景。

空山不見人，但聞人語響。爲不讓鹿通過，而設置籬笆，前面應有小亭。因是空山，無人往來，但並非深山而靠近人家。不知何處，聞人語聲響。在山中甚爲有趣，故無人更好。**返景入深林**(二)，**復照青苔上**。此別墅亭子周圍，大樹繁茂，晝中日光亦照不到庭院。朝日自東透過樹之縫隙照射進來。至七時，返景射入密林中，朝已照過，復照庭中青苔處。静謐而讓人感覺彷彿遠離煩世，故更有趣。

【注釋】

(一)鹿柴，王維在輞川別墅作二十首絶句，此乃其中之一。《廣韻》曰：「柴，山居木栅。『柴』本作『砦』，籬落也。」羊之栖處亦稱「砦」。此乃籬以免麋麚通過而做。

(二)《山海經》：「日西落，光反照於東。」

竹裏館

竹林中有亭，此詩亦是輞川别墅二十題中一首。

獨坐幽篁裏，彈琴復長嘯(一)。無人陪伴，獨坐幽篁裏，彈琴復長嘯唱歌爲樂，表達遠離世事之意。「復」字並無深意。**深林人不知，明月來相照**。常人不知此深林之樂趣，知者僅有明月。明月來相照，仿佛是我知心朋友一般。

【注釋】

(一)長嘯，指用嘴發出如笛子般聲音，哼唱無節調之歌。蜀國諸葛孔明居於隴中時，抱膝長嘯。

長信草

崔國輔

長信，為宮名，乃太后之宮殿。班女失去皇帝寵愛，後居住於此處。

長信宮中草(一)，**年年愁處生**。有太后居住，故長信宮少有人出入，遂地上到處長滿草，在此全無趣之處，生長茂密，可見是生長於愁思滿滿之地。**時侵珠履跡，不使玉階行**。時而侵皇帝著珠履臨幸之跡。侵，謂草生長於本不該長之地。不讓行至此玉階附近，乃指皇帝亦不臨幸至此。其身亦不可去，並非遠離我。此詩託雜草抒發怨言，乃作意之妙境。

【注釋】

（一）長信宫，太后之居所。玄之認為，此宫設有班姬住處。

少年行（一）

描述年少者到花街柳巷尋樂。

遺卻珊瑚鞭，白馬驕不行。少年奮勇加鞭，急忙趕路。至章臺花街柳巷而遺忘向馬揮鞭。「卻」為助字，以珊瑚飾鞭亦為一種奢侈。白馬不被鞭打，任性至連脚步亦亂起來，晃晃悠悠似主人般玩樂，不往前走。**章臺折楊柳**（二），**春日路傍情**。少年輕浮之態與章臺妓女嬉戲，非要折斷本不應被折斷之楊柳枝，以如此幼稚無聊動作解悶。正逢春和日麗，少年於路旁東逛西逛到處晃悠，可見其享樂之情。有趣在於「路傍」二字帶有大色彩，含情，但詩中不以言辭表露出來。見注釋。

【注釋】

（一）少年行，樂府題。

（二）章臺街位於長安城下，有歌舞藝妓。街上多種柳樹，折為馬鞭，前漢張敞任京兆尹要職時，自以便面拊馬，使馬奔走於章臺街。

孟浩然　**送朱大入秦**（一）

朱乃姓，大為兄弟排行中老大。秦，乃長安，注釋中有述。

遊人五陵去，乃葬有漢朝高、惠、景、武、昭五帝之陵墓。因位於長安，遂將入秦説成去五陵。君乃游人，去往彼五陵繁華之處。斷此一句，後三句應連起來看。**寶劍直千金**（二）。**分手脱相贈，平生一片心**。不知何由欲爲君餞行，幸有寶劍直千金。在唐與人分別時，緊握對方之手，將手分開時就要分別。有時將腰間之物脱出相贈。寶劍高價，未必作爲餞行之禮。只因足下與我關係可靠，平生義氣十足，故如此送。「一片」乃指與足下爲志趣相同之靈魂，有俠客之意，深厚情誼亦不以此盡。

【注釋】

（一）「朱大」之「大」指「一」，詳見七言古輩行之注。

（二）千金，《論衡》：「利劍有千金之價。」又曹子建《名都篇》有「寶劍值千金」，取而用之。

春曉

春曉昏昏欲睡，即起句。

春眠不覺曉，處處聞啼鳥。此句描述不離寢牀，所思其事。因春暖，睡意亦漸佳，春困倦不覺，催曉而昏昏欲睡。忽然處處聞諸鳥啼囀聲而醒，似是夜已明。**夜來風雨聲，花落知多少**。「夜來」之「來」為助字。於是想到，夜中聞風雨聲，想必庭中花亦落許多而惋惜。有不被世俗所污染之內心，在真景色中描述我之閑情。「多少」為對文，「多」與「少」文字成對，遂以散文中無一字入用。此句中「少」字僅用作韻，並非入用。「多」字為入用。「散文」之「散」表示無用。

洛陽訪袁拾遺不遇

訪，為慰問；袁，乃姓氏；拾遺，為官職。此人被貶爲小官，已被流放之後，故而不遇。

洛陽訪才子（一）**，江嶺作流人**。在洛陽時所訪才子，袁拾遺被左遷，已赴南之江嶺，成為流人。**聞説梅花早，何如此地春**。聞説嶺南為温暖之地，梅花早於霜月之時開放，不論看到之花有多美，亦不如京城晚開之春花。詩人推察袁氏左遷之心境，甚覺其可憐。古時，有人曾言，罪人在流放地欲咏月，亦理所当然。

【注釋】

（一）才子，指漢賈誼，事見《帝京篇》。

儲光羲　**洛陽道**（一）

乃都道也，亦可稱爲長安道。此詩亦云，少年之華麗服飾有威勇之氣勢。

大道直如髮，春日佳氣多。京城大道筆直如毛髮。佳氣，為春日晴朗舒適之氣。都城一入春，陽光滿照，十分熱鬧。**五陵貴公子，雙雙鳴玉珂**。五陵為繁華之地，達官貴人之次子、三子等年少者，幾人雙雙行也，「雙雙」為漸漸之意。年輕公子乘裝飾華美之良馬，鳴玉鈴前行，其威武氣勢乃全盛之勢。其心定是早先向於享樂。

【注釋】

（一）洛陽道，與「長安道」共為樂府題，唐代貞觀、開元年間，建公卿第於東都，號千有餘邸，見《洛陽名園記》。五陵、玉珂均前文有述。

長安道

同前句之意。

鳴鞭過酒肆，袨服遊倡門（一）。諸少年執鞭鳴馬飾，匆忙而去，先過酒肆，盡情吃喝，趁其勢身著袨服，到倡門遊女處玩樂。**百萬一時盡，含情無片言**。百萬金巨額錢財一時花盡，極盡享樂，含玩得盡興之情，無片言後悔，顏色亦無惋惜之心，而洋溢出一時興起愉快之神情。含一次棄金百萬，實屬愚蠢之情。雖有《詩解》，然對詩意理解尚淺，不足取。應重視這些地方。

【注釋】

（一）袨服，《蜀都賦》：「袨服靚妝。」《漢書》顔師古注：「盛服也。」指特意裝飾之艷服。

關山月（一）

夷境内山之名，自中國去此處制夷，懷念故鄉之内容。

一鴈過連營，繁霜覆古城。此地寒氣早降臨，秋季過半，鴻鴈已全部南飛，只剩一隻未被帶走之大鴈尚在這裏。營，為陣營，飛過營上。繁霜，指降霜繁多，將古城覆蓋成潔白。此二句描述秋末寂寥之景色。**胡笳在何處**（二）**，半夜起邊聲。**胡笳為夷狄之吹奏樂器。不知何處吹起胡笳，深更半夜孤寂愁慘時分，正分外思念故鄉時，聞陌生吹物聲，終於漸漸禁不住悲傷。

【注釋】

（一）關山月，樂府題。

（二）胡笳，前已述。

王昌齡　**送郭司倉**（一）

郭，乃姓氏；司倉，為官職也。此詩應爲王昌齡在淮南時所作，司倉為奉公管理米倉者。

映門淮水緑（二），**留騎主人心**。司倉之宅，門映淮水碧緑，景色甚佳，能夠抛棄此番美景而去，可謂剛毅。君欲騎馬而去，我欲挽留君，分外不捨，請體諒主人之心。**明月隨良掾**[一]，**春潮夜夜深**。良掾，指好官吏，即郭司倉。足下所去之處，月亦隨君而去，但吾不能去，別後，正如此夜春潮湧動般，衆人終思念起足下，夜夜滿懷深情。我心感不安。想必足下亦將如此思念我。

【注釋】

（一）司倉，户部屬官，乃米倉官員也。

（二）淮水，自房陵縣淮山而出，見《漢書・地理志》。

【校勘記】

[一]掾，原作「椽」，據《全唐詩》卷一百四十三、《唐詩選》卷六及文義改。

答武陵田太守（一）

王昌齡任龍標尉時，太守殊予殷勤關照。此詩乃離別時答太守贈詩所作，以答謝恩義。

仗劍行千里（二），**微軀敢一言**（三）。以仗劍之氣象行至千里遠方，臨別微躬敢一言。**曾為大梁客**（四），**不負信陵恩**。正如魏都大梁信陵君招天下有器量者，養三千食客，君亦曾以太守身邊客待我。恩德厚重，定不辜負。別後，若有不如意之難事，定要早早告知，屆時定將爲君效勞，不惜性命。

【注釋】

（一）武陵，乃唐之武陵郡，位於朗州。明為常德府。

（二）仗劍，見於《史記·刺客傳》。

（三）一言，見《史記》，信陵君曰「侯生曾無一言半辭送我」。

（四）大梁客，乃魏都信陵君，名無忌，養食客三千人。

裴迪　**孟城坳**（一）

「坳」為凹所，乃古城遺跡。左右有石垣等，王維已進入别墅。

結廬古城下，時登古城上。草廬結於古城之下，不時登上古城高處眺望。**古城非疇昔**（二）**，今人自來往。**古城已荒廢，不似疇昔樣貌。如今衆人往來於古城邊，即便覺城堅固，亦無法完全安心。比起這些，草廬真閑静，但仍有很多樂事。詩意為感知改朝换代之意。

【注釋】

（一）孟城坳，乃輞川二十題之一。坳，為凹。《説文》云，地不平也。

（二）疇昔，見《禮記》。

鹿柴

柴，通寨字，乃砦也。描繪遠離世俗，獨樂閑静。

日夕見寒山，便為獨往客。日暮見寒山，無同伴便為獨往客，來到王維别墅。**不知松林事，但有**

麠麚迹(一)。無人知松林中事，但見有呰便思有人來，然只有麠麚路過之足跡而已。山中亦然。

【注釋】

(一)麠為青麞，乃雄鹿；麚為牡鹿[一]，乃母鹿。

【校勘記】

[一]牡，当为「牝」之誤。

杜甫　**復愁**(一)

去年亦在此居住，今年又在此逗留，加重鄉愁。

萬國尚戎馬，故園今若何。萬國尚戎者乘馬征戰不斷，故園今若何？**昔歸相識少，早已戰場多**。以前歸鄉時，知己相識已變少，戰場亦早已多，親族友人亦零零星星甚少。歸國無定日。此詩中，「今」字與「昔」字對應，「尚」字與「已」字對應。此為安禄山之亂後，乾元元年，杜甫自華州暫歸東都時所作。

【注釋】

（一）「復愁」之「復」，扶有反。

絶句（一）

絶句，乃以古詩或律作之，因前未寫題，故僅爲絶句。

江碧鳥逾白，山青花欲燃。江水碧緑，鳥浮水面遊，逾顯白。山間草木生，青翠之間紅花綻放，看似一團欲燃之火。描述春天陽光普照之景色。**今春看又過，何日是歸年**。今春又在他鄉看此番美景度過，若能在故鄉看此番景象，必定喜不自禁且樂趣無窮無盡。但不論如何，皆見於他國，風景之美其實亦無法令自己心情愉悦，卻生起愁思。何日是歸年？但覺日月流逝而悲傷不已。

【注釋】

（一）絶句，于鱗序中有注。

崔顥　**長干行**（一）

本集有二首，一首為男人向女人搭話，一首為女人向男人搭話。此詩選女人向男人搭話之內容。「長干」為吳地金陵之泊船處。

君家住何處，妾住在橫塘。長干為商船往來頻繁處，十分熱鬧，故有諸多妓女在此，皆以尋歡作樂之身，來到江畔乘舟上班。商人以舟為家通行，故於此連舟而居。女人問道，君家住何處？定是在此湊居？妾居於彼處連排橫塘邊，請安心。**停船暫借問，或恐是同鄉**。於是將船停靠，短暫借問，恐船上或有與妾同鄉之人。女人似乎羞愧自己身份卑微，但已試圖與船夫成為知己，故女方遂有這般舉動。此詩實意為諷刺世間淫亂之風，諸注中均有此種解釋。

【注釋】

（一）長干行，樂府題。長干位於金陵，乃船泊處。

高適　**詠史**(一)

注釋中有詳述，讀史類書，有適用吾身之物，遂借古人作此詩。想必高適亦因有感同身受之處而作此詩。

尚有綈袍贈(二)，**應憐范叔寒**(三)。見貧士，尚有綈袍贈，蓋因可憐范叔寒冷。**不知天下士**(四)，**猶作布衣看**(五)。須賈無眼光而不認善人，范叔不論在何國，都是才學武藝兼備之人，不知天下有這般器量之俠士，實屬愚蠢，認爲僅做此事便可，猶作布衣看，是因爲無目鑑。此四句為轉退之緣由。受人恩惠者，多有感恩之心，但成爲知己，打開心扉而同樂，若死欲共亡，如此云者甚是難得，亦實不可信。范叔有小過錯而被責罰鞭打，然因其乃英雄，佯裝死，被棄厠中，此原本便是其謀。故而逃出其所，後經難前往秦國奉公，出任宰相這一無上重要官職。此時須賈到此，出逢范叔大爲吃驚。

【注釋】

(一)咏史，題始於晉左太冲。

(二)綈，質地厚實之紡織品類。袍，為賤者之服，以絮充之。

(三)據《史記》載，范雎字叔，先為魏國中大夫須賈門客。須賈出使齊國，范雎隨去。齊王聞范雎能言善辯，便賞賜黃金十斤。須賈懷疑范雎將國之密事泄露齊國，歸國後，須賈將此事告知宰相魏齊。魏齊大怒，鞭刑范雎，范雎裝死，於是將范雎用席捲起，置於小便所，皆向范雎身上撒尿。范雎趁機逃走，改名換姓為張祿，前往秦國，與昭王談軍法之見，昭王拜其為相。隨後須賈出使秦國，范雎身著髒衣微行至須賈之客舍。須賈大爲震驚並憐憫，贈與其綈袍。隨後，須賈前往秦國宰相府，見范雎為宰相，甚爲吃驚，慌忙道歉，赤膊伏地曰，任君鞭打或誅殺。范雎答曰，汝有三罪，我未告齊國任何事，汝卻告魏齊；又，見我受鞭刑而不救，棄置小便池後；又，與他人共向我身上小便。因上述這些，我都應將汝立即處死，然先前我微行去往汝客舍，汝念舊贈與我綈袍，念此情，此次便饒恕。

（四）天下士，見《墨子》。

（五）布衣，見《史記》。

田家春望

因不適合當今之世，不受重用，遂隱居鄉間，望春天之景色嘆息。

出門何所見，春色滿平蕪（一）。走出門外何所見？只見春草在廣闊平原上發芽，滿是春色。**可嘆無知己，高陽一酒徒**（二）。可嘆無親友知己，世人不知我心，理所当然，本無是非。以前，漢朝有一人名曰酈食其，居於高陽，據傳為嗜酒之徒。正如此人，我心雖不浮躁，但除獨自飲酒度日，無其他相對之人。

【注釋】

（一）平蕪，乃原野。

（二）高陽，據《史記》載，酈食其欲見沛公，聞沛公並不喜儒生，酈食其拔劍自稱為高陽之飲酒徒，沛公大喜。高陽，為明之開封杞縣。

岑參　**行軍九日思長安故園**

行軍，為軍兵。九日，為重陽。思念長安，長安乃故鄉之都。岑參隨封常清西征時所作。

强欲登高去，無人送酒來（一）。在軍旅中迎九日，心不在焉。只因重陽時節登高可去不祥，欲勉强登高處去。然身在他國，且處軍中，無人送酒來。内心不安。**遥憐故園菊，應傍戰場開**。天寶以後，長安屢屢生亂，遥旅中憐惜故園菊應傍戰場開，想必亦無昔日之氣色。因是重陽，將心思寄托於菊花，其實表達詩人鄉思之情。

【注釋】

（一）送酒，指陶淵明，七言律中有釋。

見渭水思秦川

「渭」與「秦」均為河名。

渭水東流去，何時到雍州（一）。此渭水自西向東源源不斷流淌，一直流到雍州秦川之京城。問道，此流何時能到雍州之京城呢？因为我無法回去。故三、四句描述添淚之情，應注意詩句之首尾呼應。**憑添兩行淚，寄向故園流**。幸憑此流添寄兩眼流出之淚水，流向故園，帶到故鄉。如此描寫，深懷思鄉之情。

【注釋】

（一）雍州，乃古咸陽城。

王之涣　　**登鸛鵲樓**（一）

此樓因將名曰鸛鵲之水鳥置於樓頂而得名。

白日依山盡，黄河入海流。見白日傍依之西山漸漸消失。黄河，為河名，乃大河。黄河一直流入大海，似無盡頭般寬廣。**欲窮千里目，更上一層樓**。鸛鵲樓中亦如此，欲見窮眼力所達之千里遠方故鄉，因此更上一層樓。層，為重叠之意，乃二層、三層之樓。有説法稱此詩應先看三、四句再看一、二句。也有解釋稱，欲窮盡千里目，若登上更高一層樓則能望盡所有，再結合一、二句來看。

【注釋】

（一）鸛鵲樓，因於樓上攏有鸛鵲，遂名之。平陽府位於蒲州城上，樓東南可望見中條山。

祖咏　**終南望餘雪**（一）

終南，乃山名也。餘雪，指殘雪。自都城長安眺望。

終南陰嶺秀，積雪浮雲端。終南山乃一位於長安以南之山，陰嶺指山峰之北面。積雪指降雪堆積。因山高，浮雲繚繞，仿佛雪一直延續至雲端。**林表明霽色**，林表，為林外之意。明霽色，指晴朗之景色。**城中增暮寒**。城中，指長安。雖長安尚是温暖時節，但看到山上之雪便覺寒氣逼人。暮寒，類似暮春暮秋，季末意。餘寒亦將終，指温暖時節。參照南郭先生之解釋為宜。

【注釋】

（一）終南望，乃上命以餘雪作排律之題目。唐時，以詩試學生，祖咏以五言四句提交，官員責備。祖咏曰：「意盡。」

李適之　**罷相作**（一）

相，為官名，乃掌管天下政事之要職也。若不爲賢者，不可任此職。罷，為退官之意。注釋中有詳述。

避賢初罷相，樂聖且銜盃。此「賢」為濁酒。昔日魏太祖曾禁酒。其時，衆人匿藏酒飲之，並將濁酒稱爲賢人，清酒稱爲聖人，故在此以「避濁酒」實指「避濁世」。初罷宰相此重要官職，退去官位，見聞世人之濁心，甚感可悲而反感，且盡情飲酒，銜盃而心情大好。此皆爲厭煩濁世之緣故。**爲問門前客**，「為問」乃「見」之意。門前至玄關是否有客人來探望？**今朝幾箇來**？問道，今朝有幾個人來？來者無一人。如此説，連一同喝酒之人亦無。其實有權勢時，曾來諸多追隨阿諛奉承之人。及罷相辭官之後，便再無尋訪者。此詩描寫詩人慨嘆世道之人情薄如水。

【注釋】

（一）罷相，見《飲中八仙歌》。

李頎

奉送五叔入京兼寄綦毋三（一）

送人入京，此人名曰五叔，順便以書信告知自己朋友綦毋三。三，指兄弟中排行老三。

陰雲帶殘日，悵別此何時。陰雲落日時刻，感到悲傷寂寞，心中不安。此時將悵別五叔，悲嘆何時如此傷心矣！**欲望黃山道**（二），**無由見所思。**足下所前往途中，吾之朋友綦毋三居於黃山，請代我傳言，我欲望黃山之道，想見所思之人，卻因無法靠近，不能見之，很是想念。

【注釋】

（一）綦毋三，時任槐里縣令。五叔入京之道路過黃山，遂有此寄。

（二）黃山，《三輔黃圖》：「黃山宮在真平西，乃京兆槐里縣。」

丘爲

左掖梨花（一）

掖為腋，有一説稱左掖為左側小門。子玄解為官府、衙門。

冷艷全欺雪，餘香乍入衣。左掖之梨花清冷艷麗，枝枝皆綻放白花，欺人彷佛是降雪，但因是花，餘香為風所誘，乍入千人衣中。**春風且莫定，吹向玉階飛。**春風自各處吹來，並無定向。春風若吹，願將花吹向禁裏，飛送至玉階上。詩人將自身比作梨花，表達希望自己出現於天子面前奉公之心情。猶應見注釋中的解釋。

【注釋】

（一）左掖梨花，王維作《與皇甫冉同作賦》，因丘爲落第故而有此詩。《韻府》曰：「宣政殿左右有中書、門下，如腋。」《説文》：「掖，小門也。」師古曰：「掖門在兩旁，如人臂掖。」

蕭穎士

九日陪元魯山登北城留別（一）

九日，乃重陽。陪，為陪同前往之意。元，乃姓。魯山，為號。留別，指詩人去旅行時，作詩以爲禮物留在當地之意。

綿連湝川迴，自北城望向自己將前往之目的地。綿連，為連續之意；湝川，乃川名，流向迴處。**杳渺鴉路深**(二)。杳渺，指無邊無際之遥遠。鴉路，為道中之名。深，指心中感覺遥遠。**彭澤**彭澤，指陶淵明。昔陶淵明任彭澤縣令，好酒，常飲酒。重陽時節更是好酒好菊花，遂設宴盡興。其後欲歸故鄉，於是作賦《歸去來兮》，辭官歸隱。此句中彭澤指魯山，因同爲縣令，故將魯山比作陶淵明。**興不淺**，魯山乘今日酒宴之興。不淺，有趣之意。**臨風動歸心**。風，為遺風。陶淵明留下之殘風吹起，自己也起歸故鄉之心。此以魯山喻陶淵明所作之詩。

【注釋】

（一）元德秀，字紫芝，時任魯山令。魯山、湝川、鴉路均位於汝州。

（二）鴉路，傳説漢光武赴河朔時迷路，烏鴉引其來到馬前，爲其帶路，因此稱鴉路，見《詳解》。

劉長卿　**平蕃曲**

自此為中唐。平治蕃而歸時所作之賀歌。

渺渺戍煙孤，茫茫塞草枯。平蕃，善治。因人跡罕至，遂稱「渺渺」。於廣闊沙場之上，戍役居所處，飄起之炊煙看似很細。茫茫，指四面八方無盡頭之戰場，連眺望敵情之番役亦看不到。孤，指外有陳屋不殘，引拂處只剩一所。加强防守之地，草亦因合戰而枯萎。**隴頭那用閉，萬里不防胡**。隴，乃山名。山頭雖有關卡，但因善治，故而蕃人無心闖入，爲何閉關呢？不用如此小心。不要以軍兵自都城行萬里路至遠方征役似防胡人為宜。

其二

絶漠大軍還，平沙獨戍閑。漠，為廣闊沙地，稱之爲沙漠。絶，指横渡。大軍還京。平沙，指沙漠。胡人打入時，必須處處置戍防守，但因已平定，亦不用入軍兵，一處也不用擔心置番戍守。獨，指一處之意。閑，指清閑。**空留一片石，萬古在燕山**（一）。平治之跡，物空寥寂，片石上所雕刻之治亂碑文建立於其場。天子須具聖德，以兵法、劍術之類藝術力量無法達到，爲將其留給後世萬代，立於燕然山，胡人見此亦必感動。故事注釋中有述。

【注釋】

（一）後漢車騎將軍竇憲，曾擊敗北單于，於是登燕然山，刻石勒功，記漢朝之盛德，令班固作銘。

錢起　**逢俠者**

俠者，指豪俠仗義之士。此詩為以喜好俠氣之心所作。

燕趙悲歌士（一），**相逢劇孟家**（二）。燕與趙均爲國名。此二國昔日有可靠之俠者，故將自己比作燕趙之俠者。劇孟亦乃昔日漢代一名俠者。如此以比先人，我如燕趙之俠者，來到如漢代劇孟之君貴宅相逢，此可謂雄壯之事，實令我感到高興。**寸心言不盡，前路日將斜**。寸心，指吾心中之事言不盡。前路，為前往目的地之道路。將斜，指日將西斜。路途尚遠，日已西斜，故要告別。此時期因世俗輕薄，衆人無義氣，故無人可説話，好不容易出逢一良人，言自心底欲改正世俗，但年老無餘生。日將斜，喻衰老而無餘生。

【注釋】

（一）江淹書：「燕趙悲歌之士。」

（二）劇孟，見《史記·游俠傳》。

江行無題（一）

漫步江邊，作百首各種詩。從其中選出此一首。因無法命題，遂稱爲無題。此詩乃見盛名之匡廬山而作。

咫尺愁風雨，匡廬不可登。咫，為八寸；尺，為八十寸。咫尺，指間隔極短。咫尺之間，風吹雨落而感到憂愁。雖然匡廬山近在眼前，却不可登，很是遺憾。**祇疑雲霧窟，猶有六朝僧**。實讓人懷疑雲霧繚繞之巖窟中猶有六朝時高僧惠遠、支遁等。君亦厭煩世事，深思欲以此諸名僧爲友隱遁，入禪静。六朝為吳、晉、宋、齊、梁、陳也。匡廬，見五言律注。

【注釋】

（一）江行無題，講釋中詳述。

韋應物　**秋夜寄丘二十二員外**

丘，乃姓氏。員外，為官職。二十二，為族中排行第二十二。

懷君屬秋夜(一)，**散步咏涼天**。平日懷君，悲涼之秋夜猶懷君。但因無法行至足下處與友人交談，故只是日夜思念，散步於庭中。散步，指到處漫步。秋日天氣涼爽，故我正吟咏詩，同時信步而行。**山空松子落，幽人應未眠**。想必君彼處之山也空寂，見松子到處散落，便成為幽人矣。想必君亦未眠而思念著我。幽人，指逃避時代過着隱士般生活之人。在此指員外。

【注釋】

(一)屬，猶值也。

聽江笛送陸侍御

陸，乃姓氏。侍御，為官職。將為此人送行時，於江岸聽到笛聲。

遠聽江上笛，從江畔傳來遠笛之聲。**臨觴一送君**(一)。臨送別觴，十分悲傷，此時聽到遠笛聲，使我比平常更加傷感。**還愁獨宿夜，更向郡齋聞**(二)。今聽此笛聲，已十分哀傷。自此還獨殘於送別之跡，夜獨宿於凄涼之郡齋，更有悲哀之笛聲傳到此別席上，愁尤使我過慮而擔心。

【注釋】

（一）觴，謂酒宴。劉向《新序》：「士尹池使於宋，司城子罕止觴之。」

（二）郡齋，為地官治理之處，私居也。

聞鴈

此詩應爲韋應物任徐州刺史時所作，漢時屬淮南。

故園眇何處，歸思方悠哉。故園遥遠，到底在何處。日夜歸思無限，方悠悠哉。**淮南秋雨夜**，淮南，乃地名。於此地任官，秋夜雨頻下，感到孤獨，懷念故里。**高齋聞鴈來**。於高齋亦聞鴈來聲，故旅哀更深。此爲朝暮思念故鄉之故。有典故曰，鴈持書札來。故含有分外思念故里之意。高齋，與郡齋同，皆指住居。

答李澣

李，乃姓氏。酬答先贈之詩。有人曰，韋應物時任洛陽丞，李澣身在楚地。

林中觀易罷，李瀚寄來詩句中有問，足下如何享樂？於是答曰，非勤番時於林中安静處觀《易經》，若覺無聊便作罷。**溪上對鷗閑**（一）。行至溪川邊，對鷗作友，填補心靈，消遣閑樂。**楚俗饒詞客**，那麼我便問，足下居住於楚地，楚自古以來就有如以屈原、宋玉爲首之諸多詞客輩出，今有善作詩文之人乎？詞客，指善於寫詩歌文章之人。**何人最往還**。現今何人為達人，且與足下最親密，往還同樂？

【注釋】

（一）對鷗，五言律注中有述。

皇甫冉　**婕好怨**

婕好，前已述。此詩内容為怨。

花枝出建章（一），**鳳管發昭陽**。從班姬所在之長信宫窺視宫中，陽春時節鮮花盛開，美麗花枝伸出建章宫。傳出鳳管、篳篥聲之昭陽宫有一美女名曰趙飛燕，天子對其寵愛至深，常遊昭陽宫，故有音樂聲。**借問承恩者，雙蛾幾許長**。借問，意為自問。如那般深得皇帝寵愛承恩者，雙蛾又能美麗幾許之長？借問含怨念。

【注釋】

（一）建章宫，位於京城西北。漢武建昭陽宫，為漢成帝之皇后趙飛燕之居所。

朱放　**題竹林寺**（一）

在廬山。

歲月人間促，世間不緩等待，歲月如在人間日夜不斷經過，故促縮壽命。**煙霞此地多**。此地乃竹林寺。此寺值得贊賞處為煙霞多，閑静至極，風景佳所，心情大好，十分享受。**殷勤竹林寺，更得幾迴過**。承接第二句，殷勤，為親切之意。反復深切咏嘆竹林寺佳色，又承接第一句表示人間歲月轉瞬即逝，且更不可能來此幾回，若可以，真想每回皆來此享樂，但是否能行則難知。

【注釋】

（一）竹林有二，一在廬山，一在江陵。廬山在江州，江陵在荆州，皆近越州，未知孰是。

耿湋　**秋日**

返照入閭巷，閭，即二十五家，乃小村。巷，為道。返照，乃夕陽。夕陽照入小村中，於寂寥時節，佳居如此閭中。**憂來誰共語**。言憂來，亦因我無用，此又與誰共語？因在此鄉村，亦無説話對象，感到委屈。**古道少人行，秋風動禾黍**。因甚少有人通行，道亦古，所見之物，唯有為秋風吹動之稻穗。詩描寫寂寞之景。

盧綸　**和張僕射塞下曲**（一）

張，乃姓也。僕射，為官名。塞下曲，見前述。和韻張僕射之詩也。

月黑鴈飛高，單于遠遁逃。胡人懼怕張僕射，今夜下雪月黑，傳來歸鴈高飛於空中之聲。至深夜，單于遠逃遁。**欲將輕騎逐**，我方立知其事，不敢掉以輕心，欲引輕騎兵去追討。**大雪滿弓刀**。此時降大雪，雪積滿弓與刀上。寒風瑟瑟，士兵凍僵，無法隨心所欲繼續戰鬥，甚是可惜。

【注釋】

（一）僕射，秦官名。唐有左右僕射。

司空曙　**別盧秦卿**

盧，乃姓氏。秦卿，為名。

知有前期在，難分此夜中。早知有前期在，君不久將自前方歸，然不知爲何難捨難分。此夜中，應盡情飲一杯酒。**無將故人酒，不及石尤風**（一）。然船頭逢石尤風。石尤風，為逆風，若逢此種惡風，縱相約暫別而歸，亦無法出船。若今因故人所勸之酒而云前期留，則故人酒遠不及石尤風。故人，指朋友。今吾勸君飲酒留置，勿將我視為逢石尤風之類者，因離別不捨，欲暫留而已。

【注釋】

（一）《江湖紀聞》曰，石尤風，傳聞有石氏女嫁爲尤郎之婦，情好甚篤。尤郎從商遠行，妻雖阻，但尤郎不從，出行不歸。妻因憶君而病，臨亡長嘆曰，吾恨不能阻其行，以至於此。後凡有商旅遠行者，吾當作大風為天下婦人阻之。自後，商旅出船時，船頭若逢一股逆風，衆人皆云乃石尤風也，遂停止不前。又該典故可見洪容齋《隨筆》、《潛確類書》等。《五雜俎》中將海風称爲颶風，以具四方之風，即石尤風。又稱「鄆風」。《藝林・伐山》中亦稱「孟婆風」。

李益　　**幽州**（一）

乃國名，行至幽州之桑乾，居於此，懷念故鄉而作此詩。

征戍在桑乾，年年薊水寒。來到遠國征役，勤戍於桑乾，年年只見薊水。薊，乃水之名。身居此處，逢寒苦。**殷勤驛西路，此去向長安。**殷勤，指親切。驛，為夜宿之換馬場。望驛西之路前行，可向故鄉長安。此路通萬里亦無法歸，因見此路甚親切而感到悲傷。

【注釋】

（一）幽州，東北為燕薊之地。

戴叔倫　　**三閭廟**（一）

事跡注釋中有叙述，此處略過。乃楚屈原之靈廟。因其曾為三閭大夫官職，遂稱三閭廟。

沅湘流不盡，沅、湘為二水名，自古至今流不盡。**屈子怨何深**。昔有一人名曰屈子，乃賢人，任楚三閭大夫，楚王曾尊用。然向楚王進諫言之後，其用薄，並遭讒言而被流放，驅逐至遥遠國度。其時，投身於此沅湘而死，可見其憤怨何深！應視為，水流不盡而兼怨，怨之深乃兼水。**日暮秋風起**，**蕭蕭楓樹林**。日暮時分，萬物蕭蕭，秋風吹起，憶往昔之事而哀傷。有紅楓之樹林視之亦寂寥無比，似有屈子之靈留於其中，令人毛骨悚然。甚至無心之木亦感受到屈原之魂魄，可見哀傷之情至深。

【注釋】

（一）三閭廟，位於長沙。《史記》曰，因屈原管理昭、屈、景三族，遂稱三閭大夫。三、四句為《楚辭》之字面。

令狐楚　思君恩

詩之大意為因君王之寵愛變薄而宮女生怨。

小苑鶯歌歇（一），**長門蝶舞多**（二）。小苑，乃園名，亦稱芙蓉園。鶯歌，為黃鶯之鳴囀。長門，亦宮名。蝴蝶多舞，故黃鶯囀歇。當黃鶯鳴囀歇，蝴蝶便開始飛舞，形容時節交替。承接此二句，再看第三句。

眼看春又去，翠輦不曾過(三)。眼看早春又去。翠輦，為君主之車輦，以翡翠之羽裝飾。所謂翠輦乃指天子。臨幸全無，春復將去，其中年齡逐漸變老，我身曾如花盛開，後亦將衰敗矣。天子之寵愛薄，空思曾過去之夫君。

【注釋】

(一)小苑，乃芙蓉苑，在京南。

(二)長門，漢武帝陳后退居於長門宫。

(三)翠輦，指以翠羽裝飾之車輦。

柳宗元　**登柳州蛾山**(一)

柳州，乃國名。蛾，乃山名。來到遥遠國度思念故鄉。

荒山秋日午，獨上意悠悠。不僅諸樹，連葉亦枯黄凋落。因是荒山，登者稀，行路亦難分辨。攀登片刻，已是秋日午時，而無一人登上。唯我獨上，故感到孤寂，心中意悠悠，思及種種。「午」字應加以注意。**如何望鄉處，西北是融州**(二)。懷念故鄉之河東，不知何處望鄉，西北方隔著融州，故不見故鄉，不盡如人意。

【注釋】

（一）柳州，《一統志》載，漢鬱林郡，宗元時任柳州刺史。

（二）融州，隋融州乃唐融永府，屬柳州府。

劉禹錫　**秋風引**

引，亦詩歌之一體裁，屬於行曲一類。客居他國，聞秋風之聲，心增旅中哀傷，故以秋風爲題作此詩。

何處秋風至，蕭蕭送鴈群。此秋風自何處吹至，旅途寂寞蕭蕭，遂有哀傷，鴈群飛過，便更加懷念故鄉。**朝來入庭樹，孤客最先聞。**自拂曉時分，秋風吹拂庭中樹木。身為孤居旅客，無論何事隨時關注，故最先聞秋風，愈益愁。

呂温　**鞏路感懷**

鞏，乃地名。道中感秋景述懷。

馬嘶白日暮，劍鳴秋氣來。行於鞏路，馬疲而嘶，白日催暮。秋季為金精，腰中佩劍亦應時節鳴乾脆之聲，秋氣來目前，感到凄冷悲哀。**我心渺無際，河上空徘徊。**旅中我心渺渺無際，今日亦未定夜宿何處，心思如何是好，便於河邊漫無目的不停到處空徘徊。徘徊，指步行，內心感到不安。何時返鄉見親族朋友而安心？久旅催哀而悲。

孟郊　**古別離**（一）

乃樂府題也。大致描寫夫妻別離。亦可用來講朋友之事。

欲別牽郎衣，郎今到何處。郎欲別，妻牽郎衣曰，必因有事外出，郎今到何處，請告知去處。**不恨歸來遲，莫向臨邛去**（二）。若暫時逗留，歸來晚，我不恨。臨邛，乃地名。昔日曾有司馬相如，於臨邛携一女子名卓文君者逃走，擔心夫君是否有如此寵愛之人。若去臨邛，須用心。

【注釋】

（一）古別離，為樂府題。

（二）臨邛，《史記》載，卓文君乃蜀郡臨邛富人卓王孫之女，新寡，好音樂。司馬相如至其家彈琴，有意靠近並向其求爱。文君心悦，夜亡奔相如，相如與馳歸成都。相如家徒四壁，空無一物，貧也。漢之臨邛為唐之邛州。

賈島　尋隱者不遇

述行至山林尋隱居者而未遇之。

松下問童子，言師採藥去。於松林下尋隱者居所，有隱者之童子，便試問。童子曰，師傅已背鍬、腰置鐮刀外出採藥。**只在此山中**[一]，**雲深不知處**。於是賈島曰，隱者在此山中，然雲深而不見隱者去向，故不知身在何處。未見面而歸，很是遺憾。

【校勘記】

[一]在：底本誤作「有」，據《全唐詩》卷四百七十三、《唐詩選》卷六改。

文宗皇帝　宮中題[一]

故事注釋中有述，遂於此處省略。此詩為天子自咏宮中之貌。

輦路生秋草，上林花滿枝。輦，為天子御車；輦路，指天子臨幸之路。臨幸路上秋草叢生，如此春日猶為寂寥。上林，為天子御苑。鮮花盛開開滿枝，天子却不來此地遊。因被姦邪佞人奪權勢，如同被拘押在牢籠裏。**憑高何限意，無復侍臣知**。心中有甚憂憤慨，而侍者却不留心。侍臣，指近侍者。甚至連侍臣亦不知，我雖爲主人，却陷不自由境地而哀嘆。

【注釋】

（一）太和九年，宦官仇子良地位逐步晉昇，成為神策中尉。十一月，鄭注、王涯等人預謀誅滅宦官，而仇子良却將注、涯等人殺死，於是賞罰殺生皆由中尉決定。文宗帝事先不知，後知，乃發憤而作此詩。

于武陵　**勸酒**

勸君金屈卮（一），**滿酌不須辭**。君，為對先人之敬語（尊稱）。勸，為勸飲一杯酒之意。卮，為酒杯，有金色彎曲手把稱之曰「金屈卮」。中華有各式酒杯，與日本不同。酌滿一杯酒，須飲盡，不許推辭。**花發多風雨，人生足別離**。因花盛開如此美麗故，正欲咏花，此時却遭大風大雨，花朵四散飄落。人生亦是如此，別離足，趁花尚未凋落，尚未與君分別，酌滿酒緩緩斟飲盡興。此處以花喻人，形容人之身世常住不變。

【注釋】

（一）《夢華録》載，御宴酒杯，皆金屈卮，宛如菜碗，有手把兒，見於《詳解》。

秋日湖上

薛瑩

遊洞庭湖。

落日五湖遊（一），**煙波處處愁**。洞庭湖分流至五處，遂稱五湖。落日時，於此地游覽，遠望湖上，似有煙生起，其中波亦隨之而來。秋暮更是多一分哀愁。瞭望五湖之上，處處勾起古今之事回憶，引發愁思。**浮沉千古事，誰與問東流**。想必諸多形形色色之人曾來此湖上，看其沉浮，既有逃離世俗來此享樂者，亦有流放至此而悲哀者。其昔日之事，除詢問東流之水，已無人可問。此處指吴越六朝之事。世間盛衰不定，唯有此五湖上東流之水自古不變。

【注釋】

（一）五湖，見五言律。

荊叔　**題慈恩塔**（一）

塔位於長安曲江池旁，高三百尺。此後詩略顯雜亂，各類作者混雜在一起。

漢國山河在，秦陵草樹深（二）。登塔眺望，漢國雖已亡，山河如往昔不變。秦始皇亦已亡，其陵葬地草木深。詩人思古今變化。**暮雲千里色，無處不傷心**。暮色時分，唯見雲現不同氣色一直綿延至千里遠方。昔日宮殿樓閣華美且繁昌之都，如今如此衰敗，不論看向何處，皆感寂寥，不得不暗自傷心。

【注釋】

（一）自慈恩塔望去，南有終南山，北有九峻，東有黃河，西有渭水。

（二）秦陵，為秦始皇墓，位於京南驪山。

無名氏　**伊州歌**（一）

伊州，乃地名，乃思念因兵役在伊州之丈夫。一書曰作者為無名氏，又有一書曰作者為蓋嘉運。

聞道黃花戍，頻年不解兵。聽聞，吾夫赴征役之黃花戍。「頻年」同「每年」。自都城赴匈奴所在之伊州爲駐守軍兵，因交戰不止，故不解軍兵、不解甲冑、不休兵具。**可憐閨裏月，偏照漢家營**。可憐照我閨房之月，想必亦照黃花戍漢家軍營，儘管無論身在何國，月乃同一輪月，卻不能寄我思念。以咏月描寫相互思念之情。

【注釋】

（一）伊州，乃伊吾地，隋末内屬，置伊吾郡。唐貞觀四年，將此地劃分，置西伊州，設黃花戍。此歌商調曲，前五叠為歌，後五叠具為入破。伊州又稱平州，位於北平郡，與下首連起來看則應理解為北平，然與題目不合，應持疑。

其二

打起黃鶯兒，莫教枝上啼。打起，乃俗語，追趕之意。兒，亦是俗語，僅是搭配用詞，故應當無意義。黃鶯乃自拂曉時分鳴囀之鳥，囀聲與在日本人人喜愛之鶯鳴聲相似。此鳥乃人人寵愛之。之所以憎嫌黃鶯，乃因與丈夫別居而常常掛念，甚爲思念時，黃鶯停於樹花上歡快鳴囀，使我心生厭，故追拂花木驅趕，使其莫再來。因此言「莫教枝上啼」。**啼時驚妾夢，不得到遼西**（一）。爲何要驅趕黃鶯，乃因夜晚因思念丈夫而無法入眠，拂曉時分昏睡中，正欲前往丈夫所去之遼西，恰此時黃鶯啼，妾夢醒。以爲好不容易能見丈夫，却驚覺只是一場夢。於夢中無論如何懷戀亦無法見到，故説「不得到遼西」。此詩描寫女人之情深意切。

【注釋】

（一）遼西，即北平郡。

西鄙人　**哥舒歌**（一）

哥舒乃姓，名翰。此人往偏遠夷境立大功，乃被稱為天賦之人。故事注釋中有述。

北斗七星高，哥舒夜帶刀。北斗七星高空見，夜已深。哥舒乃名將，即便夜深亦不懈怠，腰間帶刀毫不大意。因刀上有星文烙印，與詩中「星」字相呼應。**至今窺牧馬，不敢過臨洮**。哥舒翰嚴勤善治，故至今夷人猶恐牧馬窺伺，完全不敢靠近哥舒翰據守之臨洮。臨洮乃地名。

【注釋】

（一）哥舒，為突騎施别部號，後以此為姓氏。哥舒翰為柳城人。

太上隱者　**答人**

答問吾者。太上，謂無比優秀之隱者。

偶來松樹下，高枕石頭眠。有人來尋問，君自何年來此居住？答曰，我乃無心無意偶見茂密松林，便於此蓋草廬高枕臥石，安静舒服睡下而已。**山中無曆日，寒盡不知年**。故一向不知世事。山中居住，殊更不需見日曆，亦不知年月時節如何經過成幾日，甚至亦不在意寒盡年終，只覺氣轉暖春已至而已。我何時來此，今幾歲，皆不曾注意，故而不知。

卷之七　七言絶句

王勃　**蜀中九日**(一)

因其為初唐之詩，平仄位置有所不齊。由京城赴蜀地逗留，逢初九訴旅中之苦。

九月九日望鄉臺(二)，逢九月初九，思念京城。蜀地有名曰望鄉臺處，登此高臺，因未見故鄉，思念不已。**他席他鄉送客杯**。然望他席，他鄉之人送返鄉之客，見其惜別舉杯，實在羨慕不已。**人情已厭南中苦**(三)，此為後對之格。人情已入一片南中蜀山不自由之地，只感厭煩苦悶。**鴻鴈那從北地來**。鴻鴈真好事，為何非要從北方京城飛來？此乃以我回京之情加諸聞無情鴻鴈之舉。第三句此前訓點應當如何？因是後對，若更改返點（漢文訓讀時，用於標記順序的符號——譯者注）則成。人情已厭南中，苦不堪言（前面的順序為：人情已厭南中之苦——譯者注），此與第四句相吻合，豈不更好？

【注釋】

(一)《唐書・文苑傳》：沛王召勃署府修撰，勃戲為文《檄英王雞》。高宗聞之，斥出府，勃既廢，客劍南。登山曠望賦詩。《唐詩歸》作「蜀中九日登玄武山旅眺」。

(二)望鄉臺，在成都以北，由隋之王秀所築。見《杜詩注》。

(三)南中，晉太康六年，初置南中諸郡。

杜審言　**渡湘江**(一)

此詩前後皆為對句。審言左遷至南國，渡湘江時思念京城而作。

遲日園林悲昔游，遲日，即謂長閑之春日；昔，謂前日之意。遥想昔日在京城之時，見園林花鳥，樂享春日之遨游。如今悲傷不已。**今春花鳥作邊愁**。故而縱如今見春花、聞鳥鳴，仍懷邊地之愁。難以振作精神。**獨憐京國人南竄，不似湘江水北流**(二)。無人問津，獨自悲憐。京國之人逃竄至峰州之嶺南，不似此湘江水北流入洞庭，落此悲慘之境。

【注釋】

（一）湘江，在長沙。審言之前被流放至嘉州，後被流放至峰州，故再渡湘江。事乃見七言古注。

（二）《荊州記》曰：「湘水北流二千里，入於洞庭。」

贈蘇綰書記

此乃隨蘇節度使任撰文之書記一職北征時所作。此詩為後對之格。

知君書記本翩翩（一），**為許從戎赴朔邊**。諸人皆知君之文章書記本如翩翩，才思敏捷，此次為人所許，故而從軍開赴朔邊亦無人比肩。**紅粉樓中應計日**，紅粉樓中，原指梳妝間，此處可理解為妻，之所以可理解為內室，乃因戍邊有年限，許以時日以待歸還之緣故。**燕支山下莫經年**（二）。縱然燕支山令人流連，也莫滯留晚歸，使妻苦等。此處燕支即指開紅花之山，借此暗喻燕支山下美女多而沉溺於其中滯留晚歸之意。此詩第一、二句描述蘇氏足為朝廷所用，第三、四句描述思念妻儿之情為我所不忍。

【注釋】

（一）《文選》魏文帝之書曰：「元瑜書記，翩翩致樂足也。」

（二）燕支山，可見五言律。

戲贈趙使君美人（一）

若書美人，乃妓女之類，指妾。

紅粉青娥映楚雲（二），美人乃紅粉之妝，以青黛描眉如娥，如巫山之神女化作楚雲，映照於此楚雲之上。**桃花馬上柘榴裙**（三）。且跨在毛色如桃花之馬上，又見其柘榴花般緋色裙，故令人心動而陶醉。**羅敷獨向東方去**，因是趙使君，故引趙之故事曰，有歌云，趙王所戀慕之羅敷，其夫任使君，在東方率千騎人馬，很是風光，與此歌同。君爲美人，見君如見羅敷，使君亦在東方為率千騎人馬之重要人物效勞。而今日君為何孤身一人開赴東方？**謾學他家作使君**。此句與標題之「戲」字相呼應。若非只身一人而率衆多隨從前往，則不會寂寞。所謂「謾」，乃突然脱口而出且隨意之詞，不常用之詞，此句中表示學他家趙使君，模仿使君動作，假扮成使君來到君之前，戲云「扮得如何」。

【注釋】

（一）使君，《漢書・王欣傳》注曰：「為使者，故謂之使君。」

（二）楚雲，見於巫山神女之事。

（三）桃花馬，《續博物志》：「天寶中，大宛國進汗血寶馬六，曰『桃花叱撥』。」

劉廷琦

銅雀臺

前文有述。

銅臺宮觀委灰塵，魏國曹操觀樂所用之銅雀臺曾盛極一時，而今已頹敗委以灰塵，化為平地。**魏主園陵漳水濱**（一）。雖聞及魏主曹操生前奢侈華麗，但只見其死後之園陵位於漳水之濱。**即今西望猶堪思**，曹操遺言中曰，歌舞妓女人數衆多，朔望令其向園陵歌舞。即今西望。被稱為英雄之人亦落得如此境地，不堪猶思。**況復當時歌舞人**。如今看亦讓人哀傷，更何況當時歌舞之宮女，豈不更為悲哀？

【注釋】

（一）園陵，陵之後有園。因有平生之像，故曰園陵。

沈佺期　**邙山**（一）

邙山，異國不同於日本，不將遺體葬於寺廟，而將所有遺體均埋於京城北面之邙山。此地被稱為漢代之陵，又為唐宋名臣墳多之地。

北邙山上列墳塋，洛陽北面之邙山，乃埋葬尸骨之地，墓碑墳地成萬上億，數不勝數。**萬古千秋對洛城**。邙山自萬古千秋，昔日一直面朝洛陽城。**城中日夕歌鐘起**，後對之格。從早到晚，極盡生前之享樂，歌舞昇平。人生在世僅百年，盡做無益之事，終將相繼逝去，無一人剩下。**山上唯聞松柏聲**（二）。此山上惟有松風之聲、風吹柏枝之音，讓人哀傷。終有一日將埋於此山化作墳墓。儘管想長生千年之樂，卻又需有此覺悟，故感到可悲可嘆。

【注釋】

（一）邙山，在洛陽以北。

（二）《白虎通義》：「墓上植松柏。」

宋之問　**送司馬道士遊天台**（一）

事跡注釋中有述。因為是隱者，故而云「遊」。

羽客笙歌此地違（二），因道士學得仙術，亦可虛空飛行，故曰羽客。又因此道士擅長音樂，故用「笙歌」二字。司馬羽客精通音樂，故臨別吹笙歌唱，離此京師，聞道士之笙歌亦僅限此地。**離筵數處白雲飛**（三）。離別筵席上，有幾處白雲飛來，似前來迎接道士。**蓬萊闕下長相憶**（四），後對之格，在此離別之後，於蓬萊闕下，天子率文武百官長相憶而不忘，然此道士已與人世相隔。**桐柏山頭去不歸**（五）。因此想到前往桐柏之後不再歸京城之地，實有依依惜別之情。桐柏山乃天台山之別名。

【注釋】

（一）《綱鑑》載，睿宗景雲二年六月，召司馬承禎入京，尋許還山。

（二）《唐詩紀事》載，司馬禎，字子微，師從潘師正，得傳穀辟導引之術。睿宗、玄宗累召其入京，卒贈「正一先生」。又據《唐書・禮樂志》，司馬禎精通音樂。

（三）白雲飛，據《漢書・方術傳》，薊子訓有神異之道，去之日惟見白雲騰起，從日至暮如是數處。

（四）蓬萊，位於唐大明宮內宣政殿以北，有紫震、蓬萊等殿。

（五）桐柏，崔尚《桐柏觀碑頌》之序曰：「天台也，桐柏也。」几經轉變，遂稱天台為桐柏。

張說　**送梁六**

梁乃姓，六為兄弟排行老六之意。送其赴洞庭湖畔隱居。

巴陵一望洞庭秋（一），巴陵，乃地名。洞庭，乃湖水之名。赴巴陵時見洞庭湖之秋景一望無際、清澈見底。**日見孤峰水上浮**（二）。日日所見，乃孤峰浮於洞庭正中心。因盡是佳景，必有仙人栖身此山。因而足下亦是如此。**聞道神仙不可接**，聽聞足下已厭世，欲學神仙之道而隱居，此後不與凡人接觸，故難以再見。**心隨湖水共悠悠**。既然如此，我身在此處，而日日思念不已，思念之心則隨湖水共悠悠，欲隨君而去。

【注釋】

（一）巴陵，在洞庭以東。《楚辭》注：「羿殺巴蛇，其骨為陵，故名。」又一說巴陵為古時巴子之陵。

（二）洞庭中有君山，狀如十二螺髻。君山之東有艑山，在洞庭涯，相望浮浮，其狀如舟。可見《詳解》。

王翰　**涼州詞**(一)

乃邊塞之國名。

葡萄美酒夜光杯(二)，因作戍役滯留涼州，欲用胡人寶物美玉夜光杯盛滿當地名産葡萄味酒飲，卻無酒肴。**欲飲琵琶馬上催**(三)。於是於馬背上催一曲胡人彈奏之琵琶，將琵琶曲當做酒肴，便飲。**醉臥沙場君莫笑**，醉酒橫臥沙場。君，指衆人。莫嘲笑征戍卻自我墮落醉倒之態。**古來征戰幾人回**。自古以來征戰中，多戰死或病逝，有幾人平安歸還？趁醉酒暫忘艱難困苦，哪怕片刻間亦要享受安寧。想必此人亦有覺悟自己將無法平安歸還。

【注釋】

(一)涼州詞，明皇朝樂曲多以邊地為名。如「涼州」「伊州」「甘州」，皆為開元天寶年間所作。

(二)涼州産葡萄美酒，已述。《十州記》載，周之穆王時，西胡曾獻昆吾割玉刀及夜光常滿盃。

(三)琵琶，乃胡中馬上之樂，用手向前撥曰琵，反手向後撥曰琶。

李白　**清平調詞三首**（一）

將清調與平調合為一之樂調。自此乃盛唐。注釋中叙述故事。

雲想衣裳花想容，玄宗朝思暮想美人而不得。於是見美麗彩雲飄於空中，就聯想起美人所穿之衣裳，又見美麗綻放滿園之花則聯想美人之容顏。此詩描繪心中如癡如醉狀。將花比作美人，將雲彩比作衣裳。李白之意味深妙、妙筆横生，欲作者口舌不及、筆頭難盡。欲作詩者，應仔細體會其意味。**春風拂欄露華濃**。終於得一美人名曰楊貴妃，朝思暮想隨之消散。日夜陪於楊貴妃身邊深愛不離。假借正被春風吹拂沉香亭欄前、露水浮現後愈發濃美之牡丹花來形容美人之美。**若非群玉山頭見**（二），如此之美，絶非人間之物，或許在王母娘娘所居之群玉山頭方得見。**會向瑤臺月下逢**（三）。將於美麗仙女居住之瑤臺月下相逢，其他地方應無如此美人。

【注釋】

（一）清平調，《通典》曰：「平調、清調、瑟調，皆周房中之遺聲也。」《文章辯體》曰：「漢世謂之三調，總謂相和曲。」唐李濬《摭異記》云，開元中，禁中初重木勺藥，上因植於興慶池以東，沉香亭之前。花盛開時，乘照夜車，召太真妃，以步輦從詔。詔出衆樂人及李龜年獻唱，之後曰：「賞名花，對妃子，安用舊詞為？」遂命李龜年持金華箋，宣李白作《清平調》三章。

（二）群玉，《穆天子傳》載，天子西登崑崙見西王母曰：「癸巳，至於群玉之上。」

（三）《楚辭》云：「望瑶臺之偃蹇兮，見有娀之佚女。」

二

一枝濃艷露凝香，此一枝並非指牡丹而指楊貴妃。玄宗所愛之此一枝濃艷之花，不需露水即可凝香。日夜朝暮觀賞，將是如何歡樂。**雲雨巫山狂斷腸**（一）。楚襄王夢中與巫山神女相會，依依不捨勸其留下。神女云自己不可與凡人交往，將朝為行雲、暮為行雨，若在巫山見此，定是神女無疑，便吟詩作別，此使人發狂、斷腸。日夜守候於絶世佳人楊貴妃身旁，豈非無以倫比歡樂之事？**借問漢宫誰得似**，當世無人比肩。若借問過去之事，西漢成帝後宫雲集三千美女，其中又有誰如此得寵？**可憐飛燕倚新妝**（二）。再有可愛之美人名曰趙飛燕者，依仗新妝也許有幾分相似，但化妝過一時就不相似。此處之「新」字生動，應注意。

【注釋】

（一）雲雨巫山，仙女之事已述。

（二）飛燕，西漢成帝趙皇后。初屬陽阿主家中，學歌舞。《飛燕外傳》載，其體態輕盈，故謂之「飛燕」。其妹合德亦受寵於昭陽殿。二人並色如紅玉，為當時第一。

三

名花傾國兩相歡（一），**常得君王帶笑看**。無論是天下獨一無二之牡丹名花（二），還是舉世無雙之傾國美人楊貴妃，已如願以償，能盡情欣賞二者，不禁歡樂，心情極佳。不分日夜常帶笑觀之，甚是愉悦。**解釋春風無限恨**，所謂解釋，如解開纏繞之線，使其寬鬆意。以免將三心兩意之事露於顏面，將釋慢慢解開。之所以如此，乃因楊貴妃心中對春風有無限之恨。其緣在於，春風之眷顧乃非恒長之事，春風使牡丹花開，又將其吹落。來年再起春風時，又如今年一般使牡丹花美麗綻放，展現於玄宗眼前。而貴妃之境遇則隨年年之春風吹過，年歲漸增，而面容衰老，故恨春風之無限。或因此將致其寵幸日漸減少。然若將上述心思溢於言表，恐使玄宗掃興。若有恨之心結，則須釋，使情緒轉好面露微笑，乃解。**沈香亭北倚闌干**（三）。以毫无怨恨且可愛之身姿憑依於沉香亭北幽深處欄干上，温柔安撫玄宗。將無情之春風化作有情。又因女人内室安置於北側故而用「北」字，豈不有趣？

【注釋】

（一）傾國，可見七言古。

（二）沈香，蜜香一物八名，沈水者曰「沈香」。見《香志》及《南方草木狀》。蓋亭以此香飾之也。

【校勘記】

［一］牡，原作「杜」，譯者校。本詩注文之「牡」皆同此。

客中行

非古題，用「行」字云客中之事。此詩或是李白遊於齊魯間時所作。

蘭陵美酒鬱金香（一），**玉碗盛來琥珀光**。蘭陵，乃地名，李白寄居於此。主人勸飲蘭陵産美酒，云其為鬱金香之酒，乃因煎香佳氣之草與酒混合，飲之，故而香氣芬芳四溢。將此酒盛入類似硝子盃之玉碗，則發琥珀之光。異國無日本用之蒔畫平坦之杯。注釋中述故事詳情。**但使主人能醉客，不知何處是他鄉**。若主人能使旅客醉，且快樂，故不知何處是他鄉，亦忘掉故鄉之事。此處李白氣魄豪邁，驅除鄉思之情，豈非器量宏大？然身為旅客，遠隔故里，無人不抱思鄉之愁。此處有無言之深情。

【注釋】

（一）蘭陵，屬東海郡，出美酒。鬱金香，《通雅》曰：「鬱金似紅蕉，酒和鬱鬯。」

峨眉山月歌（一）

據年譜，李白此時年方二十。作於蜀之岷山。又有一説云遇赦而歸時所作。

峨眉山月半輪秋，影入平羌江水流（二）。乘舟過峨眉山下，見峨眉山之月光浮於江面。因是該月七八日，故云半輪之秋。其月影流入平羌江水，不久連半輪也消逝不見。此半輪月之狀，有諸説。一説云，恰好半輪月為山巒隱蓋不見，遠望西方，月影入平羌江水流淌。當時乃秋之正中，應為圓月，而為何入平羌江水之月僅為半輪？有聞其位於左右高山之溪澗，故被阻擋，由此致山一側有月光，另一側則成影。其景色並非江水之一面，因月影流入半川之故，遂成半輪之月，乃言其險峻。思望瀰月，乘舟急下渝州。**夜發清溪向三峽**（三），**思君不見下渝州**（四）。因為是溪川，沿着連半輪明月也消逝不見的溪流，連夜自清溪而發，向三峽而去。「君」字乃指明月。諸先生之説完全一致，然亦有其他所指。此處乃將君比作明月，欲望明月，故乘舟急赴渝州或能相見。即欲乘船快行之狀。此詩二十八字中，峨眉、平羌與清溪、三峽、渝州，七絶之地名共用五處，然頗為精彩。故應正目方不絶於口，若不擅者來作，將成拙劣之作。

【注釋】

（一）峨眉，位於嘉州。《蜀都雜抄》曰：「蛾眉山木以兩山相對，如娥眉，故名。周廻八千里，高八十里。」

（二）平羌江，在嘉州平羌縣有平羌江。

（三）三峽，已述。

（四）渝州，位於劍南。隋代始稱渝州，以受渝水也。或為李白遇赦，自夜郎返回時所作。乘舟自西而東下也。

上皇西巡南京歌二首（一）

此集共二十四首，此處甄選二首。前一首述玄宗為避禄山之亂而西行入蜀巡獵。後一首乃平亂後由蜀地歸。

誰道君王行路難（二），**六龍西幸萬人歡**（三）。誰道君王行路難，此次巡幸蜀地。所謂之龍，乃八尺高之名馬。天子駕六龍，即六匹名馬拉車前行。因賞賜衆人，萬人皆歡。**地轉錦江成渭水**（四），**天回玉壘作長安**。錦江，乃蜀地之水名。將濯錦之水稱作江。轉，則取變化之意。即錦江變為長安之渭水。渭水，乃京都長安之水。玉壘，乃蜀地之山名。長安為山水環繞之勝地。而今，蜀地亦為被玉壘山、錦江之山川環繞之勝地，乃順應天意，將蜀地比作京都長安而作此詩。然事實乃天子淪落蜀地，卻不便在詩中如此表達。

【注釋】

(一)天寶十五載六月，安禄山陷京師，玄宗出奔蜀地。七月，肅宗於靈武即位，尊玄宗為上皇。翌年，上皇自蜀地歸，以蜀地為南京。

(二)行路難，乃曲名。

(三)六龍，為六馬。

(四)將錦江與王都長安之渭水相比。

二

劍閣重關蜀北門(一)，**上皇歸馬若雲屯**。描繪還都京師之狀。關，乃要害。劍閣群山重重，為蜀地之北門，乃堅固之關所。肅宗平定叛亂，京城重歸穩定，故迎玄宗回朝。然玄宗辭位而隱居，稱上皇。上皇自蜀地歸，引大批御馬，供奉之人簇擁如雲，為之護衛。**少帝長安開紫極**(二)，**雙懸日月照乾坤**(三)。少帝肅宗於長安開紫極而待玄宗歸，緊隨其後，待機即位。日月二輪雙懸於空照耀南北，因蜀地在南，長安在北。乾為北，坤為南。此後京城將終得安全之治。

【注釋】

（一）劍閣，位於劍州。晉人張載建石碑銘曰：「惟蜀之門，作固作鎮。」

（二）少帝，即指肅宗。紫極，通紫宇，指禁中。

（三）乾坤，即南北。

聞王昌齡左遷龍標尉遥有此寄（一）

昌齡自東之江寧左遷至龍標。李白在西之夜郎，寄送此詩。

楊花落盡子規啼，聞説龍標過五溪（二）。楊花落盡，春季告結，子規悲啼咳血之時節，傳聞道，昌齡左遷，赴任龍標之尉。將過五溪，開赴遠地。**我寄愁心與明月**，我過於思念，面朝東方懷念貴君，將愁心寄與明月。故見明月催生悲哀，便可收到我之心意。亦請貴君將思我之情寄與明月。**隨風直到夜郎西**（三）。「隨風」之「風」，乃天氣，古人常在詩中用「風」字指天氣。願隨天氣直到夜郎之西。即，將其比作從月之東延往月之西。「與明月」三字，既現於表，又含於裏，應合而觀之。

【注釋】

（一）龍標，本集注，龍標乃縣名，位於沅州。唐之《地理志》中稱曰「敘州」。

（二）五溪，酈道元《水經注》：「武陵有五溪，雄溪、樠溪、酉溪、潕溪、辰溪也。」

（三）漢之夜郎縣，在唐屬玠州，明播州之界。太白因永王璘之事而致流放夜郎，此事可見《詳解》。

黄鶴樓送孟浩然之廣陵（一）

昔日有仙人來，於壁上畫鶴，羽色金黄，後乘此鶴飛去。遂於此處築樓。孟，乃姓氏；浩然，乃名；廣陵，乃地名，乃句中之「楊州」。

故人西辭黄鶴樓，煙花三月下楊州（二）〔二〕。久違之故人在黄鶴樓西辭而去，於煙花三月間乘舟赴東方之楊州。**孤帆遠影碧空盡**，離别後仍依依不舍，遠眺貴君所乘之舟。放眼望去，孤帆已遠，唯能見影，漸漸消逝，與藍天合一而盡。**唯見長江天際流**。僅能望見長江連於天際，除流水外已無他物。

【注釋】

（一）黄鶴樓，七言律中有述。廣陵，乃楊州。

（二）下楊州，即指乘舟自西東下。

【校勘記】

［一］花：底本誤作「火」，據《唐詩選》卷七、《全唐詩》卷一百七十四改。

陪族叔刑部侍郎曄及中書舍人賈至游洞庭湖（一）

官職名可見注釋。

洞庭西望楚江開（二），於洞庭湖泛舟西望，舟流入楚江之湖，景色一覽無遺。**水盡南天不見雲**。若遠眺，流水似盡，南之天放晴，不見一片雲彩。湖面亦無邊無際，呈廣闊之景。**日落長沙秋色遠**（三），日落時分，若望長沙，可見秋色晴遠。然因其廣闊而不知始終。**不知何處吊湘君**（四）。無標識指明，去何處能祭吊成為洞庭神之湘君。「吊」之字並非前往吊唁，而指從遠方何處可見湘君之廟宇。於注釋中叙述故事。

【注釋】

（一）陪，即侍。族叔，即父親之堂兄弟。刑部侍郎，乃正四品下，《六典》曰：「刑部尚書、侍郎之職，掌天下刑法及徒隸句覆、關禁之政令。」舍人，已述。賈至被貶為岳州司馬。

（二）洞庭湖，位於岳州。楚江，范石湖曰：「岷江自西南斜抱郡城東下。」

（三）長沙，位於洞庭以東。

（四）湘君，《湘州記》載，堯之二女為舜之妻，舜南巡時崩於蒼梧，二妃追之不及，投沅湘之間而死。

望天門山（一）

有兩山高聳如門，楚江之流似將其從中切斷。詩中描述其景色。於注釋中敘述山之故事。

天門中斷楚江開，碧水東流至北回。天門山東側為博望山，西側為梁山，相對如門。兩山夾大江，故天門山於當中隔斷，楚江開入，滔滔碧水向北匯流。**兩岸青山相對出，孤帆一片日邊來**（二）。東西兩青山相對露出水面，其間有人泛舟，望見一片孤帆自日邊而來，遂思念京城。日邊，指京城。

【注釋】

（一）天門山，在越州，兩山夾大江，東稱博望，西稱梁山，相峙如門。

（二）日邊，此語出自晉之明帝，已述。此處指長安。

早發白帝城（一）

蜀地有白帝城。自此處早發。

朝辭白帝彩雲間，千里江陵一日還。朝辭而去，朝陽映照蜀之白帝城，自彩雲間乘舟出發。因山川之水勢極快，有千里遥之楚江陵城一日可還。**兩岸猿聲啼不住，輕舟已過萬重山。**南北兩面岸邊，能聞諸多猿猴之聲。聞之，則思緒如舟暫不能止。尤因乘輕便小舟之故，片刻之間便穿越山區，即述水勢之湍急。雖用「萬」字，僅表多之意。

【注釋】

（一）白帝，已述。盛弘之《荆州記》載：「朝發白帝，暮至江陵，其間千二百里，雖飛雲迅鳥，不能過也。」或為白遇赦自夜郎返回時所作。蓋乘舟自西而東下。

秋下荆門（一）

是為山名。兩山於上部相合，下部分離，如洞穴狀。因在其間往來，又如門狀，故而謂之「門」。

霜落荊門江樹空，於荊門下之江水泛舟，時值深秋，落霜後，山下江邊樹葉飄零，有空寂之感。**布帆無恙掛秋風**(二)。然雖至深秋，水波卻穩，故布帆無恙，掛秋風而過。注釋中叙述故事。**此行不為鱸魚鱠**(三)，此次行舟之目的，並非如晉之張翰歸吳享鱸魚之鱠。**自愛名山入剡中**(四)。剡縣屬吳地，然仍被稱為會稽，乃因其為衆多名山水處之緣故，故欲親自前往觀景，即入剡中而為愛山水之故。

【注釋】

(一)荊門，本為山之名。唐代因山而為縣名。明為州，隸屬荊州府。

(二)布帆，《世說》載，晉人顧愷之致殷仲堪之箋曰：「行人安穩，布帆無恙。」

(三)鱸魚，晉人張翰之事，見於七言律注。

(四)剡中，剡地隸屬會稽，名山水衆多。

蘇臺覽古(一)

此詩乃游覽古迹，抒發自懷之作。

舊苑荒臺楊柳新(二)，古吴王於全盛之時興建宮殿樓閣，極盡奢華，如今只留古迹。昔日苑迹尚存，僅有荒蕪之臺石。古今不變之物，惟有楊柳新垂緑枝。**菱歌清唱不勝春**（三）。昔日宮女衆多，泛舟采菱，歌聲清脆，不勝春之美景，豈不有趣？然其也亦消逝而去。**只今惟有西江月，曾照吴王宮裏人**。只今惟存西江之月，曾照吴王宮裏昔日美人，雖愉快，但已消逝而去，落魄至只剩可哀之景。

【注釋】

（一）蘇臺，見於七言古。古題見《文選》。

（二）舊苑，《吴越外記》：「吴王夫差都蘇州，有桂苑姑蘇臺。」

（三）菱歌，張景陽《七命》：「榜人奏采菱之樂歌。」謝靈運詩：「六引緩清唱。」

越中懷古

此詩發自我懷，及至覽古。此詩三句連讀而下，乃以談古，第四句轉換，用以論今。

越王勾踐破吴歸（一），**義士還家盡錦衣**。**宮女如花滿春殿**，越王名勾踐，歷經千辛萬苦，依范蠡之計破吴而歸。忠義諸士勇武拼搏，還家盡穿錦衣，受越王爵禄之賜。故勾踐之心安定。宮殿裏聚滿衆多美如鮮花綻放之宮女與春相爭，因稱「如花」，故用「春殿」，未必但指春天。表現殿中呈全盛之景。**只今**

惟有鷓鴣飛(二)。富貴官祿乃脆弱之物，最終滅亡，如今只有鷓鴣正飛，化為原野。上述錦衣之士、如花之女亦不知在何處。物是人非，唯覺悲傷。

【注釋】

(一)破吳，詳見《國語》及《史記》。

(二)鷓鴣，《古今注》曰：「鷓鴣出南方，鳴常自呼。常向日而飛，畏霜露，早晚稀出。有時夜飛，則以木葉自覆其背。」

與史郎中欽聽黃鶴樓上吹笛

或是赴長沙途經武昌。

一為遷客去長沙，西望長安不見家。一度成左遷之客，離開故鄉前去長沙。因不捨而眺望西面長安，卻不見自家。**黃鶴樓中吹玉笛，江城五月落梅花**(一)。如此思念故里時，黃鶴樓中有人吹起玉笛。玉笛並非玉鎊之笛，或是玉製之笛。故聽其音，知其所謂乃笛之玉，並非見其而知。於江城不逢時，並無落花，亦有説此江城無城郭，江頭有不少人家。五月雖非梅花時節，然因玉笛吹《落梅》之曲，故心思故鄉，憂愁襲來。確言梅花散落之意，感覺悲傷。

【注釋】

（一）落梅花，晋人桓伊善吹笛，撰《落梅花》曲。

春夜洛城聞笛

誰家玉笛暗飛聲，散入春風滿洛城。誰家正吹奏玉笛。暗，指不見吹奏之處。不知何處傳來吹奏之聲。其聲飛散，融入春風，傳滿洛陽城。**此夜曲中聞折柳**（一），**何人不起故園情。**今夜吹奏之曲中，可聞送別折柳之曲，故聞之無人不生思念故園之情。第四句乃自「滿洛城」三字發出。

【注釋】

（一）折柳，樂府中有《折楊柳》之曲。

王昌齡　**春宮曲**（一）

四句均述昨夜御宴之景。

昨夜風開露井桃（二），昨夜之春風使天氣由冷轉暖，故桃花亦將綻放。露井，即指禁地庭院有無檐之井。君王聞知桃花盛開，欲今夜於桃花之下設酒宴而起駕。**未央前殿月輪高**（三）。未央宮之前殿亦有明月高照，但夜已深。**平陽歌舞新承寵**（四），漢武帝有伯母名曰平陽公主，侍奉公主之舞伎被漢武帝看中，武帝對其寵愛有加，乃衛皇后。看中侍奉平陽公主之舞女，故君王招新歡。**簾外春寒賜錦袍**。新歡深得寵愛。御簾之外，長夜已深，春夜尚有涼意，而御意並不往他女處，而向新招之女處賜以錦袍。失寵之女言外露怨。

【注釋】

（一）春宮曲，樂府題，述宮中夜宴之事。

（二）露井，指有轆轤而無遮蓋。唐《類函古詞》曰：「桃生露井上」。

（三）未央，已述。

（四）平陽，漢武帝訪平陽公主，與歌者衛子夫相遇，遂載回，立其為后。

西宮春怨（一）

注釋有述班姬之事。

西宮夜静百花香，欲卷朱簾春恨長。西宮，即指長信宮。孤身一人夜静時分，忽聞百花之香。遂卷起朱簾而欲望之。慵懶卷起朱簾，心緒不佳，倒是望見滿宮繁花懷念君王不已。春夜之恨實在漫長。**斜抱雲和深見月**（二），暫時忘卻春夜之恨，斜靠而欲觀雲和。然心緒不佳更甚，愈發垂頭失落。所謂「深」字，即述從内室觀月色之景。**朦朧樹色隱昭陽**。朱簾卷起，户外朦朧影薄，難以看清。其影薄之處有樹色，似遮擋住昭陽宫而不見。料想君王正於昭陽宫寵愛趙飛燕，每夜御游興盛，歡樂不已。頗有怨情。

【注釋】

（一）西宫，即對東宫之名。蓋班姬居長信，其宫在西。樂府題二十五曲有「閨怨」「西宫春怨」「西宫秋怨」。

（二）雲和，《周禮·大司樂》鄭玄注曰：「雲和，山名，地産良木，用為瑟則其聲清亮。」

西宮秋怨

所謂西宮，與前述相同。前述春季，此乃秋季。

芙蓉不及美人妝(一)，**水殿風來珠翠香**(二)。水殿，蓮池旁之殿曰水殿。班姬朝思夜想者，乃無論芙蓉花如何美麗綻放，若無君王之寵幸，則芙蓉即便再美，亦不及美人妝之婀娜。因是水旁宮殿，故自芙蓉上方經過。清風拂來，以明珠翡翠裝飾之帳被吹動發出清香。**卻恨含情掩秋扇**(三)，「卻」字，即返往將來之意。班姬此後美色不再，想到君王將不理不睬而曰「恨」。如此被疏遠、被空置實在惆悵。至秋日亦不見寵，以蒲扇掩面。有一説曰，如此般至秋季亦不將蒲扇收入箱中，是否意味被君王疏遠之意？此為班姬不得寵愛而作蒲扇之歌。夏季不曾離君王御側半步，而今秋風已起，假托蒲扇以指自己。此據《文選》。**空懸明月待君王**(四)。將明月與蒲扇相合。且明月用《長門賦》之詞，喻班姬心懸明月並無愁雲之意。因未覺被君王所棄，故覺能得君王之幸。所謂「空」字，即指雖是徒勞，然乘今夜之明月，君王或來巡幸。雖徒勞卻懸明月，以候君王之幸。即述女人之心思。第二句之「珠翠」，認為是帳或許較顯妥當，首飾之釵、冠亦可為証據之字，為首而飾，則可不用「香」字。

【注釋】

（一）芙蓉，即荷花。

（二）珠翠，出自潘岳《西征賦》「絡甲乙以珠翠」，李善注引班固《漢書》贊曰：「孝武造甲乙之帳，絡以隋珠和璧。」《音義》曰：『甲乙，帳名也。』曹子建《洛神賦》：「戴金翠之首飾，綴明珠以耀軀。」李翰注：「首飾，謂釵冠之屬。」注云：「黃金翠羽，裝其釵冠，綴明珠於上，以光耀其首也。」

（三）秋扇，班婕妤退居西宮，自作《團扇歌》以悼。

（四）懸明月，《文選·長門賦》序曰，西漢武帝陳皇后被黜後在長門宮，奉黃金百斤為相如文君取酒，相如以文使主上悟，而皇后復得幸。其辭曰：「懸明月以自照兮。」

長信秋詞

長信，乃宮名，又云西宮。秋詞，乃述秋之景色。此詩有三首，選出其中一首。

真成薄命久尋思（一），真成，即真正、實在之意。薄命，則指不順。班姬反復思及自身，實在命運不濟，如此則失去寵愛。然又不斷尋思自身未必被棄，故內心無法平靜。**夢見君王覺後疑**。因思慮太甚，輾轉不能眠。於夢中遇見君王，得其寵愛，欣喜不已。然醒來發覺仍是孤身一人，不過是夢，但又不願信其為夢。故有懷疑之情。**火照西宮知夜飲**，然而，昭陽宮燈之燭火光照西宮，故可知正是深夜酒宴之時。**分明複道奉恩時**。但方才又分明説出了夢中之事，期盼於複道之間，奉恩寵伴其身側，想到是如夢一般虛無，仍是在君王之昭陽宮。於此時因被疏遠而述怨念之情。

【注釋】

（一）真成之「成」，古為「誠」字，梁簡文詩之語。薄命，可見《漢書》，曹植有《妾薄命》之篇。尋思，見蔡琰《胡笳曲》。

青樓曲（一）

青樓，即指妓院。描述少年等前去游玩之狀。

白馬金鞍從武皇，將玄宗之威容與漢武帝相比。少年侍於御側，為白馬配鑲金之鞍。跨上白馬，隨武皇帝外出游興。**旌旗十萬宿長楊**（二）。豎起十萬旌旗，衆人避退而去，入住長楊宫。**樓頭少婦鳴箏坐**（三），**遥見飛塵入建章**。伎女於青樓之上坐而鳴箏，十萬旌旗中有其熟知之人，故眺望之。我意氣風發之少年令人矚目騎在馬上，氣勢正盛，如烈火一般。踢起飛揚塵土自長楊宫歸還入建章宫之少年已定，伎女因欲眺望而穿著華麗並立刻出迎且稱贊。雖順暢描述此景，卻意味深長。

【注釋】

（一）青樓曲，乃樂府題。

（二）長楊宫，其地垂楊數畝，本秦離宫，漢因之。

（三）箏，劉熙《釋名》曰：「箏，絃高，箏箏然，或曰十三絃。」

閨怨

述婦人之内心，乃閨房内之事。

閨中少婦不知愁，此謂年少婦女不知離别之愁，於此缺乏任何理解。其夫赴邊塞作戰，立功並取得武士之榮譽，或將被封諸侯。如今雖想到與夫分離赴邊塞時暫别，但也無任何思念。**春日凝妝上翠樓**。每逢春日便凝妝登上翠樓，無論看到任何事物均引發内心之動，故戀夫之情油然昇起。**忽見陌頭楊柳色**，忽然陌頭之楊柳條伸長，春意漸濃，故將此楊柳折下以送别。想到夫君未歸已有太久，連楊柳亦竟已如此茂盛，故心中頗有怨愁。**悔教夫婿覓封侯**。實在後悔萬分，竟讓夫君赴邊塞立功並追求封侯。此詩全篇確在充分描述婦女之癡情。

出塞行

乃曲名。塞為夷狄之界。

白草原頭望京師(一)**，黃河水流無盡時。**胡地寒氣頗盛，故草難青。若自白草原之頭望京師，黃河之水長流，自胡地入中國，未有窮盡之時。**秋天曠野行人斷，馬首東來知是誰**(二)。秋日因晴空萬里，若望曠野，空寂之至，行人之往來亦斷絕。馬於此地舉首，不知自東方而來者是誰。京師之人如此親切，我亦想如那般返回京師。

【注釋】

（一）白草原，舊注，因胡地寒冷，故白草較多，其高平處因名原。京師，《公羊傳》：「京，大也；師，衆也。」大衆之所居，故名之。

（二）馬首，《左傳》載，晉欒黶曰：「余馬首欲東，乃歸。」

從軍行三首

雖曰百尺樓，然並非宏偉之高樓。乃由土堆砌而成之臺，僅能於屋頂望見四方值班，並於緊急時刻點燃烽火。

烽火城西百尺樓，黄昏獨坐海風秋。為防備胡人來襲，燃起告知之烽火。巡哨者亦登上西面百尺樓，黄昏獨坐望四方。「黄昏獨坐」四字，應接第一句看；「海風秋」三字，則應接第三句觀之。**更吹羌笛關山月**（一），**無那金閨萬里愁**（二）。海風之秋亦至漸深之時，更吹羌笛，聞《關山月》之曲調，故而思念故鄉不已。且明月光清晰照於關山之上，故因憂愁而遠眺。將「關山」「月」兩兩相和，在此時亦非不可。亦想起金閨，妻、小兒在京留守，因在萬里之遠處赴命，故不堪忍受哀愁。

【注釋】

（一）烽火及關山月，可見前述。

（二）金閨，江文通《別賦》「金閨之諸彦」，李善注引《史記》曰：「金閨，宦者署，承明金馬，著作之庭。」此處視為家屬之事為宜。

二

青海長雲暗雪山（一），青海，乃北地之稱呼，將湖謂之海。於青海有大片長雲環繞雪山而使之難見。**孤城遥望玉門關**［一］。自胡地孤城遠來此處，若眺望，依稀可見玉門關，與京城遥遠相隔。**黄沙百戰穿金甲**，於此黄沙中穿著金甲展開百戰，不曾有暇卸甲休息。**不破樓蘭終不還**（二）。雖大將往下傳達不破樓蘭立功則不歸還之意，内心實思，此樓蘭長期以來難以攻克，恐難以回京。念及可能於此地戰死或病死，無比思念妻子兒女，内心頗感難受。

【注釋】

（一）青海，臨羌縣西，《一統志》：「青海即西海，海方數百里，有魚，無鱗，背有黑點。」雪山，乃天山。

（二）終不還，前漢傅介子至樓蘭，與其王飲，使壯士刺之，持其首還詣闕。

【校勘記】

［一］望，原作「見」，據《唐詩選》卷七、《全唐詩》卷十九改。

三

秦時明月漢時關，此言繼秦漢後之長期征戍。第一句乃難句，諸先生之説一致認為應將「明月」與「關」合並而看。征戍之人於秦時望明月及各處通關，而於漢時亦望月及各處通關。**萬里長征人未還**。赴萬里之胡地長征，而辛勞之人尚不可説歸還。**但使龍城飛將在**（一），當世無良將。龍城，乃匈奴王單于所築之城。飛將，乃漢李廣大將，此人為夷狄懼，稱「飛將軍」。**不教胡馬度陰山**（二）。當世之龍城若有李廣般可用之飛將軍在，胡馬不敢過陰山至此地。若良將在，何必出兵胡地，使大批戰士受苦難，遠離京城？一心只想早日平治，早日歸來。

【注釋】

（一）龍城、飛將，均已前述。

（二）陰山，位於沙漠之西北。

梁苑（一）

注釋中有述梁苑故事。

梁園秋竹古時煙，城外風悲欲暮天。梁孝王時所建之庭院，秋竹仍如古時一般。煙，即曰風煙，乃風景之意。梁苑已變，時過境遷，全盛之孝王亦不在。宮殿山水等物亦徹底荒蕪，令人哀嘆，然竹之風煙卻依然如故。如今城外之風不斷吹響，讓人憂思。若日暮將至，則將何其悲哀！**萬乘旌旗何處在**，孝王因是親王，故為千乘。但受天子允諾可為萬乘，威風凜凜，旌旗四立，赴野外游獵。如今卻消失殆盡，不知已去何處。**平臺賓客有誰憐**。築起平臺，邀來相如、鄒陽及其他衆多賢人才子，作詩文、設酒宴。此亦消逝而去，無人憐之。此詩盡情追思古時之事何處在、有誰憐。

【注釋】

（一）梁園，梁之孝王有竹苑。天子賜孝王以天子旌旗，從萬騎而馳，東西游獵。宮觀橫亘數十里。宮人賓客於其中游玩。

芙蓉樓送辛漸（一）

此為王昌齡任職江寧時，送辛還洛陽之詩。

寒雨連江夜入吳，似是王與辛同船惜別，順江而下，登此芙蓉樓，勸酒送別。寒冷之雨連至江面，入夜而至吴地。**平明送客楚山孤**。故至平明時分，送辛，大雨停止，楚山形單影只。**洛陽親友如相問，一片冰心在玉壺**(二)。若返洛陽有衆多親友詢問「王現今如何」，則請回曰：昌齡如今看透塵世，已斷名聞之念，内心清如一片冰塊，置於玉壺之中。此詩乃通過「一片」二字將冰塊與内心相連之作，寫純浄之心。

【注釋】

(一)芙蓉樓，位於潤州。

(二)玉壺，《代白頭吟》：「清如玉壺冰。」

送薛大赴安陸

此詩乃昌齡流落沅湘時所作。下首亦是如此。離憂，乃《楚辭》之語，即曰離别憂愁。與楚地之貌相稱。

津頭雲雨暗湘山(一)，送别之處在津頭，雲厚而有雨，湘山亦朦朧而不可見。**遷客離憂楚地顔**(二)。面前有左遷沅湘附近之客，為離别而憂愁。昔日楚之屈原曾來沅湘之濱，面色憔悴。**遥送扁舟安陸郡**，由彼處自湘水而下横渡洞庭，遥乘扁舟送向安陸郡。**天邊何處穆陵關**(三)。抵達後懷念不已而遠望，已身處天邊之遠，安陸郡竟在何處？連穆陵關亦無法辨認而遠隔，不知何日才能重逢。

【注釋】

（一）湘山，乃洞庭湖中之君山。

（二）楚地顔，即楚國屈原顔色憔悴之意。

（三）穆陵關，可見五言律注。

送别魏三

三，即兄弟排行。

醉别江樓橘柚香，飲離别之酒而醉，自江樓向下望去，乃橘柚之實四處飄香時節。**江風引雨入船涼**。自樓上向下，江風引導雨水飄入船中，頗有涼意。**憶君遥在湘山月，愁聽清猿夢裏長**（一）。念及君遥望湘山之月，催人哀傷。於憂愁中聽清亮之猿聲，縱於清醒之際，思念依然悠長，入夢後亦存於夢境之中。並非僅夢見如此一事，此處宜以「寤寐思服」之意，視為言無論清醒還是入睡均是如此。

【注釋】

（一）夢裏長，詩中用夢字未必一定是做夢。乃寤寐思服之意。

盧溪別人（一）

武陵溪口駐扁舟，溪水隨君向北流。於武陵溪之口臨別，依依不捨，立於將出發之扁舟，四目相對，久未出發。溪水自沅湘北入洞庭，如沿江而上隨君北流，實在令人羨慕。故曰恨水。**行到荊門上三峽，莫將孤月對猿愁**（二）。行至荊門後上三峽，未必不會對孤月、猿啼而感到憂愁。屆時或將愈發感到哀傷。玉山子曾曰，可將「將」字視為「與」字，故前文之處乃為請勿托付孤月，愁對猿啼之意。即便不愁對月、猿，上三峽後也勢必將面對猿、月，故可認為玉山之説較好。

【注釋】

（一）盧溪，水名。唐因名縣，屬辰州府。辰州有五溪，盧溪乃其一。漢設武陵郡。王昌齡被左遷至龍標，即是此地。五溪入沅，在湘之北合流而入洞庭。

（二）「將孤月」之「將」字，據玉山秋山先生所説，乃如「與」字之意。

重別李評事（一）

此為欲乘舟赴長安之秋，故未有水漲出帆之事。五七日亦可見有水來，雖在前日已共飲惜別之酒，然因水勢趨穩，又復出帆啟程，故再飲離別之酒，遂謂之「重」。

莫道秋江離別難，舟船明日是長安。勿道離去秋江漲水，難以離別，即便水穩風静，船尚在別處，明日再赴長安。**吴姬緩舞留君醉，隨意青楓白露寒。**吴姬，因吴越美女衆多，故將伎類稱吴姬、越姬。雖然相見，但今夜欲歸，故唤來吴姬歌舞助興並共飲離別之酒。若歌舞結束，旅行準備尚未完成，則請安逸下來享受歌舞並留下痛飲。此處之「緩」字或許頗為重要。隨意，乃與「任他」同義，白露落於青楓之上，夜深天寒，惟有今夜而已。故表達依依不捨之意。

【注釋】

（一）諸曹中有評事，屬大理寺，掌出使推覆之事。

少年行（一）

王維

述年輕武者血氣之勇。

出身仕漢羽林郎（二），**初隨驃騎戰漁陽**（三）。出生以來首次奉公仕漢之時，開往邊塞征戍，任羽林郎。均為少年之輩，首次隨驃騎將軍至漁陽作戰。**孰知不向邊庭苦，縱死猶聞俠骨香**。有誰能明白，我開往邊塞征戰多年，亦不遭苦勞。不苦，即不覺苦勞之意。此乃少年氣盛之處，縱然於激戰中慘死，亦欲聞死後永久俠骨之香。

【注釋】

（一）少年行，樂府題。

（二）出身，見《説苑》。羽林郎，七言律有述。

（三）驃騎，即漢霍去病之事。漁陽，見前述。

九月九日憶山中兄弟

此詩乃王維十七歲所作。據千葉玄之見解，「山中」二字存疑，因王維乃山東人士，故「中」字或為「東」字，或為傳寫之誤。

獨在異鄉爲異客，每逢佳節倍思親。獨自在異鄉，作為異客。每逢有所可喜之佳節，都愈發思念親人兄弟。此處「倍」字頗為重要，其原因在於，無論何時，一旦逢佳節，思念之情便會越發加深。**遥知兄弟登高處**(一)，**遍插茱萸少一人**。在遥遠之處思索得知，親人兄弟於今日重陽佳節將登上高山，為驅散邪氣而插茱萸於頭上，卻少去我一人，又或許大家皆說，實在思念不已。

【注釋】

（一）登高，已有前述。插茱萸，《風土記》載：「九月九日，律中無射而數九，俗尚此月，折茱萸房以插頭，言辟除惡氣而禦初寒。」

與盧員外象過崔處士興宗林亭

緑樹重陰蓋四鄰，青苔日厚自無塵。崔處士不為官，於山間之處隱居。青翠緑樹生長繁茂，將四周之鄰全部遮掩，故無法望見。真乃頗為寂靜之處。庭院之青苔緑草等，因人迹罕至，不用清掃，亦無灰塵。因是心氣清高之人，故極少與人來往。**科頭箕踞長松下**（一），**白眼看他世上人**（二）。科頭之「科」，原指根本，以油擦拭髮根而挽成髮髻。箕踞，則指兩腿伸為箕狀，坐於長松下青苔之上，安靜而舒適。故以白眼看他處而來世間俗人，以使其不靠近自己。

【注釋】

（一）科頭，詞本見《戰國策》。魏管寧曰：「吾嘗一朝科頭，三晨晏起。」此言不著頭巾也。

（二）白眼，阮籍事，可見七言古。看他，乃俗語。笑他、憐他、從他、任他之類，皆同。

送韋評事

韋，乃姓氏也。評事，或為朔方節度使之判官。

欲逐將軍取右賢(一)，**沙場走馬向居延**(二)。韋赴朔方，欲立大功，縱有艱難困苦也不懼怕。追隨將軍之足迹，欲取右賢王，於遼闊不已之沙場策馬而行，朝居延進發。居延，乃朔方之城名。**遙知漢使蕭關外，愁見孤城落日邊**。因當代有忌憚，故談論漢代之事。天子不用之人謂之漢使。故在此代指韋評事。因蕭關之外乃朔方之地，故所謂「遙知」即稱關外之事。言意為從此地一指便知。孤城，即孤單之離城。落日之邊，則是夕陽。入夜之孤城，萬物閑寂。若見此，無論何其勇武之人，亦將涌出哀愁。落日之邊並非日之邊，乃夜幕之意。

【注釋】

（一）右賢，《史記》：「天漢二年秋，貳師將軍李廣利將三萬騎，擊匈奴右賢王於祁連天山。」匈奴之左右賢王，猶中國有左右丞相。

（二）居延，古之流沙之地，有城。《史記·李廣傳》注引《括地志》曰：「居延海，南甘州張掖縣東北六十四里是。」

送沈子福之江南(一)

自江北往江南送別行人。

楊柳渡頭行客稀，沈子福不走本街道而前往令人感覺孤單之楊柳渡頭，往來行人頗為稀少，叫來漁舟而渡。**罟師盪槳向臨圻**（二）。罟師蕩槳，朝臨近圻地之方划船。**唯有相思似春色，江南江北送君歸**。惟有依依不捨思念之情宛如春色，故內心之感情無限。春色自江北向江南延伸，送君前往江南，因謂自己回程之事，故意為前往江南後自己留在江北。

【注釋】

（一）江南，揚子江之南。

（二）罟師，打網師也。圻，《字彙》：「岸也。」

賈至　　**春思二首**（一）

前首講自己，後首講他人。

草色青青柳色黄，桃花歷亂李花香。意為春意盎然，草色滿緑，柳條發黄，桃花歷亂，李花芳香，無一處之遺漏。**春風不爲吹愁去，春日偏能惹恨長**。頗有春風悠然自得之意。然春風並未讓我心情舒暢，因內心無望滿是苦勞故。改為「肯」字來看，則為春風不肯為我吹去哀愁，故不斷萌生出對於初日之恨。然為何要托借於春風呢？

【注釋】

（一）春思，梁蕭子雲有《春思》《秋思》，並為樂府題。

二

紅粉當壚弱柳垂（一），以紅粉化妝之美女立於酒之櫃檯，姿容纖弱，如垂柳般溫柔。另有一說云，所謂壚，即為置酒壺之場所，以土而作。日本無此器。**金花臘酒解酴醾**（二）。自金花府出，臘月做成之美酒，謂之酴醾。放入黃花以釀出濃味。可解為其酒壺之口初次打開之意。**笙歌日暮能留客，醉殺長安輕薄兒**（三）。售酒之美女吹笙歌唱，留住少年之客，故飲酒醉倒。長安之輕薄少年雖如此歡樂，我卻憂愁不已，頗為羨慕。

【注釋】

（一）當壚，劉琨詩：「胡姬年十五，春日獨當壚。」蔣仲舒注：「壚，賣酒處。」《史記・司馬相如傳》韋昭注曰：「壚，酒肆也。以土为墮，边高似爐。」

（二）金花，元宋伯仁《酒小史》曰：「金華府金華酒。」《本草》：「時珍曰：『東陽酒即金華酒，古蘭陵也。』」臘酒能熟，去盡殘渣則謂之解。解，即是再度釀造使之濃厚。酴醾，蜀地多酴醾花，蜀人取其以造酒。唐仲言解曰，相傳晋山濤治郫時，用筠管釀酴醾作酒。兼旬方開，聞香百步，故蜀人傳其法。酴醾，《歲時記》謂乃酒名。貝原先生《大和本草》訓曰，將酴醾置於後半夜。《農政全書》曰，中華有黄色之花，日本無。黄色之酒謂之酴醾醁，云日本之山川乃如酒之色。

（三）長安輕薄兒，五字見《後漢書》。

西亭春望

賈至左遷岳陽時所作。

日長風煖柳青青，北鴈歸飛入窅冥（一）。時節乃春末，白晝較長，吹起暖風，因是楊柳青翠之時，故鴈飛北歸，飛入了窅冥遥空，而未替我帶去書信。往京城飛去者，惟大鴈而已。**岳陽城上聞吹笛，能使春心滿洞庭**。此時於岳陽城上，能聞有人吹笛之聲，終不堪春愁，此愁似能充滿整个洞庭。春心，即謂春愁。此時見大鴈北歸，遂起春愁。且聽聞吹笛，春愁更甚。聲滿、心滿，此「滿」字或與李白之「散入春風滿洛城」同義。

【注釋】

（一）窅冥，《老子》：「窈兮冥兮。」此指蒼空。

初至巴陵與李十二白同泛洞庭湖

賈至左遷至巴陵時，李白亦同遭左遷。

楓岸紛紛落葉多，洞庭秋水晚來波（一）。楓葉頗多，紛紛飄至岸邊，滿是落葉。洞庭亦入秋季。至夜間，風浪變大。第一句乃用《楚辭》之句，並非別處，包括所有，亦包括遭左遷之自己。**乘興輕舟無近遠，白雲明月吊湘娥**（二）。雖覺遺憾，然内心卻因自由自在而有趣，駕一輕舟四處飄蕩，並無遠近之差別。故望白雲與明月之景，較千年以前並無任何差別。此處或能憶起李白憑吊湘君之句：「不知何處吊湘君。」

【注釋】

（一）《楚辭》：「洞庭波兮木葉下。」

（二）湘娥，湘君之事，此前已述。

送李侍郎赴常州（一）

雪晴雲散北風寒，楚水吴山道路難。雪晴雲散，天氣甚佳。然因是冬季，北風令人頗感寒冷。故渡楚水、越吴山之道路頗為艱難。**今日送君須盡醉，明朝相憶路漫漫。**今日送君，勸飲離別之酒，請盡情痛飲。明晨離別之後，為解相思，縱請飲更多，終路漫漫而遥不可及。此詩第三句呼應起句，第四句則呼應第二句。

【注釋】

（一）常州，隋開皇年間，廢晋陵郡而置常州。即明之中都常州府。

岳陽樓重宴別王八員外貶長沙

此為賈至夜別王八之詩。可見王八因某要事而拖延五七日，且因登樓酌離別之酒，故題中有「重宴」之辭。

江路東連千里潮，江路通往東方，不通北面京師，惟有潮水自千里之遠涌來。**青雲北望紫微遥**(一)。與君一般，我亦左遷之身，被貶退至此，悲傷之情一致，飛入青雲之中。遥望北面京師，與紫微遥隔。**莫道巴陵湖水闊**，巴陵，乃有岳陽樓之處。面前所在之地乃巴陵，故曰莫道此地湖水寬闊，氣色宜人。**長沙南畔更蕭條**(二)。感覺真是可憐。君謫居之處亦在長沙南畔，故將心生思念京師之情。

【注釋】

(一)紫微，《湘素雜記》曰，紫微，大帝之座。此指禁中皇宫。

(二)蕭條，詞見《楚辭》。

岑參

封大夫破播仙凱歌二首(一)

題解參看次句。

漢將承恩西破戎，漢將，指封大夫。天子召封征伐吐蕃，拜承恩命出任大將，向西而發，絕無半點辛勞便破戎狄。**捷書先奏未央宫**。凱旋之軍早發之奏書，上京向未央宫奏聞。**天子預開麒麟閣待**，天子亦覺由封領兵必定立功，並進而令凱旋之軍知曉，事先依漢時舊例，開麒麟閣。封亦如以前立下大功之衆人一般待進入其中。**衹今誰數貳師功**（二）。立下如此大功之封，當今世上還能有誰？漢代只有貳師將軍破胡之功而已。

【注釋】

（一）《綱目》載，天寶十載，高仙芝為安西四鎮節度使，仙芝署封常清為判官，大破吐蕃。岑時在常清軍。播仙，乃胡部城之名，名見《通鑑》。凱歌，乃兵樂，《周禮·大司馬》：「師有功則愷樂獻社露布奏勝，謂之捷書。」

（二）麟閣、貳師，此前已述。

二

封常清乃判官之大夫。凱歌，即指戰勝敵人後高興時所作樂曲。播仙，指吐蕃。此時被擊敗者為吐蕃之勃律王。

日落轅門鼓角鳴（一），因已日落，於營寨轅門傳來大鼓與角號之聲，威風凜凜凱旋之軍，其聲勢處處可聞。**千群面縛出蕃城**（二）。縱有千群之胡虜，亦為我軍擊敗，被縛從蕃城而出。注釋中有述故事。**洗兵魚海雲迎陣**（三），後對之格。此時凱旋之軍感天不已，清洗刀弓等兵器上之傷痕。自魚海之地降來欣喜之雨，雲彩自東方迎來。**秣馬龍堆月照營**(四)。已收軍力，故不慌不忙秣馬。入夜後，聽野原中談話，於龍堆之地有明月照亮軍營。愉快休整，並拉回几百匹駿馬。

【注釋】

(一)轅門，軍門也，乃將車抬起，以其轅表門之意。《穀梁傳・昭公八年》疏曰：「仰車以其轅表門。」鼓角，乃軍鼓銅角。

(二)面縛，《左傳》「許男面縛銜璧」，注曰：「面縛，縛其手於後，唯見其面也。」

(三)洗兵，《説苑》云，武王伐紂，風晴而下大雨，散宜生曰：「天洗兵也。」在《六韜》中亦能讀見。梁之簡文詩：「洗兵逢驟雨，送陳出黄雲。」魚海，乃縣名。郭子儀取魚海五縣，是也。

(四)龍堆，匈奴地形，如土龍身，無頭有尾，高大者二三十丈，卑者丈餘，皆東北向，謂之白龍沙堆。

苜蓿烽寄家人(一)

自此處開始以下九首，乃岑參從軍後吐露艱難苦勞實情之詩。讀此詩之人，若思及置身軍中，亦將有感。家人，指妻。

苜蓿烽邊逢立春，行至苜蓿烽附近，因逢立春而思念妻子，心中涌起悲傷之情。此地與在京城中大不相同，暫不論春日之難得，又有誰能與我同飲一杯？**葫蘆河上淚沾巾**（二）。在葫蘆河畔，淚水沾巾。所謂「巾」，即日本謂之擦手巾。**閨中只是空相憶**，妻在閨中思及夫君我或在困難苦勞之中，然因無法看到此狀，只能是空想此事。**不見沙場愁殺人**。婦女無法直接來戰場看到寒風凛冽，衆軍士正從事困苦之征伐。因看不到衆人之痛苦悲愁，故無法生出極端難過之情。應順上句之意讀之。

【注釋】

（一）苜蓿烽，唐《三藏西域志》：「塞上無驛亭，又無山嶺，止以烽火為識。玉門關外有五烽，苜蓿烽其一也。」

（二）葫蘆河，上狹下廣，狀如葫蘆。

玉關寄長安李主簿

李，蓋長安縣之主簿。主簿，乃録事之總領也。

東去長安萬里餘，此去離東方之長安，遠隔一萬餘里，行至胡地玉門關，頗為艱難。**故人那惜一行書**。故人，君何其依依不捨，便送以一行書信，卻亦無法寫就。**玉關西望腸堪斷**，復自玉門關出發向前，將進入西方遙遠之胡地，距京師愈發遙遠，實難堪斷腸之苦。**況復明朝是歲除**（一）。何況再到明晨即至除歲，過年時亦請想起我。

【注釋】

（一）歲除，《五雜俎》曰：「以新易舊曰除。故稱歲晚為『歲除』。」

逢入京使

故園東望路漫漫，故園，若望東方，路途漫漫無際。**雙袖龍鍾淚不乾**（一）。左右之袖亦為龍鍾，無法前行，淚水不乾，意為思念故鄉不斷而無乾燥之時，羨慕使君前往京師而止步不前。龍鍾，乃指不行進之意。**馬上相逢無紙筆**，途中因在馬上，即便相逢亦無紙筆，故無法撰寫書信以托付之。**憑君傳語報平安**。拜托使君向妻儿帶話，雖不堪艱苦，但尚平安無事，敬請安心。

【注釋】

（一）龍鍾，可見七言古。

磧中作（一）

磧，沙也。磧中，此前已述。指沙漠之事。

走馬西來欲到天，赴磧中之苦難處征伐，始終往前，不曾停歇。驅馬穿越磧中，往胡地西面前行。因地勢較高，仿佛到達天際。有解説云，此處無垠，若再往西行進數日，則或將進入天空。**辭家見月兩回圓**。辭别京師之家後，已見過兩次圓月。旅途中月中五日相會兩次，於馬背上所見之景色實為壯觀。**今夜不知何處宿**，四處皆無驛亭，故今夜不知露宿何處。**平砂萬里絶人煙**。平砂萬里，惟有寬廣與漫長相續。無人居住，不見炊煙。

【注釋】

（一）磧中，沙石曰磧，即沙漠也。經查看，火洲瀚海之地皆為沙石，有三尺大風時，前行將致人馬損失。

虢州後亭送李判官使趣晉絳得秋字（一）

西原驛路掛城頭（二），虢州之西原也。驛路於西原之濱掛上城頭，於城上有山道。也可理解為因高而掛。**客散江亭雨未休**。行者與送客皆離別而去，雖欲待天晴後再出發，大雨卻遲遲不休。然終因有要事，或亦不必在意大雨。**君去試看汾水上**（三），君將遠去，務請看，漢武帝曾於汾水之上泛樓船、宴群臣、奏音樂，歡樂不已。武帝之《秋風辭》中有云：「秋風起兮白雲飛。」**白雲猶似漢時秋**。如今白雲滿天，猶如漢時之秋。然已是古迹。或是讓人感覺悲涼孤寂，懷古而感嘆世道之盛衰變化。

【注釋】

（一）虢州，河南道，唐以古虢地為陝、虢二州。明河南道陝州，在明山西平陽府絳州，乃古時晉國絳邑。

（二）西原，陝西南北「原」名者六，此西原蓋西城原。

（三）汾水，出太原，經絳州等府而入黃河。漢武帝祠汾陰后土，作《秋風辭》，已有前述。

送人還京

送人自西戎之地歸還都城。

匹馬西來天外歸，乘匹馬自西而來，自地勢較高之胡地向東而行，仿佛從天外而歸。**揚鞭只共鳥争飛**。向京師方向勇進，揚鞭策馬，似與空中翔鳥争飛。因將返回而內心雀躍。**送君九月交河北**（一），送君時請看，與京師不同，入九月後交河之北已下起雪來。**雪裏題詩淚滿衣**。於雪中作離別之詩，送君返回，而自己卻仍不能歸，故淚水滿襟，悲傷不已。

【注釋】

（一）交河，已有前述。

赴北庭度隴思家（一）

北庭，乃地名也。度，乃越過而行之意。隴，乃山名也，越過此山則故鄉遠去，思念妻子。

西向輪臺萬里餘（二），若望西面輪臺，則有萬里之餘。**也知鄉信日應疏**。「也」字，乃俗語。再想便可知，故鄉之音信亦相應日漸疏遠。**隴山鸚鵡能言語**（三），太過觸景生情，太過癡情。隴山有不少鸚鵡，使之能言語，即將無情亦化有情，以表内心之憂。**爲報家人數寄書**。早早飛入天空，時常去京師代我向妻子儿女轉交書信，告知是否平安無事。此乃無事感慨而已，並非表現實情。

【注釋】

（一）北庭，鎮也，在高昌，乃西北之虜庭。隴，山名。

（二）輪臺，車師國北之地名，有千餘里。有一説曰，輪臺乃向西突起之地，後入中國，唐時乃北庭大都護之輪臺縣。

（三）鸜鵒，五種，産於隴蜀。《禽經》及《本草綱目》可見。《山海經》注曰：「其似小兒。」

酒泉太守席上醉後作（一）

「醉後」二字，頗值玩味。醉酒時將暫時忘憂，然醉後則感慨頗多辛苦。

酒泉太守能劍舞，酒泉，乃郡名也。太守為安撫衆兵士，而令其持軍中之樂劍起舞。因在治郡中得到空閑，令其舞樂。能，即表示舞劍頗為擅長之意。**高堂置酒夜擊鼓**。置酒高堂，夜間熱鬧敲起大鼓，吹奏作樂。另有一説曰，擊鼓吹奏，大鼓並非節拍，未必是徹夜擊鼓，乃是不斷歌舞作樂而至天明之意。**胡笳一曲斷人腸**（二），然不知何人吹起一曲胡笳，令人悲愁不已，衆人如斷腸一般難受。**坐客相看淚如雨**。故忽然興致消失，於坐客中起立而向太守敬酒，雖不表忌憚之心，然相互照面時卻已是淚如雨下。

【注釋】

（一）漢置酒泉郡，隋廢郡而置肅州，唐因之，後復名酒泉。

（二）劍舞、胡笳，此前已述。

送劉判官赴磧西

此為參於交河城時所作。劉，姓氏也。判官，官也。

火山五月行人少（一），以噴火之山比喻夏季五月，往來之人亦少。又有一說曰，此山上一部之土乃紅色，故云火山。總之，五月炎熱，山路往來之行人頗少。**看君馬去疾如鳥**。然劉卻在火中前行，征伐胡地，必立大功。若視之，則其追馬急行，疾馳如飛鳥於空中翱翔一般。**都使行營太白西**（二），都使，即都督之意。大將之行營在太白山以西，在前往途中頗為勞累。**角聲一動胡天曉**。吹奏於京師無以聽得角之笛，天亮時，眾人未必不會流淚，故與最初勇猛出發時心情完全相異，當時未曾想竟能達到如此之程度。

【注釋】

（一）火山，陸氏《筆記》：「火山之南地尤枯瘠，鋤鑊所及，烈焰應手湧出，故以火山名軍，在陝西。」《山海經》與《神異經》所稱「火山」在南荒，不與此同。

（二）都使，節度使。太白，山名，位於西安府武功縣南，故鳳翔府、慶陽府、鞏昌府均在太白山，然因其地過遠而不當。

山房春事（一）

房，即謂家。在山房，見春日梁園荒蕪而述，謂之「山房春事」。在注釋中叙述故事。

梁園日暮亂飛鴉，昔日梁孝王鼎盛之園，今已日薄西山，惟有烏鴉啼鳴。**極目蕭條三兩家**。以往曾繁榮昌盛一時。「極目」二字頗有韻味，即目光環視，極盡而望。昔日睢陽七十里之間築起衆多宮殿樓臺，今已消失至無影無踪，一片蕭條，惟見兩三户人家居於此。**庭樹不知人去盡**，古庭中所植之樹，於舊事全然不知；於昔人死去换盡，亦一概不曉。**春來還發舊時花**。春日來時，猶如舊時一般開花。即感慨物哀：無人會長久存在。

【注釋】

（一）山房，據稱在河南歸德府，東南有開元寺，唐之世所建，蓋當梁園之地。「山房」乃此意無疑。

儲光羲　　**寄孫山人**

儲乃魯地之人，或與孫同鄉，離開塵世而入山中。

新林二月孤舟還（一），於新林之濱泛二月之舟，返回山中。**水滿清江花滿山**。船中所見之景，乃滿江清水，滿山繁花，甚美。**借問故園隱君子**，便是山中之人亦可與普通人往來，已有晋時孫登常與普通人交往之先例。此詩自然隱含此故事，立足於孫姓。**時時來往住人間**。作為思念故鄉之隱居君子，亦會與他人頻繁來往。縱與他人交際，猶持不往塵世之心。若内心沉静，則與隱居之趣一致。

【注釋】

（一）新林，浦名，在南京應天府西南，可見《一統志》。

杜甫　　**贈花卿**（一）

花乃姓氏，名曰敬定。此人强勇，頗有軍功。所以自傲而博天子之樂。

錦城絲管日紛紛(二)，蜀國之都謂錦城。絲，即琴瑟琵琶古箏之類。管，乃笛、笙，皆為竹子所製，爲吹奏樂器。日紛紛，即每日熱鬧非凡，為歡樂之意。花卿乃於音樂頗有造詣之人也。**半入江風半入雲**。其聲有半部入錦江之風，半部入天空之雲，響徹四周。**此曲祇應天上有**，此音樂曲調，應在禁中之天庭方有。**人間能得幾回聞**。在人世間難得聽到幾次。因已來蜀，有幸得以聆聽。

【注釋】

(一)花卿，姓花，名敬定，時為劍南節度使，段子璋反，崔光遠率敬定討之，敬定恃功大掠，肅宗聞之怒，由是不擢用。《花卿歌》曰：「西都猛將有花卿，學語小兒知姓名。」胡元瑞云，為歌伎之姓。

(二)錦城，乃蜀地錦官城。

重贈鄭錬(一)

蓋鄭罷去郡縣之官，赴襄陽探望父母。

鄭子將行罷使臣，子，即男子之通稱也。因是鄭氏，故云鄭子。此人將往故鄉，辭去奉公之使臣。**囊無一物獻尊親**。然因內心潔白清廉，不取任何民財，頗為貧寒，囊中未存一物可作禮品獻於尊親。**江**

山路遠羈離日（二），為回到故鄉，需渡江越山，不辭路途遥遠，花費此前所得之官俸，雖擺脱束縛卻陷入貧困。**裘馬誰爲感激人**（三）。着輕裘、騎肥馬之富貴人家或許内心淺薄，或許誰也不會對其潔白清廉表示感激。雖有扶助其之人，但出於表面禮儀而不實者居多。故世間雖感其廉直之心，實際卻覺荒唐可笑。

【注釋】

（一）本集有《贈鄭鍊赴襄陽》之五律。

（二）羈離，乃羈旅别離。

（三）裘馬，指富貴人家。《論語》之辭。

奉和嚴武軍城早秋

嚴，姓也，武，名也。軍城，乃士兵集結之地。早秋之作，爲和韻之作。

秋風嫋嫋動高旌（一），秋風吹拂樹木之聲嫋嫋作響，高舉之旌旗亦不停翻滾。**玉帳分弓射虜營**（二）。於大將住處所張開之大幕稱帷幕，對此敬稱為玉帳。故此所謂玉帳即大將之帳。大將之下有弓箭手分立，向胡虜之營射箭。**已收滴博雲間戍**（三），滴博，乃胡虜之城名。雖滴博城有士兵固守，但將軍已攻陷其城，威風凜凜。雲間，乃雲朵之間，表高聳之意。**欲奪蓬婆雪外城**。乘勝追擊。蓬婆，乃胡虜城名。因氣勢正盛，故打算令士兵向前，奪取蓬婆山大雪之外城郭。此句中，雖是秋季卻有積雪，至為堅固，故表達勇氣。

【注釋】

（一）嫋嫋，風動物貌。

（二）玉帳，《抱朴子・外篇》：「在太乙玉帳之中，不可攻也。」後人以此指稱將軍。此處之玉帳乃此意。

（三）滴博，西山城名。或曰，滴博乃嶺之名，位於維州。蓬婆，吐蕃城名，在雪山之外。或曰，蓬婆乃山名，位於柘州，且乃吐蕃入寇之處，此時嚴武開往吐蕃並破其城。《綱鑑》注曰：「嚴武三鎮劍南，厚賦斂，窮奢侈，事殺戮。然吐蕃畏之，不敢犯其境。」

解悶

杜在夔州時所作，本集有十二首。此詩乃回憶鄭審時所作。審與杜一樣，於去年身處夔州，但此時已在瓜州為官。

一辭故國十經秋，一、二句描寫前所提之在夔州之事。暫別故國之長安，經十秋，即指十年。**每見秋瓜憶故丘**（一）。每見秋瓜，則思念故國不已。其時正於湖之南面逗留，不得不在此地居住。**今日南湖采薇蕨**（二），至今仍在南湖獨居逗留，即便到了采食春天薇蕨之時節，其不可思議者乃足下居於此地時，若見秋瓜，便將思故國。此節再表思念之情。**何人爲覓鄭瓜州**（三）。誰能一道作為鄭審瓜州之官吏並為我寬解思念？提及采薇，古人有《采薇》之歌，若聞此歌，將思故鄉而生歸心。可認為是在此憶瓜，思慕親友，並於詩中抒發思鄉煩悶之情。亦是以一瓜而述懷之詩。讀者可品其意味之深長。

【注釋】

（一）秋瓜，秦時邵平種瓜於長安東門，故長安人見秋瓜有感而思故鄉。

（二）南湖，諸注南湖在夔州。本集有題審湖上亭詩（《秋日寄題鄭監湖上亭三首》），審有宅夔之南湖。薇與蕨共屬蕨類，可見《詩經》。

（三）鄭瓜州，公自注「今鄭秘監審」，瓜州之役人，故云鄭瓜州。瓜州在揚州府之南。

書堂飲既夜復邀李尚書下馬月下賦（一）

李，名芳。第三句可謂倒裝之法，將文字倒用，實則謂如雙鬢斑白之野鶴，將野鶴置前，雙鬢置後，古人詩中常有。

湖月林風相與清，言夜間之景色。自書房望之，湖上之月頗為明亮，吹動林間之風亦清爽不已。**殘尊下馬復同傾**。飲酒一醉而歸，跨上門外之馬而出。因李尚書到來，故又復飲酒。杯中尚存餘酒，自馬上下來一同暢飲。**久擯野鶴如雙鬢**，因年老，雙鬢如野鶴般蒼白。然將此事置於腦後，不放心頭。**遮莫鄰鷄下五更**(二)。如此這般痛飲而醉，乃世間之常樂。雖可能有人質疑，但因毫無顧忌留下過夜，直至鄰邊之鷄下五更，於黎明時分啼鳴為止，也並非不可。包含不為世所用憤懣之情。

【注釋】

（一）書堂飲，本集此上有《宴胡侍御書堂》之詩。

（二）遮莫，《鶴林玉露》：「遮莫字，蓋今俗語。」見七言律。

常建　**塞下曲二首**

玉帛朝回望帝鄉，此詩，前首述有方治理，後首則反過來抒情物哀。可謂此一正一反。治理胡地之塞下，上京向中華天子進獻玉帛各物，讓天子過目，亦叩望帝鄉。**烏孫歸去不稱王**。烏孫即便返回胡國，若無中華天子之敕令，亦不稱王。**天涯静處無征戰**，至遠方天之涯，均進入平静安穩之時代，再無征戰之事。**兵氣銷爲日月光**。兵氣等不祥景色均已消失，惟有日月之光高照。此乃因天子威德之明而成。

二

北海陰風動地來，陣陣陰風自北海方向而來，吹動胡地，響徹四周。**明君祠上望龍堆**（一）。漢之元帝時，王昭君嫁入北狄，祭祀此人之墓，謂之明君祠，其祠稱龍堆。**髑髏盡是長城卒**（二），若望北之戰場，長城乃秦始皇時為防狄而築，骷髏遍地。此皆為以往來征伐士卒戰死、被殺、病死之狀，因無一人為之埋葬而至於此也。**日暮沙場飛作灰**。其尸骨為雨露滴打，化作塵灰被風吹散，望之甚哀。曾曰古時與如今有所不同，然吾等感自身亦將如日暮一般殞命而去。

【注釋】

（一）明君祠，大同府之西有古豊州明妃之冢，有祠之事存疑。《文選·恨賦》李翰注曰：「王昭君，齊國王襄女也，年十七，獻漢元帝，會匈奴遣使請一女子。帝謂後宫欲至單于者起，昭君喟然而歎，越席而起，乃賜單于。」後因犯晋文帝之諱而改明妃。君者，貴人通稱。

（二）髑髏，可見莊子、列子等人之書。長城，《史記》：「秦始皇築長城以防胡，西自臨洮，東至遼東。」

送宇文六（一）

花映垂楊漢水清（二），映花之春暉楊柳如青青垂絲，漢水清澈長流。**微風林裏一枝輕**。微風穿透林間，輕柔得連一枝花都未吹散。**即今江北還如此**，如今江北仍舊有此如春景色，令人愛慕。**愁殺江南離別情**。足下在此別去，到達之後，江南因暖氣早至而春盡，思及在江北春色悠閑時離別之情，必當懷念不已。

【注釋】

（一）宇文，乃複姓。

（二）漢水，自隴坻道縣嶓冢山出，名曰初漾水，東流至武都沮縣，始為漢水。

三日尋李九莊（一）

雨歇楊林東渡頭，今朝雨亦歇。楊林附近東渡之頭，風和日麗。**永和三日盪輕舟**（二）。尋李九，其心境不亞於晉之永和三月三日王羲之蘭亭之遊，蕩輕舟出訪親友。**故人家在桃花岸**，故人之家，桃花綻放，布滿岸邊。**直到門前溪水流**。故直到門前溪水長流之地，才停下輕舟，享受賦詩飲酒之樂。

【注釋】

（一）《五雜俎》曰：「三月三日為上巳日，此是魏晉以後相沿，漢猶有巳，不以三日也。」

（二）永和，東晉穆帝年號，永和九年三月三日，王羲之時在山陰蘭亭會士四十餘人。

高適　**九曲詞**（一）

吐蕃，地名也。

鐵馬横行鐵嶺頭（二），跨上鐵色黑毛之馬，自由自在馳騁，來到鐵嶺之上衛衙。**西看邏逤取封侯**（三）。遥望西方邏逤城，欲以一戰攻占此城，立功封侯。**青海只今將飲馬**，此後治理胡地，青海附近之人民將得到安心之休養，悠閑飲馬度日。**黄河不用更防秋**。直至黄河附近大片地區，將不再需要防秋。此句意為秋季到來時，胡人將作亂中國，故遍設關卡，嚴防秋季之敵。

【注釋】

（一）九曲，在鄯州。金城公主嫁吐蕃，以其地為湯沐邑，吐蕃後叛。天寶十二載，哥舒翰悉收其地。按，天寶之亂，高為翰西河從事，蓋當時作。或曰開元十五年，吐蕃作亂，集關中之兵於臨洮，至會州而防秋。至初冬，乃罷寇。

（二）鐵馬，《詩經·駟鐵》篇朱注：「黑色如鐵也。」鐵嶺頭，在遼東，見《四夷考》。

（三）邏逤，音路素，吐蕃城名。

除夜作

旅館寒燈獨不眠，在旅館逢除夕，無人陪伴，見寒冷燈火之微光，獨思故鄉，內心痛苦，無法入眠。**客心何事轉凄然**。自己心懷疑問，若為客心，因何事而如此轉為凄然寂寞。「凄然」二字引出後面兩句。**故鄉今夜思千里**，思念故鄉，想到今夜竟身處千里之遠，而妻子兒女卻在京城辛勞，定亦思我。**霜鬢明朝又一年**。今夜之狀令人悲傷，白髮如霜，明晨亦將孤單寂寞迎來新年。遠思又當再復一年，悲哀共衰老之感一同涌上心頭。

塞上聞吹笛

雪净胡天牧馬還，胡天，乃夷地，或曰國之天。山巒已有净雪，故將放養之牧馬牽回。**月明羌笛戍樓間**。入夜有明月，不知何人在戍樓間吹起羌笛。然塞上卻無梅花，委實奇怪。**借問梅花何處落**，因有此曲，故借問梅花竟在何處。**風吹一夜滿關山**。「吹」字頗值玩味。不用於笛，而是指梅花被風吹落，一夜間飄滿關山。此「關山」因是曲名，故與第二句之「月」字呼應。「滿」字在述梅花同時，雪、月、聲中亦均含「滿」字之情。全篇遍布雪月，可謂景色十足。

别董大

據《品彙》之注，董庭蘭因擅長彈琴而聞名於世。故結句中稱衆人大多為之贊歎。

十里黄雲白日曛，雖曰十里，不過日本之二里而已。四處望去，在二里間有黄色光芒之雲昇起，白日亦西落，夜幕降臨。**北風吹鴈雪紛紛**(一)。故北風吹鴈，鴈聲響徹之際，紛紛下起雪來。於寒冷中前行實是極為辛勞之事。**莫愁前路無知己**(二)，知己，即明白心意，指親密好友。前路，即旅途之目的地也。

故前往遠國後，請勿因無知己而悲傷。此乃安慰之辭。**天下誰人不識君**。君乃奏琴名家，天下之中，所有人或許皆不會不知君。君無論去往何方，皆會得衆人盡早相迎，能成知己之人者勢必很多。

【注釋】

（一）雪紛紛，《楚辭》：「雪紛紛而薄冰。」

（二）知己，見《史記》。

孟浩然　送杜十四之江南

荊吴相接水爲鄉（一），荊，楚國也。與吴國相接，位於海邊而有水之地。衆人居住於此並以此為鄉。**君去春江正淼茫**。君乘舟而去，雪水融流，正淼茫，或是無垠寬廣之意。三、四句即是從「正淼茫」三字而生。**日暮孤舟何處泊，天涯一望斷人腸**。夜幕降臨，孤舟將於何處停泊。天之涯並無一處，望之，水面實在寬廣無垠。因與君作别，故憂愁如斷人心腸一般劇烈。人，即曰我之意，並非他人。

【注釋】

（一）荊，乃楚之一名。

李頎　**寄韓鵬**

韓乃臨汾縣縣令。該縣位於山西平安府。

爲政心閑物自閑(一)，成為縣令，於為政之上無任何用心者自古即有。到任後原封不動，不聞不問，不做事不親自治理，人心則無動於衷。故官員奉行內心自然而閑，由此人民百姓與各類萬物亦將得自然之閑。**朝看飛鳥暮飛還**。第二句，若心閑則有物閑，故奉行即便走出治所，也無任何公事訴訟之礙，悠閑觀鳥朝飛暮還。大鵬因無為而成就自然之天命，人因有其德而能感知鳥類。無為自適，乃老莊之學也。**寄書河上神明宰**(二)，寄君書信，於臨汾似能看到如河上神明般主宰治理之人，乃政事無誤之賢者也，因此而謂天下之輔佐。宰，國家郡所之司也，處理政事之人也。**羨爾城頭姑射山**(三)。羨爾，指韓鵬。昔日《莊子》曾曰，臨汾城頭住有神人，此山乃臨近大鵬住所之山。故稱羨韓鵬亦與山中神人親近，有神明之德。

【注釋】

(一)為政，見《論語》。

(二)神明宰，《晉書》：「陸雲補浚儀令，一縣稱為神明，去官，百姓慕之，圖畫形象，配食縣社。」

（三）姑射山，在臨汾縣。神明宰，用陸雲事雖可，但取《莊子》中之「神人」亦可。且以宰之人優秀，故其所亦得穩定之治。

崔國輔　**九日**

崔氏被貶為竟陵司馬時所作。

江邊楓落菊花黃，少長登高一望鄉。江邊楓葉片片凋零，迎來黃色菊花綻放之佳節。携家人、兄弟貶到此處，故稍長時間登上高處，以不分之辭表不分之意。然即便如此，仍望故鄉懷念不已。**九日陶家雖載酒**（一），**三年楚客已霑裳**。在後對之格，因是九日，故學陶淵明之家，載酒催興，為三年之楚客。因無法返回故鄉，淚水沾裳，悲傷不已。

【注釋】

（一）陶家，可見七言律。陶家、楚客，共謂崔目。

張謂　題長安主人壁

或許張謂乃進士，來京時，旅館店主見其囊中沉重，曾對其照顧有加。但未料到，張於文章中反稱考試落榜，因長期逗留之故而行囊變輕，原本令人信賴之店主接待態度完全不同，故而出店之後於店家墻壁題此詩以作別。

世人結交須黃金，黃金不多交不深。凡世人之結交，均須有黃金。黃金愈多，則結交愈深。**縱令然諾暫相許，終是悠悠行路心。**見囊中沉重，則即便有所不願，亦將暫為許諾。若囊中變輕，則內心轉變。吾就此悠悠行路而去，擺出一副將其視為未曾遇見之人之無視表情。異國與日本古今之人情皆如此也。

送人使河源（一）

赴黃河上游邊州出使之人也。

故人行役向邊州（二），**匹馬今朝不少留。**朋友受命出使，向邊州出發，因送行之人很少，故乘匹馬而行。因有事在身，故今晨不做太多停留，匆忙出發。**長路關山何日盡，滿堂絲竹爲君愁**。長路險阻，要辛苦越過關山，故不知何日能到。以琴、笛等音樂相待滿堂坐客，卻不知為何未能得到安慰，也並無歡樂，惟有為君憂愁之聲，反令人落淚。

【注釋】

（一）河源，去玉門關、陽關三百餘里。隋煬帝初置郡。李靖伐吐谷渾，經磧石河源，即此。

（二）行役，見《詩經》。

王之渙　**涼州詞**

黃河遠上白雲間，一片孤城萬仞山。若自黃河向遠處上游追溯，如行進於白雲之間。追溯上去，可見一片孤城高聳於萬仞群山之環抱中。**羌笛何須怨楊柳**，此處能聞羌笛之聲，何須怨及《楊柳》此離別之曲。**春光不度玉門關**。悠閑之春景進入玉門關附近而不前進，故自玉門關往北乃寒冷之處。胡人無法領略此番春色，故怨恨楊柳，言行凶煞。自京師而來之諸戍兵明白春光、楊柳之意，故羌笛吹起《楊柳》之曲則生怨情。不將戍兵之深怨表露在外，而采取柔和表達，此可謂詩人最成功之處。

九日送別

在邊塞時所作。

薊庭蕭瑟故人稀（一），薊庭，乃地名。來此蕭瑟偏僻之處，故人、朋友、熟人頗少。君乃其中之一，今要離去，吾心實苦。尤其今日乃重陽節，衆人將登上高處而設酒宴。**何處登高且送歸**。至少應找一高處登上，以為君送別。**今日暫同芳菊酒**，後對之格，「暫」字頗值玩味。在九日之歡中有離別之酒與憂愁酌飲，今日暫同君共飲芳菊之酒。**明朝應作斷蓬飛**。明晨君將啟程出發，將離去之時，其狀仿佛秋風吹斷蓬枝蓬根向某處飛去一般，令人悲傷。不知何時是否還能重逢。

【注釋】

（一）薊庭，薊門也。

蔡希寂　**洛陽客舍逢祖咏留宴**

綿綿漏鼓洛陽城，客舍平居絶送迎。聽見綿綿不絶漏鼓之聲響徹洛陽城。客舍中平時並無何人，故送別之人斷絕不在。**逢君買酒因成醉，醉後焉知世上情。**但前來見君，高興出迎，並坐買酒而飲。因有邂逅之樂而醉酒愉悅。「醉後」二字看似多餘，但卻有趣。醉後能知何事？故忘卻世上之情，內心無任何牽掛而高興。

吴象之　**少年行**

小平津，乃漢宰相公孫弘之領地也。使氣，則為勇氣之意。

承恩借獵小平津(一)，擔任皇宮大內守衛之二三位少年，拜受上恩奉之命外出游獵。**使氣常遊中貴人**(二)。進入宰相之領地小平津而毫無懼色，放鷹駕馬，盡情自由自在奔馳。常伴游興之兩側衆人中，有貴人為友。**一擲千金渾是膽**(三)，一，即不分之意。故於游興中毫無分別擲出千金之狀，如渾身是膽一般。**家無四壁不知貧**(四)。自家房屋四面無壁，故雖是房屋卻貧寒如洗，然如完全不知一般，頗為豪氣。「四壁」一詞，《相如傳》曾採用字，乃表示其作用。

【注釋】

（一）小平津，在鞏縣西北，即洛水之津。

(二)使氣，見於《老子》。中貴，乃貴人也。

(三)渾是膽，按，《蜀志》載，趙雲曾僅率數十騎兵戰曹公，先主曰「子龍渾身是膽」。

(四)四壁，《史記》，相如之家「居徒四壁立」。

張潮　**江南行**(一)

述婦女之情。

茨菰葉爛別西灣(二)，去年江南茨菰水草之葉枯萎糜爛之時，夫君於此處西面水灣乘舟離去。**蓮子花開猶未還**。今年將至蓮花盛開之時，仍未歸來。**妾夢不離江上水**，妾對夫君朝思暮想，故夢中亦在江南之畔，向水面泛舟。描述不離不棄之女子柔情。**人傳郎在鳳凰山**(三)。近有傳曰，夫君在鳳凰山，故欲往夢中尋之，路途遥遠無法到達，悲傷不已。盼君早日歸來。表面僅曰鳳凰山，然因鳳凰乃雌雄之鳥，故實包含聽聞夫君正在他國納妾享樂，心有怨恨之意。

【注釋】

(一)江南行，樂府題。

（二）《學圃雜疏》：「茨菰，水草，夏中開白花。」

（三）鳳凰，雌雄之鳥，借恨其夫在他國蓄妾之事，不必拘地名。

嚴武　軍城早秋

注釋中叙述事迹。

昨夜秋風入漢關，進入秋季後，胡人將為寇作亂。昨夜秋風吹起，進入漢關。**朔雲邊月滿西山**。朔方之雲寒冷，邊塞之月清亮。故將進入全力征伐西山之時節。**更催飛將追驕虜**（一），飛將，乃謂威武力大之將崔旰。更進一步催促飛將依據軍法盡早出戰，追打驕寇。**莫遣沙場匹馬還**（二）。接重要指示，請勿從沙場獨自騎馬歸還。

【注釋】

（一）飛將，據稱崔旰爲漢州刺史，率兵破吐蕃於西山，拔其城，取其地數百里。此處將旰稱為飛將。

驕虜，《史記》：「胡者，天之驕子也。」

（二）匹馬還，《公羊傳》：「然而晉人與姜戎要之肴而擊之，匹馬只輪無反者。」

重送裴郎中貶吉州（一）

劉長卿

自此進入中唐。

猿啼客散暮江頭，猿猴似亦知曉離别之悲而啼叫，前來餞行之客亦分别散去，日暮江畔，呈孤寂之狀。**人自傷心水自流**。離去之人與送别之人各獨自傷心，水亦獨自流走。**同作逐臣君更遠**（二），不論君或吾，皆同為京城斥退之逐臣，實在悲傷。君還須進一步被貶至遥遠吉州。**青山萬里一孤舟**。青山綿延萬里，其畔大江乘孤舟，無依無靠。寧不為君之離去而哀傷悲痛乎？

【注釋】

（一）吉州，明江西吉安府，至德中，長卿被貶潘州南巴尉。

（二）逐臣，已述。

送李判官之潤州行營（一）

行營，乃行軍之營地也。

萬里辭家事鼓鼙（二），受命外出前往萬里遠之潤州，辭別家人親屬，開往戰場。鼓鼙，乃馬上大鼓，擊打此鼓而壯軍隊之聲勢。**金陵驛路楚雲西**（三）。於金陵驛路趨馬疾馳，楚地之雲騰起，故為向西而行。**江春不肯留行客**，江邊春色雖美，亦不留行客。正月中爲戀戀不捨之心情。**草色青青送馬蹄**。於草色美麗春日中駕馬，英姿颯爽，能見踏開青草馬蹄之迹。青草如送別李氏一般，一直佇立思索君能何時歸來，依依不捨。

【注釋】

（一）潤州，明中都鎮江府。

（二）鼙，乃馬上之鼓，有柄，通過擊鼓傳令。《釋名》曰：「鞞也，鞞助鼓節也。」

（三）金陵，明之南京江寧府。潤州路經金陵之北。

李華　**春行寄興**

宜陽城下草萋萋（一），宜陽城下，不復以往之繁華，如今芳草萋萋，令人觸景生情，少有行人往來。**澗水東流復向西**。而與以往相同者，乃猶能見澗水東流，又復向西。**芳樹無人花自落**，後對之格。古時城下之人賞花游玩，然如今芳樹再無人觀賞，與自然一道散去。**春山一路鳥空啼**。若到春季，即便下山之路旁有衆鳥啼鳴，亦無一人留耳聆聽，空空如也。

【注釋】

（一）宜陽城，在河南府。周召伯聽訟之所。

錢起　**歸鴈**（一）

春之鴈也。錢氏曾作《湘靈鼓瑟》之詩，為時人所稱。此詩借歸鴈以托湘靈而作。

瀟湘何事等閑回，瀟湘乃盛名之所，須如何為方能無念而回？**水碧沙明兩岸苔**。此瀟湘景色秀美，碧水長流，沙子白明，兩岸水草青翠秀麗。**二十五絃彈夜月**，此地有舜之二妃，娥皇、女英因思慕舜王，投江而去。古迹之神靈乃湘君。若湘君於夜月清亮之際以二十五弦演奏《歸鴈操》之曲。**不勝清怨却飛來**。瑟曲之中，有云《歸鴈操》。清，即音色之清亮。怨，乃己之怨情。故瑟之音色清亮，聽此托慕之音，或將無法克制內心，却捨棄名勝之美景而飛回。

【注釋】

（一）瑟，注見五言律。瑟曲中有《歸鴈操》。

韋應物　**登樓寄王卿**

韋氏任滁州刺史時所作。

踏閣攀林恨不同（一），踏閣樓臺階而上，因高，故如攀上林梢一般。恨不能與君一同攀登，頗為遺憾。**楚雲滄海思無窮**。君居於楚國雲起之地，而我則居滄海之濱。因相距遥遠而思念無比。**數家砧杵秋山下**，登上閣樓而望，觸秋日之景而生情，山下數處房屋，有處理衣服之砧杵聲，此處聞之，催人感知秋意。**一郡荊榛寒雨中**。於一村幾處，有茂密荊榛立於寒雨之中。治理如此邊境小地，心覺不甚滿足。且聞砧杵之聲，望荊榛之景，耳目所及之處，均有離別之恨。雖在此小村出任官吏，内心卻在别處。

【注釋】

（一）閣高而出林梢，故曰「攀」。

酬柳郎中春日歸楊州南國見別之作（一）

廣陵三月花正開，因在楊州之廣陵離别，且是三月，故爲花正開之時。**花裏逢君醉一廻**。在繁花之中與君相逢，有過一次痛飲醉倒，且曾承蒙贈詩一首，亦於此地相見曾幾何時回贈一詩作答。**南北相過殊不遠**，雖與居住地相隔遥遠，卻不至於感嘆。我居南方，君住北方，亦不過隔一大江而已。**暮潮歸去早潮來**。晚潮歸去，早潮又來。故朝往夕至，隨時可相見，不用感慨，而應愉悦。另有一説曰，並非居住相隔遥遠。此處可解釋爲，内心無法如潮來潮去一般自由自在，亦無法於一處一醉方休，言悲慘世道。

【注釋】

（一）向韋自楊州歸，與柳宴於廣陵，柳時贈詩。今韋至滁州之後贈詩以答之云。南國，乃廣陵也。又南國亦可作「南郭」，近江之地也。

皇甫冉　**送魏十六還蘇州**（一）

秋夜沈沈此送君（二），秋夜沉沉而静，唯觸景生情。在此處爲君送别，依依不捨。**陰蟲切切不堪**

聞。在村莊陰暗處有蟲鳴之聲，可聞鈴蟲之類發出切切鳴叫。因與足下分別而不堪聽聞蟲鳴。**歸舟明日毗陵道**(三)，乘歸舟出行，明日將抵蘇州，因通過毗陵之路，故亦想起我來。**回首姑蘇是白雲**。東面而望，姑蘇山中能見白雲如斗。船中面朝東方而不坐，故有「回首」二字。

【注釋】

(一)蘇州，江南道，或古姑蘇之地。皇甫乃潤州人，任無錫尉。因是此時所作，故有「明日毗陵」之詞。

(二)《史記》注：「沈沈，深也。」

(三)毗陵，古延陵，明常州府也。

曾山送別(一)

凄凄遊子若飄蓬(二)，凄凄，即流落，意為無所。貧寒之際成游子，處處皆無我之住所。蓬葉遭風吹而飄散，我亦如蓬蓬之葉居無定所。往他地游蕩，頗為艱辛。**明月清樽秪暫同**。前往曾山，於明月之下為餞行而開清樽，暫與君恭敬同座，滿酒而享樂，今晚確有斗酒，故請盡情多飲。**南望千山如黛色**，明晨足下將出行，南方群山衆多，見其山，樹林繁茂如有青青黛色，路途艱辛。**愁君客路在其中**(三)。憂愁足下旅途恰在其中，將翻越險阻而去。「其」之字，乃助語，用此字則可見離別之情更濃。

【注釋】

（一）曾山，又名文筆峰。舊説曾山在處州府，存疑。或為常州府之甑山，故或為皇甫任無錫尉時所作。三、四句似不是曾山。

（二）凄凄，同悽，寒冷之意。飄蓬，已述。

（三）其，可用作助詞。

韓翃　**寒食**（一）

此詩讀後可覺其中之諷言，字面乃故事。寒食，乃冬至後之第一百零五日。

春城無處不飛花，春色在城中各處均可見，無處不飛花。**寒食東風御柳斜**。寒食時節，東風吹，宮廷内柳絮飛舞。此句為寫景。**日暮漢宮傳蠟燭**（二），此日京師各處均嚴禁生火，故取燭而代之，夜幕降臨後，從漢宮中傳來點火之蠟燭，分發群臣。**青煙散入五侯家**（三）。青煙飄起而散，首先進入天子一門、擁有五侯七貴威勢之家中。世人皆輕薄，惟入全盛之人家，真乃苦難之世道。

【注釋】

（一）《荊楚歲時記》曰：「冬至後一百五日，謂之寒食。」《周禮・司烜氏》，仲春以木鐸廣泛宣傳，全國禁火，由此到春季才能生火。據劉向《新序》、《鄴中記》、桓譚《新論》、《汝南先賢傳》等，寒食斷火起於介子推，蓋起於周人禁火之事也。

（二）蠟燭，《後漢・禮儀志》：「清明，騎士傳火也。」

（三）五侯，後漢桓帝封宦者單超等五人同日爲縣侯，謂之五侯。

送客知鄂州（一）

知，乃指刺史。

江口千家帶楚雲（二），**江花亂點雪紛紛**。離別之處在江畔，家中有千軒，因在楚國附近，故帶入雲中。江畔之花紛飛，點點如雪，紛紛飄零。**春風落日誰相見，青翰舟中有鄂君**（三）。足下乘舟出發前往鄂州任官，恰如春風吹而萬物生。因日落，或不再有人來相見並交談。青翰舟中有楚王之弟鄂君，人品出衆，足下亦如此出衆，人皆畢恭畢敬不敢靠近兩側。可見注釋中所述故事。

【注釋】

（一）知，刺史之事。鄂州，乃江南道，明之湖廣武昌府。

（二）江口，同江頭。

（三）青翰舟，即青雀舟也。據《説苑》載，鄂君浮舟，越人唱櫂歌而樂。舩之頭有畫名曰鷁之鳥，為驅水中妖怪，故用「青翰」等詞。秋山玉山氏曰，第四句為在鄂州任刺史，治理得當，故有百姓來見，《詩經·大叔於田》詩之意。

宿石邑山中（一）

石邑山，桓州地區之山。

浮雲不共此山齊，此石邑山不與浮空之雲相並。此句乃謂山之高。**山靄蒼蒼望轉迷**（二）。此山蒙霧之處蒼蒼然而無際，放眼望去，似正旋轉而令人迷茫。此句乃謂山之深。**曉月暫飛千樹裏**，「暫」字頗值玩味，須留心觀看，則忽隱忽現。曉月早落，如暫時飛入其中一般。於千樹中茂密枝葉間忽隱忽現，但等待並非暫時。此句謂深山中之山高。**秋河隔在數峰西**。夜間，與秋河遠隔，在數峰之西。此句謂山高之中亦有山深。

【注釋】

（一）石邑山，在桓州。

（二）靄，雲聚集之貌。

李端　**送劉侍郎**

可認為此人作為官員居於宣城。昔有名曰謝朓之人居於此地，故將謝朓稱為「謝宣城」。

幾人同入謝宣城（一），足下所居之處，乃昔日謝朓所居之宣城。有幾人同來，衆人皆受足下幫助而出人頭地，蒙足下之恩者亦隨之一道前來。**未及酬恩隔死生**。謝宣城一退官，則立即被衆人所忘卻，如恩情未酬而生死相隔一般，仿佛死去。誰也不再拜訪，實在無人情。**唯有夜猿知客恨**，惟有夜間之猿猴知曉足下之孤單客恨，不斷鳴啼。**嶧陽溪路第三聲**（二）。位於嶧陽溪路之畔。此處「第」字有心意，一聲啼鳴後又有第二聲、第三聲，故離鄉之恨逐步增加而流下淚來。

【注釋】

（一）謝宣城，注見五言律。

（二）嶧陽，位於魯國鄒縣以北。

張繼 **楓橋夜泊**（一）

關於此詩有諸説。見夜深之景，同南郭、玉山、築波之説。又一説是見晨曉，此説亦通。

月落烏啼霜滿天，月落，即深夜映照至水中之倒影。因烏鴉啼鳴，故已接近黎明。早霜滿天，驚訝望去，乃月夜之烏鴉也。**江楓魚火對愁眠**。張氏在船中，四處可見江楓之岸邊，有釣魚之火。因有客居之愁，面朝其無法入眠，此時正思現在究竟何時。**姑蘇城外寒山寺**（二），**夜半鐘聲到客船**。姑蘇城外有寒山寺，能聞寺内鐘聲，故思現在何時。原來是凌晨四時之鐘聲。在所居之客船上聞其聲而着迷。因是夜半之旅船，故稱客船。有人認為，可將此視為真實黎明之景，月西落又有烏鴉，應不是夜間。雖有江楓之漁火閃爍，十分美麗，但仍打起精神愁眠以對。故是自然睁眼而望，看見姑蘇城附近。在寒山寺中，夜半之鐘聲傳到客船，正思是何處之鐘聲，竟發現是該寺廟傳來之聲。

【注釋】

（一）楓橋，位於蘇州城以西。南北往來必經之地。

（二）寒山寺，位於吴縣以西。

顧况　聽角思歸

胡人吹奏樂器有角。聽此音，不斷思念故鄉。

故園黃葉滿青苔，在故鄉之我家庭院，此時如何？或許黃葉散落，滿是青苔，無任何人打掃而荒蕪。**夢後城頭曉角哀**。詩意中包含對故園種種思念。入睡而夢，夢醒後在城頭聽聞天亮方向傳來角笛吹奏之聲，開始思念故鄉之事。**此夜斷腸人不見**，因居他國，故此夜令人難過，如有斷腸之悲。然若無知我心之人，則無人可以傾訴。**起行殘月影徘徊**。起身前往庭院閑逛，有殘月之影相隨。徘徊而望，憂愁之情愈發加劇。

宿昭應(一)

注釋中叙述事迹。

武帝祈靈太乙壇，漢武帝欲長生，曾為太乙之神築起靈壇而祭。**新豐樹色繞千官**(二)。玄宗亦同盼長壽，巡幸新豐宮。祈禱之時，因國家興盛而有繁茂樹色環繞供奉之數千官員。**那知今夜長生殿**(三)，有誰能知，玄宗今夜與貴妃起誓永為夫妻，使長生殿亦覺孤寂。**獨閉空山月影寒**。欲獨自緊閉房門，以擋空山月影之寒。

【注釋】

(一)《綱鑑》載，天寶七載改會昌縣曰昭應。或曰，玄元皇帝降於華清宮之朝元閣故也。據稱玄宗信田周秀之言，祀老子於朝元閣。如同漢武帝信繆忌之言，祀太乙於太乙壇。

(二)新豐，即昭應。

(三)長生殿，在温泉宮之內。

湖中

顧被貶饒州司户時所作。

青草湖邊日色低(一)，前對。青草湖畔亦日色西落，至夜幕降臨之時。**黃茅瘴裏鷓鴣啼**(二)。在黃茅瘴裏，無法歸京之鷓鴣發出啼鳴。黃茅瘴，注釋中有述。瘴，有惡氣時自蒼梧之南而出，若接觸此氣，則人煩悶或死。**丈夫飄蕩今如此**，大丈夫四處飄蕩，居無定所，而今至此境地。**一曲長歌楚水西**。想到不知何時才能功成名就，卻抑制住内心之淚，唱出一曲長歌。欲在楚水之西鼓舞自己，擺出毫不在意之態。

【注釋】

(一)青草湖，《荆州記》：「巴陵南有青草湖……湖南有青草山，因以為名。」又有稱青草湖在岳州，一名巴丘湖。每夏秋，水與洞庭湖為一水，涸則此湖先乾，青草生焉。

(二)黃茅瘴，《桂海虞衡志》：「春曰青草瘴，夏曰黃梅瘴，六七月曰新禾瘴，八九月曰黃茅瘴。」鷓鴣，已述。

戴叔倫　**夜發袁江寄李潁川劉侍郎**（一）

戴氏當時在曹王皐幕府中。

半夜回舟入楚鄉，月明山水共蒼蒼。半夜駕舟繞向袁江方向，進入楚鄉。月明清亮，故山水均蒼蒼然可見。**孤猿更叫秋風裏，不是愁人亦斷腸。**此時，孤猿更是啼鳴不已。於此寒寂秋風中，縱非思念故鄉而憂愁之人，亦將有如斷腸之感，更何況有李、劉兩氏左遷之事，故或因思念故鄉而流下淚來。

【注釋】

（一）袁江，在袁州府以南，入清江。自注：李、劉二公流貶於此。

包何　**寄楊侍御**

包氏時於大曆年間任起居舍人。據傳，包氏乃天寶七年及第而出仕，故應是此人。

一官何幸得同時，本人雖出身寒微卻得以出仕為官，實乃幸運。與足下同時為官感覺親密。**十載**

無媒獨見遺。為官十載，無一友人，故孤身一人而未有昇官。**今日莫論腰下組**(一)，於異國拜受上賜官吏之印，退官後須將其歸還，故重視此印。因官職分上中下，以繩將印束於腰間，黃色之繩乃下官。故第三句中未評論如今自己所任之官職，而述腰下綁印之黃繩。**請君看取鬢邊絲**。請君看我年老後兩鬢亂如白絲。足下或有意高昇，然歲月短暫，我已決心彈去頭冠之灰塵，不再苦苦等待。

【注釋】

(一)組，乃印綬也。長一丈二尺，繞腰以係印。有三等，金印紫綬，銀印青綬，銅印黃綬。

李益

汴河曲(一)

所謂汴河，乃亡國之曲也。隋煬帝所掘之河。

汴水東流無限春，隋家宮闕已成塵。汴水東流，如昔日一般不見邊際。春日到來而進入全盛之季。隋家天子之宮闕，雖有一時華麗，然如今已布滿塵埃，消逝而去。**行人莫上長堤望，風起楊花愁殺人**。往來此地之行人勿要眺望種有一千三百里楊柳之長堤，風起而楊花散落，此乃不祥之兆，或將同樣讓人悲愁不已。繁盛宮殿布滿灰塵而讓人悲愁，想到頹廢之世道，亦令人哀嘆，人與世均已不在，故悲之。

【注釋】

（一）煬帝引河至淮水，乘舟巡幸江都，在御道植柳，柳堤長一千三百里。此里數大約等於日本一百二十餘里。

聽曉角

邊霜昨夜墮關榆（一），**吹角當城片月孤**（二）。邊塞亦降下霜來，昨夜落在關所榆木之上，隨處可見。此時有胡人吹起角笛，傳遍城内，照廳之明月卻形單影只。**無限塞鴻飛不度，秋風吹入小單于**（三）。聞此角笛之聲，無垠邊塞之鴻鴈亦不再飛翔，而能聞其悲鳴。因秋風吹入小單于之曲中，故雄鷹亦不飛起。在匈奴語中，將天稱為「單于」，在此處表示雄鷹進入胡天後不再飛去之意。

【注釋】

（一）關榆，秦蒙恬破胡，植榆為塞，故塞下多榆木。

（二）當城，《通鑑》注曰，當城縣屬代郡，當桓都山而築城，雖非地名，但曰當城為宜。

（三）小單于，《樂府》：「唐大角之曲，有《大單于》《小單于》。」匈奴將天稱為「單于」。但此處却曰雁入胡天也。

夜上受降城聞笛

回樂峯前沙似雪（一），**受降城外月如霜**。回樂峰，乃山名也。其前有沙，潔白如雪。受降城附近，可見明月如霜。此兩句乃前對之格。**不知何處吹蘆管，一夜征人盡望鄉**。此際，不知自何處傳來吹奏蘆管之聲，其悲聲響徹四周，令征戰一夜之人頓時失言，皆生悲傷憂愁之態而眺望故鄉。

【注釋】

（一）回樂峰，在山西大同府五百里。景龍三年三月，朔方總管張仁願築三受降城於此。開元初，西城為河水所圮，總管張説於河東別置新城。

從軍北征

隨軍征戰北狄也。

天山雪後海風寒(一)，**横笛偏吹行路難**(二)。雪降天山後，海風刺骨，令人無法忍受。故有人偏吹横笛，因行路頗為艱難而吹笛。故吹起令出征者落淚之《行路難》。**磧裏征人三十萬**(三)，**一時回首月中看**。在此沙堆中築起軍營，出征之人或有三十萬。於言談之間，時而回首望明月，相顧而視，均流下淚來。

【注釋】

(一)天山，《史記·李廣傳》注，匈奴天山一名「白山」，冬夏有雪，故云。

(二)行路難，古樂府道路六曲，有《行路難》。

(三)磧，《說文》：「沙漠為磧。」

劉禹錫　**楊柳枝詞**(一)

唐所出現之樂府題也。謂柳乃楊柳枝，故借用隋煬帝之事。

煬帝行宮汴水濱(二)，**數樹楊柳不勝春**。隋煬帝之行宮位於汴水之濱。當時所種之數棵楊柳仍與昔日相同，不曾改變，美麗柳絲如不堪春色一般垂下。因含「不勝」二字之情，故折柳出行乃謂行宮也。

晚來風起花如雪，飛入宮墻不見人。至夜風起，楊花如雪一般散落紛飛，飄入隋煬帝之宮墻。然無一人對其愛憐，實為悲寂之景。即懷古，感嘆昔日隋煬帝之時代已消逝而去。

【注釋】

（一）楊柳枝詞，與汴河曲相同。

（二）蔡邕《獨斷》云：「天子自謂曰行在所，猶言今雖在京師，行所至耳。」

與歌者何戡

此乃樂人也。

二十餘年別帝京，劉郎中被貶，左遷至連州，離別京城，於他國邊土漂泊居住已二十年有餘。**重聞天樂不勝情。**今日重回京城，聞何戡重奏天樂，雀躍不已。回想昔日，聽後不堪内心之情。**舊人唯有何戡在，更與殷勤唱渭城**（一）。因已過去多年，親朋好友或已死去，或赴他地，無法重逢。其中之舊人，惟何戡而已。何戡更進一步表現殷勤，唱起昔日離別時所唱渭城離別之曲，無法抑制内心之情。《渭城》之詩，乃王維所作，在此乃離別之曲，臨別時曾唱起此歌。此詩第一句呼應第三句，第二句呼應第四句。

【注釋】

（一）渭城，即王維送別詩「渭城朝雨浥輕塵」是也。唐人因此餞別多唱《渭城》，每句皆再唱，而第一句不疊，故曰「陽關三疊」。

浪淘沙詞（一）

題目内容於注釋中詳述。

鸚鵡洲頭浪颭沙，青樓春望日將斜。眺望武昌江中之鸚鵡洲頭，風起浪滾而推沙。自青樓望此春景，見沙之動時日斜西山，夜幕降臨。春之長日毫無樂趣，而已入夜。**銜泥燕子爭歸舍，獨自狂夫不憶家**（二）。銜泥築巢之燕爭相飛入屋檐之下而歸。此為連燕亦已歸巢之時，自己孤身一人，怨恨如瘋狂般之丈夫不思回家，究竟如何是好。表達等待夫君時之怨恨與生氣。

【注釋】

（一）浪淘沙詞，《詳解》曰：「樂府題。」唐解曰：「題意迄今未詳。」疑婦人臨水疑夫而見浪之淘沙，以托興。

（二）狂夫，《詩經》及《列女傳》可見。

自朗州至京戲贈看花諸君（一）

注釋中叙述事迹。

紫陌紅塵拂面來，紫陌，乃京城之街道也。某日出門，身旁衆多男女皆結伴而行。紅，乃染色，染上煙沙即謂之紅塵。衆人往來所揚起之紅塵如扇拂面般拂來。紫陌紅塵，即言京城之繁盛。**無人不道看花回**。上前詢問何故，回曰，富貴人家正觀賞繁花，返回時熙熙攘攘。故有羨恨。**玄都觀裏桃千樹**，玄都觀中道士叫攏衆人，勸其皈依，熱鬧非凡。故覺京城與平日不同，變得頗為奢華。**盡是劉郎去後栽**。此景皆是劉郎離京後所發生，與以往有所不同，令人心悲。此處因作者之姓是劉姓，故借前往天台山之劉晨而言，讓人感到其赴朗州之事亦對此處産生影響。

【注釋】

（一）朗州，即武陵。長安有玄都觀，貞元二十一年，禹錫坐王叔文黨貶朗州司馬，居十年，召還時，有道士手植仙桃滿觀，遂賦此詩，以説新貴滿朝也，故又謫播州。亦有説被黜而任連州刺史。

張籍　**涼州詞**

注釋中叙述題目之事。

鳳林關裏水東流(一)，**白草黄榆六十秋**(二)。鳳林關中之水亦往東流走，似不屬京都之地。進入白草黄榆之夷地，此地已被奪占六十年之久。**邊將皆承主恩澤，無人解道取涼州**(三)。如今在邊之大將，皆受天子恩澤，然無人能將涼州奪回。其受天子之命已久，因戍役艱苦而對上有内心之怨，故無報主恩之念也。

【注釋】

(一)鳳林關，《一統志》載：「鳳林關在臨洮府蘭縣黄河一側。」

(二)白草，《漢書·西域傳》載，烏托國「山居，田石間。有白草」。

(三)按，涼州没於胡已六十年矣。玄宗時開涼州，其後六十年陷吐蕃。

王建　**十五夜望月**

中庭地白樹栖鴉，若至十五夜，中庭有明月高照。四處地面潔白明亮。可望見栖居樹間之烏鴉。**冷露無聲濕桂花**（一）。露水原本無聲，乃衆人皆知，此處刻意稱露水無聲，即表示露水實在太多而開始懷疑其是否可發出聲響。寒露之水頗多，故甚至可以發出聲響。但即便如此，露水也為發聲而將桂花潤濕。即月下有桂花樹，看似有聲。**今夜月明人盡望**，今夜因有十五夜之明月，故勢必可見世間之人彈琴飲酒，載歌載舞。**不知秋思在誰家**。不知正帶秋思，有作詩之清興者究竟在誰家？即説在此，並非他處，有自豪之意。

【注釋】

（一）桂花，月中有桂，可見《酉陽雜俎》。

武元衡　**送盧起居**（一）

在注釋中叙述事迹。

相如擁傳有光輝（二），盧氏因官職調動而赴故鄉出使辦理要事，此乃暫去。前漢司馬相如曾任中郎將，返回蜀地，因受天子之恩惠，在各處撰文向蜀地父老告知，聽聞當時擁有御賜傳馬，頗顯光輝。**何事闌干淚濕衣**。足下如司馬相如一般返回故鄉，不知為何淚水沾濕闌干衣裳。可見此處即曰盧氏官職調動之際，內心悲傷。**舊府東山餘妓在**（三），謝安曾在東山携妓享樂，故借此故事推測，足下在故鄉時如舊時東山携妓一般，假日享樂之府中衆多妓妾或許還在。**重將歌舞送君歸**。將返京城之際，這些妓妾將反復歌舞，以慰藉足下，送君歸還。

【注釋】

（一）起居舍人，起居即天子之起居，掌注記。盧奉使而赴其鄉國。

（二）前漢司馬相如，蜀人，武帝時爲中郎將。馳傳至蜀，喻蜀父老，當時以為榮。擁傳，即在驛亭送迎車馬。

（三）東山，謝安事，可見七言古。

嘉陵驛（一）

此為武元衡任西川節度使入蜀時所作。

悠悠風旆遶山川(二)，**山驛空濛雨作煙**。前往悠閑之地，旌旗隨風招展，環繞山川險阻之處。所到山中驛亭內，天空朦朧，看不清楚。雨水密集而如煙一般，無法看清目的地。**路半嘉陵頭已白**，故推測往嘉陵之路才到一半，便因辛勞而髮已花白。**蜀門西更上青天**。此後自蜀之劍閣門再進一步往西，將如上青天一般艱苦。此處即涉李白之詩：「蜀道之難，難於上青天。」

【注釋】

(一)嘉陵驛，在四川保寧府，唐利州。武時代高崇文為西川節度使。入蜀而作。

(二)旆，乃絹帛之末續，如燕尾之物。

張仲素　**漢苑行**(一)

即皇宮禁地之庭院也。

回鴈高飛太液池(二)，**新花低發上林枝**。返回之大鴈在空中高飛，自太液池往北而回。新發之花朵開在低處，正在上苑樹林枝葉茂盛之處。**年光到處皆堪賞，春色人間總未知**。四處皆是一年之早光、寬敞庭院之晴亮，值得衆人觀賞。然此處乃天子遊幸之地，人間世界下層之人無法看到，故完全不知其狀。此詩描述動亂後之風景。

【注釋】

（一）漢苑行，樂府題，即上林苑。

（二）太液池，在建章宮北，以象海。

塞下曲

三戍漁陽再度遼（一），**騂弓在臂箭橫腰。**出征士兵得到訓練，第三次來征漁陽，已準備妥當。再次渡過遼水，對道路已十分熟悉。將塗成紅色之弓背於肩上，將箭橫於腰間，一刻不離自己，一刻不曾大意。**匈奴似欲知名姓，休傍陰山更射鵰**（二）。因第三次來征，再次渡水，故胡地情況已了然於心。似欲知匈奴人中能見此大將者究竟是何姓名。第四句呼應第二句。因十分擅長弓箭，故接近陰山附近時將射下大雕以展示本領。胡人若見此狀，放下武器投降便好。

【注釋】

（一）漁陽，范陽也。遼水，出塞外白平山；一説曰，在幽州東北有遼水。漢范明友為度遼將軍，乃伐烏桓之處。

（二）射鵰，可見《五言律・觀獵》詩注。

又

朔雪飄飄開鴈門（一），**平沙歷亂卷蓬根**。因在邊塞，故朔風吹雪而飄。下馬觀望鴈門關，平沙一望無際，在歷次動亂中曾吹卷蓬樹之枯根。此二句並無風字，卻可見風之强勁。**功名恥計擒生數，直斬樓蘭報國恩**（二）。對於大丈夫來説，為功名利禄而奔赴軍旅乃耻辱之事。無須計算自己究竟生擒了多少胡虜，努力奮戰，直接斬下樓蘭王之首級，以報國家之恩。

【注釋】

（一）鴈門，關之名，在太原府。

（二）斬樓蘭，傅介子之事，已述。

秋閨思（一）

碧窗斜月靄深輝，婦女於閨房前張起碧紗，窗外已近黎明，向西斜落之月於深處發出光亮，因潮濕而起濃霧，令人感到無比悲寂。**愁聽寒螿淚濕衣**。因獨眠而愁聞寒蟲之聲。感到如此悲寂，淚水沾濕衣裳。此二句乃黎明之景。**夢裏分明見關塞，不知何路向金微**（二）。深夜時在夢裏分明看見夫君所赴之關塞，令人愉快不已，故很快便到黎明。醒來後才發現不過是夢，作為弱女子，不知如何前往夫君所赴之胡地金微。表達欲前往關塞之癡情，令人感懷。

【注釋】

（一）秋閨思，樂府題。

（二）金微，乃山名，在韃靼國中，去塞外七十餘里，漢竇憲北破匈奴之地也。

羊士諤　**郡中即事**

在資州之地為官時所作。

紅衣落盡暗香殘（一），**葉上秋光白露寒**。花瓣如紅衣一般之蓮花已凋零落盡，無論何處都能聞到香味。「暗」字並非指夜晚，而是不知何處之意，不知何處殘留香氣。於葉上能見白露秋景，感覺寒冷。「光」字用於景色之上，並無其他含義。**越女含情已無限**，越女望見如此景色，帶有無限思念夫君之情，催人哀愁。**莫教長袖倚欄干**。還是不要將長袖展開，依靠此欄杆觀望為好。

【注釋】

（一）紅衣，蓮花也。

登樓

此亦為在資州時所作。

槐柳蕭疏繞郡城，夜添山雨作江聲。至秋季，槐柳等亦落葉而稀疏枯萎，環繞郡城。至夜間，雨水落在山頭，又增添一分景色。此景作江水之鳴聲，故十分了得。**秋風南陌無車馬，獨上高樓故國情**。秋風四處吹徹，南邊之路亦無人往來，故不通車馬，頗為孤寂。無一朋友，孤身一人登上樓閣，從而產生出思鄉之情。

柳宗元　**酬浩初上人欲登仙人山見貽**

珠樹玲瓏隔翠微（一），仙人所居之山，有如珠般玲瓏美麗之樹木，然卻隔翠微之遠。**病來方外事**

多違(二)。欲結伴登上此山，然自病氣以來諸事皆發生變化而無法成行。**仙山不屬分符客**，若是有仙人之山，它將不屬世間之客，不會如我等般賜發符節。**一任凌空錫杖飛**(三)。仙人有神通，故可凌空，任使錫杖飛行而去。

【注釋】

(一)玲瓏，明亮之狀。

(二)方外，《莊子》：「彼游方之外者也。」

(三)錫杖飛，《高僧傳》：「有神僧飛錫凌空而行。」

歐陽詹　**題延平劍潭**(一)

注釋中叙述事迹。

想像精靈欲見難，通津一去水漫漫。晉代有類似名劍自劍鞘中飛出，躍入此潭中而成龍之典故，故見此處欲想像劍之精靈，然卻甚難。從未見過津水之中有劍影，除卻水流動之外並無它物。**空餘千載凌霜色，長與澄潭白日寒**。空空千載之後，留下凌霜之色，劍之寒光與潭水清澈之光相互照映，雖在白畫，仍有寒意。

【注釋】

（一）延平，漢會稽，晋唐曰延平。劍潭，《五言律·江南旅情》詩注已述。

元稹　**聞白樂天左降江州司馬**（一）

此詩中無一處有悲字，卻令人感覺無比悲傷。

殘燈無焰影幢幢（二），**此夕聞君謫九江。**因是殘存之燈，故並未不斷冒煙，影呈幢幢之態。此夜聽聞，君被貶九江司馬而去。**垂死病中驚坐起，暗風吹雨入寒窗。**我如將去般久臥病床，但因驚訝而坐起來。此句因「驚」字而栩栩如生。且在暗處有風吹雨，飄入寒窗，催黎明而至。故君或許已經啟程，我因帶病之身無法前去告辭送別，終萌生思念之情而潸然淚下。

【注釋】

（一）元和元年，樂天拜翰林學士，歷左拾遺，賦《新井篇》，坐言浮華，貶江州司馬。江州，乃古之九江郡，明代成九江府。

（二）幢幢，《方言》：「幢，翳也。」

胡渭州（一）

張祜［一］

表旅途之情，但題中未寫明。

亭亭孤月照行舟，寂寂長江萬里流（二）。亭亭之上高掛孤月，照耀所乘之行舟，既空寂又孤單，望長江萬里水流。**鄉國不知何處是，雲山漫漫使人愁**（三）。不知鄉國在何處，惟有被雲彩環繞之山脉漫漫無際。只會引發旅途之人內心憂愁。

【注釋】

（一）胡渭州，樂府題，述行旅之情，並非按題。胡渭州，商調曲。渭州本隴西地，而胡人生户相雜居處，故題曰胡渭州。然此詩惟假其題耳。

（二）長江，即武陵江也。

（三）雲山，在武陵，《洞天福地志》可見。《荆南志》「雲山出雲母」即此。

【校勘記】

［一］祜，原作「祐」，據詩歌内容並參《全唐詩》卷五百一十而改，後二首同。

雨淋鈴［一］

注釋中詳述相關事迹。

雨淋鈴夜卻歸秦，猶是張徽一曲新。明皇巡行蜀之山路，雨水零零而落，駕駛夜車之鈴聲回蕩於山谷之間。痛切思念貴妃，故作一曲《雨淋鈴》。駕車返回秦地，仍舊有痛切之感，故令樂人張徽歌唱一曲，内心之悲哀更為加劇，故謂之「新」也。**長說上皇垂淚教，月明南內更無人**［二］。無論到何時仍一直在說，上皇落淚相告曰，明月之夜於南内感到孤單，而美人貴妃亦不在身旁，終導致思念不已。

【注釋】

（一）雨淋鈴，此乃《雨霖零》也，明皇所製悼貴妃之曲。《開天遺事》載，玄宗幸蜀，入陜斜谷，屬霖雨，彌句於棧道中，聞鈴聲與山相應，帝既悼貴妃，因採其聲為《雨淋鈴》曲，以寄恨。樂工張徽從，帝以其曲授之。至德中，復幸華清宫，令張徽奏此曲，不覺凄愴流涕。此詩有「歸秦」，故或為聞帝雨而作曲，述自蜀返秦時之事也。又，有「南内」之字，故可猜測乃回秦後授張徽以曲。亦有異説，但應如此。

（二）南内，興慶宮也。

虢夫人（一）

《明皇雜録》載，貴妃姊曾乘馬而入宮門。

虢國夫人承主恩，平明騎馬入宮門。虢國夫人備受玄宗恩寵，於黎明時分騎馬進入天子宮門，毫無懼色。**卻嫌脂粉污顏色，淡拂蛾眉朝至尊。**反而不喜塗脂擦粉，認為將弄髒臉龐。故淡淡畫上蛾眉，前往天子至尊之地。《楊妃外傳》中亦載此事，故皆為事實。

【注釋】

（一）《通典》載，自隋高涼洗氏以功封譙國大夫，此夫人封國之始也。《綱鑑》載，天寶七載十一月，貴妃姊三人皆有才色，得恩澤而封韓、虢、秦三夫人。

賈島　**度桑乾**（一）

客舍並州已十霜（二）**，歸心日夜憶咸陽。**在客舍，於並州已過十霜，即居住十年，極為盼望歸鄉。日夜思念遠隔千里外之故鄉咸陽。**無端更渡桑乾水**（三）**，卻望並州是故鄉。**無端，即不經意。進而渡過桑乾之水，回頭望並州，已隔二百里有餘。因已長居十年之久，故如故鄉般令人思念。無疑已返抵老家咸陽，故不再前往並州。內心豈不感覺痛苦？

【注釋】

（一）桑乾，河名，在山西大同府。

（二）並州，明山西太原府。

（三）無端，無事端也，猶謂不意。

王表　**成德樂**

第二句「秋」字音韻或為「愁」字之誤。此為樂府也。

趙女乘春上畫樓，一聲歌發滿城秋。趙國美女乘春景而登上畫樓，發聲歌唱，滿城之人無不發起感慨，萌生憂愁。**無端更唱關山曲，不是征人亦淚流。**無端，即不經意。進而唱起離别時關山之曲，故自己雖不是外出征戰之人，卻亦潸然淚下。更何況曾征戰而歸、滯留此處之人，豈不更加悲傷？

李商隱

漢宮詞（一）

武帝好仙道，疏遠群臣，不顧黎民百姓，故以此諷之。且亦包含自己懷才不遇之恨。

青雀西飛竟未回（二），**君王長在集靈臺**（三）。武帝好仙道，西天王母下凡而見，約定三年後再聚並離去。然三年後卻並未前來。此王母所用之青雀往西飛去而終於不來。想王母必定即將到來而於集靈臺朝思暮想、苦苦等候，此景讓人感覺可憐。**侍臣最有相如渴**（四），**不賜金莖露一杯**（五）。身邊之侍臣中有如司馬相如般口渴之人，卻因連金莖之露都無法喝到而頗覺痛苦。因僅想自己成仙而對此渾然不知。故爲諷刺其對王母之信仰。

【注釋】

（一）唐樂府題。

（二）《漢武故事》載，七月七日，齋居乾承殿，忽有青鳥西來集殿前，上問東方朔。朔曰：「此西王母欲來也。」有頃，王母至，及去，許帝三年後復來，後竟不來。

（三）集靈臺，在甘泉宮。

（四）相如渴，司馬相如有消渴病。

（五）金莖，已述。

夜雨寄北

出任東蜀節度使之判官時，欲寄予內人。一、二句，在悲中含有何時將回京相會之趣；三、四句，有歸京後快樂重逢而談論今日悲傷之意。雖是世上到處都有之事，但此詩詞卻可謂勻稱平衡。另有一說曰，可將此理解為朋友。

君問歸期未有期，巴山夜雨漲秋池。妻問曰，夫君外出，歸期是何時？答曰，尚不知歸期。如今居住於遠方巴山，讓人面有難色者爲夜雨滂沱、秋池漲水之雄壯之景。**何當共剪西窗燭，卻話巴山夜雨時**。待何時歸京之後，當與卿共剪西窗之燭，反聊此時於巴山夜雨時之故事。然何時返回尚不知道，故思來想去，惟有思念之情。

寄令狐郎中（一）

令狐乃複姓也。

嵩雲秦樹久離居，雙鯉迢迢一紙書（二）。眼前之鄭州在嵩山之東，足下所居之地乃秦樹繁茂之京城，有長期離去之住所也。昔日曾有將書信填入鯉魚腹中之説法，故若提及鯉魚即謂書信。千里迢迢寄去一封書信，故曰不便。**休問梁園舊賓客**（三），**茂陵秋雨病相如**（四）。梁園位於河陽，故用「梁園」。足下作為我上級滯留河陽時，曾以部下身份於孝王之梁園招待如司馬相如等賓客，足下當時亦招待我。如今與昔日不同，請勿再問起梁園舊時之賓客。梁王已死，司馬相如亦在此後患病而退居茂陵。我亦同此，於此孤寂秋雨之時患病而居。雖曰斷了希望，但實際用意在於表達懷才不遇之情。

【注釋】

（一）令狐郎中，乃令狐綯，父楚曾鎮河陽，為商隱問客而受禮遇。商隱曾欲及綯，終未能被上召還，歸鄭州病卒。

（二）古樂府：「尺素如殘雪，結成双鯉魚。」《晋書・劉弘傳》：「得劉公一紙書，賢於十部從事。」

（三）梁園，屬河陽。

（四）司馬相如嘗客梁，後以病免官，居茂陵。

許渾　**秋思**

許氏被貶為郢州刺史時所作。

琪樹西風枕簟秋（一），樹葉飄落，樹梢空寂，此曰琪樹。此時西風吹起，枕與竹席有秋涼之意。咏庭院之風景。**楚雲湘水憶同遊**（二）。昔日前往楚國，於湘水之畔游玩。雖表面説此内容，但實際乃回憶當時與宛如楚雲之神女，湘水之娥皇、女英等美女共同出游之事。**高歌一曲掩明鏡**，如今到老，雖不再盼望此事，但心中之煩悶仍無法消散。故高歌一曲以敷衍之。想要照明鏡，開箱掀蓋，不情願中看到鏡中顏色衰老，驚訝不已，而最終愁容滿面。**昨日少年今白頭**。直到昨日仍是少年，於楚雲湘水間歡樂。如今卻已白頭，成為邊鄙之怪人，未能昇官晉職，實在悲傷不已。

【注釋】

（一）琪樹，據稱樹青如玉。

（二）楚雲，乃巫山之神女事。湘水，乃娥皇、女英之事。暗指昔日歡樂之事。

趙嘏　**江樓書感**（一）

獨上江樓思渺然，看似可愛之美姬於去年間死去，今年孤身一人登上高樓追思，渺然無際，令人神往。**月光如水水連天**。江景共我思之渺渺，月光如水一般澄清，水與天似連為一體。**同來翫月人何處，風景依稀似去年**。與第一句中之「獨上」相反，不知同來賞月之人究竟去了何處，風景依稀可見如去年一般，唯覺自身乃無根之人。

【注釋】

（一）江樓，《浙江才子傳》載，趙家浙西而有美姬，作者十二月受勘定為役人而入京，或因成為進士而留美姬侍母。母帶美姬於中元游鶴林寺，爲浙帥所奪而歸。明年，趙及第，自傷賦詩，帥聞之，送姬入長安。時趙方出關，相遇於横水。姬因痛哭，信宿而卒，葬於横水之陽。此詩蓋歸鄉上樓而作。

温庭筠　**楊柳枝**（一）

此詩句中未用柳字，卻能知指柳之事。

館娃宮外鄴城西（二），吳王夫差曾有外出之游興，於館娃宮附近江水之中泛舟。**遠映征帆近拂堤**。其舟因離開太遠，船帆上映出柳樹之青。而在近處，柳枝輕拂魏武帝曾建都處之鄴城西堤。**繫得王孫歸意切**（三），《楚辭》中有云：「王孫游兮不歸，春草生萋萋。」故若曰王孫，即指旅人。此句之意即柳樹萋萋發芽如絲，與王孫急切歸還之意相連，故是表達得以留下不再歸還之意。**不關春草緑萋萋**。在故鄉，春草生長，翠緑萋萋。對此全然不顧，稱乃因繫得柳樹也。此詩作之用意也。

【注釋】

（一）楊柳枝，即古折楊柳義也。

（二）館娃宮，即吳王夫差之遺迹，在平江府城西之處。鄴城，乃魏武帝之遺迹也。

（三）《楚辭》：「王孫游兮不歸，春草生萋萋。」又《史記・韓信傳》云，王孫乃士君子之稱。

段成式　**折楊柳**

借折楊柳之名述宮女之怨。

枝枝交影鎖長門，柳樹繁茂之枝葉間有光影交錯。有宮女之宮門緊鎖，如無一人往來之狀。**嫩色**

曾霑雨露恩。柳樹之嫩芽曾霑雨露恩澤。即表達婦女回憶之情：我於年輕時曾得君之寵愛，得其恩澤。**鳳輦不來春欲盡**，如今不再乘鳳輦而來，春色欲盡。**空留鶯語到黄昏**。惟餘空寂，留下鶯之啼鳴，一直聽到黄昏。此處「春欲盡」「到黄昏」之詞，即感嘆我身已老，終將失去寵愛之意。

司馬禮　**宮怨**

柳色參差掩畫樓，柳枝參差，有長有短，似相互交織起來，茂密遮掩住宮女所居之畫樓。**曉鶯啼送滿宮愁**。夜已迎來拂曉，故送來鶯之啼鳴，催其滿宮之愁。**年年花落無人見**，許久未得君王寵愛。年復一年春盡花落，並無一人要來欣賞。**空逐春泉出御溝**。空逐春泉之流水而出御溝，成爲棄物。「空逐」二字中包含被君王疏遠而有怨恨之意。

張喬　**宴邊將**

一曲涼州金石清(二)，一曲《涼州》之歌與金鐘、石磬相合，歌聲清澈，觸景生情。**邊風蕭颯動江城**。自邊塞吹來之蕭風强勁得似要動摇江城一般。**坐中有老沙場客**，來此座中征戍，在沙場中有年老之客。**横笛休吹塞上聲**。勿要用笛之聲調吹奏塞上之曲。因為一旦聽到，將會思念故鄉，加深悲傷之情。

【注釋】

（一）金，鐘。石，磬也。

李拯　**退朝望終南山**（一）

在注釋中叙述事迹。

紫宸朝罷綴鵷鸞（二），**丹鳳樓前駐馬看**（三）。紫宸殿上朝結束，順着如綴鵷鸞之簾席踏上歸途。至丹鳳樓前停下馬來往宫殿禁地望去。**唯有終南山色在，清明依舊滿長安**。惟有終南山色存在。清明時節，長安城如以往一樣滿是蒼蒼之景。與此不同，朝廷所呈現之場景卻與舊時相異，眼前乃是令人感慨之景。

【注釋】

（一）僖宗光啟二年，長安再亂。帝巡行興元，襄王熅監軍國之事，朱玫秉政，朝典昏亂。李拯為翰林學士，拯因内心不安而作此詩。謝曰，此詩乃復長安後，車駕還京，人物蕭條，感慨而作。此黄巢亂後作。

（二）紫宸，已述。鵷鸞，義同鵷鷺，可見五言律。

（三）丹鳳樓，蓬萊宫門，龍朔三年作。

崔魯

華清宫（一）

注釋中叙述故事。

草遮回磴絶鳴鸞，古時此地曾有天子行幸，如今卻遍長野草，草將道上石磴遮擋起來似已無法通行。駕車時之鸞鳴亦不再聞得。**雲樹深深碧殿寒**。有雲彩環繞之深密樹木中，惟留下碧殿之寒。**明月自來還自去**，明月自來，發光照耀後又自向西而去。在此宫中明月之夜，玄宗曾向深愛之貴妃起誓，曰無論生在何世都將永為夫妻。**更無人倚玉闌干**。進而再無一人斜倚玉闌干。有發生變化之景也。

【注釋】

（一）《明皇雜録》載，天寶六載，更温泉曰華清宫。環山列宫室，宫在驪山。又曰，明皇與貴妃夜倚玉欄自誓，願世世為夫妻。

韋莊　**古別離**

晴煙漠漠柳毿毿（一），江南之景晴空萬里，薄煙漠漠而起，柳絲亦毿毿，即長長之意，隨風亂擺。**不那離情酒半酣**。春色值得人喜愛，離別之酒宴已經過半，故此時再過不久便將分離。不論悲傷之情如何，已毫無辦法，實在依依不捨。**更把玉鞭雲外指**，進而足下拿起玉鞭指前方道，將去之地乃在彼雲彩之外。**斷腸春色在江南**。如有斷腸之感。春色因在江南，明年春天或將憶起足下而思念不已。

【注釋】

（一）漠漠，淡淡貌；毿毿，即毛長之狀，摇晃之景也。

李建勳　**宮詞**

此詩述宮女之怨。

宮門長閉舞衣間，因君王未曾來此行幸，故宮門久閉，從未開啟，乃至於君王御側舞蹈時所穿之裝束衣物亦無再穿起之時。**略識君王鬢已斑**。略，即大概之意。推測認為君王亦因年老而雙鬢有黑白相間之髮。即便一切準備就緒，亦不會再有行幸，而拋於一邊。**卻羨落花春不管**，反而羡慕此落花，無人管而就此散落一旁。**御溝流得到人間**。與御溝之水一道流往人世間去。感慨曰，若我身能一度得到天子目光之停留，將不往世間而去，一直留在宮中直至年老。

張子容　**水調歌第一疊**（一）

此題在注釋中解釋。

平沙落日大荒西，隴上明星高復低。平沙廣闊之地亦有落日之景。大荒無垠，能遠望西方。隴山之上有光輝明星懸於高處，又復照耀低處。**孤山幾處看烽火**（二），**戰士連營候鼓鼙**。大將頗為用心下達命令，故孤山之下能見幾處烽火燃起。戰士皆列於軍營，能聞出征之鼓鼙響起。其磅礴氣勢，警覺而堅固也。

【注釋】

（一）《樂苑》，水調歌，商調曲。《品彙》，唐曲凡十一疊，前五疊為歌，後六疊為入破，其歌第五疊五言。

今選其七言五首，此其第一疊也，五車韻，瑞曲，終繁聲曰入破。

（二）孤山，堡名，屬榆林嶺。

涼州歌第二疊（一）

鴈門，乃山名，位於太原府代州以北。

朔風吹葉鴈門秋，萬里煙塵昏戍樓。朔風吹落葉，鴈門附近亦充滿秋意。且在相隔萬里遠之地，有烽火之煙與行馬之塵揚起，故戍樓朦朧而不清。**征馬長思青海上，胡笳夜聽隴山頭。**此後對之格。前來出征並騎在馬上，日夜不斷長思之事，即滯留青海之畔時，惟聽胡笳之聲於夜間響起，催人在隴山之頭觸景生情。

【注釋】

（一）涼州歌，宮調曲，開元中，西涼府都督郭知運所選。《唐詩解》引張固《幽閑鼓吹》曰：「段和尚善琵琶，自製《西梁州》。」《鼓吹》所載者「西梁州」，非「西涼州」，他乃《羯鼓録》所謂道曲也。蓋「梁」「涼」音似，仲言誤取乎？涼州事，見《開元傳信記》。自涼州言之，則東北鴈門，西北西海，西南隴山，各地有警。

水鼓子第一曲(一)

此乃太平之詞也。

雕弓白羽獵初回，薄夜牛羊復下來(二)。雕弓，即指以丹青塗抹之弓。因世間安定，故帶雕弓與羽箭狩獵而歸。若有戰争，則須令牛羊盡早吃草而歸。但如今世間太平，故可讓其放養直到夜幕降臨再復下來。之所以能如此，乃因太平之故也。**夢水河邊青草合，黑山峯外陳云開**。後對之格。在夢水河畔，因並無大規模軍隊踏過，故可見青草繁茂而合。若是亂世，殺人後將留下妖氣，因此已得消除，黑山峰外房屋上令人恐懼之雲亦飄散而去。此乃平穩之景。將夢水、黑山等文字相合而用，立意頗佳。

【注釋】

(一)水鼓，商調曲，蓋嘉運所作。《双帶子》《蓋羅縫》《水鼓子》皆絶句，述邊戍行旅之懷。

(二)《詩經》曰：「日之夕矣，羊牛下來。」

陳祐　**雜詩**

此為所作各類型若干詩歌，故謂之雜詩。此處選出其中一首。

無定河邊暮笛聲（一），**赫連臺畔旅人情**（二）。無定河邊能見大川，因有灘有淵，故乃無定之荒川。秋日黃昏幽然而使人觸景生情。此時能聞笛聲。自中原來赫連臺畔戍邊，旅人之情更為悲傷。懷念故鄉也。**函關歸路千餘里**（三），**一夕秋風白髮生**。返回故鄉函關之路千里有餘，遲遲無法抵達。因憂愁而生白髮。可認為有此種憂愁，且如一夜之中隨秋風落下霜來般忽成白髮老翁。

【注釋】

（一）無定河，在延安府，水因潰沙急流，深淺不定。見楊慎《丹鉛録》。

（二）赫連臺，在寧夏衛。晉時大夏主赫連勃勃所居所。

（三）函谷關，在弘農，已述。

無名氏　**初過漢江**

此乃遣友之作。

襄陽好向峴亭看（一），**人物蕭條屬歲闌**。初渡漢江，來到襄陽。在喜愛之處朝峴亭而看風景。且因是冬季，人事萬物皆呈蕭條之狀。此乃孤寂之時到來。峴亭，即峴山下供人休憩之旅亭也。**爲報習家多置酒，夜來風雪渡江寒**。據稱，晉代山簡任襄陽官員時，此地曾有一名曰習家之富貴宅院，內有一池，山簡曾於其處游玩飲酒，大醉而歸，故作報答。赴習氏之池，對方為我有多置酒。但不知為何，至夜，風雪過漢江而來，寒冷不已。故指出，能禦寒氣者惟酒而已。

【注釋】

（一）襄陽，城枕大江，即漢江也。峴亭，峴山山下旅亭。《襄陽記》：「峴山南有習家池，後漢襄陽習鬱穿。」

胡笳曲

述胡地來攻中原時，禦敵而不治之事。

月明星稀霜滿野，氈車夜宿陰山下。明月照耀，衆星因被月奪取光芒而影稀，霜滿原野。胡人身着毛織衣物，乘有毛毯之車，於陰山下夜宿。在此處未言吹笳，卻自然可知有吹笳之景。**漢家自失李將軍**（一）**，單于公然來牧馬。**中原失去了李廣將軍這一名將，故單于之胡人公然不懼中原而來。放牧、讓馬食草並吹笳，可理解為數量日漸增多之意。因大將不在而不懼也。

【注釋】

（一）李將軍，李廣，事已見。

王烈　**塞上曲**（一）

前後均為對句之格。

紅顏歲歲老金微，沙磧年年臥鐵衣。紅顏年少時，因戍邊而每年皆無法返回京城，在金微之胡地日漸老去。來沙堆中軍營後，年年未曾鬆懈，身著鐵衣從未脱去，即便夜晚横臥休息時亦是如此。**白草城中春不入**(二)**，黄花戍上鴈長飛。**與京城不同，春天不會進入白草之城，故無法賞花、聞鶯。在此胡地之軍營中有黄花，戍地上長年有鴈飛過。儘管春天不入，卻不使大鴈離開此處向北飛去。在此艱苦之地長期戍邊，日漸老去，豈不悲傷？

【注釋】

（一）塞上曲，樂府題。征戍十五曲之一。

（二）白草城，唐武州蕭關縣，平息他樓城而置白草軍。

又

孤城夕對戍樓閑，廻合青冥萬仞山。邊塞之孤城在日暮時分面對戍樓，四處頗顯寂静。將似要高聳入青冥藍天之萬仞山為要地。**明鏡不須生白髮，風沙自解老紅顏。**在此絶境長年滯留，故已意識到不須照見明鏡便生出白髮。此地風沙甚大，平日大風可將沙塵吹起，故謂之風沙。因身居此地，故自然對此了解。我於紅顏年少之時便來此地，無須贅言，便知如今已成老年之身。雖在表面抒發氣概，但其意或在於觸景生情。

張敬忠　**邊詞**

五原春色舊來遲(一)，**二月垂楊未掛絲**。五原邊塞乃寒氣頗盛之地，因往年春季原本遲來，故與京城相異。可見即便至二月，垂楊也未發出細絲。**即今河畔冰開日，正是長安花落時**。後對之格。即如今乃河畔冰融之時，此時長安則為花落春盡之際。在此地戍邊，豈不令人悲傷？

【注釋】

(一)五原，塞名，明延安府神木縣有五原城。又曰，大同府城之西北，唐五原郡之地。

張謂　**九日宴**

九月九日登上高地，設下酒宴，此亦登高時所作也。

秋葉風吹黃颯颯，晴雲日照白鱗鱗(一)。前對之格。已至秋之九月，樹葉被風吹黃，有颯颯之聲。

然晴空白雲中有太陽高照如同白鱗。故即便秋季，亦有白雲如鱗之熱。**歸來得問茱萸女**(二)，**今日登高醉幾人**。因等待陳王之御宴而未去任何地方，結果自陳王處返回途中，遇到將茱萸插於頭上之歌伎，得以詢問之。今日將會有多少人登上高山飲酒而醉？羨慕不已。

【注釋】

(一)《吕氏春秋》：「山雲草莽，水雲魚鱗。」

(二)茱萸女，樂府有《茱萸女》。

樓穎　**西施石**(一)

會稽土城山旁有石，據稱乃西施浣紗之石也。

西施昔日浣紗津，石上青苔思殺人。據稱此處乃美人西施曾浣紗之地，彼曾於石上坐定而洗。如今卻有厚厚青苔，使見此者頗思以往之事。**一去姑蘇不復返，岸傍桃李爲誰春**。吴王夫差之姑蘇臺已消逝而去，不再復返。岸傍桃李究竟在為誰綻放春？將無情之花化有情而發問也。

【注釋】

（一）《寰宇記》云，會稽有東施家、西施家，施其姓也。《越絕書》載，勾踐得采薪女西施、鄭旦，以獻吴王。

盧弼　**和李秀才邊庭四時怨**（一）

共四首，此處取其秋冬兩首。

八月霜飛柳遍黄，蓬根吹斷鴈南翔。此為咏秋。邊塞早發寒意，故至八月便有飛霜，柳樹也遍身黄葉，蓬根亦被風吹斷，大鴈往南飛去，此乃氣候不佳之地。**隴頭流水關山月**（二）**，泣上龍堆望故鄉。**第三句取用曲名而成句。流水在隴山之畔悲傷，出征之人無不來此而泣；明月照耀關山，讓人觸景生情，更為悲傷。哭泣之際登上龍堆高地，不斷眺望故鄉，潸然落淚也。

【注釋】

（一）四時怨，本四首，于鱗取其秋冬。

（二）隴頭流水，隴山之頂有泉，注入四方。秦人征戍，攀登至此，無不回首悲泣，故有隴頭流水之歌。

又《秦州記》，隴水之歌曰：「隴頭流水，鳴聲嗚咽，遙見秦州，肝腸斷絶。」關山月，已述。

又

朔風吹雪透刀瘢(一)**，飲馬長城窟更寒**(二)。咏冬。朔風吹雪，寒氣頗盛。故戰鬥中手握之瘢刀如有透骨之痛，卻不可大意。帶馬飲水，洞窟中所涌出長城之水更是寒冷不堪。**夜半火來知有敵，一時齊保賀蘭山**(三)。至夜半，對面燃起烽火，得知有敵。故軍隊暫時集合警戒賀蘭山展開守備，苦不堪言。此詩上段中有「瘢」，乃「寒」韻；「山」則為「刪」韻，因推測或有誤，故選入而待審。

【注釋】

(一)刀瘢，蔡琰《悲憤詩》曰：「刀痕箭瘢。」

(二)沈約有《飲馬長城窟行》。據《水經注》，始皇二十四年，使太子扶蘇與蒙恬築長城，其下往往有泉窟，可飲馬。此詩「瘢」乃寒韻，「山」則刪韻，可謂失韻。又傳寫之誤，于鱗之誤存疑。

(三)賀蘭山，《涇陽圖經》：「賀蘭山，在蘭山縣之西九十三里，明寧夏衛地，山草多白，遙望乃青白如駮。北人呼『駮』為『賀蘭』。鮮卑因山谷而為氏族云。」按，寧夏鎮城所據，賀蘭山環其西北，黃河在其東南。險固可守。

崔敏童

宴城東莊(一)

一年始有一年春，百歲曾無百歲人(二)。去年已逝，來到今年，此為一年之始。雖有一年之春，但終將消逝而去。雖説人生有百歲，但並無百歲之命者。此兩句相對，重復用詞，構思而作。連時節都往往變遷，故難有歡樂之雅會。**能向花前幾回醉，十千沽酒莫辭貧**(三)。無法常在花前醉酒。十千，即萬錢之意。因有幸參加本日佳會，故飲價高之酒，不懼豪奢，不怕貧窮，一醉足矣。此詩述春光悠閑時繁花盛開，衆人無事聚會之景。

【注釋】

(一)秘笈云，崔駙馬惠童池亭在京城東。

(二)百歲，《莊子》：「上壽百歲。」

(三)曹植詩：「美酒斗十千。」

崔惠童　**春和同前**

崔敏童與崔惠童乃兄弟也。

一月主人笑幾回（一），**相逢相值且銜杯**。一月之三十日中，因患病而痛苦不已，得以受親人照料。因有人死去，故亦操心於家事。若有四五日歡樂時光則是上上之幸。在一月中，吾主人微笑陪伴我，但仍短暫。今相對而視，開酒宴親切舉杯相飲為好。前詩述人生變遷，故於花前設宴。此詩中述繁花已成昨日，忽然變遷，其主人乃親切之人。**眼看春色如流水**（二），**今日殘花昨日開**。看眼前春色流逝，實如流水一般而去，如不再返回此處一般。今日之殘花，曾在昨日美麗綻放。此花忽然散去，含人生變遷之悲傷也。

【注釋】

（一）笑幾回，《莊子》，人「除病、瘐、死、喪、憂患，其中開口而笑者，一月之中，不過四五日而已矣」。

（二）流水，樂府《折楊柳》之歌：「日月如流水。」

王周　**宿疏陂驛**（一）

秋染棠梨葉半紅，荊州東望草平空。至秋季降下霜來，染紅棠梨，樹葉半紅。在漫漫行路中，於此站過夜。遥望東方之故鄉荊州，一望無際。草木繁茂，似連接天空，僅能見其平如一面。**誰知孤宦天涯意，微雨瀟瀟古驛中。**有誰知道孤身一人離去之官宦來此天涯之艱辛？細雨瀟瀟，於空寂之驛亭中感覺孤單不已。

【注釋】

（一）王周，五代魏州人，蓋因定州敗後之作。疏陂驛，在荊州，明屬湖廣。

釋皎然　**塞下曲**

寒塞無因見落梅（一）**，胡人吹入笛聲來。**寒意甚强，因是塞下，故春天遲遲未來，此地並非賞落梅之所。胡人亦想念春天而吹起《落梅花》之曲。笛聲傳來，知道京城春景之人聽後均落下淚來。**勞勞亭**

上春應度（二），**夜夜城南戰未回**（三）。後對之格。在京城金陵送人惜别之勞勞亭上，因春季已到而温暖起來。「夜夜」二字，乃與聽聞笛聲相應。夜夜不曾大意，滯留城南不曾卸甲，轉念於戰鬥。無法回歸故鄉，感慨身上此種悲寂之重。

【注釋】

（一）梅花落，已述。

（二）勞勞亭，在金陵南，古送别之處。李白之詩：「天下傷心處，勞勞送客亭。」

（三）夜夜城，《訓解》疑塞上有此城，恐未審，取《夜夜曲》《戰城南》之題修飾美化詩句乎？

釋靈一　　**僧院**

虎溪閑月引相過（一），**帶雪松枝掛薜蘿**。此僧院似是廬山惠遠法師禁足安居之地，有虎溪橋。虎溪橋入夜後有閑照之月通過。在此山路，此時帶雪松枝滲透寒意，掛有青青薜蘿，景色美麗。因是佳景，故抬頭探去。**無限青山行欲盡，白雲深處老僧多**。頗為美麗之無限深處有青山，逐步走上前去，走到無法前進之地卻仍想往前到底。不辭疲勞走到如此遠處，可見於白雲深處之寺院有衆多老僧，誦經、坐禪、冥想、修行。見我到來，便迎上前來談法，親切不已。故疲勞之感消逝而去，忘卻返回之事而暢談起來。

【注釋】

（一）據《廬山記》，晉惠遠法師住廬山，禁足而不出山三十年，送人不過虎溪橋。然送別陶淵明、陸修靜時因太過依依不捨而通過此橋，三人相顧而笑。世間所謂「虎溪三笑」，即謂此也。

唐詩選跋

弇老指弇州山人王元美。**評滄溟詩**褒評滄溟所作之詩曰。「**峨眉天外雪中看**」(一)，詩之氣勢磅礴高貴，如同在雪中觀其韻，在峨眉山之天外聳立。在衆多詩人中，可謂優秀佳作。**其選唐詩亦復爾爾**(二)。滄溟高瞻遠矚，所選之詩，乃自衆多唐詩中，以頗爲嚴苛之條件，所選優秀詩作。且並非眼前詩作而已，自唐代三百年詩人之詩中甄選，其精細之狀正可謂亦復爾爾。此爾爾，不應該中頓讀作爾爾，而應讀作爾爾（その通り，「正是如此」之意——譯者注）。此據引於《晉書》並加以解析。**獨奈近來坊間諸本，率屬孟浪**(三)，近來可悲之事，乃衆人於諸多唐詩中嚴格甄選之詩中，穿插無用之劣詩，使其孟浪（或為朦朧之諧音——譯者注）不清。甚至連滄溟所選之詩，亦被湮没其間，無法分辨。**不則何物，狡兒巧作五里霧**(四)，若非如此，廣為流傳之《唐詩訓解》等書將成狡人所出之物，如後漢之公超以道術使五里之間濃霧生起一般。**芙蓉咫尺殆不可辨矣**。咫尺，指極短之間，即曰近在眼前之意。如同不見富士山之高。于鱗（指李攀龍，字于鱗——譯者注）以芙蓉山一般之高標準，高雅細緻甄選删除一二詩，則五里之霧將得以拂去。如此則可明瞭何為佳作、何為劣作。**今閱此刻，剔抉幾盡**(五)，今閱讀此詩選之版刻，發現衆紛亂之詩已如箱底角落之塵被剔抉除盡一般。**頓復舊觀，三峯宛然在人目睫**（六），**豈不愉快乎**？頓感正如重讀以往滄溟所選之正本也。唐詩中惟精選之物留下，被霧遮蔽之芙蓉三峰亦迎來霞光，宛然如以往所見。此多虧二人之眼光也。故無論何人讀此詩集，便會感其與于鱗所選之詩一致而愉悦不已也。**滄溟嘗謂不昧者心**（七），于鱗曾曰，人心乃不昧之物，終究可知。真不朽者乃文章，不昧者乃人心也。**想當百年前為子遷道**。想來確實如此，百年之後，于鱗之心為當時服子遷所魅，故滄溟此言正適子遷，乃百年以前所道也。

物茂卿題

物，乃姓氏。以物部為先祖，受某所賜。假名為荻生惣右衛門，名雙松，字茂卿。為避東都儲君之諱，以字代之。詳情可閲《徂徠全集》而知。享保十三年戊甲正月十九日，春秋六十有三，終。

【注釋】

（一）明王元美號弇州，又一號鳳洲。滄溟，于鱗號。元美贈滄溟詩曰：「野夫就興不復删，大海回風起紫瀾。欲望滄溟奇絶處，峨眉天外雪中看。」見《藝苑巵言》。

（二）爾爾，《晉書・張輔傳》：「王若問卿，但言爾爾。」

（三）孟浪，見《莊子・齊物論》，《音義》向曰：「無所趣舍之謂。」

(四)五里霧,後漢張楷字公超,成都人,性好道術,能作五里霧。

(五)剔抉,韓愈《進學解》:「爬羅剔抉。」《廣韻》:「剔,解骨;抉,抉去也。」

(六)三峰,《荆州記》:「南嶽衡山有三峰,極秀,一紫蓋,一石菌,一芙蓉峰。」又《華山記》:「有蓮花、毛女、松檜三峰。」

(七)不昧者心,本集三十一卷滄溟與弇州書曰:「不朽者文,不昧者心。」